NUNCA ENGAÑES
A UN DUQUE

LIZ CARLYLE

NUNCA ENGAÑES A UN DUQUE

Titania Editores
ARGENTINA — CHILE — COLOMBIA — ESPAÑA
ESTADOS UNIDOS — MÉXICO — PERÚ — URUGUAY — VENEZUELA

Título original: *Never Deceive a Duke*
Editor original: Pocket Books, A Division of Simon & Schuster, inc., New York
Traducción: Camila Batlles Vinn

1.ª edición Abril 2014

ISBN: 978-84-92916- 68-9
E-ISBN: 978-84-9944-735-3
Depósito legal: B -7.874-2014

Fotocomposición: Jorge Campos Nieto
Impreso por: Romanyà Valls, S.A. — Verdaguer, 1 — 08786 Capellades (Barcelona)

Impreso en España — *Printed in Spain*

Prólogo

La extraña saga de la familia Ventnor comenzó con la historia de un traidor, luego continuó al azar durante más de un siglo antes de llegar casi a su fin. Eran gente arrogante, nobles, de sangre principalmente normanda, y tan pagados de sí mismos que rara vez contraían matrimonio fuera de su familia. Mathilde Ventnor no era una excepción, y a la avanzada edad de quince años, se casó, obedeciendo la voluntad de sus padres, con su primo tercero, el duque de Warneham, al que empezó a darle hijos a un ritmo tan prodigioso que hasta los Ventnor se sintieron impresionados.

Todo fue bien hasta un frío día de noviembre en 1688, cuando el duque, conocido por su inquebrantable lealtad a la corona, tomó la calculada decisión de traicionar a su rey y, según algunos, a su país. Ante la perspectiva de una cruenta rebelión, el rey estuvo a punto de ser derrotado por los protestantes, quienes le habían acosado desde su polémica coronación. Los Ventnor no eran católicos. Eran unos devotos oportunistas cuya Iglesia era la de la Impertinente Presunción. En vista del rumbo que habían tomado los acontecimientos, el duque puso pies en polvorosa en un lugar al norte de Salisbury —como habían hecho muchos hombres, más nobles y más humildes que él— y se pasó al otro lado. Al bando ganador.

Warneham tenía muchas cosas por las que vivir. Sus propiedades ducales eran algunas de las más importantes de Inglaterra, aunque no estaban seguras, pues a pesar de su extraordinaria fertilidad, Mathilde había tenido la mala suerte de darle hasta la fecha sólo hijas, seis para ser precisos, todas ellas muy bonitas a su estilo. Pero todas inútiles. Warneham necesitaba un hijo varón, y una victoria.

Convencido moralmente de su decisión, se separó entonces de la banda de renegados, alcanzó la cima de un montículo cubierto de hojas, y contempló con alivio el estandarte protestante de Guillermo de Orange ondeando con energía al viento. Debajo de él se hallaban los nobles partidarios de Guillermo, gritando el nombre de Warneham e indicándole que bajara. El duque se sintió tan agradecido por este recibimiento que no vio la madriguera que un industrioso zorro había excavado a los pies de la herbosa ladera. Su caballo, espoleado por el eufórico jinete y lanzado a galope, tropezó con el hoyo y Warneham salió despedido y aterrizó en el campamento. Aterrizó de cabeza, se partió el cuello y exhaló su último suspiro al servicio de su nuevo rey.

La gloriosa revolución inglesa concluyó casi de forma tan expeditiva como Warneham. Guillermo de Orange alcanzó una fácil victoria. Jacobo huyó a Francia, y nueve meses más tarde, Mathilde dio a luz unos sanos y robustos gemelos, ambos varones. Sin embargo, nadie se atrevió a señalar que los niños no guardaban la menor semejanza entre sí: el mayor era su madre en miniatura, un querubín rollizo y sonrosado, y el otro, el menor, un bebé larguirucho de pelo rubio, y ninguno guardaba la menor semejanza con su difunto padre. No, era un milagro. Una bendición de Dios.

El rey Guillermo y la reina María decretaron que los bebés fueran trasladados a la corte, y el mismo monarca declaró que eran la viva imagen del difunto duque. Nadie se atrevió a llevarle la contraria porque…, bueno, porque ésta es una historia romántica. ¿Y qué es una historia romántica sin un toque dramático y una pizca de engaño?

Como es natural, Guillermo reafirmó el título ducal al hijo primogénito de Warneham. Pero al menor le prometió el mando de un regimiento, para él y para sus futuros herederos, en agradecimiento por la valentía de su padre. Y así fue como, según la leyenda familiar, quedó dividida para siempre la suerte de la familia.

El niño que se hallaba ahora en el centro de la vasta biblioteca de Warneham era consciente de esta leyenda. De hecho, al cabo de más de doscientos años, ya no era una división la que separaba a la familia sino un abismo tenebroso e insalvable. Y en estos momentos el niño estaba a punto de vomitar. Sobre los zapatos de la duquesa.

—Ponte derecho, niño.

La duquesa giró alrededor de él, sus pequeños tacones resonando sobre el suelo de mármol, como si examinara una estatua.

El niño tragó saliva sintiendo que la bilis le abrasaba la garganta. Como si el penoso viaje de ocho kilómetros que habían hecho esta mañana en un carro de labranza no hubiera sido suficiente suplicio, la duquesa se inclinó sobre él y le propinó un golpe en la barriga. El niño abrió los ojos desmesuradamente, pero se puso tan tieso como pudo y fijó la vista en el suelo con gesto sumiso.

—Parece bastante fuerte —observó la duquesa mirando a su esposo—. No parece melindroso. Muestra una actitud humilde. Y al menos no es moreno.

—Cierto —respondió el duque con tono malhumorado—. A Dios gracias es la viva imagen del comandante Ventnor, con esas piernas larguiruchas y ese cabello dorado.

La duquesa se volvió de espaldas a la anciana que había traído al niño.

—¿Qué otra cosa podemos hacer al respecto, Warneham? —murmuró—. Creo que debemos preguntarnos qué es lo más cristiano en esta situación. Disculpe, señora Gottfried.

Esto último lo dijo con tono despreocupado, sin volverse.

Pero la anciana observaba al duque de hito en hito desde su rincón. El apuesto semblante de Warneham mostraba un rictus de duda y disgusto.

—¡Lo cristiano! —repitió éste—. ¿Por qué hay que hacer siempre lo cristiano cuando nos enfrentamos a algo desagradable?

La duquesa juntó las manos ante sí con afectación.

—Tienes la razón, Warneham —respondió—. Pero el chico lleva tu sangre, al menos unas gotas.

El duque pareció ofenderse ante esa observación.

—¡Prácticamente nada! —replicó con aspereza—. Y no puede quedarse aquí, Livie. No podemos permitir que comparta el cuarto de estudio con Cyril. ¿Qué dirá la gente?

La duquesa se acercó apresuradamente a su marido.

—No, no, por supuesto —dijo para aplacarlo—. Eso no es posible.

La señora Gottfried se levantó con dificultad debido a sus rodillas artríticas e hizo otra reverencia.

—Le ruego que se apiade de él, excelencia —imploró—. El padre del niño murió como un héroe en Roliça luchando por Inglaterra. Gabriel no tiene a nadie más en el mundo.

—¿A nadie? —preguntó la duquesa, volviéndose y mirándola de nuevo con condescendencia—. ¡Vaya! ¿No tiene familia en Inglaterra, señora Gottfried?

La anciana se inclinó con humildad.

—Ningún pariente consanguíneo, excelencia —murmuró, dispuesta a jugarse su único triunfo—. Pero mi gente lo acogería sin vacilar, y lo criarían como a uno de ellos..., si eso es lo que desea.

—¡No, pardiez! —Warneham se levantó bruscamente de su silla y empezó a pasearse de un lado a otro. Era un hombre elegante, todavía joven y vigoroso, que se movía como un aristócrata nato—. ¡Maldito sea Ventnor por colocarnos en una posición insostenible, Livie! —prosiguió—. Si un hombre decide contraer un matrimonio desigual, no tiene derecho a dejarse matar en tierra extranjera, rey o no rey. Eso es lo que pienso yo.

—Desde luego, querido —respondió la duquesa con tono tranquilizador—. Pero es demasiado tarde para reproches. El hombre ha muerto, y debemos hacer algo con el niño.

—Está claro que no puede vivir aquí, en Selsdon Court —repitió el duque—. Debemos pensar en Cyril. ¿Qué dirá la gente?

—Que eres un hombre cristiano y bondadoso —dijo su esposa con dulzura. De pronto se detuvo y palmoteó casi con gesto pueril—. ¡Ya lo tengo, Warneham! Puede vivir en la casa reservada a la duquesa viuda. La señora Gottfried se ocupará de él. Podemos pedir a ese cura tan singular..., vaya por Dios, ¿cómo se llama?

—Needles —respondió el duque con gesto hosco.

—Eso, Needles —dijo la duquesa—. Puede venir a dar clase al niño —propuso, conduciendo a su esposo, con sumo tacto, de nuevo a su butaca—. No es mala solución, querido. Y será sólo durante un tiempo. Unos diez años aproximadamente, hasta que podamos adquirir para el chico un nombramiento militar. Puede servir en el ejército, como hicieron su padre y su abuelo.

—¿La casa reservada a la duquesa viuda? —El duque parecía meditar en ello—. El tejado tiene goteras y la madera de los suelos está podrida. Pero supongo que podemos repararlos.

El chico, que seguía en el centro de la habitación, permanecía tan silencioso y tieso como podía, esforzándose en parecer un soldado. Como su padre. Sabía que esta entrevista era su única esperanza. Aunque no lo hubiera sabido, las lágrimas y las oraciones de su abuela antes de que abandonaran esa mañana la destartalada posada de carretera se lo habría indicado. Se tragó las náuseas y su orgullo de un niño de nueve años y cuadró los hombros.

—¿Puedo decir algo, señor? —preguntó de sopetón.

El duque se volvió hacia él al tiempo que en la habitación se hacía un silencio sepulcral. Durante largo rato, observó al chico con detenimiento.

—Sí —respondió por fin, con tono impaciente—. Habla, chico.

—Me... me gustaría ser soldado, excelencia —dijo el niño—. Me gustaría ir a la Península, señor, y luchar contra Napoleón, como mi padre. Hasta entonces..., no le causaré ningún problema, señor. Se lo prometo.

El duque le miró casi con inquina.

—Conque no, ¿eh? —repitió—. ¡No me causarás ningún problema! ¿Por qué será que lo dudo?

—Ningún problema, señor —repitió el niño—. Se lo prometo.

Ni el chico ni ninguno de los presentes podía saber que sería una fatídica mentira.

Capítulo 1

El sol caía a plomo, calentando la fragante hierba de Finsbury Circus, Gabriel jugaba con sus animales de madera, colocándolos en fila sobre su manta. Su padre se agachó, tomando con su mano delgada y morena un animal de la fila.

—¿Cómo se llama este, Gabe?

Gabriel movió su tigre al espacio vacío.

—Frederick —respondió sin más.

Su padre se rió.

—¿Qué clase de animal es?

A Gabriel le pareció una pregunta tonta.

—Frederick es un elefante. Me lo enviaste de la India.

—Así es —dijo su padre.

Su madre se rió.

—Creo que a los tres años Gabriel había aprendido de memoria todo el reino animal, Charles. Dudo que puedas enseñarle mucho más.

Su padre suspiró y se reclinó en el banco.

—Me he perdido muchas cosas, Ruth —dijo, tomando la mano de su esposa—. Demasiadas, y me temo que voy a perderme muchas más.

La madre miró apenada a su esposo.

—No, Charles, no me refería a que... —De pronto sacó un pañuelo de su bolsillo y tosió delicadamente en él—. Te ruego que me disculpes. Hoy me encuentro fatal.

El padre arrugó el ceño.

—En cuanto me vaya quiero que pidas al médico que te dé algo para esa tos, cariño —reprendió a su esposa—. Gabriel, ¿ayudarás a tu madre a que se acuerde de ir a ver al doctor Cohen mañana mismo?

—Sí, señor —contestó y tomó uno de los monos de la fila y se lo entregó a su padre.

—¿Es para mí? —preguntó éste, sosteniendo al mono en la palma de su mano.

—Se llama Henry —dijo Gabriel—. Volverá a la India contigo. Para que te haga compañía.

El padre guardó el mono en el bolsillo de su guerrera y acarició el pelo de su hijo Gabriel.

—Gracias, Gabe —dijo—. Voy a echaros mucho de menos. ¿Estaréis bien aquí, mamá y tú, con los abuelos, Zayde y Bubbe?

Gabriel asintió con la cabeza. Su madre apoyó una mano en la rodilla de su padre.

—Es mejor que sigamos así, Charles, hasta que las cosas se arreglen para nosotros —dijo con dulzura—. De veras. Espero que no te importe.

El padre apoyó la mano en la de su esposa.

—Lo único que me importa, amor mío, es que no te sientas desgraciada.

Las oficinas de Neville Shipping, situadas junto a Wapping Wall, hervían en actividad, mientras los empleados subían y bajaban apresuradamente la escalera con contratos de última hora, papeles de embarque, pólizas de seguros y alguna que otra taza de té. El sofocante calor agosteño en Londres no contribuía a calmar el fervor, aunque habían abierto todas las ventanas para que entrara la brisa matutina, la cual servía para transportar el hedor del Támesis y poco más.

La señorita Xanthia Neville, que se hallaba junto a su mesa de despacho, apenas reparó en el olor a lodo pútrido y a cloacas. Ni tampoco percibió el ruido de los carros de la tonelería, ni los lancheros hablando a voces en el río más abajo. Al cabo de menos de un año en Wapping, estaba inmunizada contra todo ello. Pero estas malditas cuentas eran otra cuestión. Exasperada, la señorita Neville arrojó su lápiz y se apartó el pelo de la cara.

—¿Gareth? —Al levantar la vista vio a un oficinista pasar frente a ella—. Siddons, ¿dónde está Gareth Lloyd? Lo necesito de inmediato.

Siddons asintió y bajó apresuradamente la escalera. Al cabo de unos segundos apareció Gareth; sus anchos hombros llenaban el hueco de la puerta de la cavernosa oficina que ambos compartían. Durante un momento, observó el rostro de Xanthia.

—Vísteme despacio que tengo prisa, amiga mía —dijo con tono lacónico, apoyando un hombro contra el marco de la puerta—. ¿No has conseguido que cuadren esos números?

—Aún no —confesó Xanthia—. No encuentro las hojas de conciliación de la travesía de Eastley para contabilizar las cantidades.

Gareth atravesó lentamente la habitación, se detuvo junto a la mesa de Xanthia y sacó las hojas de conciliación de debajo de unos informes contables. Ella puso cara de exasperación y los ojos en blanco.

Gareth la observó en silencio durante un momento.

—¿Nerviosa? —preguntó al fin—. Es comprensible, Zee. Mañana, a estas horas, serás una mujer casada.

Xanthia cerró los ojos y se llevó la mano al vientre en un gesto protector, tan revelador como femenino.

—Estoy muerta de miedo —confesó—. No del matrimonio, que es lo que deseo. Deseo a Stefan con desespero. Es... la ceremonia. La gente. Su hermano conoce a todo el mundo. Y ha invitado a todos sus amigos. Pero no me atrevo a suspender la boda...

Gareth apoyó una mano en el respaldo de la silla de Xanthia. No la tocó. Jamás volvería a tocarla; lo había jurado, y esta vez estaba decidido a cumplirlo.

—Debiste suponer que acabaría así, Zee —dijo con tono quedo—. Y esto no es lo peor. Cuando te conviertas en lady Nash y la gente averigüé que tienes la osadía de trabajar para ganarte el sustento, dirán...

—¡No trabajo para ganarme el sustento! —le interrumpió ella—. Soy dueña de una compañía naviera, mejor dicho, tú y mi familia sois los propietarios. Todos somos dueños de ella. Todos juntos. Yo contribuyo a... dirigirla.

—Esto es hilar muy fino, querida —respondió él—. Pero te deseo suerte en tu empresa.

Ella le miró un poco abatida.

—Ay, Gareth —dijo en voz baja—. Dime que todo irá bien.

Él sabía que no se refería al matrimonio, sino al negocio, que ella consideraba casi como un hijo. De hecho, para ella lo más importante de su vida.

—Todo irá bien, Zee —le prometió—. No emprenderás tu viaje de bodas hasta dentro de una semana más o menos. Nos pondremos al día con estos números. En caso necesario, contrataremos a alguien. Yo vendré aquí todos los días hasta que regreses a casa.

Ella sonrió levemente.

—Gracias —contestó—. Te lo agradezco mucho, Gareth. No nos ausentaremos mucho tiempo, te lo prometo.

De pronto el rompió su promesa de no tocarla y apoyó un dedo debajo de su mentón.

—Te ruego que no te preocupes, Zee —murmuró—. Júrame que no lo harás. Piensa en la nueva y gozosa vida que te espera.

Durante un instante, el rostro de ella se animó de una forma que sólo era atribuible a un hombre.

—Mañana por la mañana estarás allí, ¿verdad? —preguntó casi angustiada—. Me refiero a la iglesia.

Él desvió la vista.

—No lo sé.

—Gareth —dijo Xanthia con tono implorante—. Necesito que estés presente. Eres... mi mejor amigo. Por favor.

Pero Gareth no tuvo oportunidad de responder, pues en ese momento alguien llamó a la puerta. Al volverse vio a un hombre de avanzada edad y pelo canoso en el umbral, y detrás de él, en la sombra, al señor Bakely, el jefe de los contables de la compañía, con cara de profunda turbación.

—¿En qué podemos ayudarle?

La voz de Xanthia denotaba cierta irritación. La misión de Bakely era retener a los visitantes en la contaduría situada en el piso de abajo, no dejar que subieran a las oficinas de administración.

El hombre entró en el despacho, dejando que el sol iluminara su traje austero pero bien cortado. Lucía unas gafas doradas y portaba una cartera de cuero viejo. Gareth supuso que era un banquero de la City, o peor, un abogado. Fuera lo que fuere, no tenía aspecto de traer buenas noticias,

—¿Es usted la señorita Neville? —preguntó el hombre, inclinándose educadamente—. Soy Howard Cavendish, de Wilton, Cavendish y Smith en Gracechurch Street. Busco a uno de sus empleados. Un tal señor Gareth Lloyd.

Inexplicablemente, la tensión aumentó en la habitación. Gareth avanzó hacia él.

—Yo soy Lloyd —respondió—. Pero tendrá que hablar del asunto legal que le trae con nuestros abogados...

El hombre alzó una mano para silenciarlo.

—Me temo que el asunto que me trae es de carácter muy personal —dijo—. Es urgente que me conceda unos momentos.

—El señor Lloyd no es un empleado, señor, es uno de los dueños de la compañía. —La voz de Xanthia denotaba cierta arrogancia mientras se levantaba de detrás de su mesa—. Lo habitual es que alguien que desee verlo concierte antes una cita.

En el rostro del abogado se pintó un gesto de sorpresa, que se apresuró a ocultar.

—Entiendo. Mis disculpas, señor Lloyd.

Resignado a lo que parecía inevitable, Gareth regresó a su reluciente mesa de caoba e indicó al abogado que ocupara la butaca de cuero situada enfrente. Ese hombre hacía que se sintiera profundamente inquieto, y, curiosamente, se alegró de que Xanthia se hubiera gastado una pequeña fortuna en redecorar su otrora destartalada oficina, que ahora tenía un aspecto tan elegante como la de un abogado.

El señor Cavendish miró a Xanthia, indeciso.

—Puede hablar con toda libertad —dijo Gareth—. La señorita Neville y yo no tenemos secretos.

El hombre arqueó sus oscuras cejas con gesto de sorpresa.

—¿Ah, no? —murmuró, abriendo su cartera de cuero—. Espero que esté convencido de ello.

—¡Caramba! —dijo Xanthia en voz baja—. Que emocionante.

Picada por la curiosidad, se sentó en la butaca situada a la izquierda de la mesa de Gareth.

El abogado extrajo un manojo de papeles de su cartera.

—Debo decir, señor Lloyd, que ha demostrado ser una admirable presa.

—No sabía que me estuvieran persiguiendo.

—Ya lo supongo. —Cavendish hizo un mohín de disgusto, como

si su misión le desagradara—. Mi bufete lleva varios meses tratando de localizarlo.

Pese al tono frío del abogado, la inquietud de Gareth aumentó. Miró a Xanthia, pensando que debió pedirle que se retirara. Carraspeó para aclararse la garganta y preguntó:

—¿Por dónde me buscaban con exactitud, señor Cavendish? Neville Shipping tenía su cuartel general en las Antillas hasta hace unos meses.

—Sí, sí, ya lo sé —respondió Cavendish con tono impaciente—. Aunque me llevó bastante averiguarlo. No quedan muchas personas en Londres que se acuerden de usted, señor Lloyd. Pero al fin conseguí localizar a una anciana en Houndsditch, la viuda de un orfebre local, la cual se acordaba de la abuela de usted.

—¿Houndsditch? —preguntó Xanthia sin dar crédito—. ¿Qué tiene esto que ver contigo, Gareth?

—Mi abuela vivió allí los últimos meses de su vida —murmuró él—. Tenía muchos amigos, pero imagino que la mayoría de ellos habrán muerto.

—En efecto. —El señor Cavendish comenzó a examinar sus papeles—. La única amiga de su abuela que quedaba estaba senil. Nos informó que usted había escrito en cierta ocasión a su abuela, desde las Bermudas, según dijo. Y cuando seguimos esa pista sin resultado, la mujer se desdijo y aseguró que eran las Bahamas. Pero tampoco tuvimos suerte. De modo que la anciana decidió probar con otra letra del alfabeto, y nos envió a Jamaica en busca de su paradero.

—Era Barbados —murmuró Gareth.

Cavendish sonrió levemente.

—Ya, mi secretario dio casi la vuelta al mundo tratando de localizarlo —dijo—. Y me temo que ha costado una fortuna.

—Lo lamento por usted —dijo Gareth.

—Descuide, el dinero no sale de mi bolsillo —respondió el abogado—. Sino del suyo.

—¿Perdón?

—Mejor dicho, de su herencia —rectificó el abogado—. Yo trabajo para usted.

Gareth se echó a reír.

—Me temo que debe de haber un error.

Pero al parecer el abogado había dado con el papel que buscaba, que le pasó a través de la mesa.

—Su primo, el duque de Warneham, ha muerto —dijo con tono neutro—. Envenenado, según dicen algunos, pero el caso es que ha muerto, lo cual resulta muy oportuno para usted.

Xanthia miró al abogado estupefacta.

—¿El duque de qué...?

—Warneham —repitió el abogado—. Así consta en el informe del forense. El veredicto era «muerte accidental», aunque casi nadie lo creerá. Y éste es el documento del College of Arms nombrándolo a usted heredero del ducado.

—¿El... qué?

Gareth estaba aturdido. Mareado. Sin duda era un error.

Xanthia se inclinó hacia él.

—¿Gareth...?

Pero Cavendish no había terminado.

—Tengo también varios documentos que requieren que los firme cuanto antes —continuó—. Todo esto es un lío, como puede imaginarse. El duque murió en octubre del año pasado, y los rumores que rodean su muerte son cada vez más especulativos.

—Lo siento —dijo Xanthia, esta vez con brusquedad—. ¿Qué duque? ¿A qué se refiere el señor Cavendish, Gareth?

Gareth apartó los papeles como si hubieran estallado en llamas.

—Lo ignoro.

De pronto se sentía desconcertado. Furioso. Hacía una docena de años que no había pensado en Warneham, es decir, había tratado de no pensar en él. Y ahora su muerte no le producía el gozo y la satisfacción que durante mucho tiempo supuso que le produciría, sino un extraño y desagradable aturdimiento. ¿Warneham envenenado? Y él iba a heredar el ducado. No. Era imposible.

—Creo que será mejor que se marche, señor —dijo a Cavendish—. Sin duda se trata de un error. Ésta es la contaduría de una empresa importante. Tenemos mucho trabajo.

El abogado alzó la cabeza bruscamente de sus papeles.

—Le ruego me disculpe —dijo—. ¿Su nombre es Gabriel Gareth

Lloyd Ventnor? ¿Hijo del comandante Charles Ventnor, que murió en Portugal?

—Jamás he negado quién era mi padre —respondió Gareth—. Fue un héroe, y me siento orgulloso de ser su hijo. Pero por lo que a mí respecta, el resto de los Ventnor pueden abrasarse en el infierno.

El señor Cavendish le miró irritado sobre sus gafas doradas.

—De eso se trata justamente, señor Lloyd —dijo con tono impaciente—. No existe una familia Ventnor. Usted es el único miembro. Es el octavo duque de Warneham. Ahora, si es tan amable de examinar estos documentos...

—No —le interrumpió Gareth con firmeza. Miró a Xanthia, que le observaba con los ojos como platos—. No quiero saber nada de ese hijo de perra. Nada en absoluto. ¡Cielo santo! ¿Cómo es posible que haya ocurrido esto?

—Creo que sabe cómo ha ocurrido, señor Lloyd —respondió Cavendish secamente—. Pero es preferible dejar atrás el pasado y seguir adelante. A propósito, la ley no le permite rechazar el ducado. Es un hecho consumado. Ahora bien, puede ocuparse de su propiedad y cumplir con sus deberes, o puede dejar que todo se vaya al traste si es lo que de...

—Pero Warneham vivió una larga y vigorosa vida —le interrumpió Gareth, levantándose de su silla—. Sin duda... tuvo hijos...

El señor Cavendish meneó la cabeza.

—No, excelencia —dijo con tono solemne—. El destino no fue generoso con el difunto duque.

Gareth sabía bien lo cruel que podía ser el destino, gracias a Warneham. ¿Era posible que ese hijo de perra hubiera obtenido el castigo que merecía? Entonces empezó a pasearse de un lado a otro, con una mano apoyada en la nuca.

—Santo Dios, esto no puede estar ocurriendo —murmuró—. Era un parentesco lejano, éramos primos terceros. ¿Cómo es posible que la ley permita semejante cosa?

—Los dos eran tataranietos del tercer duque de Warneham, que cayó como un héroe en el campo de batalla luchando por Guillermo de Orange —dijo el abogado—. El tercer duque tuvo hijos gemelos, unos hijos póstumos, que nacieron con pocos minutos de diferencia. Warneham ha muerto, su hijo Cyril murió con anterioridad a él, y usted es el único heredero consanguíneo vivo del gemelo menor. Así pues, el Collage of Arms ha determinado que...

—Me importa una mierda lo que el Collage of Arms haya determinado —replicó Gareth—. Quiero...

—¡Cuida tu lenguaje, Gareth! —le reprendió Xanthia suavemente—. Ahora siéntate y explícamelo todo. ¿Te apellidas Ventnor? ¿Es cierto que alguien asesinó a tu tío?

En ese momento entró otro caballero de pelo oscuro en la habitación, vestido con una elegancia rayana en el dandismo. Sostenía un enorme y reluciente objeto ante él.

—¡Buenos días, estimados amigos! —dijo alegremente.

Gareth, cuya paciencia estaba a punto de agotarse, se volvió hacia él.

—¿Qué diablos tienen de buenos?

Xanthia no le hizo caso.

—Cielos, señor Kemble —dijo, levantándose—. ¿Qué lleva ahí?

—Supongo que otro de sus costosos caprichos —observó Gareth, acercándose a él.

El señor Kemble apartó el objeto con gesto protector.

—Es un ánfora de la dinastía Tang —dijo—. ¡No la toque, ignorante!

—¿Para qué sirve? —preguntó Xanthia un tanto perpleja.

—Es el toque maestro para el pedestal de mármol de la ventana.

—El señor Kemble atravesó la habitación con paso ágil y colocó el ánfora con delicadeza—. ¡Ya está! Perfecto. El último detalle de la decoración. —Acto seguido se volvió—. Perdonen mi intromisión. ¿Dónde estábamos? ¿De modo que el señor Lloyd se ha cargado a su tío? No me sorprende.

—Me equivoqué —dijo Xanthia—. Era un primo, ¿no?

A continuación presentó a Kemble al abogado.

—Y no me he cargado a nadie —contestó Gareth con tono hosco.

—Lo cierto es que investigamos ese extremo —dijo el abogado secamente—. El señor Lloyd tiene una coartada perfecta. En aquellos momentos se hallaba en medio del océano Atlántico.

Xanthia no pareció advertir el sarcasmo.

—Y lo más asombroso, señor Kemble —dijo, apoyando una mano en la manga de la levita de éste—, ¡es que Gareth va a ser duque!

—¡Estupendo, Zee! —Gareth sintió que la indignación hacía presa en él—. Calla, por favor.

—Lo digo en serio —contestó ella, dirigiéndose a Kemble—. Gareth tiene un duque secreto en la familia.

—Pues claro, como todo el mundo —observó el señor Kemble sonriendo secamente—. ¿Cómo se llama el suyo?

—Warnley —se apresuró a decir Xanthia.

—Warneham —corrigió el abogado.

—Ni lo uno ni lo otro —dijo Gareth, muy serio—. Cavendish tendrá que agitar el árbol genealógico de esta familia hasta que caiga otro mono.

El señor Kemble alzó las manos.

—Lamento no poder ayudarle en eso, amigo —dijo, dirigiéndose a Gareth—. *C'est la vie, ¿non?* Ahora, estimados, debo irme enseguida. No pretendía irrumpir de esta forma, pero al oír mencionar un asesinato me picó la curiosidad y no pude evitarlo. Más tarde averiguaré los detalles escabrosos.

—Gracias por la magnífica decoración, señor Kemble —dijo Xanthia.

El elegante caballero se detuvo para tomar la mano de Xanthia y se inclinó sobre ella.

—Esperaré a besársela mañana en el pórtico de la iglesia de St. George's, querida —dijo—, cuando pueda dirigirme a usted como la marquesa de Nash.

Al oír eso, el abogado se enderezó en su silla.

—Discúlpeme —dijo cuando el señor Kemble se marchó—. Al parecer, debo darle la enhorabuena.

Xanthia se ruborizó.

—Me caso mañana por la mañana.

En ese momento apareció otra sombra en la puerta. Gareth alzó la vista, irritado.

—Discúlpeme, señor —dijo el señor Bakely—. Acaba de llegar un mensajero de Woolwitch. El *Margaret Jane* ha sido avistado al rebasar Blackwall Reach.

Xanthia se llevó la mano al pecho.

—¡Gracias a Dios!

—¡Ya era hora! —dijo Gareth, empujando su silla hacia atrás con tal vehemencia, que las patas de ésta arañaron el suelo.

—¿Desea que atraque en el West India Docks, señor? —preguntó Bakely—. ¿O que prosiga río arriba?

—Que atraque —se apresuró a responder Gareth—. Y ordene que traigan mi calesa. Ambos bajaremos a ver cómo va todo.

Xanthia también se había levantado.

—Le pido disculpas, señor Cavendish —dijo—. Pese a lo interesante que es su historia, y confieso que estoy pasmada, debemos ir de inmediato a ver el *Margaret Jane*. Ha permanecido tres meses en el puerto de Bridgetown, y hemos perdido a un tercio de su tripulación debido al tifus. Estamos muy preocupados, como es natural.

—Tú no puedes ir, Zee —dijo Gareth con firmeza mientras se ponía su guardapolvo, ajeno a todo salvo a la tarea que debía llevar a cabo.

Xanthia se llevó de nuevo instintivamente la mano al vientre.

—Supongo que no —respondió.

Sonrió a Cavendish, que también se levantó, aunque de mala gana.

—Pero ¿qué quiere que haga con los documentos ducales? —preguntó.

Gareth, que estaba recogiendo sus cosas, no respondió.

—Déjelos sobre la mesa del señor Lloyd —dijo Xanthia—. Estoy segura que los revisará más tarde.

El señor Cavendish parecía irritado.

—Pero tenemos varios asuntos urgentes —protestó—. Es preciso que su excelencia les preste atención.

Xanthia sonrió con dulzura.

—No se preocupe, señor —murmuró—. Gareth cumplirá con su obligación. Siempre lo ha hecho. Y estoy segura de que resolverá cualquier problema que se presente con su habitual eficacia.

El abogado no le hizo caso.

—Señor —dijo, dirigiéndose al cogote de Gareth—, esto no admite dilación.

Gareth tomó un libro de cuentas de la estantería.

—Regresaré dentro de un par de horas —informó a Xanthia—. Saludaré de tu parte al capitán Barrett.

—¡Espere, excelencia! —dijo el abogado con tono implorante—. Le esperan en Selsdon Court de inmediato. ¡Le espera la duquesa, señor!

—¿La duquesa? —repitió Xanthia.

Cavendish no le prestó atención.

—Todo está pendiente, señor —insistió el abogado—. No es posible postergarlo más.

—Pues tendrá que esperar —contestó Gareth sin mirarles—. Por lo que a mí respecta, puede quedar pendiente hasta el día del juicio final.

—¡Pero, señor, esto es inadmisible!

—La sangre no hace al hombre, Cavendish —le espetó Gareth—. De hecho, muchas veces es su perdición.

Tras estas palabras bajó apresuradamente la escalera detrás de Bakely sin añadir otra palabra.

Xanthia condujo al abogado hasta la puerta. Éste la miró arrugando el ceño.

—Realmente, no lo entiendo —murmuró—. Ese hombre es el duque. ¿No se da cuenta de su buena fortuna? Ahora es un par del reino, uno de los más ricos de Inglaterra.

—Gareth posee una seguridad en sí mismo que a veces resulta irritante, señor Cavendish —respondió ella—. Es un hombre hecho a sí mismo, pero el dinero significa muy poco para él.

Estaba claro que ambos conceptos se le escapaban a Cavendish. Después de que se despidieran murmurando unas frases de rigor, Xanthia consiguió que el abogado se marchara. No obstante, cuando éste se disponía a bajar la escalera, a Xanthia se le ocurrió una pregunta.

—Señor Cavendish —dijo—, ¿puedo preguntarle quién cree que deseaba que el duque muriera? ¿Hay... algún sospechoso? ¿Confían en arrestar a alguien?

El abogado negó con la cabeza.

—Como ocurre con la mayoría de los hombres poderosos, el duque tenía enemigos —reconoció—. En cuanto a sospechosos, por desgracia los rumores se centran en su viuda.

Xanthia abrió los ojos como platos.

—¡Cielo santo! Pobre mujer, suponiendo que sea inocente.

—Yo creo que lo es —dijo el abogado—. Y el forense también. Por lo demás, la duquesa proviene de una familia muy influyente. Nadie se atreve a acusarla en voz alta sin unas pruebas contundentes.

—Sin embargo, en la sociedad inglesa, el mero indicio de un escándalo... —Xanthia sintió de pronto un escalofrío y meneó la cabeza—. La duquesa debe estar hundida.

—Supongo que sí —respondió Cavendish con tono apesadumbrado.

El abogado bajó la escalera, sosteniendo su elegante cartera de cuero y con aspecto más cansado que cuando llegó. Xanthia se sentía aturdida. Cerró la puerta de la oficina sin hacer ruido y apoyó la frente contra la madera fresca y pulida.

¿Qué diantres acababa de suceder? ¿Qué había ocultado Gareth Lloyd todos estos años? Al parecer, algo más serio que una infancia desdichada. Pero ¿cómo era posible que fuera un duque?

De repente Xanthia alzó la cabeza. Puede que su hermano Kieran supiera la verdad. Atravesó la habitación, llamó a la campanilla y empezó a guardar apresuradamente el contenido de su mesa en su abultada cartera de cuero.

—Pide que traigan mi coche —dijo al joven oficinista que abrió la puerta con cautela—. Voy a almorzar con lord Rothewell.

Capítulo 2

Gabriel sostenía con fuerza la mano de su abuelo, aterrorizado por las ruedas del coche que giraban a gran velocidad y los cascos de los caballos. Todo el mundo se apresuraba. Hablando a voces. Atravesando precipitadamente la calzada, entre el tráfico. Su abuela habría dicho que eran unos meshuggenehs, unos locos.

—Zayde, quiero... irme a casa.

Su abuelo le miró, sonriendo.

—¿No te gusta este lugar, Gabriel? Pues debería gustarte.

—¿Por qué? Hay demasiada gente.

—Es porque estamos en la City —respondió su abuelo—. Aquí es donde la gente gana dinero. Algún día tú también trabajarás aquí. Quizá llegues a ser un directivo en un banco comercial. O un corredor de bolsa. ¿Te gustaría eso, Gabriel?

El niño estaba confundido.

—Yo... creo que quiero ser un caballero inglés, Zayde.

—¡Vaya! —Su abuelo tomó al niño en brazos—. Qué tonterías te han metido esas mujeres en la cabeza. La sangre no hace al hombre. Un hombre no es nada sin un trabajo.

A continuación cruzaron la calle apresuradamente, mezclándose con la numerosa y enloquecida multitud.

La duquesa de Warneham se había retirado a la rosaleda de Seldson Court para gozar de una hora de soledad cuando el señor Cavendish se presentó la tarde siguiente. La duquesa portaba una cesta en el brazo, pero al cabo de una hora de pasear sin rumbo fijo por el jardín, sólo había cortado una rosa, que sostenía en la mano.

Se había sumido de nuevo en sus reflexiones. Pensaba en los niños, por más que la habían advertido repetidas veces que no debía hacerlo. No convenía dar vueltas al pasado. Pero aquí, más allá de los muros de su casa, su corazón de madre podía sangrar en paz. Había renunciado a muchas cosas. Pero no renunciaría a eso, a su dolor.

Pese al cálido sol estival de última hora de la tarde, todo indicaba que iba a llover, pero la duquesa apenas era consciente de ello. Ni siquiera oyó acercarse al abogado de su esposo hasta que el hombre se detuvo en mitad del sendero. Al alzar la vista lo vio aguardando a una distancia prudencial, mientras la brisa agitaba unos pétalos de rosa marchitos alrededor de sus pies.

—Buenas tardes, Cavendish —dijo la duquesa con tono quedo—. Ha regresado pronto de Londres.

—Excelencia. —El abogado se apresuró hacia ella e hizo una elegante reverencia—. Acabo de llegar.

—Bienvenido a Selsdon —dijo ella de forma mecánica—. ¿Ha cenado?

—Sí, excelencia, en Croydon —respondió el abogado—. ¿Y usted?

—¿Cómo dice?

—¿Ha cenado, señora? —repitió él—. Recuerde que el doctor Osborne dice que debe alimentarse.

—Sí, desde luego —murmuró ella—. Comeré algo dentro de un rato. Por favor, dígame que ha averiguado en Londres.

Cavendish parecía sentirse incómodo.

—Tal como le prometí, señora, me dirigí directamente a las oficinas de Neville Shippping —le informó—. Pero no estoy seguro de haber conseguido nada.

—¿Ha dado con él? —preguntó ella—. ¿Con ese hombre que trabaja para la naviera?

Cavendish asintió con la cabeza.

—Sí.

—¿Y...?

Cavendish suspiró.

—Era Gabriel Ventnor, estoy seguro de ello —respondió—. Ese

hombre es la viva imagen de su difunto padre. La estatura. Los ojos dorados y el pelo rubio. Estoy convencido de que hemos localizado a nuestro hombre.

La duquesa le miró impasible.

—De modo que todo está resuelto. ¿Cuándo vendrá aquí?

Cavendish dudó unos instantes.

—No estoy seguro, señora —confesó—. Se mostró indiferente ante... nuestra noticia.

—Indiferente —repitió la duquesa mecánicamente.

El abogado emitió una risita nerviosa.

—Me temo que no es un estibador o un oficinista como creíamos —le explicó—. Es uno de los propietarios de la compañía. Tenía un aspecto... próspero. Y antipático.

La duquesa esbozó una leve sonrisa.

—No es el pobre huérfano que esperaba encontrar.

—No —contestó Cavendish con aspereza—. Y no estoy seguro de que haya comprendido la suerte que ha tenido al heredar el título. Ni siquiera estoy seguro de cuándo se dignará regresar a Selsdon Court, señora. No quiso responderme.

La duquesa tampoco lo hizo. En lugar de ello, contempló la rosa que sostenía aún en la mano. El rojo sangre de los pétalos contrastaban con su pálida piel. Rojo sangre. Una palidez mortal. Como un cuerpo al que se le ha extraído toda vida, pero que sigue vivo. Durante unos momentos, observó la rosa, meditando en los enrevesados caminos del destino. Pensando en la muerte, y en los estragos que hace. En los cambios indelebles que provoca.

¿Qué importaba que ese hombre viniera o no? ¿Qué cambiaría? ¿Qué podían hacerle a ella su poder y su orgullo para que su vida fuera aún más insoportable de lo que era? Los días transcurrían en una silenciosa inconsciencia, como habían transcurrido durante estos cuatro últimos años. O quizá fueran cinco. No estaba segura. Había dejado de contarlos.

Gabriel Ventnor. Ese hombre sostenía en sus manos la suerte de ella, o eso creían todos. Pero no era cierto. Ese hombre no era nada. No podía herirla ni atormentarla, porque el dolor terrenal ya no le afectaba.

—¿Excelencia?

Al alzar la vista y comprobar que Cavendish la observaba fijamente, comprendió que había perdido el hilo de sus pensamientos.

—Lo siento, Cavendish. ¿Qué decía?

El abogado arrugó el ceño, dio un paso vacilante hacia ella y le quitó la rosa de las manos.

—Excelencia, ha vuelto a herirse —le reprendió con delicadeza. Le arrancó un par de espinas de la palma de la mano, una de las cuales se había clavado profundamente, haciendo que brotaran unas gotas de sangre—. Sujételo con fuerza —le dijo, aplicando un pañuelo sobre la herida

—No es más que un poco de sangre, Cavendish —murmuró ella.

Él depositó la rosa en la cesta vacía.

—Vamos, excelencia, debemos regresar a la casa —dijo él, tomándola del brazo con suavidad.

—Mis rosas —protestó ella—. Quisiera terminar...

Pero Cavendish se mostró inflexible.

—Ha empezado a llover, señora —dijo, conduciéndola hacia la terraza—. De hecho, hace unos momentos que se ha puesto a llover.

La duquesa levantó la vista y vio que las gotas de lluvia rebotaban en la tapia del jardín. Las mangas de su vestido estaban húmedas, otra molestia terrenal en la que no había reparado.

—No querrá volver a caer enferma, señora —insistió Cavendish—. ¿De qué le serviría?

—Supongo que de nada —respondió ella con voz trémula y gutural.

—Sólo conseguirá complicarle más la vida a Nellie —dijo Cavendish—, quien tendrá que dejar de lado otras tareas para atenderla a usted.

La duquesa se detuvo de pronto en el sendero del jardín.

—Sí, Cavendish, tiene usted razón —dijo, mirándole a los ojos—. Y como he dicho siempre, ante todo me disgustaría convertirme en una molestia para nadie. Para nadie.

La tarde siguiente, en Berkeley Square, el barón Rothewell se quitó sus elegantes zapatillas de cuero y se sirvió una porción de brandy capaz de dejar grogui a un hombre menos resistente que él. Maldita sea, necesitaba una copa. Hasta el momento había tenido un día espantoso, aunque su hermana, a Dios gracias, no se había percatado.

Era el día de la boda de Zee. Él había pensado a menudo que no viviría para verlo. En otras ocasiones, había pensado que su hermana quizá decidiera contraer un matrimonio de conveniencia, y de amistad, casándose con Gareth Lloyd. Pero había llegado el día, y Rothewell no sólo había tenido que ver a su hermana partir de Berkeley Square con un hombre que prácticamente era un extraño para él, y un extraño de aspecto peligroso, sino que Gareth también había tenido que asistir a ello.

El flamante esposo de Xanthia, el marqués de Nash, había acogido la noticia del ascenso de Gareth Lloyd en la escala social con su habitual frialdad y elegancia, presentándolo a todos los convidados a la boda como «un estimado amigo de la familia, el duque de Warneham». No lo había hecho con mala fe, pero Rothewell se compadecía de Gareth, pobre diablo. El anuncio de su nuevo título por parte de Nash sin duda daría que hablar, y no poco.

En ese momento se abrió la puerta de su estudio y entró Gareth.

—¡Por fin apareces! —dijo Rothewell—. Precisamente pensaba dónde te habías metido.

—Estaba abajo, ayudando a Trammel a transportar las sillas adicionales.

—¿Un duque ayudando a un mayordomo a mover los muebles? —preguntó Rothewell—. ¿Por qué no me sorprende?

—Un hombre no es nada si no trabaja —respondió Gareth.

—¡Uf! —gruñó Rothewell—. Dios nos libre. ¿Quieres tomarte un brandy conmigo?

Gareth se sentó en una de las amplias poltronas de cuero que tenía Rothewell en su estudio.

—No, es demasiado temprano para mí —contestó, pero tras unos instantes de duda, añadió—: Pero quizá no para el duque de Warneham.

Rothewell soltó una sonora carcajada.

—Siempre serás el mismo, viejo amigo.

—En tal caso dame un trago, maldita sea —dijo Gareth—. Creo que los dos nos merecemos uno por haber sobrevivido a este día.

—Bueno, ahora eres de rango superior a él —dijo Rothewell, acercándose de nuevo al aparador—. Me refiero al marqués de Nash. Estás por encima de tu rival, Gareth, lo cual me parece maravilloso.

—Hace años que dejé de competir —replicó Gareth con tono severo—. Y supongo que recuerdas que esta mañana hemos celebrado una boda.

—Lo recuerdo demasiado bien. —Rothewell movió un poco el brandy en la copa con gesto pensativo y se la entregó a su invitado—. Tú has perdido a la chica de la que te enamoraste de joven, Gareth, pero yo..., no me engaño. He perdido a una hermana. Sin duda piensas que no es lo mismo. Pero cuando te abandonan como nos abandonaron a los tres, a Luke, a Zee y a mí, y no tienes a nadie más que se ocupe de ti, forjas unos lazos muy difíciles de explicar.

Gareth guardó silencio unos momentos.

—Luke ha muerto, pero nunca has vivido sin Xanthia, ¿verdad?

Rothewell meneó la cabeza.

—Recuerdo el día en que nació —dijo con voz entrecortada—. Pero basta de sentimentalismos. ¿Qué vas a hacer, Gareth? ¿Tendré que obligarte a ir a cumplir con tu deber?

—Supongo que te refieres al ducado —respondió Gareth con tono inexpresivo—. No, prometí a Zee que acudiría todos los días a Neville Shipping hasta que ella regresara. No os dejaré en la estacada.

—Jamás supuse que lo harías —murmuró Rothewell—. Desde el día en que mi hermano te contrató como chico de los recados, todos hemos dependido de ti. Fue por ese motivo, y para evitar que la competencia te robara, que establecimos esta copropiedad.

Gareth esbozó una leve sonrisa.

—Para encadenarme con grilletes de oro, ¿eh?

—Exacto. —El barón bebió otro trago de brandy, haciendo que su musculoso cuello se moviera como una máquina bien engrasada—. Y ahora te propones cumplir con su parte del trato. Lo cual respeto. Pero aunque tu participación en Neville Shipping te ha hecho bastante rico, no puede compararse con la fortuna que al parecer has heredado.

—¿A dónde quieres ir a parar? —preguntó Gareth con más brusquedad de lo que había pretendido.

—Quizá deberías ocuparte de algo más lucrativo. —Rothewell empezó a pasearse de un lado a otro de la habitación, sosteniendo la copa en la mano—. No voy a darte un sermón sobre el deber y la responsabilidad, pero te aconsejo que vayas a... ¿cómo se llama?

—Selsdon Court.

—Eso, Selsdon Court —repitió Rothewell—. A juzgar por su nombre, debe de ser una propiedad grandiosa.

—Lo es. Hasta un extremo obsceno.

—Bueno, obsceno o no, ahora te pertenece. Deberías ir a ocuparte de ella. No está lejos, ¿verdad?

Gareth se encogió de hombros.

—Aproximadamente a media jornada en coche —respondió—. O uno puede tomar el Croydon Canal en Deptford.

—¿Media jornada? —preguntó Rothewell sin dar crédito—. Eso no es nada. Ve a ocuparte de los asuntos que reclaman tu atención, y presenta tus condolencias a la viuda negra, un apelativo que le ha puesto Zee, no yo.

Gareth soltó un gruñido.

—La duquesa es una mujer fría e insensible —dijo—. Pero dudo que sea una asesina. No se atrevería a quedar destruida a ojos de la sociedad.

Rothewell le miró con extrañeza.

—¿Cómo es?

Gareth desvió la vista.

—Extremadamente altiva —murmuró—. Pero no es cruel. Para eso tenía a su marido.

—Me pregunto si se ha convertido en una acaudalada viuda.

—No te quepa duda —contestó Gareth—. Warneham era increíblemente rico. La familia de ella habrá recibido una generosa parte de la herencia.

—¿Y sin embargo espera que vayas? —murmuró Rothewell—. Quizá piensa que vas a tomar alguna decisión con respecto a su futuro.

A Gareth no se le había ocurrido. Durante unos instantes se recreó con la fantasía de que la arrojaba a la calle para que se muriera de hambre, o algo peor. Pero ese pensamiento no le complacía; de hecho, ni siquiera podía imaginárselo. En cualquier caso, no creía que dependiera de él.

—¿Estás pensando en ello? —inquirió Rothewell.

Gareth no respondió. No lo sabía. Durante los terribles días que habían seguido a su exilio de Selsdon Court, jamás había deseado regresar. Al principio había deseado muchas cosas que eran imposibles. Cosas que los niños, en su ingenuidad, anhelan. Una caricia. Una chimenea encendida. Un hogar. Pero había encontrado justamente lo opuesto. Le habían arrojado a las entrañas del infierno. Su anhelo infantil se había reducido al puro odio de un hombre. Y ahora que podía regresar a Selsdon Court —ahora que era el amo de todos ellos—, aún tenía menos ganas de regresar. El destino le había jugado una mala pasada.

Rothewell carraspeó, haciendo que Gareth regresara al presente.

—Luke apenas hablaba de tu pasado —dijo—. Decía simplemente que eras un huérfano de buena familia que había tenido mala suerte.

¡Mala suerte! Luke Neville siempre había sido el maestro de los eufemismos.

—Fue el azar lo que me llevó a Barbados —dijo Gareth—. Y gracias a Dios, conocí a vuestro hermano.

Rothewell sonrió.

—Recuerdo que te atrapó cuando huías del puerto con una pandilla de fornidos marineros pisándote los talones.

Gareth desvió la vista.

—Me agarró del cuello de la chaqueta, pensando que era un carterista —respondió—. Luke era un hombre valiente.

Rothewell dudó unos momentos.

—Sí, muy valiente.

—Y yo…, cielo santo, estaba calado hasta los huesos.

—Eras un saco de huesos cuando te trajo a casa —respondió Rothewell—. Era difícil creer que tenías…, trece años, según creo recordar.

—Recién cumplidos —dijo Gareth—. Debo a Luke la vida por haberme salvado de esos cabrones.

Rothewell sonrió de nuevo, pero era una sonrisa tensa y fría.

—Ellos perdieron y nosotros salimos ganando —dijo—. Pero cuando Luke dijo «de buena familia», creo que se quedó corto.

—Yo no se lo expliqué con precisión —reconoció Gareth—. Me refiero a Warneham. Sólo le dije que mi padre era un caballero, un comandante del ejército que había caído en Roliça, y que mi madre había muerto.

Rothewell se sentó en una esquina de su amplia mesa y observó a Gareth con gesto pensativo.

—Luke sabía lo que significaba quedarse huérfano de niño —dijo con tono inexpresivo—. Nos ha complacido considerarte casi como un miembro de la familia, Gareth. Pero ahora te reclaman otras obligaciones más importantes.

—Lo dudo —replicó Gareth con desdén, apurando el resto de su brandy.

—Ve a pasar quince días allí —le aconsejó Rothewell—. Para asegurarte de que cuentas con un administrador competente. Examina con atención los libros de cuentas para cerciorarte de que no te están estafando. Haz valer tu autoridad sobre tus empleados, y recuérdales para quién trabajarán a partir de ahora. Luego puedes volver a Londres y dejar esa destartalada casa que tienes en Stepney.

Gareth le miró sin dar crédito.

—¿Y luego qué hago?

Rothewell dibujó un círculo en el aire con su copa.

—Alguna de esas elegantes mansiones de Mayfair debe de pertenecer al duque de Warneham —respondió—. En caso contrario, compra una. No tienes que vivir el resto de tu vida en el campo, y desde luego no es necesario que sigas trabajando para la compañía Neville.

—Imposible —contestó Gareth—. No puedo ausentarme de ella, ni siquiera durante dos semanas.

—Zee no se marcha hasta dentro de unos días —dijo Rothewell—. Y en el peor de los casos, supongo que el viejo Bakely y yo podríamos contratar...

—¿Tú? —le interrumpió Gareth—. ¿Sabes siquiera localizar las oficinas de la compañía Neville?

—No, pero mi cochero ha ido allí casi cada día durante los nueve últimos meses —respondió Rothewell—. ¿Quién es el mayor competidor de la compañía Neville?

Gareth vaciló unos instantes.

—Supongo que la compañía Carwell, en Greenwich. Es algo más grande que la nuestra, pero nosotros no tenemos nada que envidiarles.

Rothewell depositó su copa en el aparador.

—Entonces contrataré a su agente de negocios —respondió—. Todo el mundo tiene un precio.

—¿Le contratarás para que me sustituya a mí?

Rothewell tomó la copa vacía de manos de Gareth y regresó junto al aparador.

—Amigo mío, te engañas si piensas que tu antigua vida no ha concluido —dijo, destapando la licorera de brandy—. Sé lo que significa tener que cumplir con unos deberes que te disgustan. Pero no tienes más remedio. Eres un caballero inglés. Y por más que te empeñes en no reconocerlo, no lo conseguirás.

—Tú no eres la persona más idónea para dar consejos sobre empeñarse en no reconocer algo —replicó Gareth, irritado—, cuando bebes demasiado y dejas que tu vida y tus habilidades se vayan al traste.

—*E tu Brute?* —le espetó Rothewell sin volverse—. Quizá debería ponerte un vestido de muselina y llamarte «hermana». Te aseguro que no echaré de menos a Xanthia en absoluto.

Gareth guardó silencio. Rothewell rellenó las dos copas y luego tiró con gesto enérgico de la campanilla. Trammel apareció casi al instante.

—Di a los sirvientes que preparen mi coche de viaje —le ordenó—. El señor Lloyd lo necesitará al amanecer. Deben ir a recogerlo a su casa en Stepney.

—En serio, Rothewell, no es necesario —dijo Gareth, levantándose.

Pero Trammel se había esfumado.

—No puedes ir a Selsdon Court en una calesa —dijo Rothewell—. Ni en un bote por el canal.

—Me niego a ir en un coche prestado.

Rothewell atravesó la habitación y entregó a Gareth su copa.

—El coche, si no me equivoco, es técnicamente un bien de la compañía que pertenece a Neville Shipping.

—Para la que ya no trabajo —replicó Gareth.

—Pero de la que todavía eres dueño de una parte —contestó Rothewell—. Estoy seguro de que en Selsdon Court te esperan numerosos y elegantes carruajes, viejo amigo. Cuando te hayas instalado puedes enviarme el mío de vuelta.

—¿Es que no vas a dejarme en paz?

—Yo no gozo de paz alguna. ¿Por qué iba a dejarte a ti en paz? —Luego, con fingida solemnidad, el barón alzó su copa—. A su excelencia, el duque de Warneham. Largo sea su reinado.

Capítulo 3

La casa estaba silenciosa como la muerte; el aire estaba impregnado del olor a pan recién horneado y a col. Los muelles de la cama rechinaron cuando su madre se incorporó, lenta y dolorosamente.

—Gabriel, tatellah, acércate.

El niño se arrastró sobre el colchón a cuatro patas y se acurrucó junto a ella como un cachorro. Su madre le acarició el pelo con dedos fríos.

—Gabriel, un caballero inglés siempre cumple con su deber —dijo con voz débil—. Prométeme... prométeme que te portarás bien, como un caballero inglés. Como tu padre. ¿Lo harás?

El niño asintió, restregando con su cabello el cobertor.

—¿Vas a morirte, mamá?

—No, tatellah, sólo mi forma humana —murmuró la mujer—. El amor de una madre nunca muere. Se extiende a través del tiempo y de la tumba, Gabriel. El amor de una madre nunca se destruye. Dime que lo comprendes.

Él no lo comprendía, pero asintió de nuevo.

—Siempre cumpliré con mi deber, mamá —le aseguró—. Prometo portarme como un caballero.

Su madre suspiró y se sumió de nuevo en la bendita paz del sueño.

—Lo único que digo, señora, es que no me parece justo —dijo Nellie mientras cepillaba la larga cabellera rubia de su ama—. Una mujer no debería ser arrojada de su casa, ni siquiera cuando enviuda.

—Ésta no es mi casa, Nellie —respondió la duquesa con firmeza—. Las mujeres no somos dueñas de nuestras casas. Los hombres deciden dónde debemos vivir.

Nellie soltó un bufido de desdén.

—Mi tía Margie es dueña de su casa —dijo—. Y de una taberna. Ningún hombre la echará de ella, se lo aseguro.

La duquesa fijó la vista en el espejo y sonrió débilmente.

—Envidio a tu tía Margie —dijo—. Goza de una libertad que las mujeres como yo... sabemos desde pequeñas que nunca tendremos.

—Se refiere a las aristócratas —dijo Nellie—. No, señora, he visto cómo viven algunas personas. Y prefiero ganarme el pan con el sudor de mi frente.

—Eres muy inteligente, Nellie.

La duquesa bajó la vista y observó sus manos, que tenía enlazadas sobre el regazo. Nellie y ella llevaban juntas diez años. Las eficientes manos de Nellie empezaban a mostrar los estragos del paso del tiempo, y su entrecejo estaba siempre arrugado. Y cuando estaban solas —cosa que ocurría con frecuencia—, la doncella a menudo se dirigía a su ama utilizando sus antiguos nombres o títulos, a veces una combinación de ambas cosas. La duquesa no se molestaba en corregirla. No le complacía la elevada posición que el destino le había conferido. Antes de este matrimonio, confiaba en vivir el resto de sus días en su apacible viudedad. Ahora este deseo quizá se cumpliría.

—¿No ha tenido noticias de lord Swinburne? —le preguntó y dejó el cepillo para tomar unas horquillas de una bandeja de porcelana.

—Una carta desde París. —La duquesa trató de asumir una expresión más animada—. Papá volverá a ser padre, y muy pronto. Al parecer su viaje de bodas ha sido tal como debe de ser un viaje de bodas.

—Pero ¿y usted, señora? —Los ojos de Nellie se cruzaron con los suyos en el espejo—. ¿No puede regresar a casa? Greenfields es una mansión muy grande, no tanto como ésta, pero lo suficiente para ustedes tres.

La duquesa dudó antes de responder.

—Penélope es muy joven, y recién casada —respondió—. Mi padre dice que quizá, cuando haya nacido la criatura...

Pero no terminó la frase.

Nellie frunció los labios y enroscó un mechón del cabello de su ama alrededor de su dedo.

—Creo que entiendo la situación —murmuró, forcejeando con una horquilla—. Una casa, un ama...

—Penélope es muy joven —repitió la duquesa—. ¿Y qué te hace pensar que deseo regresar a casa? Me sentiría fuera de lugar. Mi padre tiene razón, al menos en eso.

—¿Y lord Albridge? —sugirió Nellie.

—¡Cielos, Nellie! Mi hermano es un empedernido donjuán. Lo que menos necesita ese calavera es tener a su hermana en casa. —Sujetó la mano de su doncella, obligándola a detenerse—. No te preocupes, Nellie. No soy pobre. Cuando averigüemos los deseos del duque, quizás alquile una casita para vivir en ella.

—Algo tendrá que hacer, señora —dijo la doncella—. Desde la muerte del anciano duque parece como si una nube de tristeza gravitara sobre esta casa. Y la gente chismorrea.

—Son meras habladurías —respondió la duquesa—. Pero ya encontraremos algo, en Bath, o quizás en Brighton. ¿Te gustaría vivir allí?

Nellie arrugó la nariz.

—Creo que no, señora —respondió—. Soy una chica de campo. Pero no estoy preocupada por mí. Puedo ir a trabajar para mi tía Margie.

La duquesa esbozó una leve sonrisa.

—¿Puede alojarnos a las dos en su casa? —preguntó—. Creo que me las apañaría como doncella.

—¡Ya! —exclamó Nellie, tomando los dedos de la duquesa—. ¿Con estas manos? Lo dudo, señora. Además, yo iré adonde usted vaya. Ya lo sabe.

—Sí, Nellie. Lo sé.

En ese momento la luz en la habitación se atenuó, como si alguien hubiera apagado una lámpara. Nellie se volvió hacia las amplias ventanas.

—Dichoso tiempo. No tardará en volver a llover, señora —le advirtió.

—Quizá la tormenta pase de largo —murmuró la duquesa de forma mecánica.

—No cuente con ello —respondió la doncella—. Lo presiento. Se lo aseguro.

—¿Qué es lo que presientes?

La doncella se encogió de hombros.

—Hay algo raro en el aire —dijo—. Algo... No sé. Supongo que es la tormenta. Es debido a este insoportable calor agosteño. Nos vamos a achicharrar.

—Sí, ha sido muy desagradable —reconoció la duquesa.

Nellie se encogió de hombros, tomó otro mechón de pelo y lo observó con gesto pensativo.

—Creo que le haré un moño alto —dijo—. Un peinado... digno de una duquesa, ¿qué le parece?

—Es lo que soy ahora —respondió su ama—. Pero en cuanto a mi pelo... No es necesario que pierdas el tiempo, Nellie. Recógemelo y ya está.

—Vamos, señora —dijo la doncella con tono meloso—. Ese hombre no será como los otros que han acudido en tropel de Londres. Es el primo pródigo descarriado. Debería ponerse sus mejores galas para impresionarle.

Nellie se preocupaba por ella, pensó la duquesa esbozando otra sonrisa forzada. Últimamente apenas prestaba atención a su aspecto. No obstante, tal como había apuntado Nellie, eso no había impedido que acudiera una multitud de pretendientes confiados en obtener su mano. Fingían venir a verla para presentarle sus condolencias, y para ver «cómo estaba». Pero la duquesa sabía reconocer a esos buitres, unos buitres educados y con unos modales perfectos, desde luego, pero que iban en busca de carroña. Al parecer, todo bribón en Londres iba a la caza de una fortuna. Los hombres respetables mantenían las distancias.

—Tienes razón —dijo por fin—. Sí, Nellie, me comportaré como una auténtica duquesa.

Las hábiles manos de su doncella empezaron a peinarla con un elegante moño rubio, del que caían unos rizos sobre su nuca.

—¿Se pondrá el vestido de seda color berenjena, señora? —preguntó Nellie mientras le recogía los últimos mechones—. Le colocaré unas cintas negras entrelazadas con el pelo.

—Sí, y mi chal negro.

Nellie desenrolló una larga cinta de color negro, la cual parecía un poco gastada.

—Creo que deberíamos sustituirla por otra —murmuró—. Pero dentro de unas semanas, señora, podrá dejar de vestir siempre de negro.

—Sí, Nellie. Será un alivio.

Pero no se quitaría el luto. No del todo. La duquesa sabía que lo llevaría el resto de su vida, al menos por dentro.

De pronto se oyó un tumulto en el patio adoquinado. El clamor de unos cascos junto con el estruendo de las ruedas de un carruaje, y, por encima de todo ello, la imperiosa voz del mayordomo impartiendo órdenes a los criados. Dentro de la casa se oían pasos que subían y bajaban apresuradamente por la escalera de servicio. Todos los ocupantes de la mansión estaban nerviosos, y no sin motivo.

—Parece que un coche ha atravesado la verja —comentó Nellie con gesto serio, corriendo hacia la ventana—. Es un coche muy elegante, señora. Un reluciente landó de color negro con las ruedas rojas. Y una librea negra y roja. Debe de tratarse de un *nabab*.

—¡Sí, nuestro pobre primo huérfano! —murmuró la duquesa.

—Yo diría que el nuevo amo hace tiempo que no vive en la pobreza, señora —dijo Nellie, asomando la cabeza a través de las cortinas—. Y va a recibir un tratamiento regio. Coggins ha hecho que los criados se coloquen en fila sobre los escalones de la entrada, solemnes como una hilera de lápidas.

La duquesa dirigió la vista hacia las ventanas.

—¿Está lloviendo, Nellie? —preguntó—. La señora Musbury tiene aún mucha tos.

—Sí, ha empezado a chispear. —La doncella tenía la nariz casi pegada contra el cristal—. Pero Coggins no les quita los ojos de encima, señora, y ninguno se atreve a mover un músculo. Y él... ¡un momento! El coche se ha detenido. Uno de los lacayos ha bajado para abrir la portezuela. Y él se dispone a apearse. Y es... ¡Dios bendito!

La duquesa se volvió sobre la banqueta.

—¿Qué ocurre, Nellie?

—Ay, señora —respondió la doncella entre atónita e impresionada—. Ese hombre no parece un ser terrenal, sino más bien un ángel. Pero un ángel de aspecto serio y ceñudo. Como los que están pintados en el techo del salón de baile, lanzando rayos con cara de pocos amigos.

—Son imaginaciones tuyas, Nellie.

—Le aseguro que no, señora —insistió la doncella con voz curiosamente apagada—. Es muy joven, señora. No es en absoluto como yo me esperaba.

Durante unos momentos, ambas mujeres escucharon el murmullo de las presentaciones abajo mientras Nellie describía el cabello del visitante, la anchura de sus hombros, el corte de su levita y en qué escalón se había detenido. Al parecer, el flamante duque se lo tomaba con calma. ¡Qué desfachatez obligar a unos leales sirvientes a esperar para darle la bienvenida bajo la lluvia!

Lentamente, la sintió que le embargaba una extraña emoción. Lo cual le sorprendió. Confiaba en que la tos de la señora Musbury no empeorara. Y casi confiaba en que el nuevo duque enfermara de tisis. Y deseó que Nellie dejara de hablar de truenos y relámpagos. ¡Un ángel de mal carácter!

En ese momento se oyó tronar a lo lejos, y el batir de la lluvia en los tejados se intensificó hasta convertirse en una estruendosa cacofonía. Abajo, se oían puertas que se cerraban. Voces y gritos. El sonido de arneses y el coche al alejarse. Durante unos instantes, todo se convirtió en un caos.

—¿Lo ve, señora? —observó Nellie, volviéndose de la ventana—. No tardará en llegar.

La duquesa arrugó el ceño.

—¿Qué no tardará en llegar?

—La tormenta. Los rayos. —Nellie se alisó la parte delantera del vestido con gesto preocupado—. Está a punto de estallar, señora. Lo... presiento.

El inmenso y vacío vestíbulo de Selsdon Court ofrecía un aspecto casi grandioso. Sólo los muy ricos podían permitirse el lujo de una habitación vacía que contenía poco más que mármol, pan de oro y obras de arte. Gareth se detuvo en el centro y se volvió lentamente en un círculo. Nada había cambiado. Era inmenso, reluciente, perfecto.

Incluso la colección de antiguos maestros, según observó, colgaban agrupados de la misma forma. El Poussin sobre el Leyster. El Van

Eyck a la izquierda del de Hooch. Los tres Rembrandts que formaban un gigantesco y magnífico grupo entre las puertas de la sala de estar. Había docenas de cuadros, que Gareth recordaba bien. Durante un instante, cerró los ojos mientras los criados trajinaban a su alrededor; los lacayos ocupándose del equipaje, las doncellas y el personal de la cocina regresando a sus quehaceres. Todo sonaba igual. Incluso olía igual.

Sin embargo, no lo era. Gareth abrió los ojos y miró a su alrededor. Observó que algunos de los criados de categoría inferior tenían un aspecto que le resultaba vagamente familiar. Pero aparte de eso, no reconoció a ninguno. Quizás era porque pocos se atrevían a alzar la vista y mirarlo. Pero ¿qué había imaginado? Los rumores sin duda habían llegado hasta aquí.

Peters, el prepotente mayordomo de Selsdon Court, ya no estaba. El señor Nowell, el lacayo favorito de su tío, debió de marcharse también tras percibir una generosa recompensa. Tampoco había rastro de la señora Harte, la vieja y gruñona ama de llaves, cuyo lugar ocupaba ahora una mujer con el cabello de un color pardusco, ojos bondadosos y una tos persistente. ¿La señora Musgrove?

No. No se llamaba así.

—Coggins —dijo Gareth, acercándose al mayordomo—. Quiero una lista de todo el personal indicando los nombres y puestos que ocupan, incluyendo su edad y años de servicio.

El sirviente le miró alarmado, pero se apresuró a ocultarlo.

—Sí, excelencia.

—Y el administrador de la finca, el señor Watson —añadió Gareth—. ¿Dónde diablos se ha metido?

De nuevo, una leve expresión de alarma. Un instante de vacilación que hizo que Gareth se preguntara qué historias les habían contado a esas personas sobre él. ¿Que se dedicaba a triturar los huesos de los criados para elaborar su pan?

—No he tenido oportunidad de informar al señor Watson de su llegada, excelencia —murmuró el mayordomo. Todos murmuraban, como si la casa fuera una especie de mausoleo—. Me temo que ha ido a Portsmouth.

—¿A Portsmouth? —preguntó Gareth.

—Sí, señor. —El mayordomo hizo una extraña y seca reverencia—. Ha ido a recoger una máquina, una trilladora, que han enviado de Glasgow.

—¿Fabrican hoy en día ese tipo de máquinas?

El mayordomo asintió con la cabeza.

—El difunto duque la encargó antes de morir, pero... —El criado se detuvo y echó un vistazo alrededor de la habitación—... Pero en algunos círculos no gozan de popularidad. Digamos que en el sur se han producido algunos disturbios.

—Ya. —Gareth enlazó las manos a la espalda—. Supongo que dejan a muchos hombres sin trabajo.

—Eso piensan algunos, excelencia. —Un lacayo que en esos momentos pasó frente a ellos miró a Coggins y asintió. El mayordomo señaló una de las magníficas escaleras que subían a los pisos superiores en unas espléndidas y simétricas curvas desde el inmenso vestíbulo—. Sus aposentos están preparados, señor. Le conduciré a ellos.

—Deseo ver a la duquesa —respondió Gareth.

Se dio cuenta que lo había dicho con tono brusco, pero estaba impaciente por resolver cuanto antes este trámite.

En honor de Coggins cabe decir que respondió sin vacilar:

—Desde luego, excelencia. ¿Desea cambiarse antes de ropa?

¿Cambiarme de ropa? Gareth había olvidado que los habitantes de Selsdon Court se cambiaban de ropa con tanta frecuencia como las personas normales respiraban. Sin duda a la duquesa le chocaría recibir a un hombre vestido con las mismas prendas que llevaba desde hacía siete horas. Sería imperdonable que apareciera ante ella con la indumentaria que había utilizado durante el viaje. *¡Quelle horreur!*, como solía decir el señor Kemble.

—¿No tiene un ayuda de cámara? —preguntó Coggins mientras subían la escalera.

—No, era un insolente, de modo que le corté la cabeza.

Coggins se detuvo en seco en la escalera. Empezó a temblar casi de forma imperceptible, pero Gareth no sabía si era de temor, de indignación o debido al esfuerzo de reprimir la risa.

Sin duda de indignación. Esta gente se tomaba muy en serio el tema de la ropa.

—Por el amor de Dios, Coggins, sigue —dijo Gareth—. Era una broma. No, en estos momentos no tengo un ayuda de cámara. Supongo que pediré que me envíen uno.

De repente vio en su imaginación a Xanthia, a quien le importaba un comino cómo vestía la gente. De hecho, en ocasiones se ponía el mismo atuendo tres días seguidos, no porque tuviera poca ropa, sino porque no concedía la menor importancia a esos detalles. Sólo le importaban los asuntos de la compañía que debía atender cada día.

De golpe comprendió que iba a echarla de menos. Sus vidas se habían separado y probablemente no volverían a coincidir en un sentido importante. La vida que él había llevado hasta ahora —la vida que había tratado de forjarse de los escombros que habían constituido su infancia—, había desaparecido. Tenía la sensación de hallarse de nuevo en el punto de partida. Este ducado no representaba ninguna ventaja para él, sino una maldición. Una condenada maldición.

Al cabo de unos instantes llegaron ante una puerta de doble hoja, que parecía tallada en caoba. Con un amplio ademán, Coggins la abrió de par en par y se apartó para que Gareth contemplara los magníficos aposentos.

—La alcoba ducal, excelencia —dijo el criado, señalando la inmensa habitación—. A su derecha está el vestidor, y a su izquierda, el cuarto de estar.

Gareth siguió al mayordomo procurando no poner cara de pasmado. No pudo por menos de reconocer que jamás había visto unas habitaciones tan espléndidas como éstas. Las cortinas del dormitorio eran de seda azul pálido, y el gigantesco lecho con dosel estaba decorado en un color azul más oscuro. La alfombra azul y plateada era persa, y lo bastante grande como para cubrir la mitad de la bodega de los barcos de menor tamaño de la naviera Neville.

Atravesaron la habitación hacia el cuarto de estar, que estaba decorado con austeridad pero contenía unos muebles de aspecto más delicado que los del dormitorio. En la pared de enfrente había otra puerta. Gareth la abrió.

—¿Qué es esto? —preguntó al percibir el suave perfume a gardenias.

—La alcoba de la duquesa —respondió el mayordomo—. Cuando una duquesa reside en la mansión, claro está.

Gareth aspiró de nuevo el perfume, esta vez más profundamente. Tenía algo de exótico y seductor. Un leve aroma a flor de loto, quizá.

—Pero en estos momentos reside una duquesa en la mansión, Coggins —dijo por fin—. ¿Qué ha sido de ella?

El mayordomo se inclinó de nuevo.

—La duquesa viuda se ha trasladado a otra *suite* —explicó—. Supuso que era lo que usted desearía.

Gareth apoyó una mano en la cadera.

—No es lo que deseo —respondió, cerrando la puerta con brusquedad—. Dile que vuelva a instalarse aquí. ¿Dónde se encuentra la segunda mejor *suite* de la casa, Coggins? Ocuparé ésa.

Pero Coggins no estaba dispuesto a transigir en ese punto.

—Quizá sería mejor, excelencia, que hablara de ello con la duquesa.

—Muy bien —respondió Gareth—. Lo haré.

Dos lacayos habían subido agua caliente para llenar el baño de asiento, que habían colocado en el centro del vestidor. Gareth empezó a soltarse el nudo del corbatín.

—Di a la duquesa que la veré dentro de veinte minutos —dijo, quitándoselo—. La recibiré en el estudio.

Coggins vaciló.

—¿Me permite sugerirle, excelencia, el salón diurno?

Gareth se detuvo cuando iba a desabrocharse los botones del chaleco.

—¿El salón diurno? ¿Por qué?

El mayordomo vaciló de nuevo unos instantes.

—A la duquesa le desagrada el estudio —respondió por fin—. No le gustan las habitaciones oscuras. El estudio. La biblioteca. Los salones situados en el ala norte. De hecho, aparte de la hora de cenar, rara vez abandona el ala sur.

Gareth arrugó el ceño. Esa sensibilidad no coincidía con la mujer fría y dura que había conocido.

—¿Desde cuándo ha adoptado unas costumbres tan raras?

El mayordomo apretó los labios.

—Ojalá supiera responder a su pregunta, señor —contestó—. La duquesa es… una mujer singular.

—¿Singular?

—Delicada, excelencia —respondió el criado.

—¡Ah! —dijo Gareth, quitándose la levita—. Te refieres a que es una mujer mimada. Muy bien, no deseo contrariarla. Dile que nos veremos en el salón diurno, dentro de dieciocho minutos.

—¿Dieciocho? —repitió el mayordomo.

—Sí, Coggins. —Gareth arrojó el chaleco sobre la cama—. El tiempo es oro, y ya es hora de que todo el mundo en esta casa lo tenga en cuenta.

Capítulo 4

Gabriel oprimió la oreja contra la cerradura, asustado. El abuelo, el Zayde, estaba llorando. Pero los hombres no debían llorar. El mismo Zayde se lo decía al menos una vez a la semana.

—¡Todo está perdido, Rachel! —sollozó—. Todo. Lo hemos perdido todo. ¡Ay, un shkandal! ¡Un escándalo! ¡Malditos sean mil veces!

—Pero... pero son unos caballeros ingleses —murmuró la abuela de Gabriel—. Tienen que pagarte. Es preciso.

—¿Desde Francia? —contestó su abuelo con amargura—. Acéptalo, Rachel. Lo hemos perdido todo, ¡Todo! Me temo que incluso la casa.

—¡No! —exclamó su abuela horrorizada—. Mi casa no. ¡Malachi, por favor!

—Unas personas insolventes no pueden vivir en Finsbury Circus, Rachel. Tendremos suerte si podemos alquilar de nuevo un cochambroso hekdish, una chabola, en Houndsditch.

—Pero ¿y el comandante Ventnor? —preguntó la abuela—. Quizá pueda ayudarnos.

—¡Ayudarnos! ¡Ayudarnos! ¡Nadie puede ayudarnos, Rachel!

—Pero..., le escribiré, ¿qué te parece? —Gabriel oyó a su abuela acercarse a su pequeño escritorio de madera de castaño—. Nos enviará dinero.

—¿De dónde lo sacará? ¿De la paga de un oficial? —La voz de Zayde sonaba como un grave lamento—. No, Rachel. No. Es la voluntad de Dios. Todo ha terminado.

Gareth se detuvo frente a la puerta del salón diurno de Selsdon Court y se pasó la mano por el pelo, que estaba todavía húmedo. En la otra mano sostenía los documentos que Cavendish le había facilitado, la mayoría de los cuales todavía no había leído. No le apetecía mantener esa entrevista con la duquesa. Apenas habían transcurrido dos días desde que había recibido la inoportuna visita del abogado, y estaba cansado de fingir ser lo que no era. Pero procuraría acabar cuanto antes con este trámite, pues no podía seguir adelante hasta que lo hiciera. ¿Seguir adelante hacia dónde?, se preguntó.

Llamó a la puerta con impaciencia y entró.

La habitación estaba bañada en la tenue luz vespertina, la cual realzaba la decoración dorado pálido y crema. Una mujer, que no era la duquesa, se hallaba junto a las puertaventanas, contemplando los jardines a través de los cristales. Lucía un elegante vestido de un color púrpura tan oscuro que parecía casi negro, y una fina cinta negra trenzada en su cabello, al que el sol arrancaba unos reflejos dorados. Se había cubierto los hombros con un delicado chal negro, que se había caído y ahora colgaba de sus codos. Daba la vaga impresión de ser muy bella, pero Gareth no alcanzaba a verla con claridad. Cuando él había entrado ella no se había dignado a volverse ni a saludarlo siquiera.

De modo que había decidido menospreciarle. Debió de prever esa reacción, pensó Gareth.

—Buenas tardes —dijo, alzando la voz y con tono brusco.

La mujer se volvió, sorprendida. Quizá no le había oído entrar. No, no era probable.

—Soy Warneham —dijo él con frialdad—. ¿Quién diantres es usted?

La mujer hizo una reverencia tan profunda y airosa, que casi rozó el suelo con la frente.

—Soy Antonia —dijo, alzándose con elegancia—. Permítame que le dé la bienvenida a Selsdon Court, excelencia.

—¿Antonia...?

Ella ladeó al cabeza.

—Antonia, la duquesa de Warneham.

De pronto Gareth lo comprendió todo, sintiéndose un poco abochornado. *La duquesa*. Dios, era un idiota.

—¿Era usted... la segunda esposa de Warneham?

La mujer sonrió levemente, curvando un poco los labios en un gesto entre comprensivo y amargo.

—La cuarta, según creo —murmuró—. El difunto duque era un hombre muy decidido.

—Santo cielo —dijo él—. ¿Decidido a qué? ¿A matarse?

Ella desvió la mirada, y él lo comprendió de nuevo. Al morir Cyril, Warneham había tenido muy presentes las reglas de la sucesión. Debía de estar desesperado por tener un heredero que ocupara el lugar del chico al que no sólo despreciaba, sino que había llegado a odiar con cada fibra de su ser. Y, para asegurarse de que él no pudiera heredar, se lo había quitado de encima confiando en que no sobreviviera para volver a pisar Inglaterra. Pero había sobrevivido.

Y esta mujer…, Dios santo. Era aún más bella de lo que él había imaginado basándose en su primera impresión. Era joven, de menos de treinta años, pensó Gareth, lo bastante joven para dar a un hombre viejo y amargado un hijo. Pero si había tenido descendencia con Warneham, debían de ser hijas, de lo contrario él no estaría en estos momentos aquí, y ella no estaría contemplando educadamente los jardines, como para ahorrarle este bochorno. Al cuerno con su educada comprensión. Él no la necesitaba.

—Permítame expresarle mis condolencias por su pérdida —se apresuró a decir Gareth—. Como sin duda sabe, mi primo y yo no manteníamos ninguna relación, por lo que ignoro si…

—No sé nada sobre los asuntos personales de mi esposo —le interrumpió ella con firmeza—. Y no es preciso que me dé usted ninguna explicación.

—Perdón, ¿cómo dice?

Ella le miró con evidente irritación.

—El nuestro fue un matrimonio breve, excelencia —respondió—. Un matrimonio concertado con un sólo propósito. A él no le interesaban mis asuntos personales, ni a mí los suyos.

La duquesa no pudo haber cortado la conversación con más limpieza si hubiera utilizado la espada de un corsario. Él la miró durante unos momentos perplejo. Esta mujer parecía un enigma; de aspecto frágil como la porcelana, pero fría y vengativa de corazón. Una princesa de porcelana, de porte altivo y majestuoso.

—Dígame, señora —dijo él por fin—. ¿Hay alguien en esta casa que no me tenga inquina? ¿Alguien que no desee que me vaya al diablo?

Ella arqueó sus bonitas cejas.

—No tengo la menor idea —respondió—. Pero yo no le deseo ningún mal, excelencia. Tan sólo deseo seguir adelante con mi vida. Deseo... gozar de mi libertad. Eso es todo.

—¿Su libertad? —repitió él—. Entiendo. La he hecho esperar.

—El destino me ha hecho esperar —le corrigió la duquesa—. Y hablando de esperar, excelencia, ¿me permite rogarle que no vuelva a hacer que mis sirvientes le esperen bajo la lluvia? La señora Musbury tiene los bronquios delicados.

—Créame, la pompa y la ceremonia no me interesan en absoluto —contestó él con gesto hosco—. Supongo que fue idea de Coggins que se colocaran en fila para darme la bienvenida.

Ella alzó un poco el mentón.

—Pero usted les retuvo bajo la lluvia.

—¿Y qué quería que hiciera? —replicó él con aspereza—. ¿Que pasara de largo sin hacerles caso? Eso habría sido menospreciarlos, señora. Habría dado la impresión de que su trabajo no me importaba, y si usted hubiera trabajado alguna vez, señora, sabría que es el peor desprecio que se puede hacer a alguien.

El escaso color que la duquesa tenía en las mejillas se desvaneció, y en su rostro se pintó de inmediato una expresión contrita.

—Le pido disculpas —dijo en voz baja—. Ha sido un comentario fuera de lugar.

—No, ha sido un comentario desacertado —le espetó él—. No se trata de hablar fuera o no de lugar. Puede usted expresarse con toda libertad. Y ya puestos, señora, permítame que le dé una orden inequívoca: deseo que vuelva a instalarse en sus aposentos del ala sur.

Ella palideció,

—No me parece decoroso, excelencia.

—¿Decoroso? —repitió él, confundido durante unos segundos—. ¡Por el amor de Dios! Yo me mudaré a otra *suite*.

El bochorno de ella dio paso a la perplejidad.

—No estoy segura de que sea correcto.

—Una opinión que no tendré en cuenta —respondió él—. Es precisamente por eso que he empleado la palabra «inequívoca».

—Vaya —dijo la duquesa sin perder la calma—. Es evidente que es primo de Warneham.

—Sí, y es una lástima que su esposo no tuviera otro —replicó Gareth.

Ella le miró con curiosidad, pero no enojada.

—¿Qué ha querido decir con eso?

—No importa —contestó él—. Discúlpeme.

Gareth carraspeó, y de pronto cayó en la cuenta, avergonzado, que no la había invitado a sentarse. A fin de cuentas, ésta era su casa, no la de ella. La duquesa también era consciente de ello.

Con un gesto del brazo, él señaló dos butacas situadas junto a la ventana.

—Veo que le complace esta vista del jardín de Selsdon —observó con tono socarrón—. Hemos empezado con mal pie. Por favor, siéntese.

La duquesa comprendió que era una orden, aunque impartida con educación. Regresó junto a las ventanas, enderezando la espalda debajo de su vestido de seda púrpura. Se sentó con gesto casi regio y se alisó la falda.

Cuando Gareth logró por fin apartar los ojos de ella, contempló la magnífica vista a través de la ventana: los verdes, extensos y cuidados arbustos de boj, los senderos de grava que sin duda barrían y limpiaban cada mañana, y la ostentosa fuente que arrojaba unos chorros de agua a tres metros del suelo. Cyril y él la llamaban la «fuente de los peces», porque el agua brotaba de las bocas de unas criaturas mitológicas que rodeaban una escultura de Tritón. A ambos les encantaba jugar en ella los cálidos días de verano.

Recordó de nuevo que todo esto debía de pertenecer a Cyril. Había nacido para heredarlo. Estaba preparado para ello. Era lo que esperaba. Él, no. Ni en sueños había imaginado que sería suyo. Pero se sentó en la butaca frente a la duquesa y volvió a mirarla. Esta vez, los ojos de ambos se encontraron, y él contuvo el aliento. Qué disparate. Ni siquiera la conocía. Y estaba claro que ella no tenía el menor deseo de conocerlo a él.

—¿Qué planes tiene para el futuro, señora? —preguntó él secamente—. ¿Y qué puedo hacer para agilizarlos?

—Aún no he hecho ningún plan —respondió ella—. El señor Cavendish me dijo que no debía hacerlos hasta solicitarle a usted permiso.

—¿Mi permiso? —Irritado, Gareth se golpeó suavemente el muslo con el borde de la carpeta—. ¿No mi consejo? ¿O mi recomendación? Como viuda del duque, tiene usted derecho a percibir una parte de la herencia, ¿no es así?

—Se me ha concedido una veintésima parte de las rentas de la herencia ducal —respondió ella—. No me moriré de hambre.

—¿Una veintésima parte? —Gareth la miró sin dar crédito—. Cielo santo, ¿cómo se le ocurrió acceder a semejante acuerdo?

De nuevo, la duquesa arqueó las cejas ligeramente.

—Se nota que ha vivido muchos años en el extranjero, excelencia —murmuró—. Inglaterra sigue siendo una sociedad patriarcal.

La duquesa tenía razón. Gareth estaba demasiado acostumbrado a la independencia de Xanthia. La mayoría de las mujeres no tenían el privilegio de vivir como ella.

—Mi padre se ocupó de las capitulaciones matrimoniales —continuó la duquesa—. Yo no supe nada de ellas hasta que los abogados vinieron a verme después del funeral. Imagino que Cavendish le ha facilitado una copia de las mismas. Una veintésima parte de las rentas de Selsdon bastaría para mantener con holgura a una familia compuesta por diez miembros. Como he dicho, excelencia, no me moriré de hambre.

—Su padre era un necio o tenía mucha prisa por casarla —murmuró Gareth, mientras examinaba los papeles que contenía la carpeta—. El derecho consuetudinario inglés le habría concedido una tercera parte, ¿no?

En vista de que ella no respondía, él alzó la cabeza para mirarla. Su rostro mostraba una expresión azorada, y había perdido buena parte de su color. Entonces se sintió de inmediato avergonzado.

—Le pido perdón —dijo secamente—. Mi observación ha sido una grosería, teniendo en cuenta su dolor.

Pero ella no parecía precisamente apenada, sino... simplemente azorada. No obstante, sus mejillas no tardaron en recobrar el color. Enderezó la espalda y dijo:

—Fue un matrimonio pactado con rigor, excelencia. Mi padre pensaba que debía sentirme agradecida por la oferta de Warneham, puesto que tenía escasas perspectivas de contraer matrimonio.

Qué tontería. La duquesa era una mujer ante la que muchos hombres caerían rendidos a sus pies.

—¿Escasas perspectivas? —murmuró él.

—No se compadezca de mí, excelencia —contestó ella con frialdad—. Yo era todo lo que el difunto duque deseaba en una esposa.

Gareth carraspeó para aclararse la garganta y prosiguió:

—Como duquesa viuda, señora, debería tener derecho a seguir viviendo en su casa —dijo—. Nadie pretende que la abandone. Mis visitas aquí serán tan infrecuentes como sea posible, de modo que no nos estorbaremos mutuamente.

La duquesa hizo un gesto de alivio, y Gareth observó que se relajaba un poco.

—Gracias —contestó ella con voz entrecortada—. Se lo agradezco mucho, excelencia. Pero no estoy segura...

—¿De querer seguir viviendo aquí? —preguntó él—. Lo entiendo. Esta mansión, pese a su grandiosidad, parece un lúgubre mausoleo. ¿Y su familia? ¿No podría irse a vivir con su padre?

—No —se apresuró a responder ella—. En estos momentos está de viaje.

Por el tono con que lo dijo, Gareth comprendió que no debía insistir.

—¿Tiene usted hijos, señora? —le preguntó.

Ella le miró, y durante un instante él observó en sus ojos una expresión que le conmovió.

—No, excelencia —respondió ella en voz baja—. No tengo hijos.

Dios santo, ¿es que no había ningún tema que él pudiera abordar con esta mujer sin temor a herir sus sentimientos?

—¿Qué le ha aconsejado Cavendish?

Ella enlazó las manos sobre su regazo.

—Opina que debería retirarme a Knollwood Manor, esto es, a la casa dentro de la finca reservada a la duquesa viuda, y llevar una vida apacible lejos de la mirada indiscreta de la sociedad. Cree que... sería lo más aconsejable para mí, dadas las circunstancias.

¿La casa reservada a la duquesa viuda? Gareth se estremeció para sus adentros. Pero permaneció impasible.

—Pues yo opino que es usted demasiado joven para llevar una vida tan retirada, a menos que lo desee —dijo—. Disculpe mi ignorancia, pero ¿no tenemos una casa en la ciudad?

Ella asintió con la cabeza.

—En Bruton Street, pero está alquilada.

—Entonces me ocuparé de que la desalquilen —respondió él.

—Es usted muy amable —dijo ella—. Pero no, no puedo regresar a Londres. Y no estoy segura de que ese tipo de vida me agrade. La verdad es que... no estoy segura.

Pero él sí lo estaba. Era una mujer joven y extraordinariamente bella. Tenía toda la vida por delante. Aunque el duque no le había dejado una elevada suma de dinero, su belleza bastaba para que pudiera hacer un buen matrimonio, cuando los rumores de la muerte de Warneham cesaran. A menos que ella le ocultara algo.

¿Tenía quizás un pasado escandaloso? Él la observó mientras reflexionaba. No. Lo más probable es que fuera «mercancía tarada», como suele decirse, en un sentido que a él se le escapaba de momento. Por otra parte, ¿cesarían alguna vez esos rumores? Hacía casi un año que Warneham había fallecido. Quizá no cesaran nunca. La sociedad no vacilaba en difundir rumores pero tardaba en perdonar. ¡Paciencia! Todo el mundo tenía que cargar con alguna cruz. El pasado de esta mujer no le incumbía. Y el suyo no le incumbía a ella.

Gareth examinó rápidamente los papeles para ver si contenían alguna información sobre el contrato de alquiler de la casa en Bruton Street, pero no había nada. Alzó la vista y dijo:

—En cualquier caso, no es preciso que nos apresuremos a tomar una decisión, señora. Puede quedarse en Selsdon Court tanto tiempo como desee. Pero si prefiere residir en Knollwood..., supongo que podemos tomarlo en consideración.

Ella bajó la vista y la fijó en la alfombra.

—Según me han dicho, está en un estado lamentable —respondió—. Cavendish dice que se requiere mucho dinero para ponerla en condiciones. Según tengo entendido, fue abandonada hace unos años.

Él sintió que crispaba la mandíbula.

—En efecto —dijo—. Yo viví allí de niño. Y ya entonces la casa se caía a pedazos.

Ella alzó la cabeza.

—No... lo sabía —balbució—. Oí decir que usted había vivido aquí...

—Nunca he vivido aquí —le interrumpió él—. Jamás he vivido en esta casa.

—Ah. —Ella apartó la vista—. Yo no he puesto nunca los pies en Knollwood.

—No hay nada que ver allí —contestó él con aspereza—. Supongo que hoy en día debe de estar inhabitable. Hace veinte años, el tejado tenía goteras y los suelos estaban podridos. Carece de cañerías, y el sótano es tan húmedo que la planta baja apestaba a moho.

Al oír eso, la duquesa arrugó la nariz y torció el gesto. Le daba un aspecto aniñado, y él sintió unas inexplicables ganas de echarse a reír. No de ella, sino con ella. Durante unos instantes, se olvidó de las frías y tristes noches que había pasado en esa vieja y siniestra casa, y las noches posteriores a éstas.

—Por fuera tiene un aspecto muy bonito —comentó ella en tono de disculpa—. A veces pienso que es como un castillo de cuento de hadas.

—Supongo que es debido a los torreones —dijo él, esbozando una sonrisa forzada—. Desde fuera presentan un aspecto muy romántico. Si desea vivir allí, al margen de lo que piense Cavendish, ordenaré que hagan las reparaciones necesarias. Es necesario conservar los bienes, y estoy seguro de que podemos permitírnoslo.

—Ahora es usted uno de los hombres más ricos de Inglaterra, excelencia —dijo ella. De pronto se sonrojó—. No pretendo insinuar que antes no lo fuera. Ignoro sus circunstancias...

La duquesa había sucumbido al rubor.

—¿Qué pensaba ese necio y estirado de Cavendish que yo era cuando intentaba localizarme? —masculló Gareth—. ¿Un vil esquirol? ¿Un ratero? ¿Un ladrón de tumbas?

El rubor de la duquesa se intensificó.

—Creo que dijo que era un estibador —respondió ella—. O un cargador de muelles. ¿Son la misma cosa?

—Más o menos. —Gareth sonrió—. Casi lamento que no lo fuera.

Me habría divertido verlo caminar por la zona portuaria tapándose la nariz con un pañuelo.

Durante unos instantes, él tuvo la impresión de que ella iba a reírse. Esperaba oír ese sonido con inexplicable afán, pero al final la duquesa guardó silencio.

Él dejó la carpeta a un lado y apoyó las manos en los muslos como si fuera a levantarse.

—Bien, creo que de momento no podemos hacer nada más —dijo—. ¿A qué hora sirven la cena en la actualidad?

—A las seis y media. —De pronto ella le miró como si acabara de recordar algo—. Hoy es lunes, excelencia.

—¿Lunes?

—Sir Percy y lady Ingham suelen cenar en Selsdon los lunes, junto con el doctor Osborne —respondió ella—. Y por lo general el párroco y su esposa. Pero se han ido de vacaciones a Brighton. ¿Le importa?

—Por supuesto que me importa —replicó él—. Ya me habría gustado a mí irme de vacaciones a Brighton.

La duquesa esbozó otra plácida sonrisa.

—Me refería al doctor Osborne —aclaró—. Es el médico del pueblo de Lower Addington. Todos ellos me han brindado su apoyo durante estos tiempos tan terribles.

—En tal caso estaré encantado de conocerlos —contestó él, levantándose.

Y además tendría la ventaja, pensó para sus adentros, de no tener que pasar otra hora a solas con la duquesa. Con una sonrisa deliberadamente distante, le ofreció la mano para ayudarla a levantarse.

Pero al llegar a la puerta, ella se detuvo y se volvió hacia él. Gareth observó que mostraba de nuevo un gesto apesadumbrado.

—¿Excelencia?

—¿Sí?

—Comprendo que es su primera tarde en Selsdon. —La duquesa fijó la vista en un punto sobre el hombro de él—. Más pronto o más tarde... acabará enterándose de los rumores.

—¿Qué rumores? —contestó él sonriendo con amargura—. Supongo que en Selsdon abundan los rumores. ¿A cuáles se refiere?

Ella sostuvo su mirada; sus ojos denotaban tristeza.

—Algunos creen que la muerte de mi esposo no fue un accidente —dijo en voz baja—. Dicen que... yo no era feliz en mi matrimonio.

Sus palabras, que la duquesa pronunció sin la menor emoción, hicieron que él sintiera que un escalofrío le recorría la espalda, lo cual no había sentido cuando Xanthia le había contado el rumor.

—¿Insinúa que la acusan abiertamente?

Ella esbozó una media sonrisa,

—¿Que me acusan? No. Eso sería demasiado complicado. Es mucho más fácil mancillar mi reputación con rumores e insinuaciones.

Gareth sostuvo su mirada.

—¿Mató usted a su marido?

—No, excelencia —respondió ella con calma—. No le maté. Pero el daño está hecho.

—Hace tiempo comprobé que los rumores constituyen una fuerza nefasta y destructiva —respondió él con frialdad—. En este caso, sugiero que les prestemos la atención que merecen, que es nula.

Pero cuando la dejó junto a la puerta, no estaba seguro de que su sugerencia fuera acertada. Había algo extraño, casi sobrenatural, en la duquesa. Algo en sus ojos que le intrigaba. Pero ¿una asesina? Estaba convencido de que no lo era, aunque ni él mismo se explicaba por qué estaba tan seguro de ello.

Lamentablemente, en el mundo de la duquesa —el mundo de la alta sociedad—, ese tipo de habladurías podían hundir a cualquiera. Él empezaba a comprender por qué prefería retirarse a un lugar apartado y dilapidado como Knollwood en lugar de regresar a ese mundo y tratar de construirse una vida.

Pero nada de esto era problema suyo. Él había venido aquí tan sólo para inspeccionar la propiedad y asegurarse de que era administrada de forma que rindiera beneficios. No había venido para salvar el mundo, ni siquiera el pequeño y exclusivo rincón del mundo en el que habitaba la duquesa.

Cuando Antonia regresó, Nellie la recibió a la puerta de su alcoba.

—¡Ha vuelto! —dijo, como si temiera que su ama fuera ser devorada viva—. ¿Cómo es el nuevo duque, señora?

Antonia sonrió con displicencia.

—Arrogante —dijo, arrojando su chal negro sobre la cama—. Recoge mis cosas, Nellie. Vamos...

—¡Ay, señora! —se quejó la doncella—. ¡Debe de ser sin duda un desalmado!

—... a trasladarnos de nuevo a la *suite* ducal —concluyó Antonia.

Nellie cerró la boca.

—¡Bendito sea Dios! —exclamó al cabo de un momento—. ¿De modo que regresa a sus antiguos aposentos? Debo decir que el duque se ha portado como un auténtico caballero.

Antonia atravesó la habitación hacia la ventana. Estaba claro que Nellie deseaba averiguar más detalles sobre la entrevista, pero ella descorrió los visillos y contempló el patio de grava. Se sentía inexplicablemente reacia a permitir que su doncella se percatara de su estado de ánimo. Ella misma no estaba muy segura de comprender lo que sentía.

¿Qué le había sucedido en el salón diurno? Algo... extraño. Era consciente... pero ¿de qué? Tenía la impresión de estar temblando, o quizás algo la había hecho estremecerse. A primera vista, ese hombre le había parecido autoritario y arrogante, y era cierto. Tenía aspecto de altivo aristócrata, con su ajustada levita y su ceñido pantalón. Su mirada dorada y penetrante parecía taladrarla. Tenía la mandíbula demasiado dura, la nariz demasiado aguileña. Su cabello rubio era demasiado espeso y lustroso. E, inexplicablemente, ella le había buscado las cosquillas casi como si quisiera pelarse con él. Era impropio de ella. Ya no quedaba nada en la vida por lo que mereciera pelearse. ¿O sí?

¡Y ese arrebato de genio! ¿A qué venía? No le había levantado la voz a nadie desde que..., bueno, desde hacía mucho tiempo. Pero había algo en el duque que la irritaba. Parecía tan seguro de sí, parecía sentirse tan cómodo ejerciendo su nuevo poder. Y, al final, para su asombro, se había mostrado casi amable con ella. Daba la impresión de haberla creído.

Ella había supuesto que sería un hombre inculto y maleducado; un patán que se habría quedado pasmado al contemplar todo lo que había conseguido sin esfuerzo alguno. No imaginaba que fuera tan joven, y había supuesto que los años que había pasado viajando con la marina y en las islas de las colonias habrían eliminado el escaso lustre que conservaba de su breve estancia en Selsdon. Pero estaba equivocada. Era mucho más peligroso.

—Sí, Nellie, el nuevo duque dijo todo lo que cabe esperar de un caballero —respondió Antonia por fin—. No creo que sea un hombre sensible y generoso, pero confío en que sea justo.

Nellie le tocó ligeramente el brazo.

—Pero ¿dice que es arrogante?

—Sí... —Antonia no sabía muy bien cómo describirlo—. Quizá lo lleva en la sangre, Nellie. Creo que este hombre tendría un carácter imperioso aunque se hubiera criado en un establo de vacas.

—Bueno, no sabemos dónde se crió, ¿verdad, señora? —respondió Nellie con suspicacia—. Sólo sabemos lo que dicen los sirvientes; que mató a su primito y destrozó el corazón del anciano duque, aunque no creo que tuviera corazón.

—Basta, Nellie —dijo Antonia con tono de reproche—. Por cierto, me ha dicho que vivió en Knollwood. ¿Lo sabías?

—No, señora. —La doncella había reanudado su tarea de doblar medias—. Sólo que lo trajeron aquí.

—Pero no es lo mismo —observó Antonia—. Dime, Nellie, ¿qué dicen abajo?

—La mayoría de los sirvientes se abstiene de hacer comentarios —respondió la doncella—. Algunos dicen que el nuevo duque fue muy amable al molestarse en saludarlos a todos, teniendo en cuenta que se había puesto a llover a cántaros. Y algunos hicieron unos comentarios favorables sobre su forma de expresarse. Pero uno o dos dicen que no quieren trabajar para un presuntuoso... Bueno, dejémoslo estar.

Antonia la miró de soslayo.

—Sí, dejémoslo estar.

Nellie se encogió de hombros.

—Metcaff dice que se rumorea que el nuevo amo tuvo algo que ver con la muerte del anciano duque, señora.

—Los únicos rumores provienen del propio Metcaff —contestó Antonia—. Una lengua maledicente es un instrumento de Satanás, Nellie. Y si recuerdas, era yo quien había cometido ese horrendo crimen hasta que apareció esta nueva oportunidad.

—Nadie lo cree realmente, señora —le aseguró Nellie, pero Antonia sabía que lo decía para tranquilizarla—. De todos modos, Metcaff dice que piensa presentar su dimisión.

—¿Ah, sí? —preguntó Antonia sin dar crédito—. ¿Para hacer qué, si puede saberse?

—Lo ignoro, señora —contestó la doncella—. Pero está instigando a otros a marcharse con él.

—En tal caso morirán de hambre juntos —replicó Antonia—. En Londres hay mucha gente que no tiene un mendrugo de pan que llevarse a la boca, y esta lluvia echará a perder la cosecha. Deberían sentirse agradecidos de tener trabajo.

Nellie guardó silencio unos momentos.

—Disculpe, señora, pero ¿se siente bien?

—Sí, Nellie, perfectamente. —Antonia se volvió de la ventana—. ¿Por qué me lo preguntas?

Esta vez Nellie alzó sólo un hombro.

—La veo un poco rara —respondió—. Y el color de su rostro… Pero déjelo estar. Si se siente bien…

—Estoy perfectamente.

—Entonces haré el equipaje, tal como me ha ordenado.

—Sí, gracias. —Antonia se volvió de nuevo para mirar a través de la ventana—. Pero en primer lugar prepara mi vestido de noche.

Nellie abrió la puerta del vestidor.

—¿Cuál quiere ponerse?

—Elígelo tú —respondió Antonia, contemplando no el patio delantero sino su desvaída imagen reflejada en el cristal.

Nellie tenía razón. No parecía ella. Tenía las mejillas un poco encendidas, y mostraba una expresión que apenas reconocía.

—Nellie —añadió de improviso—, elige un vestido con algo de color. Quizás el de raso jacquard azul oscuro. ¿Crees que es demasiado prematuro?

—Por supuesto que no, señora. —Nellie sacó el vestido del ropero y lo sacudió con energía—. Ha llegado el nuevo duque. Tiene la obligación de recibirlo como es debido.

—Si, Nellie, supongo que tienes razón. —Antonia alzó la mano y tocó distraídamente a la extraña que se reflejaba en el cristal—. Es mi obligación, desde luego.

Esa noche Gareth saludó a sus invitados con cierto temor y al mismo tiempo con una sensación de alivio. Después de su entrevista con la duquesa, no estaba seguro de querer volver a estar a solas con ella. No sabía muy bien por qué. Visualmente, era un regalo para los ojos, pero al igual que un postre demasiado rico, era preferible acompañarlo con algo más suave, por ejemplo, una taza de café tibio.

Sir Percy Ingham cumplía ese requisito. Si la duquesa era un pastel de chocolate con nata, sir Percy era una taza de té aguado. Asimismo, hacía poco que había llegado al pueblo de Lower Addington, lo cual para Gareth suponía un alivio. Estaba cansado de los rumores que habían empezado a circular a sus espaldas. No es que sir Percy diera la sensación de no hacer caso de esos rumores —y menos su esposa—, pero al menos él no los conocía desde su infancia. El doctor, un hombre llamado Martin Osborne, instruido y de conversación amena, presentaba la misma ventaja. Aparentaba tener menos de cuarenta años, y poseía los modales de un caballero.

Gareth se sintió también aliviado al averiguar que Selsdon contaba con un chef de extraordinarias cualidades. Observó a los comensales con gran satisfacción cuando los criados retiraron el tercer plato y sirvieron una selección de pastelitos de frutas y helados.

—Permítame que le reitere, excelencia, lo complacidos que nos sentimos de cenar con usted en su primera noche en Selsdon —dijo el doctor Osborne con tono solemne—. Es muy amable por su parte continuar con nuestra pequeña tradición.

—En efecto —apostilló sir Percy, eligiendo un pastelito de frutas de la bandeja—. En términos generales, excelencia, ¿qué impresión le ha causado su primer día en su nueva casa?

Gareth hizo una indicación con la cabeza al lacayo, que se disponía a servirles más vino.

—¿Qué fue lo que dijo en cierta ocasión el reverendo Richard Hooker, sir Percy? —preguntó Gareth mientras el criado se inclinaba para servir el vino—. «Es imposible inducir un cambio sin ciertos inconvenientes, ni siquiera un cambio de peor a mejor», ¿no?

—¡Exacto! ¡Exacto! —Sir Percy parecía sorprendido—. ¿Ha leído usted por casualidad la obra maestra de Hooker *Sobre las leyes del gobierno eclesiástico*? Es una de las obras favoritas del párroco.

—Sí, la he leído —respondió Gareth secamente, preguntándose si debajo de las palabras del baronet se ocultaba una ofensa o, peor aún, una pregunta tendenciosa. El reverendo Needles le había obligado a empollarse las obras de Hooker *ad nauseam*, aunque eso no les incumbía a ninguno de los presentes. Pero nadie había reparado en el comentario, y Gareth se relajó.

—¿Qué tiene de inconveniente sobre este cambio, excelencia? —le preguntó lady Ingham—. Yo no encuentro nada en Selsdon Court que me desagrade.

—No has entendido a qué se refería su excelencia, querida —dijo su marido.

—No se trata de que me desagrade, señora —mintió Gareth con calma—. El inconveniente reside en que me obliga a desatender mi negocio en Londres.

Lady Ingham sonrió con cara de no comprender.

—Pero supongo que tiene unos empleados que puedan hacerse cargo del negocio en su ausencia.

Gareth se sintió de pronto profundamente cansado. Esas personas eran muy amables, pero no sabían nada del mundo real.

—Tenemos docenas de empleados, señora, pero sería una responsabilidad demasiado pesada para ellos —respondió—. Y mi socia en el negocio acaba de casarse, de modo que...

—¿Una mujer? —se apresuró a preguntar lady Ingham, intrigada por esa insólita información—. ¿Qué clase de socia de negocios tiene usted?

Gareth estuvo tentado de decir que iban a medias en el último burdel de la señora Berkley, en el que se practicaba la flagelación, pues era el tipo de respuesta salaz que esperaba lady Ingham. Pero se contuvo.

—Mi socia es la marquesa de Nash —contestó—. Somos copropietarios de una compañía naviera llamada Neville Shipping.

La duquesa no dijo nada, pero Gareth vio que abría mucho los ojos con gesto de sorpresa.

—Neville Shipping —dijo el doctor—. ¿Tiene las oficinas en Wapping High Street? Creo haberla visto.

—Supongo que en uno de sus viajes a la ciudad —terció la duquesa, rompiendo su silencio.

—Sí, recuerdo haber visto el letrero allí —confesó Osborne—. Soy cliente de un boticario cerca de Wapping Wall. El mundo cada día es más pequeño.

—Espero que no demasiado —observó Gareth—. Si se hace más pequeño, la compañía Neville pronto tendrá que cerrar.

—Pero no pensará seguir ocupándose de ese negocio, excelencia —dijo la señora Ingham con cierto tono de reproche.

Gareth notó que empezaba a perder la paciencia.

—¿Por qué no voy a seguir ocupándome de él? —preguntó irritado—. El trabajo duro no sólo no perjudica, sino que suele ser muy beneficioso.

—¡Exacto! ¡Exacto! —volvió a decir sir Percy.

El doctor se inclinó hacia delante como para recalcar sus palabras.

—Hay vocaciones, lady Ingham, y hay pasiones. Puede que su negocio sea una pasión para el duque.

Gareth dirigió la vista hacia el otro extremo de la mesa cubierta con un mantel blanco como la nieve y vio que la duquesa le observaba con atención, pendiente de su respuesta.

—Era una necesidad que se ha convertido en una pasión —dijo—. Dejémoslo así.

Al cabo de unos momentos, los criados retiraron los postres y trajeron el oporto. Los caballeros no permanecieron mucho rato en el comedor. Cuando se reunieron con las damas en la sala de estar, un criado ayudaba a lady Ingham a ponerse la capa.

—He oído tronar a lo lejos —dijo ésta tímidamente—. Creo que debemos irnos cuanto antes, Percy.

Sir Percy guiñó el ojo a Gareth.

—A mi esposa le desagradan las tormentas.

—Al igual que a la duquesa —añadió Osborne con tono quedo.

La duquesa, que alisaba el cuello de la capa de lady Ingham, se quedó helada. No miró a nadie, ni siquiera al doctor. Osborne debió de comprender que había cometido un desliz, y empezó a hablar sobre el tiempo en términos más generales.

—¿Quiere que le acerquemos al pueblo, Osborne? —preguntó sir Percy—. Me temo que mi esposa tiene razón sobre la lluvia.

—No, gracias —respondió Osborne—. He traído un paraguas.

Gareth acompañó a los Ingham hasta la puerta de entrada, pero la duquesa permaneció en un discreto segundo plano, en deferencia a él. Pero cuando regresó a la sala de estar al cabo de unos momentos, se preguntó si lo había hecho realmente por deferencia a él. Osborne se hallaba junto a la puerta, sosteniendo la mano de la duquesa entre las suyas y mirándola profundamente a los ojos.

—¿Y el soporífero? —murmuró—. Prométame que no olvidará tomarlo, Antonia.

Ella se mordió su carnoso labio inferior, y Gareth sintió que el corazón le daba un vuelco.

—Me disgusta tomármelo —dijo ella por fin—. Hace que luego me sienta rara.

—Quiero que me lo prometa, Antonia —insistió el doctor con firmeza, alzando las manos de ella como si fuera a besárselas—. Lo necesita, de lo contrario sabe que no podrá conciliar el sueño con esta tormenta que se avecina.

Ella bajó los ojos, enmarcados por unas pestañas oscuras.

—Muy bien. Lo pensaré.

Gareth carraspeó para aclararse la garganta y entró en la habitación.

La pareja se separó casi con aire de complicidad. La duquesa bajó de nuevo la vista y se acercó al hogar, que estaba apagado, frotándose los brazos como si tuviera frío. El doctor Osborne le dio las gracias por la cena.

Cuando Gareth regresó después de acompañar al doctor a la puerta, sintió cierto alivio al comprobar que la duquesa había desaparecido.

Capítulo 5

Gabriel se mantenía a distancia mientras unos chicos mayores que él jugaban, dando patadas a un balón sobre el césped. Los había visto otras veces en Finsbury Circus. Y también había visto el balón; una esfera asombrosamente redonda, que botaba y se deslizaba sobre la hierba a la velocidad del rayo, emitiendo un sonoro golpe seco cuando le asestaban una patada.

El chico más pequeño se fijó en Gabriel y le indicó con el dedo que se acercara. Después de volverse para mirar a su abuelo, que descabezaba un sueñecito, echó a correr hacia el césped.

El chico le ofreció el balón.

—Necesitamos un sexto jugador —dijo—. ¿Sabes dar patadas?

Gabriel asintió con la cabeza.

—Pues claro.

El chico más mayor pasó junto a él, rozándole con el codo.

—Dámelo, Will —dijo, arrebatándole el balón—. No queremos jugar con judíos.

Gabriel dejó caer los brazos.

El chico mayor se puso a brincar hacia delante y hacia atrás sobre el césped, mirándolo con desdén.

—¿Qué? —dijo—. ¿Quieres el balón? ¿Lo quieres? ¡Anda, atrápalo!

Dejó caer el balón y le propinó una enérgica patada con su larga pierna.

El balón alcanzó a Gabriel en la barriga, cortándole el aliento. El niño cayó sobre la hierba; el sonido de la sangre retumbándole en los oídos casi sofocaba las risotadas. Al principio sólo se reía uno de los chi-

cos. Luego otro, y otro más, hasta que todos se unieron al coro de carcajadas.

Su humillación fue total cuando su Zayde *le recogió del suelo.*

—¡A broch tsu dir!, malditos —exclamó, agitando el puño hacia los chicos—. ¡Regresad a Shoreditch, puercos!

Los chicos se fueron corriendo, sin dejar de reírse. Su Zayde *le sacudió un poco para quitarle la tierra de la ropa.*

—¡Oy vey, Gabriel! ¿Cómo se te ha ocurrido?

—Me... gustaba ese balón.

—¡Eingeshpahrt! Eres testarudo. —Su abuelo suspiró—. Pero te compraré un balón, ¿qué te parece?

—Quiero jugar con alguien.

—¡Entonces hazlo con chicos de tu raza! —Zayde le tomó de la mano y echaron a andar a través del césped hacia casa—. Ellos no nos quieren, Gabriel. ¿Cuántas veces tengo que decírtelo?

Esa noche, el calor disminuyó y estalló una violenta tormenta sobre Surrey. Gareth se fue a la cama escuchando el aullido del viento y el ruido incesante de los desagües. Agotado debido al viaje —y a los pensamientos sobre el deber al que se enfrentaba—, se sumió de inmediato en un sueño profundo pero agitado. Se despertó pasada la medianoche empapado en un sudor frío, atrapado en un lío de sábanas, respirando con dificultad. De pronto, se incorporó en la cama, aterrorizado y aturdido.

Selsdon Court. Estaba en Selsdon Court. Un candelabro de pared en el pasillo iluminaba la silueta de su puerta. Una puerta muy ancha y recia. Su primo había muerto por fin, gracias a Dios. No había barcos, ni cadenas. Pero el sueño se adhería a él como una lona húmeda y podrida. Percibía su hedor, junto con el hedor a maromas alquitranadas y cuerpos sucios y apestosos. ¿El *Saint-Nazaire*? Dios santo. Hacía meses que no soñaba con ese viejo y podrido cascarón.

No se dio cuenta hasta ese momento de que temblaba de los pies a la cabeza. Después de pasarse la mano por su alborotado pelo, trató de calmarse. Dios, ¿qué significaba que soñara con su juventud perdida precisamente esta noche?

Nada. No significaba nada. Ya no era un niño. Ahora sabía defenderse. Pero en ese momento, necesitaba una copa. Sí, un generoso trago de brandy, el nefasto remedio de Rothewell para todo tipo de males. Se libró del lío de sábanas en el que estaba atrapado, se sentó en el borde de la cama y se enjugó el sudor de la frente. Más allá de las ventanas vio el resplandor de los relámpagos, una y otra vez. Al cabo de unos segundos, oyó tronar, pero a lo lejos.

El brandy estaba en una mesita auxiliar situada entre las ventanas. Gareth encendió una lámpara, se puso la bata y se sirvió una copa. Seguida de una segunda. Cuando iba por la tercera, irritado consigo mismo por pensar en tiempos pasados, el nerviosismo hizo presa en él. Miró el reloj en la repisa de la chimenea. Las dos y media. ¿Por qué tenía la sensación de hallarse en otra época?

Era este lugar. El hecho de haber regresado aquí le había evocado demasiados recuerdos. Curiosamente, pensó en su abuela, y en Cyril. Su vida aquí, en términos generales, había sido el de una infancia desdichada. Pero no había comprendido que la desdicha podía ser relativamente aceptable hasta que había caído en el infierno, en el *Saint-Nazaire*.

Apuró el resto de su brandy de un trago, paladeando el potente líquido mientras se deslizaba por su garganta. Cielo santo, Rothewell se habría reído al verlo ahora, temblando en la penumbra como un joven timorato, y un poco bebido tras ingerir una fracción de lo que el barón era capaz de beberse antes del desayuno.

Gareth nunca había sido un bebedor empedernido. Siempre le había parecido un hábito propio de los aristócratas, unos hombres que no tenían que levantarse al alba para ganarse el sustento, una categoría que, como comprendió de golpe, ahora le incluía a él.

Mientras reflexionaba en ello, se levantó de su silla y empezó a pasearse, nervioso, por la habitación. Su abuelo había tenido razón; no estaba hecho para este tipo de vida. ¿Cómo había sucedido? Durante un rato, se sumió en una vorágine de pensamientos y recuerdos no del todo claros; más tarde no habría podido precisar qué clase de pensamientos y recuerdos, pues al fin encontró algo con que distraerse. Abrió las pesadas cortinas y contempló el patio más abajo.

Selsdon Court había sido antaño una fortaleza normanda, que durante el reinado de Guillermo II se había convertido en un castillo almenado. Al cabo de un tiempo el castillo se había convertido en una elegante mansión, la cual había conservado buena parte de sus rasgos originales, entre ellos los baluartes del sur y del este, los cuales se comunicaban mediante un gigantesco lienzo de muralla, que constituía la parte más antigua de la casa. Gareth la contempló a través del patio interior, sus toscos muros de piedra de color marrón amarillento iluminados por la parpadeante luz que arrojaban hacia arriba los faroles de la verja. Desde esta altura, alcanzaba a distinguir las almenas, pero el baluarte interior se hallaba envuelto en sombras.

Alzó la vista hacia el cielo. Llovía a cántaros, pero con menos ferocidad que hacía unos minutos. De pronto estalló otro relámpago, que iluminó la casa. Gareth contempló de nuevo el gigantesco lienzo de muralla. Había visto algo en el baluarte. ¿Un movimiento? ¿Una luz? Ambas cosas, pensó. Otro relámpago, éste más lejano.

Entonces la vio con claridad. Una mujer vestida de blanco. Se paseaba de un lado a otro como un espectro fantasmal, sus brazos cubiertos por un tejido blanco alzados hacia el cielo. Santo Dios, ¿acaso imploraba morir? El cielo volvió a iluminarse, bañándola en una luz pálida, sobrenatural. La mujer no parecía percatarse de la tormenta que se aproximaba. Gareth se calzó las zapatillas antes de darse cuenta de lo que se proponía hacer.

Más tarde, comprendió que debió haber llamado a un sirviente. Le habría ahorrado mojarse las zapatillas y una profunda angustia. Pero en ese momento, sin pensárselo dos veces, echó a correr por los laberínticos pasillos, subió y bajó las escaleras que conducían de un sector de la casa a otro, confiando en recordar cómo alcanzar el baluarte. Tenía que recordarlo. Cyril y él habían jugado en los torreones de niños, enzarzados en un duelo mientras subían y bajaban por las escaleras de caracol.

De pronto, la vio. Una puerta de madera en arco, reforzada con tiras de hierro, empotrada en la pared. La atravesó y entró en la sala circular del baluarte. Más allá estaba la escalera. Gareth subió medio tramo y vio otra puerta, estrecha y de madera, que daba al lienzo de muralla. Pero la maldita puerta estaba atascada.

Tras asestarle un fuerte porrazo con el hombro, consiguió que cediera. La puerta se abrió en la penumbra con un chirrido de goznes.

La mujer seguía paseándose de un lado a otro en el baluarte, de espaldas a él. Un resplandor iluminó de nuevo el horizonte, mostrando con toda claridad el bastión oriental. Pero no era necesario que viera el rostro de la mujer. De inmediato supo quién era; quizá lo había sabido desde el principio.

—¡Excelencia! —Sus palabras apenas se oían debido al estrépito de la lluvia—. ¡Antonia! ¡Deténgase!

Ella no le oyó. Él se acercó con cautela, sin molestarse en sortear los charcos. El cuerpo de la duquesa parecía irradiar una fuerte tensión. Su cabello rubio pálido le colgaba por debajo de la cintura, chorreando debido a la lluvia. Parecía extremadamente delgada y menuda.

—¿Antonia? —dijo él bajito.

Cuando le tocó el hombro, ella se volvió con calma y le miró…, mejor dicho, parecía como si mirara a través de él. Gareth se sintió desconcertado, y más al darse cuenta de que la duquesa llevaba tan sólo un camisón de muselina transparente, empapado y pegado a sus exquisitos pechos.

Él se esforzó en fijar la vista en su rostro.

—Antonia —repitió en voz baja—, ¿qué hace aquí fuera?

Ella se apartó, pasándose la mano por el cabello, que chorreaba.

—Beatrice —murmuró, sin mirarle—. El carruaje…, ¿no lo oye?

Gareth la sujetó por el antebrazo con suavidad pero con firmeza.

—¿Quién es Beatrice? —preguntó a través del estruendo de la lluvia.

—Es tarde —respondió ella con voz ronca—. Sin duda… son ellos.

—¡Entre en casa, Antonia! Nadie va a venir esta noche.

Pero ella meneó la cabeza, muy agitada.

—Los niños, los niños —musitó—. Tengo que esperarles.

¡Es sonámbula! O puede que estuviera un poco desquiciada. Estaba claro que no sabía dónde se encontraba. Tenía que llevársela de este maldito baluarte, pensó él, de lo contrario se exponía a que un rayo les alcanzara y abatiera.

—Insisto en que entre en casa, Antonia —dijo, tirándole del brazo.

—¡No! —protestó ella un poco asustada—. ¡No puedo irme de aquí!

Se soltó bruscamente, obligándole a abalanzarse sobre ella.

Ella se resistió como una fiera, golpeándole con las manos, arañándole y tratando de soltarse de nuevo. Volvió a escabullirse, y esta vez él la atrapó y estrechó contra sí, sujetándola con un brazo, procurando no lastimarla mientras ella seguía golpeándole y asestándole patadas. Pero Antonia tenía un cuerpo ágil y sorprendentemente fuerte, a la vez que voluptuoso. ¡Santo Dios! Durante lo que a Gareth le pareció una eternidad, forcejeó con ella, que no cesaba de revolverse, debatiéndose entre sus brazos y golpeándolo, en lo alto del baluarte, mientras la tormenta se aproximaba por momentos, y sólo las almenas eran capaces de impedir que cayeran al vacío y se estrellaran contra el acantilado.

Por fin, Gareth consiguió inmovilizarla contra el baluarte con el peso de su cuerpo.

—¡Basta, Antonia! —Ella respiraba de forma agitada. Él la sujetó con fuerza, mientras la lluvia se deslizaba sobre su rostro—. ¡Por lo que más quiera, estése quieta!

Ella rompió a llorar —en realidad eran unos gemidos desgarradores—, un sonido que hizo que él sintiera como si le arrancaran algo del pecho. Era angustioso. Conmovedor. Al fin las rodillas de Antonia empezaron a ceder, y todo su cuerpo empezó a deslizarse, sin fuerzas, hacia el suelo. Gareth la sostuvo, haciendo que apoyara la cabeza en su hombro, y dejó que sollozara. La rodeaba con el otro brazo, sujetándola con firmeza, y al cabo de unos minutos sintió que las fuerzas la abandonaban. La estrechó contra sí y notó cómo la vida, el conocimiento o lo que fuera regresaban lentamente a su cuerpo.

—Antonia —murmuró contra su cabello húmedo—. ¡Jesús, me ha dado un susto de muerte!

—¡Lo... siento! —gimió ella, sin dejar de llorar—. ¡Lo siento! ¡Dios mío!

—Vamos, debemos entrar —dijo él—. La tormenta se aproxima.

Pero ella le echó los brazos al cuello como si se estuviera ahogando.

—¡No me deje! —gimió—. Yo..., no puedo... —Rompió a llorar desconsoladamente, emitiendo unos sonidos como un animal herido, y él sintió que se le partía el corazón—. No viene nadie —dijo con voz ronca a través de las lágrimas—. Lo siento... Estaba confundida.

—Cálmese, querida.

Él la sostuvo con fuerza, rodeándola por la cintura y los hombros, sintiendo su voluptuoso cuerpo de mujer oprimido contra el suyo.

Emanaba un maravilloso calor pese a la lluvia y a los escalofriantes restos del terror ciego que había hecho presa en ella. ¡Cielo santo, qué cerdo era!, se dijo él. Pero ella volvió a apoyar la cabeza en su hombro, sollozando como si se le partiera el corazón.

—No la dejaré —le prometió—. Vamos, Antonia, entremos.

Por fin, ella alzó la cabeza, sin apartar los brazos de su cuello. Se miraron a los ojos. Ella tenía los ojos rebosantes de emoción, temor y angustia, y, sí, algo más. Algo misterioso, doloroso e inevitable. El labio inferior le temblaba. Su cuerpo, oprimido contra el suyo, empezó a temblar, de desesperación y de la intensa emoción que uno experimenta cuando el peligro ha pasado rozando. Una emoción que a menudo asume la forma de un desesperado anhelo; un deseo de sentirse plena y maravillosamente vivo.

Cielo santo, esto era un disparate. Y él era un canalla. La lluvia seguía deslizándose sobre sus rostros. Ella seguía respirando de forma entrecortada, como una niña asustada. Pero cuando entrecerró los ojos y alzó un poco la cara, él la besó. Y en ese momento irreal, rodeados por la lluvia torrencial y el inquietante sonido de los truenos a lo lejos, parecía como si ella le implorara que la besara.

Al principio él la besó con delicadeza. Un beso para consolarla y tranquilizarla, o eso se dijo Gareth. Pero cuando ella abrió la boca debajo de la suya, invitándole a besarla más profundamente, con pasión, él aceptó, deslizando la lengua dentro de su cálida boca como si se sintiera tan desesperado como ella. Quizá lo estaba. No había besado a una mujer con este frenesí irracional desde..., bueno, quizá nunca lo había hecho.

Él sabía que obraba mal; que se estaba aprovechando de una mujer emocionalmente vulnerable. Pero era incapaz de detenerse. ¿Cómo podía hacerlo? Antonia le besaba con ardor y urgencia, alzándose de puntillas, oprimiendo sus pechos contra él. Olía a jabón y a lluvia, y a gardenias. Su empapado camisón se adhería a cada curva de su cuerpo voluptuoso y tentador, sin dejar nada a la imaginación.

Él cerró los ojos y apoyó una mano en la cadera de ella, diciéndose que era lo que ella deseaba. Cuando la tocó, ella emitió un sonido gutural y apretó sus caderas contra las suyas. Sí, ella lo deseaba. Era una locura. Una locura que él, curiosamente, comprendía.

Había olvidado que la lluvia seguía empapándolos. Había olvidado que alguien podía mirar a través de una de las ventanas del segundo piso, como había hecho él hacía un rato. Que ambos podían morir abatidos por un rayo en cualquier momento. Empezó a respirar trabajosamente. La cabeza le daba vueltas debido a la imperiosa necesidad de retenerla junto a él; de fundirse con ella. De ligarla a él.

Sí, era una locura. Él sabía vagamente qué pasaría. Pero cuando ella levantó una rodilla, rozándole la parte externa del muslo, él no pudo contenerse. Deslizó una mano debajo de sus exquisitas nalgas y la alzó un poco, separando los repliegues cutáneos de sus genitales a fin de introducir los dedos más profundamente en sus partes íntimas, pese a la empapada muselina de su camisón.

Ella contuvo el aliento, con la boca abierta aún debajo de la suya, y levantó la pierna un poco más, rodeándole la cadera, apretándole casi con desesperación. Dios santo, ¿qué quería de él?

Gareth apartó su boca de la suya.

—Antonia —dijo con voz ronca—. ¿Qué quieres de mí?

—Haz que olvide —murmuró ella—. Así. Quiero sentir… otra cosa.

—Entremos en casa.

—No. —Ella le miró alarmada—. No. Ahora no.

Él deslizó la boca sobre su mejilla y depositó unos besos ardientes a lo largo de su mandíbula.

—Antonia, pienso que no…

—¡No! —respondió ella con firmeza—. No… debemos pensar. Sólo deseo sentir.

Él la besó de nuevo, con pasión y con la boca abierta, con una desesperación febril. Esta mujer era una hechicera. Una misteriosa sirena, que le llamaba. Sí, Antonia dominaba el arte de la seducción, y en ese momento él trató de no pensar dónde lo había aprendido.

En el ardor y la locura de ese instante, él la alzó contra el muro del baluarte. Ella le rodeó la cintura con una pierna, sus cálidas manos y su dulce boca buscándolo con temerario afán. Él no podía pensar en la tormenta. En los relámpagos. En la incredulidad de lo que ella se disponía a hacer. Era la encarnación del deseo. Él sintió que la sangre le martilleaba en las sienes y en su verga, más que dispuesta debajo de sus livianas prendas de noche.

Antonia introdujo su cálida lengua dentro de su boca, moviéndola y enlazándola con la suya en una danza de enloquecido deseo. Estimulado por la excitación de ella, Gareth tomó el bajo de su camisón y se lo subió. Ella no se resistió, sino que empezó a tirar con insistencia de la bata de él. Él sabía lo que deseaba. Se apartó su bata y su camisa de dormir y sintió que la cálida piel de ambos se unía debajo del lío de muselina y lino. No podía contenerse más.

—Rodéame la cintura con la otra pierna —dijo con voz entrecortada.

La apoyó contra el muro del baluarte, alzándola con delicadeza, separándole los labios de la vulva.

—¿Es esto lo que deseas, Antonia? —le preguntó.

—Sí —respondió ella con tono febril—. Te deseo a ti. Con desesperación. No te detengas.

Él la besó de nuevo e introdujo su verga entre los suaves y húmedos labios de sus partes íntimas. Sosteniendo el peso de su cuerpo contra el suyo, la levantó más y la penetró.

—¡Ah!

Él la sintió estremecerse en la penumbra.

—Antonia... —Gareth cerró los ojos, confiando en ser capaz de controlarse—. Dios, no puedo..., no...

—No —se apresuró a decir ella—. No pienses. No te detengas.

Él volvió a penetrarla, apretando la pelvis de ella contra la suya. Apenas era capaz de controlar sus movimientos, de contenerse para no poseerla como un animal. Antonia emitió un largo y entrecortado suspiro. Un sonido de deseo. La lluvia caía con fuerza a su alrededor. Los truenos retumbaban a lo lejos. Él la alzó de nuevo, penetrándola profundamente. Luego, haciendo acopio del escaso sentido común que le restaba, apartó una de las manos con que la sostenía y la deslizó entre los cuerpos de ambos. El grito de asombro que emitió ella fue más elocuente que su osada conducta. Él localizó su clítoris, dulce y firme debajo de sus dedos, y lo acarició con suavidad. En respuesta, Antonia sofocó otra exclamación de asombro y echó la cabeza hacia atrás, apoyándola contra el baluarte de piedra.

Él la penetró una y otra vez, observando cómo se deslizaba la lluvia sobre su cuello de garza. Observó cómo tragaba saliva y comenzaba a gemir. Intuyó que no debía decir nada, ni hacer nada que pudiera estropear la espontaneidad y el casi anonimato de lo que hacían. La pasión entre ellos era palpable. Gareth jamás había sentido tal desenfreno; tal desespero por poseer a una mujer, en cuerpo y alma. Su verga se movía dentro de ella, pulsando de pasión y sangre. Todo su cuerpo proclamaba su imperiosa necesidad mientras seguía moviéndose dentro de ella.

Antonia respiraba de forma acelerada y trabajosa. Un relámpago iluminó de nuevo el horizonte, mostrando su rostro, que tenía alzado al cielo con una expresión que indicaba que estaba a punto de alcanzar el éxtasis. Él la penetró con más furia, tocándola y moviéndose dentro de ella, sus cuerpos empapados de lluvia y sudorosos. Antonia le clavó los dedos en los hombros. Todo su cuerpo se estremecía. Gritó como un animal salvaje, sin apartar los ojos de los suyos. Y de pronto perdió toda noción del tiempo y del lugar.

Gareth se retiró y volvió a penetrarla con furia, moviéndose dentro de su pulsante vagina, inclinando la cabeza hacia atrás cuando al fin alcanzó el clímax, derramando su semilla dentro de ella en unas oleadas de placer prohibido. Agotados, permanecieron abrazados bajo la lluvia, ella rodeándole con sus brazos y sus piernas, sus cuerpos temblando aún de excitación. Durante un rato, Gareth apartó todos los pensamientos de su mente y se concentró en las sensaciones que experimentaba: el calor que emanaba del esbelto cuerpo de ella a través de las empapadas ropas de ambos; su cálida vagina relajándose alrededor de su verga; su dulce aliento sobre su oreja. Luego se sintió vagamente avergonzado de lo que acababa de hacer.

Antonia tenía aún la espalda apoyada contra el muro del baluarte.

—Debes de estar incómoda apoyada contra la piedra —dijo él al fin.

Ella no respondió. Ambos dejaron de abrazarse como por mutuo acuerdo; Antonia se deslizó hacia abajo, contra el cuerpo de él, hasta que sus pies tocaron las frías losas del baluarte. Él tenía la bata empapada y pegada a sus piernas. Antonia bajó la cabeza y él le alisó el camisón con ternura. La lluvia comenzaba a remitir. La tormenta había pasado.

Él apoyó un dedo suavemente debajo del mentón de ella y la obligó a alzar la cabeza. Vio que sus ojos mostraban de nuevo una mirada inexpresiva. Santo Dios, ¿qué habían hecho?, se preguntó. Todo lo referente a este episodio le inquietaba. Ya ni siquiera le complacía el seductor anonimato de este encuentro entre ambos.

—Antonia —dijo con voz ronca—, quiero que digas mi nombre.

En la penumbra, sintió que el rostro de ella mostraba un gesto de desconcierto. Apoyó ambas manos en sus hombros, como si fuera a zarandearla.

—Antonia, ¿quién soy?

De pronto apareció una luz tenue y parpadeante dentro del torreón. Sonaron unos pasos en la escalera, más abajo. Antonia hizo ademán de alejarse, pero él la sujetó del brazo.

—Mi nombre —repitió él—. Quiero oírtelo decir siquiera una vez.

—Gabriel —musitó ella, mirándolo—. Eres… el ángel Gabriel.

Él la soltó.

Gabriel. Ése ya no era su nombre.

—¿Señora? —Oyeron la voz queda de una criada en la escalera—. ¿Está ahí arriba, señora?

Ella atravesó la puerta del baluarte y desapareció por la oscura escalera de caracol. Estaba a salvo. Se había ido.

Pero ¿qué estaba esperando él? Gareth se volvió y echó a andar apresuradamente hacia el otro extremo del baluarte. Sintió las frías gotas de lluvia en la cara; tenía las zapatillas y la bata empapadas. Estaba aterido de frío. Pero ni la angustia ni el malestar físico podían eliminar la inquietante pregunta: ¿Qué diablos había hecho?

Capítulo 6

*S*u abuelo condujo a Gabriel de la mano a través de los laberínticos callejones de Moorgate. El atardecer empezaba a dar paso a la noche, y los tenderos cerraban sus persianas.

—¿Falta mucho para llegar a casa, Zayde?

—Casi hemos llegado, Gabriel —respondió su abuelo—. ¿Te ha gustado la visita al banco? Es impresionante, ¿verdad?

—Supongo que sí —respondió el niño—. Era muy grande.

En ese momento se abrió una puerta en el callejón, a unos metros frente a ellos, inundando el pasaje adoquinado de luz. Salió una pandilla de hombres dando voces. El que iba delante maldecía mientras trataba de liberarse, pero los otros le sujetaban por los brazos.

—¡Sha shtil! *Silencio* —murmuró Zayde, tirando de Gabriel hacia las sombras.

Apretujado contra el frío muro de piedra por el cuerpo de su abuelo, Gabriel no veía nada. Pero podía oír los gritos y el sonido de las botas de un hombre arrastrándose sobre los adoquines.

—¡Soltadme, malditos! —gritaba—. ¡Socorro! ¡Por el amor de Dios, ayudadme!

—¡Me cago en diez, Nate! —gruñó uno de los hombres—. ¿No dijiste que estaba demasiado borracho para oponer resistencia?

—¡Átale los pies, idiota!

—¡No! ¡No! ¡Soy velero! —chilló el hombre. Gabriel oyó que se esforzaba en liberarse de sus captores—. ¡Tengo una carta! ¡Tengo protección! ¡No podéis raptarme!

—¡Oy gevalt! —murmuró el abuelo del niño—. Pobre diablo.

El tumulto cesó al cabo de unos minutos. Zayde tomó a Gabriel de *la mano y se alejaron apresuradamente. Los hombres se habían esfumado en la penumbra.*

—¿*Qué había hecho ese hombre, Zayde?*

—*Beber con hombres a quienes no conocía* —*respondió su abuelo*—. *Los ingleses necesitan marineros, y la leva no se anda con contemplaciones.*

—*Pero... no pueden hacer eso* —*dijo Gabriel*—. *No pueden raptar a un hombre, ¿o sí?*

—*¡Oy vey, Gabriel!* —*dijo su abuelo*—. *Por esto te digo siempre que te mantengas alejado de ellos. Procura no llamar la atención,* tatellah, *y trata sólo con los de tu raza. Pero tú nunca me haces caso.*

Él esperó a que ella apareciera a la hora de desayunar; esperó hasta que las llamas debajo de los calientaplatos se hubieron apagado y el café enfriado. Esperó hasta que los lacayos empezaron a restregar los pies en el suelo, nerviosos, como si tuvieran otras cosas que hacer que quedarse allí plantados. Pero Antonia no apareció.

Sí, la duquesa desayunaba por lo general en el saloncito, según le confirmó uno de los lacayos. Sí, dijo otro, la duquesa era madrugadora y puntual. De modo que Gareth siguió paseando la comida por su plato y bebiendo su café, esperando. De hecho, esperó hasta que una de las doncellas asomó la cabeza por la puerta del salón de desayuno y miró irritada el aparador, lleno todavía con las cosas del desayuno.

Coggins entró detrás de ella.

—El señor Watson ha regresado, excelencia —dijo inclinándose secamente—. Ha enviado la trilladora al granero y espera que se reúna con él cuando lo estime oportuno.

Gareth no podía postergar su jornada y el trabajo que le esperaba. En cualquier caso, ella no iba a venir. ¿Y qué más daba? No podrían mantener una conversación seria con los malditos lacayos revoloteando a su alrededor como lánguidos abejorros. Supuso que sólo deseaba verla. Para asegurare de que estaba bien.

Pero eso era ridículo. La duquesa tenía una doncella y un ejército de criados para ocuparse de ella. Gareth apartó su silla bruscamente y arrojó su servilleta sobre la mesa. Pero cuando atravesó la casa y salió a la larga pérgola cubierta de rosas que comunicaba la parte noble de la casa con las oficinas y los talleres de la finca, estaba furioso.

Ella le rehuía. Estaba seguro de ello.

Puede que se debiera a que se sentía avergonzada, pensó mientras bajaba el último tramo de escalera. Era comprensible. Él mismo se sentía bastante avergonzado. El mero hecho de pensar en la desesperación con que se habían acariciado —el anhelo, la intensa e irrefrenable pasión— bastaba para que las manos le temblaran. Lo que habían hecho juntos anoche bajo la lluvia no tenía remedio. Ambos tendrían que vivir con ese recuerdo el resto de sus vidas.

Durante un instante se le ocurrió negarle el permiso para renovar Knollwood Manor. De esta forma la obligaría a abandonar Selsdon e instalar su residencia en la ciudad. Quizá no tuvieran que volverse a verse jamás.

Pero ¿y si ella se negaba a marcharse? Él le había dicho que podía quedarse en Selsdon tanto tiempo como quisiera. Y aunque se instalara en la ciudad, era posible que se topara con ella. A partir de ahora tanto Xanthia como él tendrían que moverse en unos círculos que hasta la fecha habían logrado evitar. Por otra parte, el hecho de obligar a Antonia a mudarse a la capital sería como arrojarla a las fauces de la flor y nata, que sin duda la acogería con menosprecio, o algo peor.

Maldita sea. Gareth se detuvo, crispando la mandíbula. Se había metido en un buen lío. De hecho, era una situación insostenible. Era preciso que se sentaran a hablar de ello, para llegar a alguna solución. Decidió ir a verla en cuanto resolviera los asuntos de la finca. Tras tomar esa decisión, abrió la puerta de la oficina del administrador de la misma.

Un hombre alto y delgado, de rostro curtido, vestido con una levita, avanzó hacia él con la mano extendida.

—Excelencia —se apresuró a decir—. Soy Benjamín Watson, su administrador.

Antonia estaba postrada de rodillas en la capilla familiar cuando Nellie la encontró allí a media mañana. La capilla estaba situada en una parte del viejo castillo que carecía de un sistema de calefacción, en la cual se mezclaban los olores a cera derretida, terciopelo mohoso y piedra húmeda. La única luz era la que penetraba por las estrechas ventanas divididas con parteluces que flanqueaban el coro y el presbiterio, y de tres velas que ella misma había encendido junto al altar.

—¿Excelencia? —dijo Nellie, tratando de localizarla en la penumbra—. ¿Está usted aquí, señora?

Antonia se levantó lentamente, moviendo los pesados pliegues de su capa que descansaban sobre el gélido suelo de piedra.

—Sí, Nellie, estoy aquí.

—¡Ay, Señor, no sabía dónde se había metido! —exclamó Nellie avanzando a través del coro y presbiterio—. ¿Cuánto tiempo lleva arrodillada, señora?

—No estoy segura —respondió ella con una evasiva.

—Este lugar es húmedo y está oscuro —dijo Nellie frotándose los brazos y mirando a su alrededor—. Si se queda aquí enfermará de reuma, señora. Y no ha desayunado.

Antonia sonrió débilmente.

—No tenía hambre —murmuró—. Deseaba estar sola un rato. Debí informarte.

Nellie miró las parpadeantes velas.

—¿Hoy ha encendido tres velas, señora?

—Sí, una es para Eric —se apresuró a responder Antonia—. Supongo… que esta mañana me siento caritativa. *O culpable*, pensó para sí.

Nellie restregó el suelo con los pies, turbada.

—Quería decirle una cosa, señora —dijo—. Sobre anoche.

Antonia se volvió y echó a andar por el pasillo central.

—¿Es preciso que hablemos de ello, Nellie?

Nellie la siguió.

—Lo lamento, señora —dijo, tocándola levemente en el brazo—. Pero fue una temeridad que subiera allí sola. Llovía a cántaros. Pudo haberse resfriado. Y me dio un susto de muerte.

Antonia se detuvo al llegar a la puerta de la capilla.

—Discúlpame, Nellie —contestó—. Fue muy desconsiderado por mi parte.

—No se tomó el soporífero, ¿verdad? —prosiguió la doncella.

Antonia negó con la cabeza.

—Pensé… que no lo necesitaría —respondió—. De modo que lo tiré.

—Me ha dado un buen susto —repitió Nellie con más firmeza—. Hace tiempo que no lo había visto así.

—No te preocupes por mí. —Antonia abrió la puerta y salió al pasillo, cuyo aire era menos viciado. Se detuvo y respiró profundamente—. Creo que el nerviosismo que ayer me dominó fue más intenso de lo que supuse. En adelante tendré más cuidado.

—¿Se refiere a la llegada del nuevo amo? —inquirió la doncella—. Sí, todos estábamos sobre ascuas. Pero su situación es más delicada que la nuestra.

Antonia no respondió, sino que se arrebujó en su capa.

—Disculpe, señora —dijo Nellie—. Pero ¿desea decirme algo más?

—¿A qué te refieres?

—Algo sobre… anoche, tal vez.

Antonia se apresuró a menear la cabeza.

—No, nada —respondió—. Nada en absoluto.

—Muy bien —dijo Nellie mientras subían la escalera—. ¿Desea salir a dar un paseo esta mañana, excelencia? No sabía qué ropa debía prepararle.

Antonia pensó que le sentaría bien salir de la casa. Necesitaba alejarse de ella, y Nellie tenía razón. No podía quedarse todo el día postrada de rodillas en la húmeda capilla.

—Yo voy a bajar al pueblo —dijo Nellie—. Tengo que reponer todas sus cintas negras y recoger el sombrero de terciopelo gris.

—No me apetece ir al pueblo —murmuró Antonia—. Pero gracias.

Deseaba estar sola. Un paseo por el bosque, tal vez. O quizá daría una larga caminata hasta la casa reservada a la duquesa viuda, para echarle un vistazo. Quizá no estuviera en tan malas condiciones. Además, no le importaba mudarse a un lugar menos suntuoso que la mansión y abandonar Selsdon antes de lo previsto. Quizá Dios había empezado a atender sus ruegos.

—No, no me apetece ir al pueblo —repitió—. Creo que iré andando a Knollwood. O quizá baje al parque de los ciervos y visite el pabellón.

Coggins se encontraba en su pequeño despacho junto al vestíbulo, examinando el correo matutino, cuando Gareth regresó de su entrevista con el señor Watson. El mayordomo se mostró sorprendido al verlo.

—¿Ha bajado ya la duquesa?

Gareth miró las ordenadas pilas de cartas que el mayordomo había dispuesto sobre el paño verde de su escritorio.

—No, excelencia —respondió Coggins—. Al menos, yo no la he visto. Pero su doncella salió hace un cuarto de hora.

Gareth tamborileó con el dedo sobre una de las cartas con gesto pensativo. La carta procedía de Londres e iba dirigida a Antonia.

—¿Tiene la duquesa muchos amigos en la ciudad, Coggins? —preguntó.

—Antes sí los tenía, excelencia.

—¿Personas que conoció a través de mi difunto primo?

Coggins vaciló unos instantes.

—La mayoría de los amigos de su excelencia eran terratenientes —contestó el mayordomo—. Él y la duquesa tenían pocas amistades en común.

—Ya —dijo Gareth.

El mayordomo se compadeció de él.

—Creo que el hermano de la duquesa reside en la ciudad, excelencia —le informó—. Es un hombre muy agradable, según recuerdo, y muy popular en ciertos círculos.

—El juego y los caballos, ¿eh? —dijo Gareth con cierto cinismo.

Coggins sonrió levemente.

—Sí, creo que es aficionado a ambas cosas —respondió el mayordomo—. La duquesa conocía a muchos amigos de su hermano antes de casarse con el difunto duque. Al parecer algunos de esos caballeros se han propuesto consolar a la duquesa en su viudedad.

Y de paso averiguar si su esposo le había dejado una fortuna, pensó Gareth.

—Deben ser muy altruistas.

Coggins arqueó ligeramente las cejas.

—No sabría decirle, señor.

Pero Gareth se dio cuenta de que Coggins compartía su opinión. Con las sospechas sobre la muerte de Warneham cerniéndose como un nubarrón sobre el buen nombre de su viuda, los únicos pretendientes que ésta atraía debían de ser unos bribones.

Sin pensárselo dos veces, Gareth tomó la pila de cartas dirigidas a Antonia.

—Voy a subir a hablar con la duquesa —dijo—, de modo que le llevaré estas cartas.

Coggins no podía negarse.

—Gracias, excelencia.

Gareth subió la escalera hacia la sala de estar que comunicaba los aposentos ducales. Si su doncella había salido, Antonia no podría evitarle. Tendría que abrirle la puerta.

Gareth llamó y se sintió aliviado cuando así lo hizo. Pero en cuanto lo vio se puso pálida.

—Excelencia —murmuró—. Buenos días.

Él no le preguntó si podía pasar, pues tenía la impresión de que ella le negaría la entrada. De modo que entró en la habitación y depositó la ordenada pila de cartas que había tomado del despacho de Coggins sobre el secreter de palisandro que había junto a la puerta.

—Gracias. —Ella permaneció junto a la puerta abierta, con la mano apoyada en el pomo—. ¿Deseaba… decirme algo, excelencia?

Él enlazó las manos a la espalda como tratando de reprimir un impulso que no alcanzaba a comprender. ¡Maldita sea, ojalá no fuera tan hermosa!, pensó. Ojalá no tuviera unos rasgos tan delicados y frágiles. Era una auténtica princesa de porcelana. Se dirigió hacia las ventanas situadas al otro lado de la habitación, pero al cabo de unos instantes regresó junto a la puerta.

—Verá, Antonia —dijo por fin—. Es inútil evitarlo. Creo que debemos hablar sobre lo que ocurrió anoche.

Ella no se movió de la puerta.

—¿Sobre… anoche?

Dado que parecía incapaz de moverse, Gareth cerró la puerta. Ella dejó caer la mano.

—¿Se siente bien, Antonia? —le preguntó—. Estaba preocupado por usted. Al ver que no bajaba a desayunar, temí que estuviera indispuesta.

—Como ve, estoy perfectamente —respondió ella, retrocediendo.

Dada su palidez, Gareth no estaba seguro de estar de acuerdo con esa respuesta. Y le disgustaba la distancia que había entre ellos esta mañana; una distancia que la duquesa se esforzaba en mantener, literal y figurativamente. Se había situado detrás de un sofá de madera dorada, como si éste pudiera protegerla.

—Antonia —prosiguió él al cabo de unos momentos—, anoche cometimos un grave error. Fue una... imprudencia. Era evidente que usted estaba trastornada y...

En el rostro de ella se pintó una expresión semejante al horror. Dio media vuelta y se acercó a las ventanas. Él la siguió y le tocó ligeramente el hombro.

—¿Antonia? —preguntó, sintiéndola temblar—. Lo lamento, Antonia. Debemos procurar olvidar ese episodio, querida.

Ella se inclinó hacia delante y apoyó las yemas de los dedos en el cristal, como si quisiera fundirse con él y desaparecer.

—No sé a qué se refiere —dijo con voz ronca—. Haga el favor de marcharse.

—¿Cómo dice? —contestó él, sujetándola con más firmeza.

Ella se estremeció de nuevo.

—Le agradezco que se preocupe por mí, excelencia —respondió—. No... he dormido bien. Me ocurre a menudo. Sea lo que fuere..., es decir, suponiendo que sucediera algo..., no puedo...

Al oír su respuesta, él la obligó a volverse.

—¿Suponiendo que sucediera algo? —preguntó—. ¿*Suponiendo*? Por el amor de Dios, sabe tan bien como yo lo que hicimos anoche.

Ella meneó la cabeza, mirándole angustiada.

—No —murmuró—. No puedo... no... consigo recordarlo. Por favor, olvidémoslo.

—Antonia. —Él apoyó ambas manos con firmeza en sus hombros—. ¿Por qué miente, Antonia?

Ella desvió la mirada. Él la zarandeó un poco.

—Antonia, anoche ocurrió algo entre nosotros. —Gareth hablaba con una voz ronca que no era la habitual—. ¿Cómo puede negarlo? ¿Cómo puede fingir que no ocurrió?

Ella volvió a menear la cabeza sin responder.

—Hicimos el amor, Antonia —continuó él—. Fue ardiente y apasionado, y también una locura, sí, pero es imposible que lo haya olvidado. No me mienta sobre esto. Es muy importante.

—Lo siento —dijo ella con voz gutural y un poco temblorosa—. No puedo hablar sobre ello.

Sin darse cuenta, él la había obligado a retroceder, acorralándola contra la pared junto a la ventana.

—¿Por qué? ¿Tanto la asusta? Yo también estaba asustado. Nadie puede negar una pasión tan intensa.

—Usted mismo ha dicho que fue un grave error —contestó ella con voz entrecortada—. ¿Cómo... es posible que sucediera lo que dice cuando yo no lo recuerdo? ¿Cómo es posible? Por favor, excelencia, déjeme tranquila. La pasión no me interesa. ¿No lo entiende?

—¡No, pardiez, no lo entiendo! —replicó él.

De pronto la besó, sujetándola todavía por los hombros. La besó con furia, sólo medio consciente de lo que hacía. Antonia apoyó las manos contra su pecho para apartarlo, pero él no hizo caso, besándola más profundamente. Ella emitió un sonido extraño; un sollozo o un suspiro de rendición, y abrió la boca debajo de la suya. Con un gemido triunfal, él la besó con frenesí, hambriento y desesperado. Sus lenguas se entrelazaron como sed fundida en una danza de pasión. Ella cerró los puños sobre el suave paño de su levita, alzando su rostro en señal de sumisión.

—Ahí tiene la prueba, Antonia —dijo él con voz ronca cuando sus labios se separaron—. Éste es el frenesí feroz y abrasador que hay entre nosotros. Pasión, locura. No puede engañarme.

Mientras trataba de recobrar el resuello, ella apartó la vista y apoyó las manos en la pared a su espalda. Él intuyó que volvía a cerrarse en sí misma, alejándolo de ella. Sintió como si le hubiera arrancado de nuevo el corazón.

—¿Soy yo, Antonia? —le preguntó—. ¿Es eso? ¿Me desea, pero no me considera digno de usted? ¡Si es así, dígamelo!

—Se niega a creer lo que le digo —respondió ella, sin mirarle—. ¿Por qué voy a decir nada? Ha conseguido lo que quería de mí, excelencia. Me ha obligado a... responder a sus caricias. Le ruego que pongamos fin a esta farsa.

Sus palabras le sentaron a él como un bofetón. Le deseaba. Pero lo consideraba inferior a ella.

—Sí, supongo que es lo mejor —contestó él—. Espero que haya gozado…, porque el infierno se helará antes de que yo vuelva a calentarle la cama.

Cuando echó a andar hacia la puerta Gareth cayó en la cuenta de que no se habían acostado en una cama, ni habían gozado de un ambiente caldeado. No, él había apoyado a Antonia contra un gélido y húmedo muro y la había tomado como a una ramera de Covent Garden. Y ella no deseaba recordarlo. Pero en lugar de pararse y reflexionar sobre ello, era más sencillo salir dando un portazo. Para su desgracia, cuando salió vio a dos criadas que se desvanecieron en las sombras, y el dorso de una figura, que supuso que era un lacayo, que dobló una esquina y desapareció.

Perfecto. Ahora los sirvientes tendrían algo sobre lo que chismorrear aparte de su falta de pedigrí y de si su ama era una asesina. Pese a su indignación, Gareth mantuvo la cabeza alta mientras se dirigía a su estudio. Necesitaba un lugar donde poder estar solo para lamerse las heridas.

Pero su soledad no duró mucho. Después de pasearse arriba y abajo hasta dejar una huella en la alfombra, acababa de decidir lo que debía hacer cuando irrumpió como una furia en la habitación la rubicunda doncella de la duquesa. Él apartó el folio en el que había estado escribiendo y se levantó, aunque no sabía por qué diablos lo había hecho.

—Mire, usted, señor —dijo la doncella dirigiéndose con paso decidido hacia el escritorio—, quiero saber qué le ha hecho a mi señora, y quiero saberlo ahora mismo.

—¿Cómo dice? —respondió Gareth—. ¿Qué es lo que desea saber?

La doncella apoyó sus rollizas manos en las caderas.

—No tiene derecho a intimidar a mi señora y a hablarle con aspereza —prosiguió la criada—. No es su marido…

—A Dios gracias.

—… ni su padre, y no tiene ningún derecho, ¿está claro?

—¿Cómo se llama usted, señora?

La pregunta desconcertó durante unos instantes a la criada.

—Nellie Waters —respondió por fin.

—Señorita Waters, ¿desea conservar su empleo? —preguntó él secamente—. Haré que la despidan por insolente.

—*Señora* Waters, excelencia, y no trabajo para usted —contestó la mujer—. Trabajo para la duquesa, como trabajé antes para su madre y antes para su tía, y le agradeceré que deje a esa pobre mujer en paz. Ya ha sufrido bastante sin que venga usted a decirle cosas desagradables y a hacerla llorar.

—La última vez que la vi no derramó una sola lágrima —le espetó él desde el otro lado del escritorio.

—¡Está trastornada! —exclamó la criada, que había empezado a estrujarse las manos con aire teatral—. No consigo que se exprese con coherencia...

—Yo tampoco —respondió él.

—... y no hace más que permanecer tumbada en la cama, llorando como si le hubieran partido de nuevo el corazón. ¿Y total para qué? ¿Para que usted pueda descargar sobre ella su mal humor? Espero que se sienta satisfecho, señor.

—Usted no sabe nada —contestó él con dureza—. Además, esto no le incumbe. Su señora parece no conocer la verdad, *señora* Waters.

—¿La verdad? —repitió la doncella—. ¿Qué tiene eso que ver? ¿Cree que esto es fácil para ella, señor? ¿Saber que la gente murmura que está loca, que quizá sea una asesina? ¿Tener que vivir aquí, que antes era su hogar, bajo la autoridad de usted, un hombre al que ni siquiera conoce?

Y al que no desea conocer, añadió Gareth para sus adentros.

—Ha enterrado a dos maridos, excelencia, lo cual es muy duro para una mujer, se lo aseguro, señor. Un hombre vuelve a casarse y ya está. Aquí paz y después gloria. Pero para una mujer es muy distinto.

Gareth estaba tan furioso que apenas le prestaba atención.

—Usted no sabe nada del asunto —le espetó—. Pregunte a su señora qué le ocurre cuando se le haya pasado el berrinche. Y no se apresure a meter a todos los hombres en el mismo saco. Su señora es capaz de hacer que cualquier hombre de bien pierda el juicio.

La expresión de la mujer se suavizó.

—Pero nunca ha estado casada con un hombre de bien, excelencia —dijo con calma—. No sabría diferenciarlo de una trucha muerta. Mi marido fue un hombre de bien. El tipo de hombre que sólo aparece una vez en la vida de una mujer, y jamás tendré otro. Pero ella no puede hacer esa elección. Está tan dominada por el temor, que no puede tomar ninguna decisión.

Gareth no deseaba sentir la menor compasión por Antonia, y sospechaba que conocía el motivo de sus lágrimas. Era vergüenza, y algo mucho peor: esnobismo.

—Retírese, señora —dijo con calma, señalando la puerta—. Quizá no pueda despedirla, pero puedo hacer que la echen de mi casa.

—Sí, puede hacerlo —respondió la criada—. Pero si yo me marcho, ella se vendrá conmigo, porque no sabe qué hacer, señor. Y no creo que usted desee eso. No es necesario que responda. El tiempo tendrá la última palabra.

Gareth crispó los puños. Maldita fuera una y mil veces esa mujer. Jamás había tenido un empleado al que no pudiera despedir cuando se le antojara, y había despedido a más de uno. Pero ignoraba si el salario de esta deslenguada salía de los fondos de la duquesa o de los suyos. Peor aún, esa mujer, maldita sea, había acertado en lo segundo que le había dicho.

—Retírese —dijo con furia contenida—. Retírese, Waters, y no quiero volver a verla.

La mujer le dirigió una última mirada de desdén y salió.

Antonia se incorporó no sin esfuerzo en la cama y se pasó la mano debajo de los ojos. Por una vez Nellie la había sorprendido obedeciendo y dejándola sola con su desdicha. Y al final ella había llorado hasta agotar sus lágrimas. Sus sollozos habían remitido, y ahora sólo lloriqueaba un poco. Al parecer, así era cómo medía los progresos que hacía día a día.

Dios santo, ¿cómo se le había ocurrido mentir al duque? Le había mentido; ambos lo sabían. Pero después de tantos años de que otros le dijeran lo que debía pensar y sentir, y que buena parte de lo que pensaba y sentía no era sino fruto de su desbordante imaginación, le había resultado fácil… imaginar que no había ocurrido nada. Fingir que no había hecho el ridículo más espantoso, arrojándose en brazos de un hombre al que no conocía. Un hombre que, en gran medida, sostenía el futuro de ella en sus manos.

Lo cierto era que no había muchas cosas que no recordaba, aunque ocurría con menos frecuencia que antes. No recordaba haberse levantado de la cama, o haber salido al baluarte bajo la lluvia. Ni siquiera estaba segura de cómo había conseguido abrir la pesada puerta de madera, y menos cómo había acabado en brazos del duque. El doctor Osborne decía que era sonambulismo, pero otros médicos se habían mostrado menos caritativos.

El médico cuyos servicios había contratado su padre lo había denominado histerismo femenino agudo. Después de que su primer marido, Eric, sufriera el accidente, su padre la había mantenido encerrada en su aislada finca rural durante varios meses; una casa situada en un valle tan remoto que nadie pudiera oír sus gritos. El tratamiento prescrito por el doctor consistía en baños helados, mantenerla atada a la cama, purgas y un embotamiento producido por los medicamentos, la mayoría de los cuales le eran administrados sin contemplaciones por los empleados de la casa. Una aprendía pronto a no llorar ni mostrar aflicción. Una aprendía pronto a mostrarse insensible a todo.

La recompensa que había obtenido Antonia por su buena conducta había sido el duque de Warneham, quien necesitaba otra bella esposa, en esta ocasión una que hubiera demostrado ser fértil. Pero Antonia poseía otro rasgo deseable: había venido a él sin la carga de unos hijos concebidos con otro hombre. Por lo visto Warneham había decidido que su historial de locura no constituía un obstáculo insalvable. Su nueva duquesa sólo tenía que hacer una cosa bien. Aparte de eso, podía encerrarse en la capilla para rezar y llorar hasta que el infierno se helara.

Antonia se llevó las palmas de las manos a sus mejillas, que estaban ardiendo. ¿En qué había estado pensando? ¿Cómo se le había ocurrido arriesgarse a perder esto, el único santuario que había conocido? Warneham era un hombre egoísta y desalmado; un hombre obsesionado por la idea de vengarse, pero le había dado esto. Un lugar donde hallar paz. Un hogar donde, aunque los sirvientes murmuraran a su espalda, cuando menos le mostraba un mínimo de respeto. Y aunque ella no deseaba tener hijos con él, los habría tenido si Dios se los hubiera enviado.

Pero Dios no se los había enviado. Ahora había ocurrido lo que su difunto esposo temía más. Warneham había pasado buena parte de su vida deseando que Gabriel Ventnor se fuera al infierno. Puede que hubiera hecho mucho más que desearlo. Pero todo había sido en balde. El nuevo duque estaba aquí, y ella había cometido el error más humillante que cabe imaginar, y todo por unos momentos de consuelo. No, de placer. Un placer exquisito, que la atormentaba. Entre ellos había habido, tal como había dicho él, una pasión innegable, una pasión que ahora le resultaba insoportable recordar.

¿Por qué no podía él seguirle el juego y fingir que no había ocurrido nada? Ella le había ofrecido una salida —suponía que él sabía que estaba loca—, pero el duque la había rechazado. Ahora ella parecía algo peor que una loca. Parecía una embustera. Una embustera desesperada, hundida en su soledad. Y él se había mostrado furioso, como un ángel vengador. Seguramente la obligaría a marcharse. Quizás incluso se estuviera preguntando si ella había matado a Warneham. Era una idea aterradora. Antonia apoyó una mano debajo de sus pechos y emitió un entrecortado suspiro.

No. No volvería a llorar. Ella misma se había metido en este lío, y si no lograba salir de él, tendría que soportar el castigo del duque con toda la elegancia de que fuera capaz.

En ese momento, Nellie irrumpió de nuevo en la habitación.

—Bueno, palomita, ya está hecho —dijo, acercándose al ropero de caoba y abriéndolo—. Espero que no tengamos que hacer el equipaje esta noche.

—¿Qué? —Antonia se levantó del borde de la cama—. Cielos, Nellie. ¿Qué has hecho?

—Decir a ese hombre exactamente lo que pienso —respondió la doncella, examinando la capa más gruesa de Antonia, como calculando si cabría en uno de los baúles—. Como es lógico, trató de despedirme. Pero le expliqué que no podía hacerlo.

—Ay, Nellie. —Antonia se tumbó de nuevo en la cama—. Esto es terrible.

Nellie debió de percibir la consternación que denotaba el tono de Antonia y se acercó a la cama.

—Cálmese, señora —dijo, tomando su mano—. De todos modos íbamos a marcharnos, ¿no?

Antonia reprimió de nuevo las lágrimas. ¡Era una llorica!

—Creo que no lo entiendes, Nellie.

—¿Qué es lo que no entiendo, señora?

—He hecho algo espantoso, Nellie —murmuró Antonia—. Me siento muy avergonzada.

—¿Avergonzada, señora? —Nellie le dio una suave palmadita en la mano—. Jamás ha hecho nada en su vida de lo que deba avergonzarse.

—Esto es distinto.

Nellie se sentó en el borde de la cama, frunciendo los labios, y escrutó el rostro de Antonia.

—Vaya por Dios —dijo por fin—. Anoche sospeché que había ocurrido algo.

Antonia agachó la cabeza.

—Sí, tenía un aspecto que me preocupó, querida —dijo la doncella en voz baja—. De modo que es algo relacionado con él. Bueno, reconozco que es muy guapo. Y usted lleva mucho tiempo sola. ¿Trató de seducirla?

—No, yo... cometí un error —confesó Antonia—. Obré de forma insensata.

—Ya, puede que yo también —reconoció Nellie—. ¿Qué es lo peor que ese hombre puede hacernos ahora? ¿Instalarnos en la hostería del White Lion?

—Creo que le subestimas, Nellie —dijo Antonia con tono cansino—. Me temo que es un hombre duro. No creo que se ande con contemplaciones.

Nellie se mordió el labio un instante.

—Tiene razón —respondió al fin—. Usted es una dama de pies a cabeza, pero ¿qué le importa eso a él? Dicen que los judíos tienen el corazón de piedra, y que son tacaños.

—¡Nellie!

—¿Qué?

—¿A cuántos judíos conoces?

La doncella reflexionó unos momentos.

—A ninguno, que recuerde.

—¡Es como decir que todos los irlandeses son unos holgazanes y todos los escoceses unos avaros!

Nellie se encogió de hombros.

—Bueno, es verdad que los escoceses son avaros —replicó—. Si no me cree, pregúnteselo a uno. Se jactan de ello.

—Puede que alguno se ufane de ser ahorrador —reconoció Antonia—. Pero no vuelvas a decir esas cosas en mi presencia, ¿está claro? Quizás el nuevo duque sea judío, cosa que ignoro, pero seguimos viviendo bajo su techo.

—Sí, señora.

Antonia encorvó los hombros en un gesto de abatimiento.

—¡Ay, Nellie! —dijo con tono quedo—. ¿Qué voy a hacer?

La doncella le dio una palmadita en la rodilla.

—Mantener la cabeza bien alta, señora, como la dama que es —respondió—. Él puede hacer lo que quiera. Usted es hija de un conde, y viuda de un barón y de un duque. Es diez veces más refinada que ese hombre.

—No es tan sencillo, Nellie —murmuró Antonia—. Ya nada es sencillo, y me temo que no volverá a serlo.

Nellie le apretó de nuevo la mano. Pero no dijo nada. La verdad era dolorosamente evidente, y no había nada más que decir.

Capítulo 7

Gabriel observó cómo los hábiles dedos de su abuela alisaban las arrugas de las fundas de almohada que acababa de bordar.

—Son muy bonitas, Bubbe —dijo él—. ¿Para quién son?

—Para Malka Weiss. —Su abuela retrocedió para admirar su obra—. Mañana, de camino a la sinagoga, se las llevaré. Es su bat mitzvah.

Gabriel arrugó el ceño.

—¿Qué es eso, Bubbe?

—Significa que ya es una mujer —respondió su abuela—. Malka puede declarar como testigo, e incluso casarse si...

—¡Casarse! —exclamó Gabriel—. ¿Con esos dientes salientes que tiene?

—Calla, tatellah —le reprendió su abuela—. Mañana es un día especial. Su madre preparará unas tortas de semillas de amapola y nosotros besaremos a Malka y le daremos unos regalitos.

Gabriel restregó uno de sus gastados zapatos contra el otro.

—Bubbe —dijo tímidamente—. ¿puedo ir yo también a la sinagoga?

Su abuela sonrió con tristeza.

—No, Gabriel.

—¿Por qué?

Su abuela dudó unos instantes.

—Por que no puedes —respondió al fin.

—¿Porque no soy como vosotros? —preguntó con tono petulante—. ¿Por qué no lo dices sin rodeos, Bubbe? No soy un auténtico judío.

—¡Calla, Gabriel! —Su abuela apoyó una rodilla en el suelo y le zarandeó un poco por los hombros—. ¡Por supuesto que eres un au-

téntico judío! —murmuró—. *¿Me has oído? ¡Ser judío significa algo más que una sinagoga! Eres tan judío como yo, tatellah, pero algún día vivirás en un mundo donde no podrás hablar de ello a la ligera. ¿Me entiendes?*

Cuando se hallaba a mitad de camino, en la carretera que conducía al pueblo de Lower Addington, Gareth frenó su montura. Se quitó el sombrero y contempló el edificio de Selsdon, su impresionante fachada de piedra iluminada por una luz vespertina pura, casi suntuosa. Desde aquí divisaba el baluarte meridional que se alzaba dramáticamente sobre el acantilado, y, al norte, la imponente estructura de los establos y los talleres de la finca, que en conjunto eran más grandes que el propio pueblo. La parte de Selsdon que no alcanzaba a ver era igual de grandiosa, y se extendía hasta el horizonte. Gareth aún no se explicaba cómo era posible que todo eso fuera ahora suyo. Pero lo era, y se preguntó vagamente si alguna vez gozaría de un momento de paz entre sus muros.

La paz la crea uno mismo, solía decir su abuelo. Esa frase encerraba una gran verdad. Gareth había pasado los tres últimos días tratando de asimilar lo que había sucedido entre Antonia y él, y tratando de aceptar que quizá no lo comprendería nunca. Desde la discusión que habían tenido, no habían vuelto a encontrarse salvo a la hora de cenar, que soportaban con estoica cortesía, tratándose mutuamente como extraños.

De repente, Gareth volvió a ponerse el sombrero e hizo girar de nuevo a su espléndido caballo bayo de largas patas. Confiaba en ver al doctor cuando llegara al pueblo. El hecho de entrevistarse con Osborne sería un pequeño paso destinado a crear su propia paz. Estaba decidido a averiguar si existía alguna explicación médica sobre los supuestos episodios de amnesia —muy selectivos, por otra parte— que sufría Antonia, aunque no tenía muy claro qué esperaba conseguir con ello.

La vivienda del doctor se hallaba al final de la carretera, aproximadamente a medio kilómetro del pueblo propiamente dicho. Era una hermosa casa solariega con entramado de madera, con una amplia y acogedora puerta coronada por una tupida enredadera, que empezaba a mostrar un tono castaño rojizo. Gareth ató su caballo al poste en la entrada y subió los escalones para llamar. Una doncella vestida con un uniforme negro y un delantal blanco almidonado le hizo una reverencia, mirándole entre admirada y sorprendida, y le condujo al soleado cuarto de estar delantero. Cinco minutos más tarde, el doctor Osborne apareció, con el ceño arrugado en un gesto de preocupación.

—Excelencia —dijo, inclinándose educadamente—. ¿Ocurre algo malo?

Gareth se puso de pie.

—¿Algo malo? Espero que no. ¿Por qué lo pregunta?

Osborne le indicó que volviera a sentarse.

—No lo sé —respondió con tono cansino—. Supongo que cada vez que alguien de Selsdon se presenta aquí temo que haya ocurrido una desgracia.

Gareth supuso que se refería a la muerte de Warneham.

—No, hoy no ha ocurrido ninguna desgracia —dijo, forzando una sonrisa—. Sólo quería hacerle unas preguntas sobre los habitantes de Selsdon.

—¿Los habitantes? —Osborne le miró con frialdad mientras se sentaba frente a él—. ¿Se refiere al servicio doméstico?

—Sí —respondió Gareth—. En realidad, a todo el mundo. ¿Es usted el único médico que reside aquí cerca?

—En efecto —respondió Osborne—. ¿Le preocupa alguien en particular?

Gareth apoyó los codos en los brazos de la butaca y se inclinó hacia delante.

—Me preocupan todos —respondió—. Me guste o no, son una responsabilidad que he heredado. Pero sí, algunos me preocupan más que otros. Por ejemplo, la señora Musbury.

—Ya. —El doctor juntó las manos con aire pensativo—. Una mujer muy trabajadora, la señora Musbury. Siempre contrae una tos crónica en esta época del año.

—La duquesa me ha dicho que la señora Musbury está delicada de los bronquios.

El doctor se encogió de hombros con gesto afable.

—Lo dudo —contestó—. Se trata de un rito anual. La tos se presenta en agosto y desaparece después de la primera helada. Cuando llega Adviento, está completamente restablecida.

—¿De modo que la duquesa exagera?

El doctor movió los hombros como si la levita le quedara demasiado estrecha.

—La duquesa es muy buena —dijo por fin—. Y no conoce a la señora Musbury desde hace tanto tiempo como yo.

Gareth sostuvo su mirada durante unos momentos, como tratando de adivinar lo que pensaba.

—La propia duquesa tampoco parece gozar de buena salud —dijo—. No pude por menos de observar su preocupación cuando se despidió de ella el lunes por la noche.

Osborne adoptó de pronto una expresión distante.

—Es verdad que está algo delicada —respondió—. Es una mujer frágil, nerviosa. Y a veces..., bueno, parece perder el contacto con la realidad que la rodea.

—¿Sueña despierta? ¿Tiene fantasías?

El doctor meneó de nuevo la cabeza.

—Es más que eso —reconoció con evidente reticencia—. Es sonámbula. Nellie, su doncella, siempre está en guardia. En ocasiones, es preciso sedarla. Es un caso muy complejo, una forma de histeria, para decirlo sin rodeos.

De nuevo, Gareth se inclinó hacia delante en su butaca. Le disgustaba insistir en el tema, pero no pudo resistirse.

—Doctor Osborne, quiero preguntarle algo en la más estricta confidencialidad —dijo bajando la voz—. Algo que quizá le choque.

El doctor esbozó una sonrisa un tanto tensa.

—Pocas preguntas chocan a un médico, excelencia —respondió—. Pero antes pediré que nos traigan el té. Creo que nos sentará bien a los dos.

El doctor se levantó y tiró de la campanilla. Charlaron de cosas intrascendentes como el tiempo hasta que la doncella vestida con el uniforme negro regresó con una bandeja de té tan voluminosa y exquisita como las que tenían en Selsdon. Al cabo de unos momentos apareció de nuevo con una bandeja de delicados sándwiches. Al verla, Gareth sintió que le sonaban las tripas, y recordó que hoy tampoco había almorzado, el tercer día consecutivo.

El doctor sirvió el té y le ofreció la bandeja de sándwiches.

—Bien, no puedo seguir postergándolo —dijo—. Deseaba preguntarme algo sobre la duquesa, según creo recordar.

Gareth se detuvo para medir bien sus palabras.

—Sí, me temo que es algo de carácter personal.

Osborne parecía resignado.

—Ya lo supuse —dijo—. Adelante.

—Deseo saber... —Gareth hizo una pausa, pensando en cómo formular la pregunta—. Bueno, deseo saber si la duquesa podría hacer algo..., sin darse cuenta de lo que hacía. ¿Es posible que más tarde no lo recordara?

El doctor Osborne palideció.

—Vaya por Dios —murmuró—. Otra vez con lo mismo.

—Perdón, ¿cómo dice?

Osborne se rebulló en su silla, turbado

—Ojalá cesaran esos rumores —respondió—. Como amigo y médico de la duquesa, jamás les he dado crédito.

¿*Rumores*? Estaba claro que hablaban de cosas distintas, pero Gareth se sentía picado por la curiosidad.

—¿Por qué no les da crédito, doctor? —inquirió.

Osborne asumió una mirada distante.

—En mi opinión —dijo por fin—, la duquesa no posee la crueldad necesaria para un acto tan violento, ni siquiera cuando está en un estado alterado, por decirlo así.

—¿Un acto violento? —Gareth supuso que el médico se refería a la muerte de Warneham—. Creo que debería contarme todo lo que sepa, doctor Osborne.

—¿Sobre Warneham y... las habladurías?

El semblante del médico mostraba una expresión de tristeza.

Gareth dudó unos instantes. Al parecer Antonia tenía razón con respecto a los rumores. Ahora él tenía la oportunidad de averiguar más detalles.

—Tengo derecho a saberlo, ¿no?

—Quizá fuera preferible, excelencia, que hablara con John Laudrey, el juez de paz local.

—No, quiero que me lo cuente usted —insistió Gareth—. Acudía con frecuencia a la casa, ¿no?

Osborne se encogió de hombros.

—Fui el médico personal del duque durante varios años —contestó—. Jugábamos con frecuencia al ajedrez. Cenaba al menos una vez a la semana en Selsdon. Sí, acudía con frecuencia.

—Entonces cuénteme qué sucedió —insistió Gareth.

—En mi opinión, Warneham murió a causa de un envenenamiento por nitrato de potasio —dijo el doctor.

—¿A manos de quién? —preguntó Gareth.

Osborne extendió ambas manos con las palmas hacia arriba.

—Bueno..., quizá las mías.

—¿Las suyas?

—Se lo receté yo. —Durante unos segundos el médico pareció consternado—. Para el asma que padecía. La noche de su muerte, tuvo unos invitados de Londres, lo cual era infrecuente. Los caballeros jugaron al billar hasta bien entrada la noche, y fumaron. Yo había convencido a Warneham de que dejara el tabaco, pero sus amigos...

—Entiendo —dijo Gareth—. ¿Se quejó de que le costaba respirar?

—Yo no estaba presente —respondió el doctor—. Pero Warneham estaba muy preocupado por su salud.

—¿Quién solía prepararle la medicación por las noches? ¿La duquesa?

—Rara vez, aunque sabía cómo hacerlo —contestó el doctor—. Por lo general su excelencia se preparaba él mismo la medicación. Es posible que esa noche, al acostarse, tomara una dosis excesiva, quizá por temor a que el humo del tabaco le hubiera afectado.

—¿Nadie más pudo haberlo hecho?

—¿Administrarle el nitrato de potasio? —preguntó el doctor—. Sí, supongo que cualquiera. Pero ¿por qué iban a hacerlo?

—Ha insinuado que algunos creen que lo hizo la duquesa.

Osborne negó con la cabeza.

—No la creo capaz —respondió—. Nunca he creído esos rumores, y así se lo dije a Laudrey. Por lo demás, el frasco tenía una etiqueta indicando que era la medicación que tomaba el duque para el asma. Nadie me preguntó nunca qué contenía.

—¿Manipulaba alguna otra persona la medicación?

—¿A qué se refiere? —Osborne parecía sentirse un poco ofendido—. Tengo un excelente boticario en Londres. Yo mismo traigo los medicamentos aquí, puesto que en Lower Addington no hay un boticario, y los entrego en mano a mis pacientes.

—¿Siempre?

El doctor vaciló unos instantes.

—Mi madre solía ayudarme a veces —respondió—. Sobre todo cuando se trataba de algo… de carácter femenino. Para ahorrarme el bochorno.

—Entiendo.

—Pero mi madre murió hace casi tres años —prosiguió el doctor—. Luego están los criados de la casa, claro está, pero llevan aquí muchos años y son de toda confianza.

—Le creo —dijo Gareth—. Dígame, doctor, ¿el duque y la duquesa no eran felices en su matrimonio?

El doctor dudó de nuevo antes de responder.

—No sabría decirle.

Gareth le observó con recelo unos momentos.

—Yo creo que sí —dijo por fin—. Prefiero que me lo diga sin rodeos a que los malditos criados murmuren a mi espalda. Y aparte de estar convencidos de que yo maté al hijo del duque, ahora sospechen que su esposa lo asesinó. Es intolerable.

El doctor Osborne guardó silencio unos momentos. Gareth comprendió que había hablado demasiado; había revelado demasiado sobre sí mismo. ¿Qué le importaba que Antonia hubiera envenenado a su marido? Warneham se merecía eso y mucho más, y hacía unas semanas, no habría dudado en bailar sobre la tumba de ese hijo de perra.

Pero ahora le importaba. El asesinato era un delito, desde luego, pero ése no era el motivo de que le importara. Lo cual no dejaba de inquietarle. ¡Pardiez, no era esto lo que había venido a averiguar!

Por fin, Osborne rompió el silencio.

—Antes de responder, excelencia, deseo dejar claro que consideraba al difunto duque mi amigo y benefactor —dijo—. Sí, es evidente que desde hace un año todo el mundo ha estado muy alterado en Selsdon. Sí, ha habido rumores. En cuanto al matrimonio, fue concertado contra el deseo de la duquesa. Eso me consta. Pero creo que llegó a sentirse a gusto en Selsdon.

—No tuvieron hijos —comentó Gareth.

Osborne meneó la cabeza.

—Fue un matrimonio breve —explicó—. Duró poco más de un año.

—¿Sólo un año? —preguntó Gareth, sorprendido.

—Dieciocho meses, según creo —continuó Osborne—. Y Warneham no era joven. A veces lleva tiempo concebir un hijo.

El doctor se rebulló de nuevo en su butaca como si se sintiera incómodo, y Gareth intuyó que no quería abundar en el tema.

—Gracias, doctor Osborne —dijo secamente—. ¿Quiere responder ahora a mi primera pregunta? ¿Es posible que la duquesa haga algo que más tarde no recuerde?

El rostro de Osborne denotaba una evidente reticencia.

—Sí —respondió por fin—. Es posible.

—¿Por qué? —insistió Gareth—. ¿Está... loca?

La reticencia del doctor aumentó.

—La duquesa sufrió un trauma emocional aproximadamente un año antes de casarse con Warneham —reconoció—. Un trauma del que, en mi opinión, no se recuperó nunca. En cualquier caso no se había recuperado cuando volvió a casarse.

—¿Cuando volvió a casarse? —preguntó Gareth, asombrado.

—Sí —respondió el doctor arqueando las cejas—. Era viuda, lady Lambeth. ¿No lo sabía?

De pronto Gareth recordó algo. ¿Qué era lo que la señora Waters le había dicho, indignada, hacía unos días? Algo sobre haber enterrado a dos maridos, pero él había estado demasiado furioso para prestarle atención.

—Ni siquiera conocía la existencia de esa mujer, Osborne, hasta que llegué aquí —replicó con tono áspero—. De modo que deduje, aunque me tenía sin cuidado, que Warneham seguía casado con su primera esposa.

—No, su primera esposa murió hace muchos años —dijo el doctor—. Lady Lambeth era su cuarta esposa.

—Ya, al parecer Warneham tuvo muy mala suerte —dijo Gareth secamente—. ¿Qué fue de las otras?

—La primera murió en trágicas circunstancias —respondió el doctor.

—Como no podía ser de otra manera —observó Gareth.

El doctor sonrió con tristeza.

—Supongo que tiene razón —dijo—. Pero ésta fue doblemente trágica. La joven estaba encinta, del hijo del duque; se cayó del caballo durante una cacería que organizan todos los años en otoño en el pueblo, y sufrió graves lesiones. Ni ella ni el niño sobrevivieron.

Gareth miró al doctor sin dar crédito.

—¿Participó en la caza del zorro estando encinta?

Osborne dudó unos momentos.

—Según me han contado, la segunda duquesa era muy joven, e impulsiva —confesó—. Se casó a los dieciocho años con un hombre mucho mayor que ella, y quizá le disgustaba su falta de libertad. Es posible que el matrimonio no fuera feliz.

—Sí, es muy posible —dijo Gareth.

El doctor se encogió de hombros.

—Yo estudiaba aún en la universidad —dijo—. En Oxford. No conozco detalles de primera mano.

—¿Y la tercera esposa? —inquirió Gareth—. ¿Era también joven e impulsiva?

—Era joven, sí —respondió Osborne—. Pero no tanto como la otra, una chica de carácter serio. A mí me caía muy bien. Aunque no era una belleza, todo el mundo pensaba que era un matrimonio ideal.

—Pero ¿no lo era?

El doctor le miró con tristeza.

—Era estéril —respondió—. Su excelencia se llevó una gran decepción.

—Ya —dijo Gareth secamente—, e imagino que no dejó que ella lo olvidara nunca.

Osborne no le contradijo.

—El hecho de no poder darle un hijo también hizo sufrir a la duquesa —dijo—. Sentía que le había fallado, y su melancolía la llevó a enfermar. Empezó a depender del láudano para conciliar el sueño.

Gareth dedujo lo que el doctor iba a decirle.

—De modo que se suicidó.

El doctor sonrió con gesto cansino.

—Para las personas que toman opiáceos con regularidad, excelencia, existe una línea muy fina entre la sedación y la muerte. Creo que fue un accidente.

—Lo cual permitió al duque volver a casarse —sugirió Gareth.

—Fue un accidente, excelencia —repitió Osborne—. Ella nunca se habría suicidado debido a su melancolía, y nadie le deseaba ningún mal.

Gareth se sintió avergonzado.

—Estoy seguro de ello —se apresuró a decir—. Como ha dicho usted, fue una tragedia.

—Los Ventnor han sufrido mucho —dijo el doctor.

Gareth se preguntó qué sabía Osborne sobre su historia en Selsdon. Pero ¿qué importaba? Apoyó ambas manos en los muslos y se levantó.

—Gracias, doctor, por su sinceridad —dijo—. No le entretendré más.

Gareth regresó a caballo a través del pueblo mientras multitud de pensamientos bullían en su mente. Había ido a ver al doctor Osborne con unas sospechas muy firmes. ¿Por qué se sentía ahora tan turbado al ver confirmadas esas sospechas?

Puede que Antonia no recordara haberle hecho el amor, pensó meneando la cabeza. Sospechaba que eso sólo indicaba una parte de la verdad. Cuando él la había encontrado en el baluarte ella se había mostrado incoherente, sin duda, pero en cierto momento había recobrado el juicio. La mujer con la que había compartido una pasión desenfrenada se había comportado, al menos durante unos instantes, con toda normalidad y lucidez. Estaba claro que lo recordaba. La mañana en que habían discutido, él había visto en sus ojos la verdad y un sentimiento de vergüenza. Sí, era una mujer que se dejaba arrastrar por sus emociones, quizás un tanto imprevisible. Pero ¿indicaba eso que estaba loca? No exactamente.

A bordo del *Saint-Nazaire* había un hombre, un viejo marino llamado Huggins, que había sido abandonado por la Royal Navy por considerar que no estaba capacitado para servir en ella. Huggins había combatido a bordo del HMS *Java* con el general Hislop frente a las costas de Brasil, no lejos de donde el *Saint-Nazaire* le había recogido. Había sido una batalla larga y feroz, y al final, los americanos se habían comportado de forma despiadada. El *Java* había sido derrotado y quemado. Los escasos supervivientes habían quedado malheridos.

Huggins mostraba también esa expresión, una expresión perdida y atormentada que él había visto en los ojos de Antonia esa noche bajo la lluvia. Parecía como si sus ojos le miraran sin verlo, como un portal de acceso a un terror casi inimaginable. A bordo del barco, Huggins sufría alucinaciones y había demostrado su total incapacidad. El capitán le había obligado a desembarcar en Caracas, donde probablemente había muerto.

Dios santo, ¿cómo podía comparar a Antonia con ese patético individuo? No tenían nada en común. Pero los ojos de ella…, ¡Dios, esos ojos…!

Gareth apartó esos recuerdos de su mente y espoleó a su montura. Necesitaba unos momentos de paz y tranquilidad para meditar en lo que Osborne le había contado. En realidad, lo que necesitaba era que le aconsejaran. Estaba demasiado cegado por la lujuria y la ira para pensar con claridad. Tenía que ocuparse de dirigir su finca y al personal de servicio, más numeroso que los de la naviera Neville. Tenía que conocer a sus inquilinos, presentarse a la alta burguesía de la localidad y contratar a un buen ayuda de cámara. Tenía que informarse sobre la rotación de cultivos y la irrigación. Pero su mente regresaba sin cesar al pasado, y a Antonia. ¿Pensaban realmente algunos que era una asesina? ¿Por qué tenía que demostrar él que no lo era?

No la conocía. De hecho, no conocía a nadie en Selsdon. Prácticamente todos los habitantes de la casa podían haber deseado que su primo muriera. Él mismo lo había deseado con frecuencia.

¿Cuál era la verdad sobre Antonia? ¿Qué la había dejado tan traumatizada? De repente se le ocurrió que necesitaba a Xanthia. Ella sabría cómo averiguar la verdad del asunto. De pronto, se echó a reír al darse cuenta de lo absurdo de esa idea. *¿Quería que su antigua amante le aconsejara con respecto a su nueva amante?*

No. Antonia era un deber. Una obligación. Pero no era su amante. Él no podía seguir pensando que lo era. Por lo demás, en estos momentos Xanthia navegaba hacia el Egeo a bordo del yate privado de

Nash. Estaría ausente varias semanas, y era la esposa de otro hombre. Así pues, sólo quedaba Rothewell.

Gareth se acarició la mandíbula con gesto pensativo, meditando sobre ello. ¿Tan desesperado estaba?

Sí, aunque no sabía muy bien qué era lo que necesitaba. Suponía que un amigo. Alguien con quien desahogarse. Espoleó de nuevo a su caballo, y esta vez no se detuvo hasta divisar su casa. Cuando llegó, se dirigió a su estudio y sacó del escritorio una hoja del elegante y grueso papel de cartas de Warneham.

El sábado, Antonia empezó a relajarse un poco. No se había hablado de que ella y Nellie tuvieran que marcharse, y la vida en Selsdon con el nuevo duque había asumido cierta normalidad durante los últimos días. Como era costumbre en Selsdon, esa noche cenarían en el comedor pequeño, una estancia que acogía a ocho comensales, a diferencia del suntuoso comedor principal, en el que podían sentarse cuarenta a la mesa con toda comodidad. Antonia lo miró al pasar frente a él cuando se dirigía a cenar. El comedor principal no había sido utilizado nunca durante el breve tiempo que había vivido como duquesa de Warneham en Selsdon. Se preguntó distraídamente si el nuevo duque no pensaba ofrecer nunca una cena a sus vecinos y amigos. Puede que no. Parecía un hombre que gozaba con la soledad.

Al llegar a la puerta del comedor pequeño, se detuvo para hacer acopio de valor y colocarse bien el chal. Acto seguido alzó el mentón, enderezó los hombros y entró. Durante los últimos días, casi se había acostumbrado a esto, a sentir que le faltaba el aliento y una opresión en la boca del estómago cuando se disponía a entrar en una habitación y encontrarse con él.

Esta noche el duque lucía un atuendo austero pero elegante en blanco y negro. No parecía poseer muchos trajes de etiqueta, según había observado ella, pero los que tenía eran de excelente factura y le sentaban muy bien. Con frecuencia, su pelo estaba todavía húmedo, lo cual atenuaba el cálido y lustroso dorado de su cabellera. Su rostro delgado y bronceado estaba siempre impecablemente afeitado, lo cual realzaba el pronunciado contorno de su mandíbula.

—Buenas tardes, excelencia —dijo ella secamente.

Él se levantó de inmediato.

—Buenas tardes, señora.

Era la forma en que se saludaban durante los tres últimos días; de forma tan seca y rígida que la ausencia de toda emoción constituía casi en sí misma una emoción. Antonia bajó la vista y se apresuró a ocupar su lugar en un extremo de la mesa, la silla de la duquesa, tal como él había insistido desde el primer día.

El duque hizo una indicación con la cabeza al lacayo que les servía, que esta noche era Metcaff, cuyos labios mostraban un rictus casi de desdén. Antonia confiaba en que el duque no lo conociera lo bastante para darse cuenta de ello. Cuando trajeron el primer plato, ella observó a Metcaff mientras les servía. Sus gestos denotaban una evidente desgana. Quizás había llegado el momento de despedirlo. Pero eso no le incumbía a ella.

Borró a Metcaff de su mente y se centró en la cena, confiando en que concluyera lo antes posible. Sin embargo, cuando terminaron el segundo plato, consistente en lenguado en salsa de mantequilla y finas hierbas, y el tercero, chuletas de ternera, Antonia comprobó que casi habían agotado los temas de conversación intrascendentes como el tiempo, la cosecha y la salud del rey. El duque también se había percatado. Indicó a Metcaff que les sirviera el siguiente vino.

—Gracias —le dijo luego—, puedes retirarte.

Metcaff vaciló unos instantes.

—Perdón, ¿cómo dice?

—No es preciso que nos atiendas de momento —respondió el duque—. Ya te llamaremos más tarde.

Metcaff hizo una breve reverencia y se retiró.

Nerviosa, Antonia dejó su tenedor, golpeando sin querer el borde de su plato.

El duque tomó su copa de vino, aspiró su aroma y bebió un trago con gesto de aprobación.

—Coggins tiene una excelente bodega —observó.

—Sí, sabe mucho de vinos —respondió Antonia con voz un poco trémula.

El duque la observó sobre el borde de su copa.

—No muerdo, señora —dijo con tono quedo—. Al menos, hasta ahora.

Antonia desvió la vista, notando que se sonrojaba.

Él depositó con brusquedad su copa en la mesa. Ella sintió el calor de su mirada sobre ella.

—No es necesario que continuemos con esta farsa, Antonia —dijo él por fin—. No me divierte. Y está claro que a usted tampoco.

—¿A qué… farsa se refiere, excelencia?

Él hizo un amplio ademán con su copa, indicando la habitación.

—Esta farsa a la hora de la cena —respondió—. Es un momento en que la gente suele relajarse al reunirse para cenar. Pero ninguno de los dos nos sentimos relajados. No gozamos con este momento. Y no es necesario que se sienta incómoda cuando puede pedir que le suban la cena en una bandeja a su habitación. O yo puedo cenar en mi estudio. ¿Qué prefiere?

Curiosamente, esa idea no la complació. Es más, por inexplicable que parezca, le disgustó. Se aclaró la garganta y alzó la vista para mirarlo a los ojos.

—No, excelencia —dijo con sorprendente firmeza—. La cena es una tradición importante en Selsdon.

El duque movió el vino en su copa en un perezoso círculo.

—¿Y usted es una mujer que disfruta con las tradiciones? —preguntó con calma.

—Me educaron en el respeto a las tradiciones —respondió ella—. Es el pilar de todos nuestros principios, ¿no?

Curiosamente, el duque se encogió de hombros.

—A mí estas cosas me tienen sin cuidado —declaró sin el menor atisbo de desdén—. La tradición nunca ha hecho nada por mí. Pero estoy dispuesto a darle otra oportunidad si usted lo considera oportuno.

Había algo en su voz —cierta tensión—, y un ligero cansancio en sus ojos. De improviso Antonia pensó en lo duro que debía de ser para él. Quizá no se le había ocurrido nunca que un día el manto del deber —y de la tradición— caería sobre sus hombros.

Ella hizo un gesto ambiguo con la mano, y volvió a apoyarla en el regazo. Maldita sea, no era una estúpida escolar. ¿Por qué era tan dolorosamente consciente en presencia del duque de sus limitaciones? ¿Consciente del hecho de que ya no era la mujer alegre y segura de sí que era antes? ¿Qué tenía ese hombre que hacía que... *sintiera*?

—Lo lamento —dijo con tono sereno—. No me he comportado como debía, excelencia. De repente se encuentra con que tiene que cargar conmigo, lo sé. Y yo... no he sido una buena anfitriona. No he tratado de ayudarle.

—No necesito su ayuda, Antonia —respondió él—. Sólo deseo su felicidad, en la medida en que yo pueda contribuir a ella.

Lo decía con sinceridad. Ella lo percibió en su voz. Y cuando le miró, tomando nota de esos ojos solemnes, de color dorado oscuro, y su rostro demasiado hermoso, sintió algo en su interior. Un sentimiento de reconocimiento y admiración, y otras emociones que era preferible no mencionar.

—Debí ayudarle a instalarse aquí —dijo, tanto dirigiéndose a él como para sí—. Debí mostrarme... más amable. En lugar de ello..., bueno, prefiero no recordar la forma en que me he comportado.

El duque guardó silencio largo rato.

—El dolor nos afecta a todos de manera extraña —dijo al fin—. Quiero que sepa, Antonia, que lamento todo lo que le ha sucedido. Al margen de mis sentimientos personales hacia mi primo, era su esposo. Sé que le echa de menos. También sé que su muerte ha hecho que se sienta más insegura, y no quiero agravar su pérdida.

De improviso Antonia sintió que las lágrimas afloraban a sus ojos.

—Es usted... muy amable, excelencia.

El duque apartó un poco su copa de vino.

—Verá, Antonia, imagino los rumores que han circulado sobre mí por estos pagos —dijo asumiendo un tono más seco—. Me consta que Warneham me odiaba. Jamás quiso que yo viviera aquí, y Dios sabe que yo no deseaba volver. Pero dígame, Antonia, ¿qué podía hacer yo? Si se le ocurre alguna solución, le ruego que me lo diga.

—No se me ocurre ninguna —reconoció ella—. No puede hacer nada al respecto. Todo el mundo en Selsdon depende de usted, y de su capacidad para tomar unas decisiones acertadas. El ducado es una responsabilidad grave y trascendental.

—Pero podría renunciar a todo —sugirió él—. Aunque Cavendish me ha dicho que la ley no lo prevé. Si renuncio a todo, sin embargo, ¿qué sería de los trabajadores y de los inquilinos?

Ella meneó la cabeza.

—Lo ignoro.

El duque fijó la vista en el otro extremo de la habitación.

—Supongo que al cabo de un tiempo esta propiedad, con todos sus problemas, pasaría a manos de la corona —dijo con gesto pensativo—. Yo podría quedarme aquí unos años, para mantener las cosas a flote, hasta que algún Ventnor apareciera por fin.

Antonia soltó una carcajada.

—No creo que eso suceda, excelencia —dijo, bebiendo un reconfortante trago de vino—. De existir alguno, le aseguro que hace mucho que mi esposo habría dado con él.

El duque esbozó una amarga sonrisa.

—En tal caso, cuando yo la palme, la finca pasará inevitablemente a manos de la corona —dijo—. Apuesto a que el viejo príncipe regente se está frotando las manos ante la perspectiva.

Antonia le miró un instante sin comprender.

—¿No piensa… engendrar un heredero legítimo, excelencia?

Él negó con la cabeza.

—Lo dudo. A menos…, a menos que nosotros… —Gareth bajó la voz hasta que fuera apenas un murmullo—. ¡Cielo santo, Antonia! ¿Qué diablos haríamos si nosotros…?

Ella percibió el chasquido de la copa al partirse antes de sentir dolor. Al bajar la vista vio una gota de sangre, de un rojo intenso, en el mantel. Debió de emitir un grito, porque el duque se levantó de su silla y corrió a auxiliarla antes de que Metcaff tuviera tiempo de entrar en la habitación.

—Dios mío, deje que examine su mano —dijo el duque, apartando los fragmentos de cristal con el dorso del puño.

—¿Está usted bien, excelencia? —preguntó Metcaff, preocupado.

El duque empezó a enjugar la sangre con su servilleta.

—Partí el tallo de mi copa de vino —respondió ella—. No tiene importancia. A veces… no me doy cuenta de lo que sostengo en la mano.

—¿Quiere que vaya en busca de Waters, excelencia? —preguntó el criado—. ¿O que le traiga una venda?

—No, déjanos —le espetó el duque, alzando la vista.

En el rostro del lacayo se pintó una expresión de indignación. Dio media vuelta y salió dando un portazo. Antonia se alegró de que el criado se retirara.

El duque siguió limpiando con suavidad la herida, que casi había dejado de sangrar.

—Me pregunto si es posible que ese hombre demostrara de forma más palpable su aversión hacia mí —murmuró.

—A veces Metcaff es muy insolente.

—Ya me había percatado. —Gareth sacó un pañuelo recién lavado y planchado de su bolsillo y lo aplicó con delicadeza sobre el corte—. Sosténgalo sobre la herida. ¿Le duele?

Ella negó con la cabeza.

—No es más que un arañazo —respondió—. Le pido disculpas por la conducta de Metcaff.

El duque se incorporó, llevándose su reconfortante calor y su olor. De pronto Antonia sintió frío.

—Sí, empiezo a creer que ha llegado el momento de dar al señor Metcaff fundadas razones para su mal humor —dijo él con gesto severo—. Me disgusta hacerlo, teniendo en cuenta el estado en que se encuentra la economía. ¿Tiene familia ese hombre?

Antonia negó de nuevo con la cabeza.

—Creo que se ha dedicado a difundir ciertas historias, excelencia —dijo, sintiendo que se sonrojaba—. No sobre nosotros…, me refiero a que corren ciertos rumores sobre… usted. Sobre sus orígenes. Pero eso no me incumbe. Y menos a Metcaff.

—Bueno, al menos reconoce que existe algo que pueda dar pábulo a habladurías. —La delicadeza se había borrado de su rostro, sustituida por el cansancio—. Pero la expresión de ese lacayo no tenía nada que ver con las habladurías. Hace unos instantes vi en su rostro puro odio, y no es la primera vez.

Antonia oprimió el pañuelo de lino sobre su mano y apartó la vista.

—Creo… —Se detuvo para tragar saliva—, creo que es porque no desea trabajar para usted.

—Un deber del que puedo librarle de inmediato —respondió el duque—. Pero ¿qué diablos le he hecho yo?

—No es usted, excelencia —murmuró ella—. Metcaff no es más que... un ignorante.

Él apoyó las palmas de las manos en la mesa y la miró a los ojos.

—¿Un ignorante? —preguntó, mirándola de hito en hito—. No, se trata de algo más. Dígamelo, Antonia. ¿Qué es?

Ella le miró tímidamente.

—Es porque dicen... que es usted judío.

El duque no parecía ni sorprendido ni furioso, sino tan sólo disgustado.

—Ya, de modo que ahora soy un asesino y un judío.

Se enderezó y se sentó bruscamente en la silla a la derecha de ella.

—Nadie ha dicho eso, excelencia. *Al menos no desde que murió mi esposo* —añadió Antonia en silencio. Inexplicablemente, deseaba conocer la verdad—. ¿Es usted judío?

El duque la miró sin inmutarse.

—Desde luego —respondió—. Aunque sólo sea, de corazón. Mi madre lo era. Pero mi educación fue bastante inusual.

—Entiendo —dijo Antonia, nerviosa—. ¿Su madre... era muy rica?

Gareth soltó una amarga carcajada.

—Sí, es el único motivo por el que un noble inglés se dignaría a casarse con una joven judía, ¿no? —preguntó de forma retórica—. Por su cuantiosa dote.

Antonia sacudió la cabeza casi con violencia.

—No, no me refería a eso —contestó—. Me refería a que... tiene usted un aspecto... muy corriente.

Él la miró con dureza.

—¿Corriente? —repitió—. ¿Debo interpretarlo como un cumplido?

Antonia había sido educada para resolver cualquier situación embarazosa con total naturalidad. ¿Tan grave había sido el desliz que había cometido?

—Me refiero a que tiene el aspecto de cualquier inglés —continuó con más firmeza—. Parece... bueno, es como todas las personas que conozco.

—¿Se refiere a que tengo sólo una cabeza? —preguntó él sonriendo de manera forzada—. ¿No tengo garras ni colmillos?

—Se burla de mí —dijo ella con tono quedo—. Me refería a un hombre acaudalado, bien educado y profundamente inglés. Yo sabía que el comandante Ventnor era un soldado. Pero supuse que su madre quizás era rica. ¿O es usted un hombre que se ha hecho a sí mismo?

El duque esbozó una leve sonrisa, como si sonriera para sus adentros.

—Ningún hombre se hace a sí mismo, querida, por más que quiera convencerse de ello —respondió—. Yo he contado con la ayuda de muchas personas. Mis abuelos. Los Neville. Y sí, la comunidad judía en la que viví mis primeros años. Eran personas honestas y trabajadoras que tuvieron una gran influencia sobre mí. Pero de haber sido rico de familia, le aseguro que jamás habría venido a Selsdon. De niño viví aquí porque no tenía más remedio.

—Disculpe mi ignorancia —dijo ella—. Conozco a pocos judíos, como por ejemplo al escritor, el señor Disraeli. En cierta ocasión le conocí a él y a uno de sus hermanos en un salón literario. Me parecieron unos caballeros encantadores. Pero muy morenos. Tengo entendido que son españoles.

—Italianos —dijo Gareth.

—Sí, quizá tenga razón —continuó ella—. Pero en realidad no son judíos, ¿verdad?

—Los Disraeli son tan judíos como yo —respondió él con calma—. Son de madre judía, lo cual según algunos es la definición. Pero al igual que yo, Disraeli fue bautizado en la Iglesia anglicana y jamás ha puesto los pies en una sinagoga.

—¿Y usted?

—No —respondió él, bajando la voz—. Mi madre me lo prohibió.

—¿Por qué le prohibió que visitara una sinagoga? —le preguntó Antonia, picada por la curiosidad.

—No estoy seguro —contestó él—. Mis padres eran muy especiales. El suyo fue un matrimonio por amor, una unión muy apasionada, sin duda. Y mi madre juró que yo me educaría como había sido educado mi padre, como un caballero inglés que goza de todos los privilegios que le ofrece su clase.

—¿Se lo pidió su padre?

Antonia se dio cuenta de que hablaba como una cotorra, pero el hecho de expresar sus pensamientos le procuraba una sensación curiosamente liberadora. Y el duque era un interlocutor con el que era muy fácil conversar. Sentía como si se hubieran abierto unas compuertas; no sólo las de su curiosidad, sino algo más profundo. Deseaba averiguar más sobre este hombre tan enigmático.

Él desvió la vista y la fijó en la copa que ella había roto.

—Ignoro si mi padre insistió en ello —confesó—. Sólo sé que lo acordaron al casarse. Puede que mi madre lo considerara su deber, pues amaba mucho a mi padre. O quizá quería que mi vida fuera más fácil, libre de prejuicios. Sabía que, como judío, no podría asistir a la universidad, ni ocupar un escaño en el Parlamento, ni hacer un centenar de cosas que cualquier inglés normal y corriente puede hacer sin mayores problemas.

—¿No le preguntó nunca el motivo?

—No tuve oportunidad de hacerlo —respondió él en voz baja—. Yo era muy joven cuando ella murió. Hizo a mi abuela prometerle que me educaría tal como ella y mi padre habían convenido. Iba en contra de todo cuanto mi abuela creía, y a mi abuelo le pareció una solemne estupidez. Pero cumplieron su palabra.

—¿Y su padre?

—Fue a luchar a la Península con Wellington —respondió el duque—. Murió allí unos años más tarde.

—¿Y sus abuelos siguieron cuidando de usted?

—No, mi abuelo ya había muerto —respondió el duque con tono apagado—. Su negocio había sufrido un serio revés del que ni él ni mi abuela se recuperaron nunca. Mientras mi padre vivió, nos mantuvo a mi abuela y a mí como pudo. Pero cuando me quedé huérfano, mi abuela me trajo aquí. No se le ocurrió otra solución.

—Entiendo —dijo ella con dulzura—. ¿Cuántos… años tenía usted?

El talante del duque había experimentado un curioso cambio. Estaba inclinado hacia delante, con los hombros encorvados, como si se sintiera cómodo en presencia de ella, aunque un poco receloso. A ella le pareció de pronto vulnerable, un hombre pletórico de vitalidad, increíblemente apuesto, que debería gozar de la vida en lugar de mostrarse agobiado por todo lo que le había sucedido. Era distinto a todos los hombres que ella había conocido; ni un embustero infiel, como Eric, ni un seductor calavera, como su hermano. Paradójicamente, no parecía ni amargado ni ansioso de vengarse, y ella empezó a preguntarse si no tenía motivos para sentir ambas cosas por todo lo que ellos le habían hecho, incluido su segundo esposo.

—No recuerdo qué edad tenía —murmuró él al fin—. ¿Ocho años? Quizá nueve.

Antonia se quedó pasmada.

—¿Ocho o nueve?

Él la miró con extrañeza.

—Sí, ¿por qué?

El difunto marido de Antonia había descrito a su joven primo como la encarnación del diablo. Ella había imaginado que era un canalla, un agitador que no había hecho sino provocar disturbios en toda la comarca. Pero ¿nueve años? No era más que un niño.

—¿Cuántos años tenía cuando decidió abandonar Selsdon? —le preguntó.

Gareth la miró sorprendido.

—¿Que cuándo lo *decidí*? —repitió—. Tenía doce años cuando me marché de Selsdon, si se refiere a eso.

—Supongo que sí —respondió ella, aunque no lo tenía muy claro—. ¿Puedo preguntarle, excelencia, cuántos años tiene ahora?

—Dentro de unas semanas cumpliré treinta —respondió él, observándola con atención.

—Cielos —dijo ella.

Él sonrió, haciendo que en las esquinas de sus ojos aparecieran unas arruguitas.

—¿Le parece que tengo un aspecto un poco tronado?

Ella se permitió el placer de contemplar de nuevo su rostro con detenimiento.

—No, francamente esperaba a alguien mucho mayor —respondió al fin—. ¿Sólo tiene treinta años? En algunos aspectos que no sabría explicar, parece mayor, aunque no por su aspecto.

Él volvió a encogerse de hombros, como si le tuviera sin cuidado dar la impresión de tener treinta o sesenta años.

—¿Cuántos años tiene usted? —preguntó—. Yo le he confesado mi edad, es justo que usted me confiese la suya.

Antonia sintió que se ruborizaba de nuevo.

—Creo que tengo veintiséis años... Para ser sincera, he perdido la cuenta.

Él esbozó una leve sonrisa, como si sonriera para sus adentros; pero si uno le observaba más de cerca, veía que sus ojos traslucían una profunda admiración masculina, un ardor sensual que se intensificaba conforme paseaba su mirada perezosamente sobre ella.

—Es usted muy bella para una mujer de veintiséis años —dijo—. Y aún no ha alcanzado su plenitud como mujer. Le quedan aún muchos años por delante, Antonia. Espero por su bien que no los desperdicie.

Antonia notó que su respiración se aceleraba de nuevo al tiempo que un recuerdo —las manos de él acariciándole los pechos bajo la lluvia, su camisón empapado, toda la escena— irrumpía de improviso en su mente. Sintió que se sonrojaba y que todo su cuerpo se tensaba. El recuerdo era tan sensual como bochornoso. Observó que él la miraba con ojos ardientes y durante un instante le pareció como si hubiera una pregunta suspendida entre ellos. Un deseo no expresado. Aguardó unos momentos sobre ascuas, preguntándose si él la formularía. Y qué le respondería ella.

Pero él se limitó a aclararse la garganta y se puso en pie.

—Bien, estoy seguro de que desea que le curen esa herida —dijo, ofreciéndole la mano—. De todos modos, la cena había concluido.

Con un sorprendente sentimiento de decepción, Antonia apoyó la mano en la suya, grande y cálida, y se levantó. Lo había interpretado equivocadamente. Había sido un error. ¿Qué sabía ella en realidad de los hombres y de sus deseos?

Se hallaban muy juntos, casi rozándose, y ella percibió su singular calor y olor. Daba la impresión de ser sólido y firme como una roca, y durante unos segundos Antonia se preguntó qué sentiría si él volviera a estrecharla en sus brazos estando ella en su sano juicio.

Pero el duque parecía tener la mente en otro sitio.

—La semana que viene me acercaré a Knollwood a caballo —dijo con voz carente de emoción—. Después de echar un vistazo a la casa, podré decirle aproximadamente cuándo podrá estar preparada para usted.

Antonia se apartó.

—Gracias.

El duque atravesó la habitación y sostuvo la puerta abierta para ella.

—Buenas noches, Antonia —dijo—. Hasta mañana.

Capítulo 8

Gabriel observó las manos artríticas de su abuela cerrar la pesada tapa del baúl, y deslizarlas casi con cariño sobre ella.

—Parece muy viejo, Bubbe —dijo el niño cuando la anciana se incorporó.

—Es viejo, sí. —Ella le sonrió casi con melancolía—. Cuando tu abuelo llegó aquí de joven, este baúl contenía todas sus pertenencias. Y cuando lo transportó al desván, hace una docena de años, pensé que no volvería a verlo nunca más. Pero a veces la vida nos sorprende, ¿verdad, tatellah?

En ese momento entraron dos sirvientes y, a una indicación de su abuela, aseguraron el baúl con unas cuerdas y lo levantaron entre los dos. Gabriel observó cómo lo transportaban escaleras abajo.

—¿Nos gustará vivir en Houndsditch, Bubbe? —preguntó—. ¿Está lejos?

Su abuela le acarició el pelo.

—No está lejos, Gabriel —respondió—. Y nos gustará tanto como nos lo propongamos.

—¿Qué quiere decir eso? —preguntó el niño—. A mí me gusta vivir aquí, Bubbe. Me gusta Finsbury Circus.

La anciana sonrió de nuevo con melancolía.

—El abuelo dice que no podemos demorarlo más —dijo—. Una nueva familia va a instalarse en esta casa, tatellah. Es la voluntad de Dios.

Gabriel cruzó los brazos sobre su estrecho pecho.

—Estoy cansado de la voluntad de Dios —contestó—. Algún día, Bubbe, tendré mi propia casa. Y Dios no deseará que sea de otras personas. Nunca más.

Poco más de una semana después de su entrevista con el doctor Osborne, Gareth se hallaba en la oficina de la finca cuando Terrence, el segundo mozo de cuadra, entró apresuradamente.

—¡Excelencia! —dijo, muy excitado—. ¡Señor Watson! ¡Un carruaje!

Gareth y Watson estaban inclinados sobre los libros de cuentas de la finca.

—¿Qué tipo de carruaje, Terry? —preguntó el administrador con aire distraído.

—¡Un enorme faetón de pescante alto, señor! —respondió el joven—. Pintado de negro. ¡Pasó por el pueblo a gran velocidad, por entre las gallinas de la señora Corey! Hay plumas por doquier, señor. Aún se la oye gritar desde los establos.

El administrador de la finca se enderezó, arrugando el ceño.

—¿Reconociste al ocupante?

El mozo de cuadra se encogió de hombros.

—Quienquiera que sea, acaba de subir la cuesta sobre dos ruedas y ha pasado rozando el poste de la verja —dijo—. No tardará en llegar.

Gareth arrojó su lápiz y salió apresuradamente a dar la bienvenida a su visitante. No muchos hombres conducían con tan poco apego a su integridad física, y menos a la de unas indefensas gallinas.

No obstante, tanto el hombre como los animales sobrevivieron. Lord Rothewell detuvo su faetón frente a los escalones de la fachada de Selsdon —a menos de un palmo de distancia—, y se bajó del vehículo con una elegancia que indicaba que estaba sobrio. El caballero que iba sentado junto a él, sin embargo, no era tan ágil. El señor Kemble se quitó su exquisito sombrero de castor y empezó a abanicarse con él.

—¡Pardiez, Rothewell! Si llego a ensuciarme en esa última curva, me habría lavado usted la ropa.

—Amigo mío, no tengo la menor idea de cómo se hace —contestó el otro.

Gareth se acercó a la pareja con cautela, como quien se aproxima a una pistola cargada.

—Buenas tardes, Rothewell —dijo—. Y señor Kemble. Qué sorpresa.

En los labios de Rothewell, por lo general comprimidos en un rictus de displicencia, se pintó una sonrisa.

—Creo que hemos establecido un récord de velocidad desde Londres, viejo amigo.

—Espero que no lo hayan hecho por mí —dijo Gareth—. No quiero tener mis manos manchadas con la sangre de nadie.

Rothewell se puso serio.

—No choqué con nada, te lo aseguro —protestó—. En cuanto a esas gallinas, las esquivé a tiempo, y...

—¡Sí, virando bruscamente! —terció Kemble. El enjuto y elegante caballero se apeó con cuidado del asiento del faetón—. Luego chocó con el poste de la verja. Mañana estaré cubierto de moratones que lo confirmen.

—Deberías tener más cuidado, Rothewell —dijo Gareth con gesto solemne—. Las gallinas permanecen toda la vida con sus parejas.

—Peor para ellas —murmuró Rothewell, contemplando la casa con los brazos en jarras—. Menuda mansión, Gareth. Creo que es el doble de grande que mi finca en Cheshire.

—¿Cómo lo sabes, si nunca te has molestado en ir a verla? —replicó Gareth con tono afable.

El señor Kemble examinó la fachada de Selsdon con ojo crítico, ventana por ventana.

—¿Qué tal es el chef? —preguntó de sopetón—. ¿Está satisfecho con él, o quiere que le busque otro?

—Es usted muy amable, Kemble —respondió Gareth con tono lisonjero—. Pero prefiero que se ocupe primero de la decoración de la casa. Seguro que no le parece adecuada.

—Excelente idea —dijo Kemble, sin reparar en el tono de sorna. Había empezado a pasearse frente a la fachada de la casa, con la mirada fija en el segundo piso—. Puedo decirle sin vacilar, Lloyd, que no me gusta lo que veo en las cortinas del piso de arriba. El terciopelo color vino está muy anticuado. ¿Esta fachada da al sur? No, yo diría que más bien al suroeste, ¿no? De modo que lo ideal sería utilizar allí arriba unas cortinas verdes y doradas. Le echaré un vistazo, y le informaré después de cenar.

—¿De veras? Qué amable.

Coggins se había acercado a la puerta y observaba la escena con un leve gesto de desaprobación. El hosco lacayo se hallaba detrás de él.

—¿Desea que Metcaff saque el equipaje de los caballeros del coche? —preguntó el mayordomo, indeciso.

—Supongo que sí. —Gareth se volvió hacia Rothewell—. ¿Qué diablos hace ése aquí?

Kemble, que ya había recorrido la mitad de la fachada, no parecía prestarles atención.

—He hecho lo que me pediste, viejo amigo —respondió Rothewell, subiendo los escalones—. Te he traído ayuda. Una especie de secretario.

—No tiene aspecto de secretario —comentó Coggins estirando el cuello para mirar sobre el frontón de la puerta.

Gareth agarró a Rothewell del brazo.

—¿Un qué? —preguntó sin dar crédito—. ¿Un secretario? No te pedí que me trajeras un secretario. No te pedí que me trajeras a nadie, ni siquiera que vinieras tú. Tan sólo te pedí consejo. Y de paso mencioné que necesitaba un ayuda de cámara.

—Perfecto —respondió el barón—, entonces será tu ayuda de cámara. Pero ya hablaremos de esto más tarde.

El desdén de Metcaff era más que evidente.

—¿En qué quedamos? —preguntó el lacayo con tono hosco—. ¿Es un ayuda de cámara o un secretario?

—Ambas cosas —le espetó Kemble, que se había acercado sigilosamente por detrás—. Cumpliré ambas tareas, y la suya también, señor Metcaff, si no borra esa sonrisa condescendiente de su rostro.

El lacayo vaciló unos instantes.

—Pero ¡tengo que saber dónde instalarlo! —protestó, dirigiéndose a Coggins—. ¿Arriba? ¿O abajo?

Gareth estaba resignado a lo inevitable. Ya había pasado por esto con Xanthia. Cuando Kemble conseguía trabar un pie en la puerta y se le metía una idea en la cabeza, era imposible librarse de él.

—Instálalo arriba —dijo, irritado—. Es un secretario. Instálalo arriba.

—¡Cielos, no! —protestó Kemble—. Instáleme abajo, Metcaff.

Gareth dudó.

—Pero si va a ser mi ayuda de cámara —dijo—, creo que...

Kemble apoyó una mano en su brazo para silenciarlo.

—Eso es justamente lo maravilloso de la situación, excelencia —dijo con tono despreocupado—. Ya no es necesario que piense. He venido para hacerlo por usted. Me instalaré abajo. Y no se hable más. Ahora no hagamos que el señor Metcaff siga perdiendo su precioso tiempo. Iré en busca del estudio y me serviré algo que me calme los nervios, que los tengo crispados. ¡Hasta luego!

—Estoy encantado de verte, Rothewell —dijo Gareth cuando los criados sacaron los baúles del coche y los transportaron escaleras arriba—. Pero para ser sincero, estoy asombrado. ¿Qué te trae por aquí?

El barón miró con aprobación el amplio vestíbulo.

—¡Magnífico! —dijo, fijándose en el Poussin situado a la izquierda de la inmensa chimenea de mármol de Carrara—. ¿Qué que me trae por aquí? Supongo que el aburrimiento. Tu carta me intrigó, y nunca me habías pedido consejo. Y esa duquesa tuya...

—No es la duquesa de nadie —le advirtió Gareth—. Es la viuda de mi primo.

—Las viudas suelen ser muy complacientes —dijo Rothewell, bajando la voz—. ¿Dices que es una delicada belleza?

Gareth notó que su expresión se endurecía.

—Ni lo pienses, Kieran —le advirtió—. No es ese tipo de mujer. Regresa a la ciudad y ve a ver a la señora Ambrose, si eso es lo que buscas.

Rothewell arqueó sus negras cejas.

—¿Yo? —preguntó, ofendido—. He venido al campo para respirar aire puro y ver en qué lío se ha metido mi viejo amigo. Pero me pregunto qué diantres estás buscando, Gareth.

—No sé a qué te refieres.

Rothewell meneó la cabeza.

—Había algo en tu carta... —dijo con tono pensativo—. Algo escrito entre líneas. Por desgracia, en eso no puedo ayudarte. Tienes que resolver tú mismo tus emociones. Pero esos otros pequeños misterios me intrigan profundamente.

—Te agradezco que te tomes mis problemas tan en serio, pero sigo sin entender por qué has traído a Kemble —se quejó Gareth, indicando con la cabeza su estudio—. Ni siquiera le caigo bien.

—Y a mí me odia a muerte —dijo Rothewell—. Pero le reclamé un favor, y...

—¿Qué favor? —le interrumpió Gareth bruscamente—. Tú no has hecho un favor a nadie en tu vida.

Rothewell se encogió de hombros.

—Un favor que le debía a Zee —reconoció—. Kemble y sus compinches en el Ministerio del Interior le debían un gran favor por la debacle de los rifles de contrabando que ocurrió hace unas semanas.

—¿Te refieres a esos contrabandistas franceses? —preguntó Gareth, sin dar crédito—. Zee tuvo suerte de que Nash no la matara.

—Recuerda que Nash resultó ser inocente —contestó Rothewell.

—Sí, pero ella no lo sabía.

Rothewell se detuvo en el rellano y apoyó una mano en el hombro de Gareth.

—Ella leyó tu carta, viejo amigo —dijo con tono resignado—. Y me pidió que lo trajera. A propósito, Kem tiene la peregrina idea de que asesinaste a tu tío. Supongo que no es verdad.

—Ni siquiera tengo un maldito tío —respondió Gareth—. Y creí que Zee estaba en el Adriático.

Rothewell le dio una palmada paternal en la espalda.

—Se ha producido un leve retraso —dijo—. Partirán dentro de poco. Creo que deberías contratar los servicios de Kemble, amigo mío. Te conviene tener una opinión objetiva.

—Mi opinión es objetiva —replicó Gareth, irritado.

—¿De veras? —El barón arqueó de nuevo sus negras cejas—. ¿Estás seguro de ello? ¿No quieres averiguar la verdad sobre tu hermosa viuda?

—Ya conozco la verdad —le espetó Gareth—. Lo que deseo es probar su inocencia, aunque es un asunto que no me concierne.

Rothewell le miró sin inmutarse.

—Entonces, ¿por qué no aprovechas las habilidades de Kemble? —sugirió—. Hay que reconocer que es más listo que el hambre, y un tanto perverso. Quizá te resulte útil como sirviente.

—¿Cómo sirviente? —Gareth le miró sin dar crédito—. Ese hombre está en mi estudio, bebiéndose mi brandy. ¿Te parece que se comporta como un sirviente?

Kemble se hallaba cómodamente instalado en el estudio, sentado en la butaca orejera de cuero marrón que se había convertido en la favorita de Gareth, bebiendo de forma tentativa una copa de lo que parecía ser un excelente coñac. Le gustaban los lujos más caros de la vida, y tenía un magnífico olfato para detectarlos.

—Un magnífico y añejo *eau-de-vie*, Lloyd —dijo, alzando la copa cuando entraron los otros dos—. Me refiero al coñac, por supuesto. Me ha calmado los nervios.

—Sírvete una copa Rothewell —dijo Gareth, señalando la licorera—. Es demasiado temprano para mí.

Rothewell rechazó el ofrecimiento. Estaba claro que tenía otra cosa en mente, aparte de beber y de acostarse con putas, lo cual era insólito en él. Se sentaron alrededor de la mesita de té, y Kemble empezó a formular preguntas, unas preguntas muy específicas sobre Warneham, su muerte y la finca en general. Al cabo de un rato, se levantó de la butaca y empezó a pasearse por la habitación mientras conversaban. Rothewell les escuchaba con atención. Parecía tomarse las preocupaciones de Gareth con sorprendente seriedad, y, a decir verdad, él se alegraba mucho de verlo.

Después de pasar una hora encerrado en el estudio, Gareth se sentía más animado. Se relajó en su butaca y observó a Kemble pasearse de un lado a otro ante los ventanales que daban a los jardines del ala norte. Empezaba a comprender las ventajas que ofrecía el plan de Rothewell. Kemble sería su instrumento; sus ojos y oídos en la casa y en el pueblo. Éste podía hacer preguntas y obtener una información que los criados jamás revelarían a su empleador. Gareth veía ahora con claridad por qué Kemble había insistido en que le instalaran abajo.

Por fin. Kemble se detuvo y depositó su copa de brandy en la esquina del escritorio.

—Da la impresión de que su primo era un tipo bastante indeseable —comentó—. Imagino que muchas personas deseaban verlo muerto.

—Entre ellas, yo —confesó Gareth,

Rothewell mostraba una expresión pensativa, lo cual no era habitual en él.

—Creo que es mejor que dejes que Kemble se ocupe del asunto, amigo mío —dijo—. Yo no puedo quedarme, y de todos modos nadie va a revelarme nada aquí, pero he hecho lo más conveniente. Te he traído a Kemble.

—Cosa que te agradezco, Kieran —respondió Gareth—. Es muy amable por tu parte. Pero ¿por qué pensó Xanthia que esto era tan importante?

Rothewell vaciló unos instantes.

—Tu duquesa tiene sin duda un nubarrón que se cierne sobre ella —respondió al fin—. No es fruto de tu imaginación.

Gareth le miró con gesto interrogante.

—¿A qué te refieres con exactitud?

Rothewell se encogió de hombros.

—Zee y yo nos hemos dedicado a hacer algunas preguntas en la ciudad —murmuró—. Nuestra prima Pamela, lady Sharpe, está muy bien relacionada, como sabes.

—¿Y...?

Gareth se inclinó hacia delante en su butaca.

—Pamela dice que corrieron unos desagradables rumores cuando falleció su primer marido —dijo Rothewell bajando la voz—. Se rumoreaba que la duquesa había sufrido una crisis nerviosa. Luego se produjo la segunda muerte... El caso es que se han suscitado sospechas sobre ella. La gente murmura. Se preguntan si no estará un poco loca.

—Me parece una idea absurda —contestó Gareth, procurando conservar la calma—. Esa mujer está tan cuerda como tú y como yo.

No obstante, se abstuvo de mencionar su conversación con el doctor Osborne. Tampoco les contó lo que había sucedido entre ellos esa noche en el baluarte, y la extraña conducta de Antonia con posterioridad a ese episodio. Debió hacerlo. Incluso en ese momento, comprendió que estaba ocultando una información que podía ser importante. Pero no dijo nada. Era una mala señal y él lo sabía.

Gareth observó a Kemble con detenimiento.

—Quisiera que se encargara de este asunto, señor Kemble —dijo—. Pero requerirá un tiempo. ¿Puede dejar su negocio desatendido?

Kemble dio un respingo.

—Tengo una deuda de honor con lady Nash —respondió con cierta altivez—. Supongo que Maurice puede vigilar la tienda desde arriba. Además, usted necesita toda la ayuda que pueda conseguir, Lloyd. Si no consigo demostrar la inocencia de la bella duquesa, al menos podré quemar esas cortinas de color vino.

Su respuesta hizo reír a Gareth, que se levantó de su butaca y propuso a sus huéspedes mostrarles los talleres y los establos de la finca. Rothewell, que había sido propietario de unas plantaciones, no dudó en aprovechar la ocasión para ver la nueva trilladora. Kemble declaró que el estiércol le producía urticaria y se retiró apresuradamente.

Fiel a su palabra, Kemble inició su nueva carrera como ayuda de cámara con un entusiasmo tan admirable como innecesario. Cuando Gareth regresó a su *suite* para cambiarse antes de cenar, encontró la mitad del contenido de su ropero colocado en ordenadas pilas. Algunas prendas estaban colocadas sobre una silla, y la mayor parte dispuestas sobre la cama. Kemble le recibió a la puerta del vestidor, sosteniendo en el brazo la chaqueta de montar favorita de Gareth.

Después de observarla con suspicacia, se acercó a su aparador y sirvió dos copas de brandy.

—¿Cuánto tiempo puede ausentarse, Kemble? —preguntó, pasándole una de las copas.

—Tanto tiempo como sea necesario, y ni un instante más —respondió éste, apurando su brandy de un trago—. Odio el campo. Y dado que no he hecho de ayuda de cámara para nadie desde hace casi una década...

—¿Había trabajado antes como ayuda de cámara?

Kemble le miró con curiosidad.

—¿Cree que me estoy inventando esto sobre la marcha? —replicó con un respingo de desdén—. El trabajo de ayuda de cámara es una ciencia, Lloyd. Uno no se dedica a él en sus ratos libres.

—Me sorprende averiguar que no todas sus carreras han sido de dudosa respetabilidad —observó Gareth sonriendo.

—Quizás una o dos. —Kemble tomó una chaqueta de montar marrón y le dio una buena sacudida—. Lo cierto es que su ropero no es un completo desastre, Lloyd..., disculpe, *excelencia*. Es curioso, pero no acabo de acostumbrarme a ese nuevo título.

—Yo tampoco —masculló Gareth.

—Tomemos, por ejemplo, esta chaqueta de montar —prosiguió Kemble—. El corte es soberbio y el tejido aceptable. Pero el color... —Se detuvo y miró el cabello de Gareth—. Quizá dé resultado. Tiene usted el aspecto de un Adonis alto y rubio, y conserva su bronceado. Maurice dice que el tabaco siempre realza el colorido natural de...

—No soy un gran fumador —le interrumpió Gareth.

Kemble le fulminó con la mirada.

—El tabaco es un color, excelencia.

—Yo creía que era simplemente un vicio.

Kemble arrojó la chaqueta sobre la pila de prendas en la cama.

—Hablando de vicios, vi a su arrogante lacayo junto a la escalera de servicio toqueteando a una de las criadas.

—¿Toqueteando? —repitió Gareth, indignado—. Espero que ella estuviera conforme.

—Creo que no lo estaba en absoluto —respondió Kemble—. O bien se hacía la remolona, como una profesional de Drury Lane. No me gusta el aspecto de ese tipo.

—A mí tampoco.

—¿Quiere que me deshaga de él?

—¿Y negarme ese placer? —contestó Gareth—. No permitiré que ese cabrón acose a una persona más menuda y débil que él. Averigüe qué ha sucedido.

Kemble arqueó ambas cejas.

—Se ha puesto usted muy serio —murmuró—. Déme unos días para ganarme la confianza de los otros sirvientes, y averiguaré la verdad.

—Muy bien. —Gareth se repantigó en la butaca y se esforzó en reprimir su indignación—. Kemble, dígame otra vez por qué accedió al plan de Xanthia —dijo, cambiando de tema—. ¿Qué que dijo ella con exactitud?

—Veamos. —Kemble apoyó un dedo en su mejilla—. Lady Nash me ordenó que en primer lugar «mejorara su vestuario para que fuera digno de un duque.» Y segundo, «que descubriera quién había matado a su indeseable tío...»

—Primo.

—Lo que sea —contestó Kemble con un ademán ambiguo—. Y tercero, «que averiguara si la duquesa es realmente digna de su afecto.»

—¿Digna de mi qué…?

—De su afecto.

—Xanthia no tiene derecho a poner en mi boca palabras que no he dicho nunca.

—No era necesario que lo hiciera —replicó Kemble—. ¿Leyó usted la carta que escribió, o la escribió inspirado por el más allá y la echó al correo matutino sin leerla?

—Sé muy bien lo que decía la carta, maldita sea —gruñó Gareth—. Y no decía nada de que estuviera enamorado de la duquesa.

Kemble oprimió los dedos contra su pecho.

—¿Enamorado? —preguntó, abriendo los ojos como platos con gesto teatral—. Esto es fascinante. Pero el «afecto» es una emoción mucho más simple, Lloyd, y su preocupación por ella quedaba palpable en su carta. Veamos…, «una criatura bella y frágil que de inmediato suscita tu atención y simpatía». Creo que eso fue lo dijo usted.

—Es posible. —Gareth apoyó la barbilla en la mano—. No lo recuerdo con precisión.

—Y se da la circunstancia de que yo sé muchas cosas sobre el objeto de su… afecto.

Gareth alzó el mentón.

—¿Ah, sí? ¿Cómo lo ha averiguado?

Kemble sonrió y regresó al vestidor.

—En mi profesión, excelencia, conviene conocer esas cosas —respondió, acercándose a una pila de camisas dobladas.

—Permita que le haga otra pregunta —dijo Gareth—. ¿Cuál es exactamente su profesión?

Kemble asomó la cabeza por la puerta y sonrió con gesto afable.

—Soy el dueño de un establecimiento en el Strand —dijo—. Un simple marchante de antigüedades, pinturas y objetos de arte raros.

Gareth entrecerró un ojo.

—¿Por qué será que nunca me he creído ese cuento?

—No sabría decirle. —Kemble arrojó una de las camisas sobre la butaca con un airoso ademán—. La policía tampoco lo cree. Tiene la peregrina idea de que soy un perista de obras de arte robadas.

—Perfecto —dijo Gareth—. Mi primera semana en Selsdon, y he acogido en mi casa a un tratante de objetos robados y a un loco que siempre está bebido. ¡Pero qué más da! Ha dicho que sabía algo sobre la duquesa. Suéltelo de una vez.

Kemble comenzó a examinar las medias.

—Sólo los pormenores de sus orígenes —respondió—. Nada escabroso…, todavía.

Gareth abrió la boca para protestar, pero se abstuvo.

—Continúe.

—Antonia Notting es la segunda hija del conde de Swinburne. —Kemble siguió doblando y desdoblando las medias de Gareth mientras hablaba—. La familia tiene mucho dinero. Su padre se casó hace poco con una pálida e insignificante jovencita recién puesta de largo. El hermano mayor de Antonia, James, vizconde de Albridge, es un donjuán impenitente, un cliente favorito de los corredores de apuestas. Tiene amistad con un grupo de personas libertinas y peligrosas, una de las cuales era el marido de su hermana, Eric, lord Lambeth, un barón de escasa importancia pero muy arrogante. Se casaron durante la primera temporada social de Antonia. Ella acababa de cumplir diecisiete años.

—Cielos —dijo Gareth con tono sarcástico—. Es usted una mezcla del anuario de la nobleza y un periodicucho sensacionalista de Covent Garden.

Kemble sonrió satisfecho.

—Pero observo que está pendiente de cada palabra que digo. —Introdujo la mano en una de las medias de Gareth y la sostuvo contra la luz—. Tiene el talón muy gastado —dijo, arrojándola sobre la cama.

Era una media de lana gruesa, que abrigaba mucho, pero Gareth no tenía ganas de discutir. Sabía cuando no merecía la pena entablar una batalla.

—A propósito —dijo de mala gana—, al parecer tengo que comprar ropa nueva.

—Tiene que renovar prácticamente todo su vestuario —respondió Kemble, arrojando otra media sobre la cama.

—Me pregunto —dijo Gareth—, si podría conseguir que su amigo *monsieur* Giroux se encargue de renovar mi vestuario. Sé que Giroux y Chenault son los mejores sastres, pero Xanthia dice que no aceptan clientes nuevos.

Kemble sonrió con aire de complicidad.

—Maurice hará lo que yo le pida —respondió—. Quizá se lo mencione cuando regrese a casa, si usted demuestra ser digno de sus extraordinarios talentos.

—¿Demostrar que soy digno? ¿En qué sentido? —preguntó Gareth—. Mire, olvide que se lo he pedido. ¿Qué más puede decirme de ese lord Lambeth? ¿Qué tipo de individuo era?

—Impresionante —contestó Kemble—. Le conocía vagamente. Pero murió hace tres años, por lo que deduzco que su duquesa no estuvo casada con Warneham mucho tiempo.

No, muy poco. Gareth pensó en ello. Antonia debió de casarse con Warneham al poco de quitarse el luto. Lo cual no tiene nada de malo.

—¿Por qué se casó con él? —preguntó de sopetón—. Con lord Lambeth.

Kemble soltó una risita.

—¡Fue un apasionado enlace por amor! —respondió—. Estaba locamente enamorada de lord Lambeth, y él de ella. De modo que tenían algo en común.

Gareth se rió.

—Es usted un hombre cruel, Kemble.

—No —contestó el otro con un vago ademán—. Soy Casandra, Vidente de la Verdad. Además, Lambeth dejó una amante y dos hijos en Hampstead, y un buen número de compañeras de cama más lascivas en Soho. ¿Le suena eso a amor?

Gareth empezaba a preguntarse si sabía lo que era el amor.

—Lo ignoro —respondió—. ¿Cómo murió?

Kemble se encogió de hombros.

—De la misma forma que vivió —respondió—. Como la mayoría de los hombres. Oí decir que volcó en su calesa cuando conducía a toda velocidad bajo la lluvia, pero ocurrió en su finca en el campo, de modo que no conozco todos los detalles morbosos… *todavía*.

—Repite usted esa palabra de una forma que me produce escalofríos —observó Gareth—. Creo que ya he oído suficiente.

—Muy bien —dijo Kemble—. Entonces no le diré quién mató a su primo.

Gareth alzó la cabeza bruscamente.

—¿De modo que alguien lo mató? ¿Sabe quién fue?

Kemble sonrió.

—Es lo más probable, y todavía no —respondió—. Las malas personas suelen acabar mal.

Gareth bebió un trago de su brandy con gesto pensativo.

—Quiero que averigüe exactamente lo que sucedió, Kemble —dijo al cabo de unos momentos—. Averigüe la verdad, y no repare en medios.

Kemble hizo una profunda y dramática reverencia.

—Sus deseos son órdenes, excelencia —respondió—. Por cierto, presiento que van a salirme un par de tremendos moratones debido a la forma en que conduce lord Rothewell. Creo que mañana tendré que ir a ver a un médico.

—¿Por unos moratones? —preguntó Gareth.

—Sí, soy muy delicado —contestó Kemble—. Ahora, dígame de nuevo cómo se llama el doctor del pueblo.

Al día siguiente a su llegada, los nuevos huéspedes de Selsdon insinuaron que quizá se quedarían hasta la temporada de caza. Gareth sabía que Rothewell deseaba no estar presente cuando partiera su hermana, aunque él mismo no fuera consciente de ello. Así era como funcionaba la mente del barón. Había estado borracho durante dos días después de la boda. Los motivos de George Kemble eran más difíciles de entender. Era probable que Xanthia le hubiera pagado una suma exorbitante de dinero para que hiciera lo que le había pedido. Era natural que Gareth estuviera furioso por esa intromisión en su vida, pero había otras cosas que le preocupaban más que el hecho de que Xanthia se inmiscuyera en sus asuntos. Además, Rothewell tenía razón. Kemble podía serle útil.

Después de desayunar, Kemble se dirigió al estudio con un montón de correspondencia, en su mayoría cartas de enhorabuena de personas a las que Gareth no conocía, dándole la bienvenida a las nobles filas de la aristocracia rural. Él dudaba de que alguna de ellas deseara sinceramente su bien. Sospechaba que la mayoría estaban horrorizados. A fin de cuentas, no era más que un tosco judío de clase obrera, cuyo parentesco con el difunto duque era tan lejano y complicado que ni él mismo era capaz de rastrearlo. Para la aristocracia, su falta de linaje constituía una afrenta.

Rothewell aún no se había levantado y probablemente no lo haría antes del mediodía. Nervioso e irritado, Gareth se vistió para ir a montar y ordenó que ensillaran su caballo. Desde su primer encuentro con Antonia, temía el día en que tuviera que visitar Knollwood, pero ahora, por inexplicable que pareciera, estaba impaciente por ir. Anoche, durante la cena, no había podido apartar la vista de ella, pese a la presencia de los otros invitados. La curiosidad que ella le inspiraba rayaba en la obsesión. Una obsesión que iba en aumento. Gareth sabía que cuanto antes uno de ellos abandonara la casa, las cosas serían más fáciles para ambos. Por lo demás, estaba cansado de toparse con ella por sorpresa y sentir que su corazón empezaba a latir aceleradamente como el de un escolar enamorado.

Cuando le trajeron su montura decidió que en cuanto regresara a Londres buscaría una amante. Partió hacia el pueblo, sin dejar de dar vueltas al asunto. Quizá visitara de nuevo a *madame* Trudeau. Ésta era una educada y encantadora modista, aunque algo madura, y Gareth había pasado dos deliciosas veladas en sus brazos. Ella le apreciaba por lo que él podía darle, sin hacer preguntas. Ahora que ya no suspiraba por Xanthia, quizá lograra convencer a *madame* para que mantuvieran una relación más asidua. Al pensar en ello, tiró de las riendas de su caballo para detenerlo. *¿Era cierto que ya no suspiraba por Xanthia?*

Sí, suponía que sí. Ahora, cuando pensaba en ella, lo hacía con una mezcla de afecto y exasperación. Quizá su boda había trazado la fina pero visible línea que él necesitaba ver. Por otra parte, puede que su cambio de actitud obedeciera a algo más alarmante. Algo en lo que era preferible no pensar.

Su caballo empezó a moverse, nervioso. Al llegar al pie de la colina, Gareth giró hacia el norte, alejándose del pueblo, y espoleó a su montura. Deseoso de complacer a su amo, el animal se lanzó a galope, levantando una nube de polvo y guijarros a su paso. Al poco rato llegaron al pie del sendero empedrado. Mientras subía la cuesta comprobó que alguien —seguramente Watson— se había ocupado de mantener el camino que daba acceso a Knollwood en buenas condiciones.

Por desgracia no podía decirse lo mismo de la casa. Knollwood era una bonita mansión de tres plantas con dos torreones de piedra que no servían para nada, una elegante entrada y unos jardines antaño bien cuidados. La casa había sido construida hacía aproximadamente un siglo y medio, y desde entonces se había ido deteriorando sistemáticamente. Ató al caballo detrás de la casa, en un lugar sombreado, y se dirigió hacia los escalones de piedra de la fachada, ahora rodeados por zarzas y cubiertos de musgo. La llave que le había dado Watson funcionaba. La hizo girar en la cerradura, abrió la puerta y de inmediato experimentó una vaga sensación de temor.

Sus últimos días en esta vieja y triste casa habían sido los peores de su vida. Incluso los malos tratos que había sufrido a manos de los marineros del *Saint-Nazaire* no podían compararse con este dolor. Tras unos instantes de vacilación, entró. Miró alrededor del vestíbulo como si fuera una tierra extraña, aunque al mismo tiempo se dio cuenta de que nada había cambiado. El olor a humedad y podredumbre era más intenso, pero las paredes de color amarillo pálido eran las mismas, aunque cubiertas de moho. Incluso el viejo banco de roble junto a la puerta seguía intacto, cubierto por el polvo que se había acumulado durante años.

Al entrar en la sala de estar, comprobó que alguien se había limitado a cubrir los muebles con unas fundas de holanda. Distinguió la silueta del sofá, de las butacas e incluso de la vieja poltrona llena de bultos. En la pared colgaban aún los dibujos de plantas, enmohecidos dentro de sus marcos. Los colores del paisaje al óleo que colgaba sobre la repisa de la chimenea se habían desteñido, y se había desprendido una esquina del bastidor.

Gareth se acercó a la mesa de lectura favorita de su abuela y al levantar una esquina de la funda vio que la bombonera de porcelana seguía sobre la superficie de marquetería, dentro de la cual había un objeto negro y grumoso. ¿Una chocolatina calcificada? ¿Una rata muerta? Era repugnante. Sin embargo, de repente se percató que este lugar ya no ejercía ningún poder sobre él. Era como si al entrar en él se hubiera roto el maleficio.

Siguió recorriendo la planta baja, mientras el sonido de sus botas reverberaba a través de esta casa sin vida. La biblioteca con sus viejos paneles de madera. El salón, cuya amplia ventana de estilo palladiano estaba rota. El otrora elegante comedor estaba decorado con seda de color rosa que antes había sido roja. Los deteriorados residuos de una vida que hacía mucho que se había extinguido

De vez en cuando, sentía el viejo suelo ceder sospechosamente bajo sus pies. Avanzó por el borde de la estancia hacia la escalera. De inmediato se dio cuenta de que estaba medio podrida y subió con cautela, procurando mantenerse pegado a la pared. El primer piso estaba más o menos igual, aunque en mejores condiciones, puesto que estaba más alejado de la humedad. Las cuatro habitaciones que contenía habían sido recogidas con más esmero, sus largas y pesadas cortinas envueltas en fundas de holanda. Las camas seguían en sus lugares habituales, los colchones protegidos por unas fundas, desprovistos de sábanas y mantas.

En la habitación de su abuela, sin embargo, habían retirado las cortinas, dejando que el sol del mediodía penetrara a raudales por las ventanas. Aquí el olor a humedad era un leve olor acre. El escritorio de su abuela seguía junto a la ventana, sin una funda que lo protegiera. Se acercó a la cama y retiró la funda de holanda. Era la cama en la que se refugiaba a menudo en plena noche, durante los primeros meses de su vida en Knollwood, para que su abuela apaciguara sus temores y obligara a los demonios que le atormentaban a ocultarse de nuevo en los armarios roperos. De pronto, Gareth experimentó una profunda melancolía, una sensación de pérdida.

En su vieja habitación, contempló la cama con un dosel de roble, y durante unos angustiosos momentos, sintió que volvía a tener nueve años. Se estremeció. De niño, el dosel de madera le aterrorizaba. Macizo y oscuro, le parecía que se cernía amenazadoramente sobre él, impidiendo el paso de la luz. Pero había terminado acostumbrándose a él. No tenía más remedio.

Mientras evocaba viejos recuerdos, percibió vagamente un ruido, y supuso que eran ratones.

Pero ese grito agudo y aterrorizado no era de un ratón.

Gareth corrió hacia la escalera al oír el sonido de madera al partirse. Antonia estaba sujeta con ambas manos a la barandilla, con la falda de su traje negro de amazona amontonada y retorcida sobre el escalón superior.

—¡No se mueva! —le ordenó él.

En el rostro de Antonia se pintó una expresión de terror.

—No puedo —exclamó—, ¡Ay, Gabriel, se me ha enganchado el pie!

Gareth empezó a bajar la escalera, con la espalda pegada a la pared.

—No se mueva, Antonia —repitió—. Apoye todo su peso en la barandilla, no en sus pies. Yo la sacaré de ahí.

Ella asintió con vehemencia, presa del pánico.

—Sí.

Él no tardó en alcanzarla. Apoyando su peso junto a la pared, se inclinó hacia delante y colocó la mano derecha sobre la barandilla junto a la de ella.

—¿Hasta dónde ha hundido la pierna?

—Casi hasta la rodilla —respondió Antonia.

Él calculó rápidamente la situación.

—No suelte la barandilla —le ordenó—. Voy a levantarle la falda.

La pierna de Antonia —atractiva y bien torneada— había atravesado por completo la madera podrida. Un fragmento del escalón había quedado enganchado en el borde de su bota de montar, sosteniéndola de forma precaria. Abajo estaba tan oscuro que Gareth no alcanzaba a ver la escalera del sótano. Quizá ya se había desplomado. ¡Maldita sea!

—¿Tiene el pie bien sujeto? —le preguntó él, procurando no perder la calma.

Ella asintió, mordiéndose el labio. Más abajo oyeron un sonido alarmante, seguido por el chasquido de la madera al partirse.

Cielo santo, Antonia iba a caer y aterrizar en el sótano, y él probablemente también.

—No se suelte de la barandilla —dijo Gareth con calma—. Después de arrancar la madera que se ha partido, la sujetaré por la cintura y la sacaré de ahí.

Ella soltó una risa nerviosa.

—¿Cree que podrá hacerlo? —preguntó—. Creo que me he engordado unos kilos.

Gareth sonrió para tranquilizarla.

—Es ligera como una pluma, querida —respondió—. Los escalones y las contrahuellas se han podrido en el centro.

—Ah —dijo ella en voz baja.

Gareth aún llevaba puestos los guantes de montar, gracias a lo cual pudo arrancar la madera partida sin mayores dificultades. Cuando hubo retirado el último fragmento enganchado en la bota de ella, se quitó el guante y le rodeó la cintura con el brazo izquierdo. Antonia no se asustó, como él había temido, sino que apoyó su peso sobre la barandilla mientras él la alzaba. En el momento indicado, soltó la barandilla y le arrojó los brazos al cuello. Su sombrero de montar cayó escaleras abajo. Gareth la estrechó contra sí y subió la escalera con cautela, tal como había bajado, pegado a la pared.

—¡Gracias! —exclamó ella cuando la depositó en el suelo del rellano—. ¡Es como si pisara de nuevo tierra firme!

Capítulo 9

*L*as cortinas estaban cerradas en el pequeño piso sobre el taller de orfebrería. El aire era irrespirable, las habitaciones parecían sin vida. De vez en cuando Gabriel oía unos murmullos procedentes de la habitación contigua, aunque no captaba lo que decían. Estaba aburrido y asustado.

Aunque sabía que no debía hacerlo, se acercó a la ventana y descorrió las cortinas lo suficiente para mirar por ella. Apoyó los codos en la repisa y observó a los joyeros vestidos de negro que entraban y salían de Cutler Street, más abajo. Durante un rato, los observó tratando de imaginar adónde se dirigían con paso firme y decidido. De pronto, oyó un ruido y se volvió.

¡El rabino Isaacs! Gabriel se sentó en el suelo, avergonzado.

—Gabriel, hijo mío —dijo el rabino—, ¿no estás con Rachel?

Gabriel torció el gesto.

—Lo estaba, pero me cansé.

—¿Te cansaste del *shiva*, de guardar los siete días de duelo? —El rabino se agachó y le acarició el pelo—. Sí, creo que te comprendo. —Tomó la desvencijada silla que había junto a la cama y la volvió de cara a él, que estaba sentado en la alfombra a los pies de la ventana—. Veo que has cubierto el espejo, Gabriel. Eso es correcto a los ojos de Dios. Y has guardado tus zapatos. Lo cual dice mucho en tu favor, hijo mío.

Gabriel bajó la vista y observó sus raídas medias.

—Procuro comportarme como es debido —dijo—. Pero Bubbe no deja de llorar.

El rabino Isaacs asintió con la cabeza.

—Llora porque está de luto —dijo con tono quedo—. Pero las lágrimas de Rachel le dan fuerza, Gabriel. No lo olvides nunca.

Gabriel no lo comprendía. Pero asintió con la cabeza, como suponía que debía hacer.

—Fuiste un buen nieto para Malachi, Gabriel. —El rabino Isaacs le dio una palmadita en la cabeza y se levantó para marcharse—. Sé que se sentía orgulloso de ti.

Gabriel esperó un momento, y luego regresó junto a la ventana, y a sus temores. No sabía qué otra cosa podía hacer.

Al otro lado del amplio pasillo en lo alto de la escalera, Gabriel observó el pálido pero hermoso rostro de Antonia. Se mostraba muy tranquila para una mujer que había estado a punto de…, si no de morir, al menos de sufrir un grave accidente.

—¿Está bien? —le preguntó—. ¿No se ha hecho daño?

Ella sonrió y meneó la cabeza.

—No, pero supongo que le he dado un buen susto —respondió—. Durante unos momentos, temí que nos cayéramos juntos al vacío y aterrizáramos en el sótano.

Él torció el gesto.

—Es el último lugar que desearía visitar en esta casa, créame. Es de allí que proviene esta humedad.

—¡Cielos! —De pronto en el rostro de Antonia se pintó un gesto de temor—. ¿Cómo vamos a bajar?

—En los viejos torreones que se alzan a ambos lados de la casa hay unas escaleras —respondió él—. Son oscuras y siniestras, y supongo que estarán llenas de telarañas, pero yo abriré el camino y las apartaré mientras bajamos.

—Gracias. Es usted muy amable. —Antonia se relajó y echó una ojeada alrededor del rellano. Su rostro estaba pálido como la porcelana en contraste con el color negro de su traje de amazona, pero hoy sus mejillas tenían un toque de color y sus ojos relucían y mostraban una expresión totalmente lúcida—. ¿Cómo llegó hasta aquí arriba sin caerse? —preguntó.

—Tengo el ojo de un marinero para detectar madera podrida —respondió él—. Son gajes del oficio.

—¿En la empresa naviera? —preguntó ella.

—Durante un tiempo fui marinero —le explicó él—. Uno aprende muchas técnicas de supervivencia a bordo de un barco.

Antonia empezó a avanzar tentativamente por el pasillo.

—Estuvo en la marina, ¿verdad? —preguntó sin volverse—. Debió de ser una experiencia muy excitante para un joven.

Él la siguió, perplejo.

—Nunca estuve en la marina.

Ella se volvió, haciendo que el bajo de su vestido girara en torno a sus tobillos.

—Ah —dijo—. Supuse... que se había formado como oficial en la marina.

—No —contestó él moviendo la cabeza.

—Entonces debo de estar confundida —dijo ella. Su sonrisa se había desvanecido un poco. Se volvió y asomó la cabeza en la siguiente alcoba—. Esta casa es tan bonita como triste —murmuró—. ¿No la siente?

—¿El qué?

Ella se volvió y le miró a los ojos.

—La sensación de dolor —respondió en voz baja—. Flota en el ambiente.

Gareth crispó la mandíbula y apretó los dientes. Había sentido el dolor y la tristeza de inmediato. Lo había vivido. Pero no quería hablar del pasado, y menos con Antonia. Por lo demás, al margen de lo que sintiera hacia su difunto primo, nada de ello era culpa de su viuda.

—¿De modo que ha venido para echar un vistazo a la casa? —preguntó—. Yo la habría invitado a venir, pero temí que no fuera un lugar seguro.

En cierto sentido era verdad. Pero también había deseado estar solo en su primera visita a Knollwood. Lo cierto era que no sabía cómo se sentiría al regresar aquí. Ahora, sin embarbo, se alegraba de verla.

—No sabía que estuviera usted aquí. —Antonia se había acercado a la ventana que daba al jardín delantero—. Vine a caballo para echar una ojeada a la casa, y cuando vi que la puerta principal estaba abierta, no pude resistir entrar.

Él la siguió hasta la ventana. Los hombros de ambos se rozaban mientras miraban a través del cristal. Él señaló un punto situado sobre el lejano bosque.

—Allí está el tejado de Selsdon —dijo—. ¿Lo ve?

—Sí —respondió ella—. ¡Y allí está la colecturía! ¿Y ese espacio entre los árboles no es el viejo camino de herradura?

—Sí, que desciende hasta los establos de Selsdon. De niño lo recorría con frecuencia.

—En cierta ocasión traté de utilizarlo —confesó ella—. Pero estaba cubierto de maleza.

—Haré que lo desbrocen para que pueda utilizarlo —le aseguró él—. Llevará un tiempo ponerlo en condiciones, Antonia, pero este lugar puede volver a ser un hogar. El dolor y la tristeza pueden ser eliminados junto con los suelos podridos. ¿Me cree?

—Sí, le creo —contestó ella, bajito.

—¿Antonia?

—¿Sí?

—Ella no le miró.

—¿No se sentirá sola aquí? Yo... no quiero que se sienta sola.

Gareth apoyó las manos en la repisa y se inclinó sobre la ventana. Ella hizo lo propio.

—Lo ignoro —respondió, mirando a través del sucio cristal—. Quizá sí. Pero nadie se ha muerto nunca de soledad.

Tenía razón. Durante largo rato, ninguno de los dos dijo nada. Estaban envueltos en una extraña y apacible calma. Una sensación de intimidad que él se resistía a romper. Por fin se aclaró la garganta y dijo tímidamente:

—Hace unos momentos, en la escalera, me... llamó Gabriel.

Ella se volvió hacia él, sus labios entreabiertos casi como si esperara que la besara.

—En efecto, excelencia —respondió—. No debí permitirme esa libertad. Discúlpeme.

Él sonrió levemente y meneó la cabeza.

—No es necesario que me llame excelencia —dijo—. Tan sólo me refería a que..., bueno, hace mucho que nadie me llama Gabriel.

Desde la noche en que habían hecho el amor bajo la lluvia, y desde hacía muchos años antes de ese episodio.

—Ya —respondió ella con tono quedo—. Rara vez he oído que le llamaran por otro nombre. ¿Prefiere que le llame de otra forma?

Él se encogió de hombros.

—Puede llamarme como quiera —respondió—. Pero tengo la sensación de que esa parte, la parte que se llama Gabriel, se perdió hace mucho tiempo, Antonia.

—¿A qué se refiere?

—Unos meses después de abandonar este lugar, comprendí que era mejor que nadie pudiera localizarme. Y me disgustaba la persona débil y atemorizada en que me había convertido. De modo que me convertí en otra persona.

—Entiendo —murmuró ella.

Pero no lo entendía. Era imposible que lo hiciera.

Antonia estaba muy pensativa.

—Pero si ha perdido una parte de sí mismo —añadió—, quizá debería tratar de recuperarla. Sé cómo se siente. En cierta ocasión me perdí a mí misma, mi alegría, mi fe, todo cuanto era yo. Para ser sincera, no he recuperado todo lo que perdí. Pero algunos días, siento renacer la esperanza. ¿No es a lo que aspiramos todos? ¿A ser simplemente..., no sé..., lo que estamos destinados a ser?

Gareth desvió la vista.

—Yo estoy satisfecho de ser como soy —dijo.

Antonia se incorporó y preguntó con tono jovial:

—Entonces dígame, ¿qué habitación ocupaba cuando vivía aquí?

Él se dirigió hacia la puerta, y ella le siguió.

—Ésta —respondió—. Me encantaba el baúl junto a la ventana que contenía mis juguetes, los pocos que tenía. Pero la cama me inspiraba terror.

Antonia la miró estremeciéndose con gesto teatral.

—Cielos, tiene un aspecto medieval. Ese terrorífico dosel de madera. Comprendo que a un niño le hiciera sentirse atrapado.

Gareth se rió, pero sintió una curiosa sensación de alivio al comprobar que alguien le comprendía. Casi sin darse cuenta, le contó las ideas y pesadillas que había tenido de pequeño. Su convencimiento de que unos duendes habitaban debajo de su cama, y que unos fantasmas se ocultaban en su armario ropero. De cómo el denso silencio de las noches en el campo podía atemorizar a un niño acostumbrado al bullicio de la ciudad.

Mientras conversaban se pasearon por la habitación; Antonia alzaba las esquinas de las fundas de holanda para ver qué había debajo de ellas.

—Pobrecito —dijo cuando él terminó de hablar—. Había venido a vivir en un lugar que le era extraño. Un lugar muy distinto de la ciudad a la que estaba acostumbrado. Cuando mi esposo y yo nos trasladamos al campo, a Beatrice le aterrorizaban...

Gareth se volvió hacia ella. Antonia había palidecido y tenía los ojos desmesuradamente abiertos. Él le tomó la mano con suavidad y la atrajo hacia sí.

—¿Qué era lo que aterrorizaba a Beatrice? —Intuía que debía obligarla a seguir hablando—. Dígame, Antonia, ¿quién era Beatrice? ¿Qué era lo que le daba miedo?

Antonia tragó saliva y apartó los ojos de los suyos.

—Beatrice era... mi hija —respondió al fin—. Le daban miedo los setos vivos. No... no debo hablar de ella.

Gareth retuvo su mano.

—¿Quién le dijo eso? —le preguntó con dulzura—. ¿Quién le dijo que no debía hablar de ella?

—A nadie le interesa oírlo —balbució Antonia—. Papá dice que el dolor de una persona aburre a los demás.

—Hace un rato me pasé un cuarto de hora contándole los motivos del mío —dijo—. ¿La aburrí con mi relato?

—Le ruego que no se burle de mí —respondió ella. Hablaba de forma atropellada, y sus ojos mostraban de nuevo esa expresión de una potranca asustada—. Trato... de hacerlo lo mejor posible.

Él la condujo de nuevo hacia el asiento de la ventana y la obligó, con delicadeza, a sentarse.

—¿De modo que a Beatrice le asustaban los setos vivos? —preguntó, insistiendo en el tema—. ¿Porque eran muy altos?

Ella volvió a tragar saliva.

—Sí, muy altos —respondió—. A veces, no dejaban ver el sol. Y los árboles cuyas ramas colgaban sobre la carretera también la aterrorizaban. Y cuando pienso en ella, en dónde estará, pienso en lo asustada que debe sentirse. —Su voz se quebró, y se llevó una trémula mano a la boca—. Sé que me echa de menos. Y... temo... ¡Ay, Gabriel, temo que esté en la oscuridad!

Gareth le rodeó la cintura con un brazo. Cielo santo, ahora comprendía muchas cosas. Sabía lo que significaba tener miedo. Ser un niño que se siente perdido y desesperado. Pero la hija de Antonia ya no estaba atrapada en esta espiral mortal.

—Beatrice no está en la oscuridad —murmuró él—. Está en la luz, Antonia. Está en el cielo, y se siente feliz.

—¿Cree que está en el cielo? —preguntó Antonia con voz entrecortada—. ¿Cómo podemos saberlo? ¿Los judíos tienen un cielo? En tal caso, ¿cómo sabe que existe? ¿Cómo? ¿Y si… y si todo lo que nos enseñaron no fuera cierto? Meras mentiras para… para tranquilizarnos. Para hacernos callar.

—Antonia, creo que la mayoría de nosotros creemos que existe algo más allá de la muerte —respondió él, tomando una de sus manos en las suyas—. He estudiado más de una religión, y es un concepto prácticamente universal.

—¿De veras? —preguntó ella entre lágrimas.

—Sí, y estoy convencido de que los malos van al infierno —contestó él—, y que todos los niños van al cielo. Estoy seguro de que su hija Beatrice está en paz. Pero el que yo lo crea no es lo mismo a que lo crea usted. No hay nada de malo en tener miedo o dudas, y no hay nada de malo en hablar de ello.

La mano que Antonia tenía libre temblaba con violencia.

—¡No sé qué pensar! —exclamó—. A veces me siento cansada de llorar.

Gareth apoyó la mano en su mejilla y la obligó con suavidad a volver el rostro hacia él.

—En cierta ocasión un rabino muy sabio me dijo que nuestras lágrimas nos dan fuerza, Antonia —dijo con calma—. Según la fe que profesaban mis abuelos, el duelo es un proceso sagrado que requiere un tiempo. Recordamos a nuestros muertos los días festivos. Y en el aniversario de su muerte, honramos y conmemoramos su vida.

—Qué extraño me resulta eso —dijo Antonia. Sus ojos azules y límpidos le miraban asombrada—. Creía que todo el mundo coincidía en que yo no debía pensar nunca en ello.

—Un buen judío le dirá que es preciso que piense en ello. —Él le acarició la mano mientras hablaba, obligándola a relajar el puño—. Y que hable de ello. Debe dedicar unos minutos a hacer esas cosas, y honrarlas por ser trascendentales. Si su padre le aconsejó que no lo hiciera, estaba equivocado.

—Ocurrió hace mucho tiempo —dijo ella con voz inexpresiva—. Debo seguir adelante con mi vida. Muchas personas pierden a sus hijos.

—Los hijos no son objetos desechables, Antonia —dijo él, irritado. Cielo santo, no era de extrañar que la pobre mujer se hubiera vuelto medio loca de dolor; la habían obligado a reprimir su dolor—. Nadie puede librarse simplemente de un hijo. Lo sé mejor que nadie. Y si Dios le arrebata un hijo, es natural que llore su muerte. Debe hacerlo. Si alguien ha tratado de convencerla de lo contrario, esa persona merece arder en el infierno.

—Eso... es lo que yo creía a veces —confesó Antonia—. Pero todo el mundo opina que forma parte de la vida. Y que debo olvidarme de Beatrice... y de Eric.

—¿Eric era su marido?

Él ya lo sabía. Kemble se lo había dicho, pero al parecer éste ignoraba lo de la hija.

—Sí, mi primer marido.

La voz de Antonia apenas era audible.

—Y estoy seguro de que usted le amaba mucho —dijo Gareth con dulzura.

—Demasiado —contestó ella con aspereza—. Le amaba demasiado. Hasta el final..., y entonces había dejado de amarlo.

Gareth no sabía qué decir. Le apretó la mano de nuevo.

—¿Por qué no me habló de Beatrice? —preguntó.

Ella le miró con ojos rebosantes de dolor, pero no dijo nada.

—¿Qué edad tenía? —inquirió él, animándola a continuar—. ¿Cómo era físicamente? ¿Tenía un espíritu intrépido? ¿Era tímida?

En el semblante de Antonia se dibujó una sonrisa melancólica.

—Era una niña intrépida —murmuró, sacando un pañuelo del bolsillo de su chaqueta de montar—. Y se parecía a mí. Éramos muy parecidas. Todo el mundo lo decía. Pero... yo ya no soy la que era. No soy intrépida. Apenas me reconozco. Beatrice era una niña maravillosa. Tenía... tres años.

—Lo siento mucho, Antonia —dijo él—. No puedo imaginar la gravedad de su pérdida, pero lo lamento profundamente.

Gareth era sincero. Era imposible imaginar el horror de lo que ella había pasado. Él tenía doce años cuando el destino le había separado de su abuela. Se habían desembarazado de él como si fuera un montón de basura, sin que nadie, salvo ella, se ocupara de él. Y Rachel Gottfried —una mujer fuerte y sensata— había vivido sólo dos años después de eso. Si un dolor así podía arrebatar a una mujer de su fortaleza y su fe del deseo de vivir, significaba que podía doblegar a cualquiera.

Antonia ni siquiera había podido llorar la muerte de su hija. A menos que él estuviera equivocado en sus cálculos, su padre había concertado un segundo matrimonio para ella al poco tiempo de que perdiera a su primer marido, un matrimonio que había terminado en una indecible tragedia. Gareth casi confiaba en que ella no supiera que su primer marido era un canalla que le había sido infiel, pero lo sabía. Lo había visto en sus ojos.

—Mi padre creyó que yo debía seguir adelante con mi vida —dijo ella en voz baja—. Dijo que cuanto antes volviera a casarme, antes podría tener otro hijo. Dijo que me resultaría más fácil olvidar lo que le había ocurrido a Beatrice, y que Warneham me ofrecía lo que nadie más me ofrecería. Pero le fallé. No le di un hijo.

Gareth no sabía cómo responder a eso. Le apartó con dulzura un mechón rebelde, y se lo recogió detrás de la oreja.

—Antonia, cuando una mujer ha sufrido un trauma, tengo entendido, aunque no soy un experto en estos temas, que a veces le cuesta volver a quedarse embarazada.

Ella fijó la vista en el suelo y meneó la cabeza.

—No fue por eso —murmuró—. Fue porque... yo no era lo bastante deseable.

—¿Que no era lo bastante deseable? *¿Acaso estaba ciega?*, pensó Gareth.

—Tenía los ojos hinchados y la nariz enrojecida de tanto llorar, según decía mi padre —confesó ella con tono quedo—. Decía que las mujeres desdichadas no resultaban atractivas a los hombres. Eric también me lo dijo. De modo que traté de hacer lo que debía para agradar a Warneham. Le aseguro que lo intenté. Pero no hacía más que pensar en Beatrice. Luego él murió, y todo el mundo pensó que yo deseaba su muerte... o peor aún. Pero no es cierto. No deseaba su muerte.

—Antonia. —Gareth se llevó una mano a la frente durante un instante, midiendo bien sus palabras—. ¿Acaso Warneham no... se mostraba romántico con usted?

Ella alzó sus estrechos hombros y estrujó el pañuelo.

—Trató de serlo —respondió en un murmullo—. Pero nunca conseguimos..., yo no era capaz de complacerle.

Él le apretó de nuevo la mano brevemente y con firmeza.

—Antonia, ¿por qué cree que... la incapacidad sexual de su marido tenía algo que ver con usted? ¿Por qué no se lo comentó él al doctor Osborne? ¿No dicen que estaba obsesionado con su salud?

—En efecto, lo estaba, pero ignoro si le contó al doctor lo que sucedía —dijo ella, sorbiéndose la nariz—. Aunque creo que el doctor Osborne lo sospechaba.

—¿Que lo sospechaba? ¿Por qué?

—A veces me hacía ciertas preguntas, con delicadeza, desde luego —respondió ella—. Supongo que estaba preocupado por mí. Sabía que Warneham se había casado conmigo sólo por una razón. Pero yo sentía que le había fallado.

—Antonia, usted no le falló —le dijo—. Warneham no era joven.

—Eric sí lo era. —Ella enroscó el pañuelo alrededor de sus dedos con tanta fuerza, que él temió que la sangre dejara de fluir a ellos—. Decía que un esposo desea que su mujer sonría y esté alegre. Y que si no lograba que él se sintiera adorado por ella, si estaba siempre malhumorada y quejosa, él no desearía acostarse con ella.

—Ya —dijo Gareth, desenroscando el pañuelo de sus dedos—. ¿Qué excusa alegaba él?

Ella se volvió y le miró extrañada.

—¿A qué se refiere?

Gareth no la miró, sino que extendió el pañuelo sobre su rodilla y empezó a doblarlo con meticulosidad.

—Su marido era un embustero, Antonia —respondió por fin—. Llámeme cerdo si quiere, pero yo desearía acostarme con usted aunque no dejara de llorar, gritar y tratar de apuñalarme. Créame, me tendría sin cuidado que tuviera la nariz enrojecida.

—No... no comprendo —dijo ella.

Gareth se encogió de hombros.

—¿Por qué cree que vine hoy aquí, Antonia? —preguntó—. Prefería que me arrancaran una muela a tener que regresar a Knollwood. Aquí es donde mi vida se fue al traste. Pero si consigo que se quede aquí..., si no la obligo a marcharse de Selsdon... —Gareth sacudió la cabeza, se aclaró la garganta y continuó, turbado—: Estoy seguro de que conocerá a otro hombre, Antonia —dijo—. Se enamorará de alguien digno se usted, de un hombre que cuente con la aprobación de su familia. Un hombre de sangre azul, y confío que esta vez tenga un corazón tan puro como el suyo.

Ella abrió la boca para decir algo, pero él se volvió y aplicó un dedo sobre sus labios para silenciarla.

—Escúcheme, Antonia —dijo—. Es usted una mujer deseable, una mujer muy bella, y tiene sólo veintiséis años. Tiene muchos años para conocer al hombre adecuado y tener hijos con él. Pero tiene todo el derecho de llorar la muerte de la hija que perdió. La llorará el resto de su vida, estoy seguro de ello, no cada minuto, pero cada día, durante al menos un minuto y a menudo durante más tiempo. Hasta que conozca a un hombre que lo acepte, no se case con nadie.

—Ya no quiero esa vida —respondió ella, con voz más firme—. Cuando murió Warneham decidí que quería llevar una vida independiente. Sé que no soy la persona que era. Pero deseo tener un hogar, y tomar mis propias decisiones. No quiero que un hombre me diga lo que debo hacer o sentir. Y cuando quiera llorar, lloraré. Si no puedo tener esas cosas... si no las consigo..., creo que me moriré. Sé que me moriré, porque he estado a punto de hacerlo.

Su determinación era sorprendente. Estaba claro que había reflexionado mucho sobre su independencia. Gareth decidió no insistir en el tema y le devolvió el pañuelo. Luego apoyó la mano en la suya.

—Debemos irnos —dijo—. La acompañaré de regreso a Selsdon. Enviaré a Watson a Londres para que contrate a una cuadrilla de albañiles para que comiencen las reformas la semana que viene.

—Sí, debemos regresar. —Se levantaron del asiento de la ventana y salieron al pasillo—. Es lunes, ¿verdad? Esta noche tendremos muchos invitados a cenar.

Maldita sea. Gareth había olvidado que el lunes era la noche en que sir Percy y su grupo de amigos acudían a cenar. Era una tradición agradable, pero esta noche no estaba de humor para agasajar a otras personas.

Antonia se detuvo frente a la habitación que había ocupado la abuela de Gareth y se volvió hacía él.

—¿Tengo la nariz enrojecida? —preguntó—. ¿Parezco un espantajo?

Gareth sonrió.

—Su nariz tiene un agradable color rosado —respondió—. Usted no puede parecer nunca un espantajo, Antonia.

Ella sostuvo su mirada.

—¿Me encuentra realmente deseable?

Él sintió que su sonrisa se desvanecía.

—Hay muchas mujeres deseables, Antonia —contestó—. Pero usted es más que eso.

Ella siguió mirándolo con ojos luminosos y sinceros.

—Ojalá… volviera a demostrármelo, Gabriel.

Él entrecerró los ojos.

—¿Cómo?

Ella desvió la mirada.

—Dijo que había pasión. Una locura. Que había algo ardiente e intenso entre nosotros. Deseo volver a sentirlo, siquiera un momento. Béseme. Béseme como me besó ese día en el cuarto de estar.

Él retrocedió un paso.

—No sería prudente, querida —respondió en voz baja—. Lo que deseo cuando la miro es…, no importa. En este momento tiene las emociones a flor de piel. Sería aprovecharme de esta circunstancia.

Ella ladeó la cabeza y le observó.

—No haga eso —murmuró—. Por favor, no me hable en tono condescendiente. No finja que soy una mujer frágil y estúpida. Soy fuerte, más de lo que parezco, Gabriel. No me subestime.

Él avanzó hacia ella y apoyó una mano en su hombro.

—No es eso, Antonia.

—Yo creo que sí —contestó ella acercándose a él—. Ha dicho que le parezco atractiva. Yo… le pido que me lo demuestre.

—No soy el hombre adecuado para usted, Antonia —respondió él con calma—. Usted lo sabe.

—Sí, lo sé.

—Entonces no fuerce... la situación. No soy un caballero, Antonia. No la rechazaré. Cuando haya terminado con usted, sabrá con exactitud lo que siento por usted. Porque no me detendré después de un beso.

Pero ella avanzó hacia él y apoyó una mano en su pecho.

—Demuéstremelo —murmuró, rozando con su boca el borde de la mandíbula de él—. Recuerdo cómo hizo que me sintiera esa noche. No sé... por qué le mentí. Recuerdo gran parte de lo que sucedió, y eso hace que me sienta un poco avergonzada. Pero no puedo dejar de pensar en ello.

—Antonia, se sentía sola y asustada —dijo él—. Yo le di lo que necesitaba. En eso soy un maestro. Pero aparte de eso, no tengo nada que ofrecerle.

—No le pido nada más —dijo ella—. ¿Sabe lo que significa, Gabriel, experimentar algo tan intenso y tan puro, cuando lo único que una siente es una emoción confusa y caótica? ¿Estar tan obsesionada con una misma y el deseo de una misma que todo lo demás no cuenta? Para mí fue un alivio. Como una redención, no de mi alma, sino de mi ser.

Él la rodeó con los brazos y la atrajo hacia sí. Olvidó que apenas la conocía; que hacía pocos días le había parecido fría y altiva, quizás incluso una asesina.

—Antonia —dijo, sepultando la cara en su cabello—. Esto es un grave error.

Ella deslizó su otra mano por la espalda de su levita al tiempo que apoyaba la mejilla en su solapa.

—Oigo los latidos de su corazón —dijo—. Late con fuerza. Con determinación. No, esto no es un error. Es... lo que es. Dos personas, Gabriel. Dos personas que están solas. Es nuestro secreto. Nuestro pecado. Nadie tiene que saber nunca lo que hacemos aquí.

Le había convencido. Antonia lo intuyó. Él la deseaba. Con este hombre, su instinto femenino no le fallaba. Gabriel agachó al cabeza y la besó en la frente.

—Sólo esta vez —dijo, con voz ronca de deseo—. Una última vez, Antonia. Luego..., esto debe terminar.

—Sí —murmuró ella, pues en ese momento habría vendido su alma al diablo con tal de sentir de nuevo las caricias de Gabriel—. Lo juro, Gabriel.

Antonia sintió que él oprimía su boca sobre la suya, con firmeza y avidez. Durante unos instantes la duda hizo presa en ella y se sintió perdida, nadando en la sensación de un beso que hacía que las rodillas apenas la sostuvieran y le cortaba el aliento.

Las manos de Gabriel empezaron a moverse sobre su cuerpo, apremiantes e insistentes. Apoyó la cálida palma de una mano en la parte inferior de su espalda, tirando de su camisa para sacársela de la falda. Le acarició su piel desnuda, abrasándola con sus caricias mientras no dejaba de besarla. Ella no recordaba cómo se dirigieron hacia el dormitorio bañado por el sol, pero cuando Gabriel la hizo retroceder hasta rozar el colchón, sintió el borde de madera de la cama contra sus piernas.

Era vagamente consciente de estarle ayudando a quitarse la chaqueta y el corbatín. Gabriel le desabrochó la chaqueta y se la quitó. Ella oyó que caía al suelo. Empezó a respirar trabajosamente. Sus dedos comenzaron a desabrochar los botones de su chaleco mientras él deslizaba la boca sobre su mandíbula, y más abajo. Luego deslizó la punta de su lengua, suavemente, sobre su cuello y su pulso, haciendo que ella se estremeciera.

—¡Ah! —exclamó Antonia en voz baja.

Esto era lo que deseaba. Lo deseaba a él. Necesitaba perderse en una emoción que no fuera dolor o pesar, sino una celebración de la vida. Y Gabriel estaba pletórico de vida. Impaciente, le quitó el chaleco y le sacó el faldón de la camisa, tras lo cual introdujo los dedos por la cinturilla de su pantalón de montar. Sintió su rígido pene oprimido con firmeza contra su vientre, y deslizó los dedos más abajo. Pero cuando rozó la aterciopelada punta de su miembro en erección, Gabriel se quedó inmóvil.

—Espera —dijo, apartándola un poco—. Tú no mereces que sea así, Antonia.

—¿Y cómo debe ser? —preguntó ella.

Él hizo que se volviera y la sentó en la cama, mientras su camisa se movía suavemente alrededor de su cintura.

—Ven —dijo, tirando de ella y colocándola entre sus piernas—. Deja que te desnude lentamente, Antonia. No quiero levantarte simplemente las faldas. Deja que me recree contemplando tu pura belleza inglesa.

De pronto Antonia sintió vergüenza. Era distinto cuando se abrazaban y acariciaban como fieras. Pero hacerlo lentamente... Pensando..., le resultaba más difícil.

—No puedo esperar más —le imploró mientras él le desabrochaba los botones de la camisa.

—Es preciso —insistió él con firmeza—. No quiero volver a tomarte como... la otra vez. Lo haremos despacio, Antonia. Esta vez lo haremos a mi manera.

Ella cerró los ojos y asintió mientras los tibios y hábiles dedos de él le quitaban el corpiño.

—¡Espera! —dijo ella, abriendo los ojos—. Quítate la camisa. Por favor.

Él la miró sonriendo como un chico travieso.

—Puedes quitármelo todo, excepto quizás estas botas, que no creo que seas capaz de arrancarme sin forcejear con ellas.

Antonia le devolvió la sonrisa.

—Tus botas no son un impedimento para lo que deseo —respondió—. Déjatelas puestas. Pero quítate la camisa.

—Lo que ordene su excelencia —dijo él, quitándosela por la cabeza con un rápido movimiento.

—¡Ah! —Antonia paseó su mirada sobre él—. ¡Cielos!

Gabriel era esbelto y su piel tenía un cálido color de miel. Su torso estaba cubierto por unos fibrosos músculos y una fina capa de vello rubio. Al igual que sus brazos. Tenía el cuerpo de un hombre vigoroso y sensual en la flor de la vida. Extendió un brazo y la colocó de nuevo entre sus piernas.

—Te advierto que nos arrepentiremos de esto —dijo, alzándole la camisa para besar la suave piel debajo de sus costillas—. Pero es demasiado tarde. Más vale que gocemos de este momento. Deja que te quite esto.

Antonia sintió de pronto que su falda se deslizaba sobre sus piernas.

—¡Oh! —exclamó, mirando el suelo.

—Todo —dijo él con voz ronca—. Toda la ropa, Antonia. Esta vez quiero contemplarte mientras te hago el amor.

Alzó la cabeza y la miró, sus ojos luminosos y dorados bajo el sol vespertino.

En ese momento, nada existía más allá de la polvorienta habitación. Fuera se había levantado una leve brisa, que agitaba las ramas frente a las ventanas. A lo lejos, una vaca mugía. El sol declinaba en el cielo. Pero ella sólo lo veía a él, sus ojos ávidos y su rostro enjuto y duro. Ella deseaba esto; lo había implorado. Y lo que él deseaba no era excesivo. Sin decir palabra, levantó los brazos y empezó a quitarse las horquillas del pelo.

Él no le quitó la vista de encima, observándola con creciente ardor. Cuando ella se hubo quitado todas las horquillas, se deshizo de sus prendas interiores, con manos temblorosas, y las dejó caer al suelo.

—Cielo santo —dijo él con voz entrecortada.

Antonia no se había quedado nunca desnuda ante un hombre a plena luz del día. Se sentía abochornada, y un poco insegura, pero el ardor que traslucían los ojos de él la tranquilizó.

—¿Tienes idea de lo bella que eres, querida? —murmuró él, acariciándole los pechos casi con gesto reverente—. Estos pezones rosados, perfectos, son capaces de resucitar a un hombre de entre los muertos.

—Gracias —respondió ella con sinceridad—. Creo que debo quitarme también las botas y las medias.

En la boca de él se dibujó una perezosa sonrisa. Le pellizcó ligeramente los pezones, haciendo que se pusieran tensos y rígidos.

—Si quieres, puedes dejarte puestas las botas, excelencia.

Ella estiró el cuello para mirarlas.

—Creo que no —respondió—. ¿Quieres hacer el favor de desabrochar las hebillas?

Antonia observó los dedos largos y elegantes de él mientras la despojaban de las botas. Luego le bajó las medias enrollándolas sobre sus piernas, con tanta habilidad como habría hecho su doncella.

—Veo que tienes experiencia en estos menesteres —murmuró ella.

—Un poco, sí —respondió él, arrojando la última media a un

lado—. No soy un inocente, Antonia. Pero puedes utilizarme como creas conveniente.

Sonaba duro, como si él mismo se menospreciara. Debía de saber que para ella representaba algo más que eso. Pero cuando se enderezó y abrió la boca para regañarle, Gabriel apoyó sus cálidas manos sobre las nalgas de ella, atrayéndola hacia sí. Sintiéndose aún un poco turbada, Antonia cerró los ojos un instante. En ese momento, él pasó la lengua ligeramente sobre su vientre, haciendo que se estremeciera y contuviera el aliento.

—Querida, veo que eres fácil de complacer —murmuró él.

—Sí, contigo… creo que lo soy —musitó ella, cerrando los ojos—. Pero deseo saber cómo… ¡Cielos! ¿Qué…? Esto es…

—¿Delicioso? —preguntó él, retirando su lengua.

Ella le sujetó con firmeza por los hombros y asintió.

Él la alzó y le separó las piernas con sus manos anchas y fuertes, introduciendo la lengua en sus partes íntimas lo bastante profundamente para hacerla enloquecer. Lo bastante profundamente para hacerla contener el aliento. Repetidas veces. Antonia sabía algo sobre el deseo y —o eso creía— sobre su cuerpo. Pero enseguida comprendió que no sabía nada en absoluto.

—¡Basta! —exclamó al cabo de unos momentos de suplicio—. ¡Basta, por favor!

Él se detuvo en el acto.

—¿Antonia?

La preocupación que denotaba su voz era palpable.

Ella abrió los ojos y le miró.

—No te detengas —aclaró. Se pasó la punta de la lengua por el labio—. Eso ha sido… ¡Oh! Algún día quisiera…. Me refiero a que, de momento… sólo te deseo a ti.

Él se abrió la bragueta de su pantalón de montar y de los calzoncillos con una mano. Antonia bajó la vista y contempló su miembro erecto, que asomaba a través del tejido. Era… impresionante.

—Siéntate sobre mí —dijo él con voz ronca.

Ella le miró a los ojos.

—¿Qué…?

Él la atrajo hacia sí con brusquedad.

—Acércate, mujer, y deja de mirarme —le ordenó.

Antonia soltó una risita nerviosa y apoyó una rodilla en el colchón. Gabriel la colocó encima de él, le separó las piernas e hizo que se sentara sobre su rígido pene, dejando que éste se deslizara dentro de su cálida vulva rozando su punto más sensible.

—Ah —gimió ella, estremeciéndose de nuevo entre sus brazos—. ¿No quieres... desnudarte? ¿O tumbarte en la cama?

—No hay tiempo, cariño.

Tras emitir un gruñido de placer, Gabriel la levantó un poco. Ella sintió que su miembro la penetraba de nuevo. Apoyando las manos en los anchos hombros de él, se incorporó sobre las rodillas y empezó a moverse sobre él.

—Cielo santo —dijo Gabriel con voz entrecortada—. ¡Dios!

La penetró más profundamente, lenta pero inexorablemente, dilatándola hasta un extremo increíble.

—¡Ah!

Antonia se alzó, a modo de experimento, deleitándose al contemplar el miembro viril que salía de su cuerpo. Se sentó de nuevo sobre él, emitiendo un suspiro dulce y perfecto. Esto era increíble. De rodillas, sobre él, casi controlaba la situación. Gabriel apoyó sus manos en su cintura y volvió a alzarla con delicadeza.

—Esto es... increíble —musitó ella.

Gabriel se rió.

—Hazme trabajar amor —dijo, inclinándose hacia atrás para observarla.

Pero Antonia agachó la cabeza y le besó, con los labios y la lengua, introduciéndola en su boca, tal como él la había besado. Parecía como si algo en la habitación hubiera estallado en llamas. Les envolvía el calor y el deseo, un fuego de intenso y emotivo deseo carnal. Ella se incorporó de rodillas una y otra vez, moviéndose sobre él al tiempo que sus lenguas se entrelazaban en un duelo de pasión. Él seguía sosteniéndola por la cintura con sus musculosas manos. Ella contempló su vientre duro y plano como una tabla mientras él la penetraba una y otra vez, abrasándola. Poseyéndola.

Ella jamás había imaginado que esto, ni nada parecido, fuera posible. Gabriel apartó su boca de la suya y tomó su pezón entre los dientes. Lo mordió, no con fuerza, pero lo suficiente para hacerle daño. Sin embargo, no se lo hizo. Antonia gimió al sentir su lengua succionando y lamiéndole la pequeña y rígida punta del pezón, conduciéndola hacia el éxtasis. Era enloquecedor. Incendiario. Clavó las uñas en los hombros de Gabriel. Sintió que se perdía en los dulces e intensos movimientos del cuerpo de él, siguiendo su ritmo, restregándose contra él con desenfreno, buscando algo precioso y huidizo.

—Ven a mí, Antonia —dijo él con voz ronca—. Santo cielo, eres una salvaje.

—Sí, lo soy —respondió ella, aunque la voz no parecía la suya—. Me siento... distinta.

—Ven a mí, amor mío —repitió Gabriel con dulzura—. Déjame verte..., déjame... ¡Dios!

Antonia sintió que estallaba dentro de ella una luz blanca y cegadora. Sintió que su cuerpo se fundía con el de él, rindiéndose a él, dándole lo que él le exigía. Y de pronto perdió la noción del tiempo, ajena a todo excepto a la maravillosa y perfecta unión de dos cuerpos. Una sensación de alivio a la vez carnal, dulce y gloriosa. Por fin recobró el sentido, respirando trabajosamente y un poco asustada.

No era estúpida. Sabía lo que era el deseo. Y su cuerpo, o eso había creído hasta ahora. Pero no estaba segura de lo que acababa de suceder. Todo era infinitamente más intenso, más... *todo*. Era un poco desconcertante.

Al cabo de unos momentos se dio cuenta de que estaban tumbados en la cama. Gabriel yacía debajo de ella, boca arriba.

—Dios mío —murmuró ella—. Gabriel, puede que esto no sea... conveniente.

Él alzó la cabeza y la miró.

—Desde luego no ha sido mi mejor actuación —respondió.

Antonia le miró sorprendida.

—¿Ah, no?

Él se rió y apoyó de nuevo la cabeza en la cama.

—Cinco minutos no es lo habitual en mí. —Ella captó de nuevo su tono sarcástico, como burlándose de sí—. Menos mal que eres un barril de pólvora, amor mío, de lo contrario te habrías llevado un chasco conmigo.

Un barril de pólvora. Ella supuso que era un elogio. Se relajó sobre él, oprimiendo sus pechos sobre el torso, levemente húmedo, de él, envuelta por su calor y su olor. Gabriel no utilizaba agua de colonia, sino que olía a jabón y a algo maravilloso. Un olor único y personal.

—Eres un magnífico amante —murmuró, apoyando la cabeza en su hombro—. Lo sabes, ¿verdad?

Él soltó una carcajada grave y gutural.

—Confieso que me lo han dicho alguna vez.

Ella cerró los ojos.

—Pero eres más que eso, Gabriel —continuó ella—. Me acaricias de una forma que no sé explicar. Hay algo entre nosotros que es casi... metafísico.

Él la besó en la sien.

—Antonia, estamos bien juntos —dijo, bajito—. Pero no es más que sexo. Dime que lo sabes, querida.

Antonia sintió que sucumbía al sueño. De pronto se sentía extenuada.

—Sí, lo sé —murmuró—. Es sólo sexo. Y no volveremos a hacerlo.

Pero el hecho de saberlo no la tranquilizó. Por el contrario, no cesaba de pensar en su promesa. *Sólo esta vez.* Empezaba a arrepentirse de haberlo dicho.

Capítulo 10

La iglesia de St. George's-in-the-East era un gigantesco edificio blanco junto al cual todo lo que le rodeaba parecía minúsculo. El campanario, que se recortaba contra el sol de esa mañana de domingo, arrojaba una sombra que se extendía hasta Cannon Street, y sobre los pies de Gabriel.

—No me gusta, Bubbe —murmuró, tirando de la mano de su abuela.

—¡Cómo que no te gusta! —le reprendió la anciana—. Es una iglesia, tatellah. *Es la casa de Dios.*

—No de tu Dios —masculló el chico.

Su abuela le apretó la mano.

—Gabriel, hijo mío, debes aprender a formar parte de ellos, de estos ingleses. Dentro de unos años, serás lo bastante mayor para celebrar tu bar mitzvah.

Él entrecerró un ojo con gesto de suspicacia.

—Los ingleses no celebran el bar mitzvah, *Bubbe.*

—Por supuesto que sí, pero lo llaman confirmación —respondió la anciana—. Tu madre deseaba que recibieras la confirmación.

Gabriel restregó la punta del pie contra una grieta en la acera y no dijo nada.

—Vamos, tatellah *—dijo su abuela, tratando de convencerlo—. Sube la escalera y siéntate al fondo. Haz lo que hacen los demás.*

Gabriel miró de nuevo la iglesia. Un numeroso grupo de personas pasaban junto a ellos y avanzaban por el sendero empedrado. Había elegantes carruajes por doquier.

—¿No vas a entrar conmigo, Bubbe?

Su abuela le acarició la mejilla.

—No puedo, pero tú debes entrar, tatellah. *Porque se lo prometí a tu madre, y ella a tu padre.*

—*¡Pero apenas me acuerdo de él!*

Su abuela le pellizcó la mejilla.

—*No importa* —respondió con firmeza—. *No deja de ser tu padre. Y no debes decepcionarle nunca.*

—Um. —George Kemble se relamió de forma sonora—. Prepara usted una excelente taza de té, señora Waters. Es *wu-long* de Fujian, ¿no?

Nellie Waters le miró con recelo a través de la mesa del ama de llaves.

—Es lo que quedó en la bandeja de té de la señora Musbury —respondió, levantándose. Los criados tomaban el té en las dependencias de los sirvientes cada tarde a las tres, pero los otros ya habían terminado y se habían marchado—. Está allí, en el aparador. Usted mismo puede verlo.

Kemble hizo un ademán indicando a la mujer que volviera a sentarse.

—Siéntese, señora Waters —dijo—. Tengo aún mucho que aprender sobre el funcionamiento de una mansión ducal. Quería pedirle que me ayudara.

Los recelos de la criada no se disiparon, pero volvió a sentarse lentamente.

—Será mejor que se lo pida a Musbury —dijo Nellie—. O a Coggins. Son los sirvientes principales.

Kemble sonrió y cruzó las piernas.

—Sí, pero no conocen la rutina diaria de la casa —contestó—. Esos detalles íntimos que los sirvientes personales perciben de modo instintivo.

—No sé qué significa «de modo instintivo» —dijo Nellie Waters—. Pero sé que lo que usted pretende es averiguar algún chismorreo. No me tome por estúpida, señor Kemble.

—¡Ni mucho menos! —protestó éste—. Usted no tiene nada de estúpida. Por eso pedí a la señora Musbury que nos dejara solos después del té.

—Supongo que no hay nada de malo en ello —dijo la doncella, desarrugando el entrecejo—. Pero no voy a cotillear sobre mi ama.

—¿Y quién le ha pedido que lo haga? —Kemble metió la mano en el bolsillo de su levita y sacó una petaca de plata grabada, que inclinó sobre la taza de Nellie—. ¿Unas gotas de licor?

—Y ahora quiere emborracharme —dijo la doncella.

—Por Dios, mujer, es el mejor armagnac francés que pueda hallar a este lado de Argelia.

En el rostro de la doncella se dibujó la tentación.

—Supongo que unas gotas no me harán daño.

—¡Pues claro que no! —dijo Kemble, vertiendo una generosa porción del licor en las tazas vacías.

Nellie acercó su taza.

—Conozco a los de su especie, señor —dijo, olfateando el brandy—. Sé que ha estado husmeando por aquí, haciendo toda clase de preguntas. Y no dudo que le han hecho venir para esto.

Kemble la miró cariacontecido.

—Ay, Señor, veo que es imposible engañarla.

Nellie se relajó y bebió un buen trago de su taza.

—Dígame lo que quiere sin rodeos, señor, y quizá le ayude —dijo—. O quizá no. Pero si intenta sonsacármelo con malas artes, no lo conseguirá.

Ella le había convencido.

—Verá, señora Waters —le explicó él—, el duque está preocupado por ciertos rumores referentes a la muerte de su primo.

La doncella le miró arrugando el ceño.

—¿Qué clase de rumores?

Kemble esbozó una tensa sonrisa.

—Creo que ya lo sabe, señora Waters —respondió—. Como dice, no es una estúpida.

—Ya, imagino que se refiere a los rumores de que fue envenenado —dijo la doncella—. Quizá lo fuera. Pero digan lo que digan los chismosos del pueblo, mi señora no lo hizo. Es incapaz de una cosa así, pobrecita, y si hubiera querido envenenar a un marido, no habría sido a éste.

Kemble asintió con aire de complicidad.

—Supongo que se refiere a lord Lambeth —dijo—. Por lo que he oído decir, se lo merecía.

Nellie se rebulló en su asiento, turbada.

—Se mató él mismo, el muy idiota —dijo—. Lo que está hecho, hecho está. ¿Qué más quiere saber?

—¿Qué otra persona pudo haber deseado la muerte del duque?

—¡Cielos, la lista es larguísima! —Nellie puso los ojos en blanco—. Las familias de las dos últimas jóvenes con las que se casó, quizás. Uno o dos sirvientes. Y el conde de Mitchley, con quien tuvo una disputa sobre los límites de sus respectivas propiedades. El caso iba a verse en los tribunales el año pasado, según dijo el señor Cavendish. Y el duque estaba furioso con Laudrey, el juez de paz local, por hacer preguntas sobre la muerte de su llorada esposa.

Kemble asintió con la cabeza.

—El actual duque me ha dicho que el médico del pueblo declaró que fue envenenamiento por nitrato de potasio —dijo con gesto pensativo—. Es una droga que se utiliza a menudo para combatir el asma agudo, pero generalmente por inhalación. ¿Estaba el duque enfermo de gravedad?

Nellie frunció el ceño.

—Pilló un resfriado pocos días antes de la boda —respondió—. La tos le duró dos o tres días, y se puso muy pesado, pidiendo paños calientes y calentadores de cama y haciendo que los criados no pararan de subir y bajar las escaleras. El duque era muy aprensivo con respecto a su salud.

—¿Antes de la boda? ¿Usted estaba aquí?

Nellie asumió una expresión de tristeza.

—Lord Swinburne quería que mi señora dispusiera de unos días para aclimatarse —explicó la doncella—. Y quería conocer al doctor Osborne, supongo que para prepararlo. El doctor estaba arriba, auscultando el corazón de mi señora con ese tubo que se mete en la oreja, porque el soporífero que tomaba no le sentaba bien, y dijo que la tos del duque parecía asma, de modo que bajó para examinarlo. Al cabo de una noche, la tos desapareció.

—Muy interesante —murmuró Kemble—. Dígame, señora Waters, ¿vio usted por casualidad el cuerpo del duque después de su muerte?

—Sí, esa mañana oí al viejo Nowell gritar a voz en cuello —respondió Nellie—. Corrí a la alcoba del duque y lo encontré postrado en el suelo.

—¿Vio algo que le llamara la atención, señora Waters? ¿En su rostro, quizá?

—Eso fue lo que me preguntó Laudrey —contestó Nellie—. Tenía los labios de un extraño color pardusco.

—Entiendo. Dígame, ¿había un orinal en la habitación?

—Por supuesto —contestó la doncella—. Fue lo primero que quiso ver el doctor Osborne. Estaba lleno a rebosar. Dije que Musbury debía dar una buena reprimenda a las camareras, pero el doctor dijo que era un... síntoma.

—De envenenamiento por nitrato, sí —dijo Kemble—. El juez de paz, el señor Laudrey, ¿examinó el contenido del botiquín del duque? Y en tal caso, ¿qué hizo con él?

—Sí, se lo mostré yo —respondió Nellie—. El señor Nowell estaba trastornado, y dos días más tarde Coggins le pagó su pensión y se fue de esta casa. De modo que yo mostré al señor Laudrey dónde estaba el botiquín.

—¿Qué hicieron con las cosas del duque?

—¿Con sus medicinas y demás? —preguntó Nellie—. Las guardé en una caja y las llevé a la habitación anexa a la cocina, donde se preparan y guardan los medicamentos. No conviene desperdiciar nada.

Kemble se puso de pie.

—Opino lo mismo, señora Watson —dijo, sonriendo—. ¿Tendría la bondad de enseñármelas?

Nellie le condujo por el pasillo, sacó un pequeño llavero del bolsillo y le hizo pasar a una pequeña estancia que contenía unas mesas de piedra.

—Aquí, en el armario —dijo, sacando una voluminosa caja llena a rebosar con frascos y botes de color marrón.

—¡Santo cielo! —exclamó Kemble—. ¿El duque era hipocondríaco?

Tras reflexionar unos momentos, Nellie confesó:

—No había oído nunca esa palabra, pero en primavera contrajo un extraño sarpullido en la espalda.

Kemble sonrió.

—¿Y dice que el duque era muy aprensivo sobre su salud?

Nellie sonrió con gesto tenso.

—Dicen que Warneham temía morirse antes de concebir otro heredero —respondió la doncella, acercando la caja a Kemble—. Pero yo cero que temía encontrarse con San Pedro. Creo que había hecho algo..., algo de lo que tenía que rendir cuentas.

Kemble pensó que la doncella era la viva imagen de una intuición fuera de lo común. Empezó a examinar el contenido de la caja.

—Polvos dentífricos, polvos para la jaqueca, pastillas para los cólicos, ungüento para el dolor de las articulaciones —murmuró—. Y ¡ajá! *Esto.*

—Es la medicina para el asma —dijo Nellie.

Kemble sostuvo el frasquito marrón contra la luz.

—Jesús, parece nitrato de potasio puro —murmuró.

Desenroscó el tapón, miró el contenido y lo olió.

—¿Huele mal? —preguntó Nellie, recelosa.

—No huele a nada, como es lógico.

—Entonces, ¿es lo que se supone que es?

Nellie parecía decepcionada.

—Es una sustancia química peligrosa —respondió Kemble—. Venenosa, incluso explosiva, en determinadas circunstancias. —Se abstuvo de enumerar sus numerosos usos, aunque no dejaba de dar vueltas en la cabeza a esas posibilidades. Al cabo de unos momentos devolvió el frasco a su lugar—. No veo ningunas instrucciones sobre la dosis —comentó—. ¿Qué cantidad tomaba el duque?

Nellie se encogió de hombros.

—El duque solía dosificarse él mismo la medicación —respondió—. Pregúnteselo al doctor Osborne.

A Kemble no le gustó la respuesta.

—¿Le preparaba la duquesa alguna vez la medicación?

Nellie cruzó los brazos.

—En un par de ocasiones, pero sólo al principio, cuando el duque tuvo que guardar cama debido a la tos. Era lo cristiano, ¿no?

—Y su deber de esposa, sin duda —convino Kemble—. Dígame, ¿pudo alguno de los sirvientes de la casa entrar en la habitación del duque la noche en que murió?

—Sí, supongo que con algún pretexto.

—¿Quién más venía con frecuencia a la casa?

Tras reflexionar unos momentos, la doncella respondió:

—Bueno, sir Percy y lady Ingham vienen al menos una vez a la semana. El párroco y su esposa. El doctor también acude a menudo, al igual que hacía su madre, pero ésta murió poco después de que mi señora y yo viniéramos aquí…, ah, y la noche en que el duque murió tuvo invitados. Dos caballeros de la ciudad. Uno era abogado, sir No Sé Cuántos. El otro era su sobrino, lord No Sé Cuántos, emparentado con su primera esposa.

—Estoy seguro de que Coggins recordará sus nombres —dijo Kemble—. Bien, esto es todo. Gracias, señora Waters, ¿Nos terminamos el té?

En ese momento se oyó un breve grito al otro lado del pasillo enlosado. Nellie arrugó el ceño y se apresuró a abrir la puerta.

—Debe de ser Jane, la fregona —dijo con tono sombrío—. Pobre chica. Alguien debería de capar a ese sinvergüenza.

Hizo ademán de dirigirse a la trascocina, pero Kemble la sujetó del brazo.

—No, señora Waters —dijo don dulzura—. Permítame que vaya yo.

Esa noche eran ocho comensales a la hora de cenar. Gareth trató de no mirar todo el rato a Antonia, que estaba sentada en el otro extremo de la mesa. Lucía un vestido de color púrpura oscuro, palabra de honor, que ponía de realce su elegante cuello de garza. Pero no podía reprimirse, y apenas prestó atención al prolijo discurso del reverendo Hamm sobre la importancia de la filantropía entre las clases altas.

La señora Hamm era una mujer morena, bonita y vibrante que se esforzaba en contrarrestar el aburrido talante de su esposo con su habilidad para hacer que los demás participaran en la conversación. No obstante, su estatus como esposa del párroco la situaba fuera del alcance del agresivo coqueteo de Rothewell. Por consiguiente, el barón se sumió en un humor melancólico del que nadie fue capaz de arrancarlo.

Cuando la cena estaba a punto de concluir, Antonia ordenó que sirvieran el café en el espacioso cuarto de estar, mientras los caballeros paladeaban su oporto. Cuando las señoras salieron de la habitación, riendo animadamente, Gareth observó que Antonia le dirigía una última mirada. Era una mirada a la vez dulce y de complicidad. Él sintió que se derretía. Era un síntoma nefasto.

«Soy fuerte, Gabriel —le había dicho ella en Knollwood—. No me subestimes.»

Él no la subestimaba. Lo cierto era que empezaba a temer que tuviera la fuerza de hacerle sucumbir. Pero temía que fuera ella quien se llevara la peor parte. Al margen de la verdad sobre Antonia y Warneham, Gareth empezaba a sentir una profunda estima por ella. Le había contado cosas que jamás había compartido con nadie, al menos desde que Luke Neville le había salvado la vida y le había ofrecido la oportunidad de convertirse en un hombre de bien.

Pero el hecho de compartir unos pocos y tristes detalles de su vida con alguien no significaba que existiera una intimidad entre ellos, y Gabriel no era tan tonto como para creerlo. Puede que fuera eso lo que le gustaba de Xanthia. Ella nunca le había preguntado nada sobre su pasado. Quizá Luke le había contado todo cuanto ella necesitaba saber. Y quizá fuera eso por lo que ella se había negado a comprometerse con él. O quizá no le gustaba su pasado. Xanthia era una mujer fuera de lo corriente que no dejaba que sus emociones dictaran sus actos. Tenía la cabeza fría y —según había pensado él con frecuencia— el corazón no menos frío.

Antonia era muy distinta. Gareth intuía que era el tipo de mujer que no temía mostrar sus sentimientos. Cuando se enamorara, lo haría profunda y perdidamente, y querría compartir todos los aspectos de su vida con su amor. Gareth confiaba en que no se enamorara profundamente de él. Antonia anhelaba el tipo de intimidad que él no podía darle, pues había demasiadas cosas que no soportaba compartir con nadie. Y lo último que ella necesitaba era sentirse atrapada en otro matrimonio sin amor.

La puerta se había cerrado, y a Gareth ya no le apetecía el oporto. Rothewell había encendido un oloroso puro, y el doctor Osborne le reprendió por fumar. Los ojos de Rothewell mostraban una expresión sombría, un claro síntoma de que había caído en uno de sus estados depresivos.

Después de que sirvieran el vino, permanecieron un breve rato en el comedor. Luego, Rothewell apagó el puro y se dirigieron a la sala de estar. Mientras avanzaban por el pasillo, Gareth se detuvo y le tocó ligeramente en el hombro.

—¿Te sientes bien, amigo?

—Todo lo bien que cabría esperar —respondió el barón con voz inexpresiva.

—Te aburres en el campo —dijo Gareth—. Y echas de menos a Xanthia. Reconócelo.

Rothewell le miró malhumorado.

—No, estoy preocupado por ella —confesó—. ¿Qué sabemos en realidad de ese Nash, Gareth? ¿Por qué ha tenido que llevársela al Adriático?

Gareth sonrió.

—Sabemos que Xanthia lo eligió —dijo—. Y que siempre ha tenido buen criterio. Quizá tu malhumor de un tiempo a esta parte se deba más a tu persona, a lo vacía que es tu vida, que al cambio que se ha experimentado en la de Xanthia.

—Estás hecho todo un filósofo —replicó Rothewell, irritado—. No lo necesito, maldita sea. ¿No tienes suficientes problemas sin inmiscuirte en los míos?

Gareth sonrió.

—Has venido para ayudarme —respondió—. De modo que me siento obligado a devolverte el favor.

Con una última y hosca mirada, Rothewell se encaminó hacia la sala de estar.

—No hay nada más irritante, Gareth, que un hombre que acaba de encapricharse de una mujer —gruñó—. Ten cuidado de que no se convierta en algo peor.

—No me he encaprichado de nadie —contestó Gareth sin perder la calma—. Sólo estoy..., ¿cuál fue el término que acabas de emplear...?, ah, sí, *preocupado*.

Rothewell emitió un sonoro bufido.

—Y yo soy la reina del Nilo.

—Mira, Kieran —dijo Gareth, suavizando su actitud—, hiciste bien en traer a Kemble. Y te agradezco que vinieras, porque, sinceramente, es muy agradable ver una cara amiga, pero no te inquietes por mí, viejo amigo. Puedes regresar a la ciudad cuando te apetezca. Sabes que si te necesito te mandaré llamar.

—Sí, tal vez —respondió Rothewell con tono ambiguo.

Entraron juntos en la sala de estar unos momentos después que los otros caballeros. Encontraron a las señoras enfrascadas en una animada conversación con el señor Kemble, quien había portado sin ayuda una bandeja de plata lo bastante grande para contener un lechón.

Gareth indicó a los otros caballeros que se sentaran.

—¿Dónde está Metcaff? —preguntó cuando todos se hubieron instalado cómodamente.

Kemble agitó una mano y colocó las tenacillas para el azúcar sobre el azucarero.

—Tuvimos un pequeño percance en la trascocina —respondió—. Le rompí sin querer un dedo..., o quizá dos o tres.

Gareth bajó la voz.

—¿Qué es lo que ha hecho?

—¡Déjelo estar! —dijo Kemble—. No quiero aburrirle con los detalles en este momento. ¿Tomará café, excelencia?

—¿No tenemos criados para eso?

Kemble sonrió y dio una palmadita en el respaldo de una butaca desocupada.

—¿Y qué soy yo, excelencia, cebo para las anguilas?

Sin saber que decir y turbado, Gareth le presentó a sus invitados como su nuevo secretario. Sir Percy y el reverendo Hamm se mostraron un tanto sorprendidos de que le presentaran a la persona que servía el café, pero Kemble no hizo caso.

—Encantado de conocerlos —dijo, pasándoles las tazas de café—. Por supuesto, ya conozco al doctor Osborne.

Osborne tomó su taza.

—Sí, el señor Kemble sufrió unas contusiones sin importancia durante el trayecto desde Londres —comentó el doctor—. Confío en que los baños con sales de Epsom le aliviaran.

—¡Sí, me siento mucho mejor! —Kemble sonrió—. Un pueblo tan pequeño es muy afortunado de tener a un médico tan excelente como el doctor Osborne. ¿No le tienta trasladarse a Harley Street y convertirse en un afamado médico de las clases altas?

—¡No conoce usted a nuestro doctor Osborne! —terció sir Percy—. Jamás abandonará nuestro pequeño pueblo.

—Desde luego que no —apostilló lady Ingham—. A propósito del doctor, conozco una deliciosa anécdota.

Rothewell parecía sentirse mortalmente aburrido.

—¿De veras? —dijo secamente—. Cuéntenosla.

—Por favor, lady Ingham —protestó el doctor—. Creo que hay miles de anécdotas más interesantes que la mía.

Pero lady Ingham no le hizo caso.

—La señora Osborne me contó que cuando su hijo era un joven, recién llegado al pueblo, se encontró por casualidad con el duque, que conducía de las riendas a su yegua favorita —explicó la dama—. El duque sentía gran cariño por esa yegua, la cual... ¿cómo se llamaba, doctor Osborne?

—Creo que *Annabelle* —respondió el médico de mala gana.

—Sí, es posible... En cualquier caso, la yegua cojeaba. —Lady Ingham asentía con vehemencia, haciendo que la pluma violácea de su turbante se agitara con fuerza—. Él y el joven Osborne empezaron a conversar sobre el motivo de que el duque condujera a su montura a casa por las riendas, y Osborne le sugirió que le aplicara una pomada de aceite de linaza y... vaya por Dios, nunca recuerdo...

—Sauce blanco —dijo el doctor casi a regañadientes—. Y quizás una pizca de consuelda.

—¡Y eso salvó a la yegua! —dijo lady Ingham—. Dejó de cojear, y al percatarse de las dotes científicas de Osborne, y puesto que en el pueblo no había un médico, el duque le propuso sufragarle la carrera de medicina para que ocupara ese puesto.

—Qué historia tan encantadora —declaró lord Rothewell, cuyo cinismo era más que obvio.

El doctor se encogió de hombros.

—La botánica y las ciencias naturales me fascinaban —explicó—. Y se dio la circunstancia de que estaba en el lugar adecuado, en el momento oportuno. Su excelencia fue muy generoso al costear mis estudios en Oxford.

Lady Ingham estaba abanicándose, pues al parecer el esfuerzo de relatar la historia le había producido una intensa emoción.

—El duque siempre fue un hombre muy generoso —dijo—. No hay más que ver el magnífico asilo de pobres, un edificio de ladrillo, que mandó construir en West Widding.

—¡Un asilo de pobres! —preguntó Rothewell—. Qué detalle tan encantador.

—Le aseguro que los pobres se mostraron encantados —replicó lady Ingham con un respingo.

—También se encargó de reparar el tejado de la iglesia —dijo el reverendo Hamm—. En junio, el día de la festividad de St. Alban's, pedimos a los feligreses que aportaran fondos para repararlo, y después de misa, el duque vino a hablar conmigo y ofreció pagar él mismo las obras.

—Lo recuerdo —dijo lady Ingham—. Fue el primer año que ocupaba usted el cargo de párroco en St. Alban's.

Gareth reparó en que la señora Hamm había empezado a rebullirse en su silla, nerviosa. Kemble, que seguía trajinando en la sala de estar, observaba atentamente, pero con discreción, cada movimiento de la dama.

Durante esta animada conversación, Antonia no había despegado los labios. Pero cuando por fin dejaron de hablar sobre su difunto esposo, se apresuró a proponer una partida de *whist*. Se formaron dos equipos, pero Rothewell pasó buena parte del resto de la velada observando a la señora Hamm y bebiendo el coñac de Gareth.

Al poco rato, sin embargo, la partida terminó y los invitados subieron a sus habitaciones o se marcharon a sus casas.

—Bien —dijo Gareth cuando Kemble subió para ayudarle a desnudarse—. Me siento purificado después de haber rendido culto en la iglesia de san Warneham esta noche. ¿Usted no?

—Aquí se morirá de aburrimiento, excelencia, si no consigue pronto su propósito con lady Bella —le advirtió Kemble, ayudándole a quitarse la levita—. Si su suerte no mejora para San Miguel, sugiero que regrese de inmediato a la ciudad y deje que ese obtuso administrador que tiene se encargue de regentar la finca.

Gareth estuvo a punto de decir a su impertinente «secretario» que su suerte con lady Bella había mejorado mucho, pero no estaba seguro de que su relación con Antonia pudiera calificarse de afortunada. Esta noche, al observarla mientras jugaban a las cartas, había tenido la sensación de que le apuñalaran en el corazón con una navaja roma. Ella estaba tan... hermosa. Casi efervescente. Sus mejillas tenían un tono sonrosado, y hasta que salió a colación el tema de su difunto esposo, se había mostrado animada y encantada con todo lo que la rodeaba. Por primera vez desde que él la conocía, Antonia había dado evidentes muestras de ser una mujer feliz.

—La cena de los lunes —murmuró torciendo un poco el gesto—. ¿Es esto lo que debe hacer el señor de la casa para demostrar su interés por el bienestar de sus vecinos?

—¿De modo que es eso?

Gareth se encogió de hombros.

—¿Cómo voy a saberlo? Es una tradición impuesta por mi primo, no por mí.

Kemble llevó la levita al vestidor.

—Tengo muchos clientes y amigos entre la aristocracia, excelencia, y ninguno se molesta siquiera en cenar con su párroco una vez a la semana —dijo—. Y menos con el hacendado de la comarca. Al menos, Osborne es ingenioso e interesante, pero...

—Pero ¿qué? —Gareth le siguió hasta el vestidor mientras se quitaba el corbatín—. Estas cenas son muy aburridas, de modo que si tiene un plan para librarme de ellas, suéltelo.

—No es eso —dijo Kemble con gesto pensativo—. Pensaba en Osborne.

—¿Ah, sí? Explíquese.

—Esta noche, durante el café, tuve la impresión de que miraba embelesado y con insistencia a lady Bella —comentó—. Y que ella parecía... casi radiante. ¿Cree que hay algo entre ellos?

Gareth sintió que se le encendía la sangre.

—¿Entre Osborne y Antonia?

Kemble se encogió de hombros.

—A mí no me mire. Acabo de llegar.

Pero lo cierto era que Gareth también se había hecho esa pregunta. Recordó la escena en la sala de estar la primera noche que llegó a Selsdon. El doctor sostenía las manos de Antonia mientras —según había observado él— la miraba embelesado a los ojos. Pero desde entonces, no había notado nada anormal.

—Creo que se equivoca —dijo—. Osborne es su médico y ella...

—Está loca, al menos eso dicen los sirvientes —apostilló Kemble, despojando a Gareth de su chaleco.

Gareth le miró indignado.

—No consiento que nadie diga eso en mi presencia —bramó—. Y despediré a la persona que vuelva a hacerlo, incluido usted, Kemble.

Kemble le miró durante unos momentos, tras lo cual prorrumpió en sonoras carcajadas.

—¿Y qué hará? ¿Obligarme a regresar a la aburrida rutina de la capital?

Gareth había olvidado que Kemble había venido obligado.

—En cualquier caso, no está loca —le espetó—. ¿Qué le dijo Osborne hoy? ¿Qué consiguió sonsacarle a ese pobre diablo?

—Ahora que lo menciona, fue una visita muy interesante —respondió Kemble con gesto pensativo—. No sé si cree que la duquesa es inocente o si la protege asumiendo parte de la culpa por lo sucedido.

—Puede que ambas cosas —dijo Gareth entre dientes.

De pronto se sintió muy cansado. Cada día le importaba menos quién había matado a Warneham y le preocupaba más Antonia. Osborne había dicho que a veces se mostraba ajena a cuanto la rodeaba, debido a sus «estados alterados», como los había denominado.

Sin embargo, durante los últimos días Antonia parecía estar más centrada. Cuando Gareth se encontraba con ella en la casa, siempre estaba atareada en algo, escribiendo cartas o colocando flores en un jarrón, en lugar de ensimismada. Pero en cierta ocasión, una noche que no había podido conciliar el sueño, bajó a la biblioteca y se la encontró sentada allí, en bata, con aspecto aturdido, mientras su doncella la atendía solícitamente. Al verlo, la señora Waters se había llevado un dedo a los labios. Gareth había regresado a su habitación. Al parecer, Antonia había sufrido uno de sus episodios de sonambulismo.

—Osborne opina que la duquesa ha mejorado —dijo Kemble, interrumpiendo las reflexiones de Gareth—. No tiene que tomar tanta medicación como antes. Lo cual me recuerda…, esta mañana, cuando fui a verlo, me hizo pasar a un elegante saloncito.

—Sí, decorado en azul, situado en la parte delantera de la casa, ¿no?

Gareth le alargó su arrugado corbatín.

Pero Kemble no pareció percatarse de su mano extendida.

—Vi allí un retrato —continuó—. Una mujer joven y muy hermosa, con el pelo y los ojos muy oscuros. Tenía un aire familiar.

—Lo recuerdo vagamente. ¿Quién es?

—La madre de Osborne, según me dijo él —respondió Kemble—. La señora Waters también la mencionó…, pero eso fue más tarde. Esta mañana me pareció que el retrato me resultaba familiar, aunque no recordaba el nombre de la persona.

—Yo habría deducido que era la señora Osborne —ironizó Gareth.

Kemble no hizo caso del sarcasmo.

—Cuando la conocía era la señora De la Croix —dijo—. Celeste de la Croix. Sí, creo que estoy en lo cierto.

—¿Quién era Celeste de la Croix? —inquirió Gareth.

—¡Caramba, se nota que ha permanecido mucho tiempo en las Antillas! —observó Kemble—. Pero era usted muy joven. Celeste de la Croix era muy ambiciosa, y por un breve tiempo, la sensación de Londres.

—¿Una cortesana?

—Y muy solicitada —dijo Kemble—. Debió de retirarse para vivir aquí sus últimos días en un apacible ambiente rural.

—¿Cómo lo sabe? —preguntó Gareth, receloso—. Usted también era un niño.

El gesto reflexivo de Kemble se disipó, sustituido por su habitual talante práctico.

—Mi madre era una cortesana —dijo, arrebatando el corbatín de manos de Gareth—. Quizá la más célebre de su época.

—¿Su madre conocía a Celeste?

—Mi madre tenía muchas amigas escandalosas —respondió Kemble, entrando de nuevo en el vestidor—. Y sí, durante un tiempo, *la belle Celeste* fue una de ellas. Pero era muy hermosa, y mi madre no soportaba esas comparaciones.

—¿De modo que Osborne no es el verdadero nombre del doctor? —preguntó Gareth, apoyando el hombro en la puerta del vestidor.

—Es probable que lo sea —contestó Kemble—. Celeste era tan francesa como usted.

Mientras meditaba en ello, Gareth se dirigió al aparador y sirvió dos brandys.

—¿Hay algo más que yo deba saber? —preguntó, pasándole a Kemble una copa.

Éste se dio unos golpecitos en la mejilla con un dedo.

—Bueno, he descubierto algunos detalles sobre los invitados que tuvo Warneham la noche de su asesinato —respondió—. Sir Harold Hardell, abogado y antiguo compañero de colegio del duque, junto con el sobrino de su primera esposa, un tal lord Litting. ¿Le suena alguno de esos nombres?

Lord Litting. Gareth lo recordaba bien.

—De niño, Litting solía pasar los veranos en Selsdon —explicó—. La duquesa le consideraba una buena influencia sobre Cyril. Pero en realidad era un matón. Del abogado no he oído hablar nunca.

—Vaya, no parece que ninguno de ellos ofrezca el menor interés —observó Kemble—. Ahora, volviendo a los chismorreos...

—¡Cielo santo! ¿Qué más ha logrado averiguar durante sus primeras cuarenta y ocho horas aquí?

Gareth se sentó junto al hogar y apuró la mitad del brandy de un trago.

—Le asombraría saberlo —respondió Kemble—. Por ejemplo, Metcaff, ese lacayo tan arisco, le desprecia a usted. ¿Lo sabía?

—Sí. —La mirada de Gareth se endureció—. Lo cual me recuerda..., ¿por qué le partió los dedos?

—¡Ah, eso! —dijo Kemble sacando un objeto del bolsillo—. Se produjo un pequeño incidente en la trascocina. Chocó con mi mano cuando yo llevaba esto puesto.

Gareth bajó la vista y vio una pieza de metal con cuatro orificios para los dedos. Había visto muchos de esos artilugios en los puertos, sobre todo al anochecer. Y de inmediato comprendió lo que había sucedido.

—¡Maldita sea! —bramó, depositando su copa con tan violencia que por poco la rompe—. ¿Estaba acosando de nuevo a esa pobre criada? Yo me encargaré de partirle el resto de sus condenados dedos.

—Esta vez la cosa no llegó tan lejos —le aseguró Kemble—. ¿Qué ha hecho usted para suscitar las iras de Metcaff?

—Nada en absoluto —contestó Gareth con aspereza—. Me detestaba antes de que yo llegara porque soy judío, para que lo sepa.

Kemble se encogió de hombros y volvió a guardar la pieza de metal en el bolsillo.

—Sí, ése es, en parte, el motivo.

Gareth le miró extrañado.

—Bien, ¿cuál es el motivo en general?

—Los celos —respondió Kemble con tono neutro—. Metcaff es hijo ilegítimo del viejo duque.

Gareth le miró pasmado.

—¡Qué me dice!

—No lo digo yo —contestó Kemble—. Lo dice la señora Musbury, aunque tardé dos días en sonsacárselo. El duque dejó preñada a una de las camareras. ¿La señora Gottfried nunca oyó esos rumores?

¿Cómo diablos había averiguado Kemble el nombre de su abuela?, se preguntó Gareth pasándose la mano por el pelo.

—Aquí nadie hablaba con ella —respondió—. Los habitantes de Selsdon la consideraban más o menos una criada, desterrada a Knollwood para limpiarme los mocos y obligarme a comerme las gachas para que ellos no tuvieran que molestarse en hacerlo.

—Lamentable —dijo Kemble con gesto pensativo—. Supongo que tampoco sabía lo de la señora Hamm. Eso es mucho más reciente.

—¿Lo de la señora Hamm?

—El duque la sedujo en cierta ocasión —dijo Kemble.

—¿Sedujo a la esposa del párroco? Santo cielo, ¿es que no hay nada sagrado?

—Sí, el recuerdo del duque, según la aduladora lady Ingham. —Kemble soltó una carcajada—. La señora Hamm no parece tenerlo en tan alta estima.

Gareth emitió un gruñido y bebió un trago de su brandy.

—Me pregunto si la sedujo o fue algo peor.

—Deduzco que algo peor —respondió Kemble con tono grave—. Pero teniendo en cuenta el poder del duque, no se pudo hacer nada al respecto.

—De todos modos, nadie la habría creído —dijo Gareth—. Empezando por su marido, porque no le convenía hacerlo.

—En efecto, y poco después, el párroco consiguió el nuevo tejado que solicitaba —apostilló Kemble—. Todo un *quid pro quo*, ¿no le parece? Y la pobre mujer tuvo que soportar cenar una vez a la semana con ese sinvergüenza hasta que…, hasta que uno de ellos muriera. Es curioso, ¿no?

—Dios mío —dijo Gareth, asqueado—. Parece como si todo el pueblo estuviera corrompido hasta la médula.

—Estas aldeas siempre lo están. —Kemble sostuvo su brandy a la luz—. Son un microcosmos de la sociedad, con todas sus miserias, pecados y codicia, multiplicado por diez, según he podido comprobar.

—Rebosa usted optimismo. —Gareth se hundió más en su butaca—. Dígame, ¿había algún comensal esta noche que no deseara ver muerto a Warneham? ¿Lady Ingham? ¿Sir Percy? Le ruego que procure restituir un poco de mi fe en la humanidad.

—Bueno, supongo que lady Ingham —respondió Kemble—. En cuanto a su marido, quién sabe qué esqueletos oculta en el armario. Puede que hubiera algo entre él y Warneham.

—¿Sir Percy? —preguntó Gareth haciéndose el ingenuo—. Pero si es un viejo inofensivo.

—Ya, pero más maricón que un palomo cojo —dijo Kemble.

—Si yo tuviera que acostarme con esa mujer tan parlanchina que tiene, quizá consideraría otras opciones. —Gareth apoyó el codo en el brazo de su butaca y la cabeza en la mano. Empezaban a dolerle las sienes—. ¿Y quién le ha revelado ese pequeño escándalo? ¿La señora Musbury?

—¡Cielos, no! —respondió Kemble—. Sir Percy me tocó el culo cuando me incliné para pasarle las tenacillas del azúcar.

—Qué asco —dijo Gareth.

—Para usted es fácil decirlo —dijo Kemble—. No fue su culo. Créame, fue más que asqueroso.

—Dios. —Gareth sacudió la cabeza—. ¿Qué conclusión ha sacado de todo esto?

—Que mi trasero le parece atractivo —respondió Kemble—. Y, sinceramente, para mi edad, reconozco que está bastante bien. Podría ser algo menos... prominente, quizá. Pero con un buen sastre...

—¡Por el amor de Dios, no me refería a su trasero! —le espetó Gareth—. Me refería a todo este asunto.

En ese momento se abrió la puerta y apareció Rothewell, con aspecto un tanto desaliñado.

—¡Vaya facha que trae! —comentó Kemble.

Rothewell no se inmutó.

—¿De qué culo estabais hablando? —preguntó, dejándose caer en la butaca al otro lado del hogar—. Esta noche me sentí atraído por el de la señora Hamm. ¿Creéis que hay esperanza?

—No, y hablábamos del mío —dijo Kemble, alzando el faldón de su levita—. ¿Qué le parece? ¿Demasiado redondo? ¿O aceptable?

Rothewell entrecerró un ojo.

—Vuélvase hacia la izquierda.

Kemble obedeció.

—A mí me parece aceptable —dijo el barón—. Bien, ¿queda más brandy?

Gareth meneó la cabeza y se levantó para servir otra copa.

—Dime, Kieran —dijo, pasándosela—, ¿está mal visto por la flor y nata que un noble pegue una paliza a uno de sus criados?

Rothewell se enderezó en su butaca.

—No si se la merece —respondió, asumiendo una expresión más animada—. Yo te apoyaré, amigo. ¿A quién quieres que machaquemos?

—A ese bruto de Metcaff, el lacayo —dijo Gareth en voz baja—. Ha estado acosando a una de las criadas.

Rothewell se encogió de hombros.

—Así es la vida, viejo amigo —dijo—. A fin de cuentas, es la naturaleza humana.

—¿La naturaleza humana? —Gareth sintió que volvía a indignarse—. ¿Forzar a una persona más menuda y débil que tú? ¡Esa pobre chica no debe de pesar ni cuarenta kilos con la ropa empapada!

El barón le miró perplejo.

—Pero ¿le hizo algo a esa chica?

Gareth se había acercado a la chimenea. Apoyó la bota sobre el guardafuego y contempló el hogar, que estaba apagado.

—No la ha violado, si te refieres a eso —contestó con dureza—. Pero no se detendrá. Ese tipo de hombres nunca lo hacen.

—Entonces debes despedirlo —dijo Rothewell—. La chica merece vivir y trabajar en un lugar seguro.

—Si le despido, se irá con su barbarie a otro sitio —respondió Gareth sin levantar la vista del hogar—. Buscará a otra víctima a quien acosar.

—¡Molinos de viento! ¡Molinos de viento! —canturreó Kemble desde el vestidor—. Arremete de nuevo contra molinos de viento, Alonso.

—Kemble tiene razón —declaró Rothewell—. Echa a ese cabrón y olvídate del asunto, Gareth. No puedes remediar todos los males del mundo.

Pero Gareth no podía desterrar la sensación de que éste sí podía remediarlo. Frustrado, propinó un puntapié al guardafuego, que se deslizó sobre el mármol, arañándolo, y se empotró en la pilastra debajo de la repisa de la chimenea. Maldita sea, Gareth sintió ganas de ir a sacar a ese arrogante hijo de perra de la cama.

Rothewell pareció leerle el pensamiento.

—Exageras, amigo mío —dijo con calma—. Siéntate y termínate el brandy. Mañana harás lo que convenga.

De acuerdo, lo haría mañana. Entonces regresó junto a sus invitados, a regañadientes, y se sentó en su butaca.

—Siéntese con nosotros, Kem —le ordenó—. Tenemos otros asuntos que resolver.

Kemble salió del vestidor y se sentó con lánguida elegancia.

—¿Tiene algún asunto concreto en mente?

—Sí —respondió Gareth con gesto serio—. Quiero que vaya a hablar con ese juez de paz del que habla todo el mundo. ¿Cómo se llama?

—Creo que es el señor Laudrey.

—Eso, Laudrey. —Gareth se relajó en su butaca sonriendo con gesto sombrío, como para sus adentros—. Localícelo. Y procure tirarle de la lengua. Quiero averiguar todo lo que sabe.

Capítulo 11

El sonido de unas pesadas botas reverberó en la escalera, y la llamada a la puerta que se produjo a continuación era firme y enérgica. Gabriel la abrió y vio a un hombre alto, vestido con uniforme de oficial, mirándole con gesto preocupado. El hombre lucía el vistoso chacó y el fajín rojo del 20 Regimiento de Dragones Ligeros, y durante un instante, Gabriel pensó que quizás era su padre.

—Busco a Rachel Gottfried —dijo el hombre, mirando la carta que sostenía con su inmaculado guante blanco.

Gabriel vaciló. Pero el visitante era, al fin y al cabo, un oficial.

—Mi abuela ha ido a la sinagoga —dijo—. ¿Quiere pasar y esperarla?

El hombre dejó su chacó y la carta y se sentó en la silla que Gabriel le ofreció en el pequeño cuarto de estar. Parecía sentirse turbado, y un poco nervioso. Por fin se aclaró la garganta y dijo:

—Tú... debes de ser Gabriel. Gabriel Ventnor.

Gabriel asintió con expresión solemne.

El oficial esbozó un gesto de disgusto.

—Pues bien, Gabriel —se apresuró a decir—. Vengo del Ministerio de la Guerra en Whitehall, y... me temo que traigo malas noticias.

Al bajar la vista, Gabriel vio que el hombre sostenía un objeto pequeño y marrón. Con una sensación de lo inevitable, el niño extendió la mano. El oficial depositó en la palma el pequeño mono, y luego le cerró la mano.

El barón Rothewell permaneció en Surrey una semana más hasta que la inquietud hiciera presa en él y le obligara a regresar a los antros y burdeles de Londres. Gareth lamentó que se fuera. El señor Kemble continuó desempeñando sus funciones como ayuda de cámara y secretario, ofreciendo cada día a Gareth una nueva y a veces interesante información sobre Selsdon y los residentes de Lower Addington. Hasta la fecha, ninguno de ellos parecía tener nada que ver con la muerte del viejo duque, ni hicieron que se disiparan las sospechas que habían recaído sobre la duquesa, pero Gareth estaba convencido de que lograría restituir su buen nombre.

Prácticamente todos los días, Kemble remitía varias cartas a la ciudad. Gareth no le preguntaba el motivo. Estaba seguro de que era preferible no saberlo. Asimismo, recibía cartas casi a diario. Gabriel despidió a Metcaff personalmente, con gran satisfacción y sin referencias. El lacayo no se mostró sorprendido y se marchó jurando vengarse. Animado por la libertad que le había dado su amo, el señor Watson partió para la ciudad armado con un fajo de billetes y regresó con un delineante, cuatro carpinteros y una variopinta cuadrilla de albañiles y excavadores de zanjas.

Se apresuraron a trazar un plan para instalar drenajes alrededor del perímetro de Knollwood, unos modernos bajantes pluviales, y levantar parte del sótano donde sospechaban que había un manantial subterráneo. Luego construirían un depósito alrededor del manantial y canalizarían el agua hacia las cocinas, donde resultaría muy útil. Los carpinteros trabajaron dentro de la casa, arrancando la madera podrida y reparando las partes dañadas a martillazos. Gareth se limitaba a asentir con la cabeza y a firmar giros bancarios. Todo el proyecto era un simple mecanismo de defensa, destinado a preservar su cordura. Antonia y él habían reanudado la costumbre de cenar solos. A Gareth la situación le resultaba casi insoportable. Las palabras «sólo esta vez» no cesaban de atormentarlo.

Seguía haciendo un tiempo cálido para esta época del año, cuando un día la vio en el jardín. Había entrado por casualidad en el salón diurno decorado en color crema, la habitación en la que se había encontrado con ella por primera vez. Hoy la vio a través de los ventanales que daban a la fuente de los peces. Estaba sola, sentada en un banco de piedra, con una cesta de mimbre a sus pies, la mirada fija en los arbustos de boj.

Incluso a lo lejos, Gareth vio que algo andaba mal. Antonia tenía la espalda encorvada bajo la brisa, y sostenía los extremos de su chal de cachemira negro, que se le había caído de los hombros, en un nudo debajo de sus pechos. En la mano derecha sostenía un papel, arrugado. Soplaba viento, y desde donde se hallaba observándola, parecía estar sentada casi bajo la espuma del chorro de la fuente. Sí, algo andaba mal.

Olvidando su promesa de mantener entre ellos una distancia prudencial, abrió uno de los ventanales y salió. Las losas que rodeaban un extremo del banco estaban húmedas.

—¿Antonia?

Ella se sobresaltó.

Gareth se inclinó sobre el banco y tomó su mano.

—Vamos, Antonia, el viento arrecia —dijo con dulzura—. El bajo de tu vestido está húmedo.

Ella se levantó como una autómata y le siguió a través del pequeño patio hasta un banco situado al sol, alejado de la fuente.

—Siéntate, querida —dijo él, obligándola a sentarse a su lado—. ¿Ha ocurrido algo que te ha disgustado?

Ella negó con la cabeza pero no le miró.

—Estoy bien, gracias —respondió, estrujando la carta—. Estoy perfectamente.

Para su asombro, Gareth sintió que le embargaba una ternura casi abrumadora.

—No es preciso que finjas conmigo, Antonia —dijo, tomando con delicadeza el chal de sus manos y colocándoselo de nuevo sobre los hombros—. Llevo un rato observándote a través de las ventanas. Parecías preocupada.

Ella se volvió por fin para mirarlo, esbozando una débil sonrisa.

—Supongo que estaba… absorta en mis pensamientos —confesó, con una vocecilla vacilante que él había llegado a interpretar como un signo de consternación—. Suele ocurrirme a veces. Me pongo a pensar en algo y me olvido de otras cosas. O me olvido de dónde estoy.

—O de lo que sostienes en la mano —murmuró él, arrebatándole con delicadeza el papel arrugado—. Has vuelto a crispar las manos, querida. Tus pobres dedos no han hecho nada para merecer este castigo.

Ella sonrió de forma más abierta.

—Veo que has recibido una carta —continuó él—. ¿De uno de los numerosos pretendientes que tienes en la ciudad?

Ella emitió una risa nerviosa.

—No, y por una vez desearía que esos granujas...

Antonia se detuvo y él le apretó un poco la mano.

—¿Qué es lo que deseas, Antonia? —le preguntó con dulzura.

En el rostro de ella se pintó una expresión de consternación.

—Sólo deseo que me dejen en paz —respondió—. La carta... es de mi de padre.

—Espero que no sean malas noticias —dijo Gareth.

—Él y su esposa han regresado a Londres —respondió ella—. Han pasado varios meses en el extranjero. Y ahora él desea... que vaya a visitarles.

—¿Ah, sí? —Gareth asumió una expresión tranquilizadora—. No hay motivo para que no vayas. Si tenemos que preguntarte algo sobre las obras en Knollwood, te escribiré.

Ella torció el gesto y meneó la cabeza.

—No —murmuró—. No... puedo ir. Prefiero no ir.

Él notó en su voz dolor y quizá cierto temor. Sin preocuparse de que alguien pudiera verlos, le rodeó los hombros con el brazo.

—Entonces escríbele y dile que lamentas no poder ir —sugirió—. Ésta es tu casa, Antonia, hasta que Knollwood esté lista para que te instales en ella. No hay motivo para que te marches a menos que desees hacerlo.

Para asombro de Gareth, ella emitió un angustiado gemido y se cubrió la cara con las manos.

—¡Ay, Gabriel! —exclamó—. Soy una mala persona. ¡Soy mezquina y rencorosa! ¡Ojalá no lo fuera!

Él se volvió sobre el banco y la miró.

—Eso no es cierto, Antonia —dijo, apartándole las manos de la cara. Entonces se fijó en las marcas: dos cicatrices delgadas y plateadas en el interior de sus muñecas, de una precisión casi feroz. *Dios santo.* ¿Cómo era posible que no las hubiera visto antes?

Durante unos instantes, no pudo articular palabra. Luego la obligó a alzar la vista.

—Mírame, Antonia —dijo—. No eres mala ni rencorosa. ¿Qué te dice lord Swinburne en la carta para disgustarte de esa forma?

Ella le miró con los ojos llenos de lágrimas; parecía casi haberse encogido ante los ojos de él.

—Ella... ella va a tener... un hijo —balbució a través de sus lágrimas—. Va a tener un hijo, y la odio por ello. ¡La odio, Gareth! Ya lo he dicho. Va a tener un hijo, y mi padre quiere que vaya a celebrar el nacimiento... Y yo temo ir.

Gareth tomó sus manos entre las suyas.

—Estoy seguro de que tu padre te quiere bien —dijo, confiando en que fuera cierto.

Antonia agachó la cabeza. La brisa agitaba unos suaves mechones de pelo en sus sienes y en su nuca. Hoy llevaba un vestido azul oscuro, el cual realzaba el azul más claro de sus ojos y el leve tono sonrosado de su piel. Una piel delicada y perfecta. ¿Qué la había inducido a mutilarse de esa forma? ¿La muerte de su hija? ¿Las infidelidades de su marido? Gareth sintió una profunda compasión por ella, una emoción mezcla de temor e indignación. Indignación contra ella. Indignación contra su suerte.

Apoyó un dedo debajo de su mentón y la obligó a alzar la cara.

—¿Qué más dice tu padre? —preguntó—. ¿Por qué tengo la sensación de que hay algo más? Creo que debes contármelo, Antonia.

La mirada de ella se endureció.

—Quiere que le asegure «que conservo mi figura y mi belleza» —respondió—. Mi padre dice que ocultándome en el campo no lograré contrarrestar los rumores maledicentes. Insiste en que le acompañe a los eventos sociales mientras Lydia se recupera después del parto, de otro modo la gente empezará a pensar que estoy realmente loca. Dice... que es hora de que vuelva a casarme, Gareth.

Gareth guardó silencio un rato. Sentía como si alguien le hubiera asestado una patada en la barriga. Como es natural, no estaba en desacuerdo con todos los argumentos de lord Swinburne. Cuando las heridas de Antonia hubieran empezado a cicatrizar, y los rumores sobre la muerte de su primo hubieran remitido, ella debía volver a casarse. Pero no estaba de acuerdo en obligarla a frecuentar la sociedad cuando era evidente que no estaba preparada para ello. Por lo demás, ¿era lord Swinburne de fiar? ¿Concedería a su hija el tiempo necesario para que hallara al hombre adecuado para ella? Esa idea le disgustó.

—Antonia —dijo por fin—, ¿deseas volver a casarte ahora?

Sintió el corazón en un puño mientras esperaba su respuesta.

Por fin ella negó con la cabeza.

—No, y no deseo regresar a Londres —dijo—. Bajo ningún concepto.

Gareth se sintió al mismo tiempo aliviado y dolido por su vehemencia con respecto al tema.

—Antonia, hace unos días me dijiste que eras fuerte —dijo con calma—. Que no debería subestimar tu fuerza. Creo que eso es lo que ha hecho tu padre. Ha subestimado tu fuerza. Sólo tienes que contestar a su carta y decirle que no deseas casarte. Debes mostrarte firme. Debes explicarle con toda claridad que te has recobrado por completo y que no dejarás que nadie te atosigue.

—No es tan fácil como crees, Gabriel —respondió ella. Hablaba con tono suave pero firme—. Por regla general, papá siempre ha tratado de ayudarme. Él y mi hermano son mi única familia.

—Eso no es cierto, Antonia. —Él sabía que se arrepentiría si no de sus palabras, cuando menos del fervor con que las pronunciara—. Formas parte de esta familia. Eres una Ventnor hasta que te cases de nuevo o te mueras. Tu padre no tiene ningún poder sobre ti.

—Tú eres el único Ventnor que queda —respondió ella, sonriendo débilmente.

—Sí, pero con uno basta —le aseguró él—. Si deseas ocultarte detrás de mí, Antonia, puedes hacerlo. Si tu padre trata de desafiarme, se arrepentirá de ello. Pero lo cierto es que no me necesitas. Eres más fuerte de lo que tú misma crees.

Ella le miró unos momentos.

—No, no te necesito —dijo por fin—. Al menos..., trato de no necesitarte. Pero te agradezco que hayas dicho eso, Gabriel. No me ocultaré detrás de ti. Quiero llevar la vida que deseé tener hace tiempo, la vida de una viuda que controla su propio destino. Nadie, ni siquiera mi padre, se interpondrá en mi camino. Pero no quiero pelearme con él.

Gareth comprendió lo que ella decía. Y empezaba a admirar su determinación. Ambos guardaron silencio un rato. Sólo se oía el canto de los pájaros y el suave murmullo de las hojas agitadas por la brisa.

Por fin, ella hizo ademán de levantarse.

—Gracias —repitió—. He salido para podar los rosales, no para recrearme en mi desgracia. ¿Quieres acompañarme?

Gareth se levantó y le tendió la mano.

—Me temo que no puedo —mintió—. Watson me espera.

La observó en silencio mientras ella tomaba su cesta y se alejaba. Como de costumbre, era incapaz de apartar la vista de ella. Curiosamente, la conversación que habían mantenido le había afectado. Pero era innegable que Antonia era una belleza. Al salir de la sombra que proyectaba la casa al espléndido sol vespertino, enderezó sus estrechos hombros debajo del vestido azul oscuro que lucía y sostuvo la cabeza erguida como la duquesa que era. La luz se reflejaba en su rubia cabellera, confiriéndole un cálido tono dorado.

Aunque él había conocido a muchas mujeres hermosas —algunas de ellas íntimamente—, jamás se había sentido tan atraído por ninguna como por Antonia. No estaba seguro de qué quería de ella. Como es natural, la deseaba sexualmente. Pero al mismo tiempo ella despertaba en él su instinto protector de una forma que ninguna mujer había hecho, lo cual no dejaba de ser preocupante. Xanthia, la única mujer a la que había amado, no le había necesitado en ese sentido. De hecho, no le había necesitado en ningún sentido, salvo por la satisfacción física que él le había procurado. Al menos sabía satisfacer en ese aspecto a las mujeres.

Pero la relación juvenil que ambos habían mantenido había durado poco tiempo. Xanthia había rechazado sus propuestas de matrimonio. Habían vuelto a ser buenos amigos y colegas en el trabajo. No obstante, él se había sentido dolido y frustrado, culpándose principalmente de su fracaso sentimental. Joven todavía e impetuoso, había empezado a pensar que aunque supiera satisfacer las necesidades carnales de una mujer, no era lo que éstas necesitaban a la larga. Era sólo un breve remedio para aplacar un deseo que debían satisfacer.

¿Volvería a ponerse en ridículo? ¿Por otra mujer que no le necesitaba? Gareth sacudió la cabeza. No tenía tiempo para estas reflexiones. Watson estaba instalando la trilladora. Había llegado el momento de comprobar la utilidad de ese artilugio cuando llegara la época de la cosecha, que estaba en puertas.

El vizconde De Vendenheim-Sélestat estaba frente al amplio ventanal de su despacho, contemplando el denso tráfico en Whitehall. En la mano izquierda sostenía una carta, y la derecha la tenía apoyada firmemente en el cristal. Londres sufría los últimos coletazos de un verano cálido y húmedo, e incluso los caballos parecían un tanto abatidos.

De Vendenheim, que también acusaba el agobiante clima, se volvió de espaldas a la ventana y alzó la carta a la luz. La leyó de nuevo.

—¡Señor Howard! —gritó al recepcionista.

Howard apareció en el acto, con las gafas deslizándose sobre su nariz.

—¿Sí, milord?

—¿Cuándo ha llegado esta maldita carta?

—Esta mañana, milord.

—Muy bien —dijo el vizconde—. ¿Ha llegado el ministro del Interior?

—Sí, señor —respondió Howard—. ¿Desea verlo?

—Me temo que no tengo más remedio, Howard.

Cinco minutos más tarde, De Vendenheim se hallaba de pie ante la mesa del señor Peel, sosteniendo dos cartas en la mano. Después de los saludos de rigor, depositó la primera —que no estaba firmada— sobre la mesa.

—Me temo que ha llegado el momento de saldar unas deudas —dijo—. George Kemble nos pide un favor.

—¿De veras? ¿Qué clase de favor?

Peel observó la angulosa y perfecta caligrafía.

—Kemble está colaborando en la investigación de un asesinato —respondió De Vendenheim—. Un caso privado, para los propietarios de la compañía Neville Shipping. Necesita que alguien presione un poco al juez de paz local.

Peel examinó la carta.

—Entiendo —murmuró—. Y Kemble hará de intermediario, ¿no?

De Vendenheim asintió con la cabeza.

—La carta indica tan sólo que el señor Kemble actúa en nombre de usted en este asunto —dijo—. Y conmina al juez a que colabore con él sin reservas.

Peel sonrió levemente.

—De modo que supone que el otro se resistirá. —Pero tomó su pluma y al cabo de un instante había estampado su firma en la parte inferior de la carta—. Ahora, ¿qué segundo favor nos pide Kemble? Suéltelo de una vez.

De Vendenheim reprimió un sonoro suspiro.

—¿Conoce a lord Litting?

El señor Peel se encogió de hombros.

—Socialmente, un poco.

—El difunto era tío político de Litting.

La confusión que mostraba el rostro de Peel se disipó en parte.

—Sí, la muerte del duque de Warneham. Recuerdo que corrieron unos rumores muy desagradables. Pero al final las autoridades declararon que había sido un accidente, ¿no?

—En efecto, y es probable que lo fuera —respondió De Vendenheim—. Pero los rumores y las preguntas no han remitido, y Kemble desea seguir investigando el caso, para asegurarse. Quiere que yo hable con Litting, quien por lo visto se hallaba en la casa la noche en que murió su tío. Sir Harold Hardell también estaba presente.

—Hardell. —Peel sonrió con gesto pensativo—. ¿Alguno de ellos es sospechoso de asesinato?

—No que yo sepa —contestó el vizconde—. Me gustaría interrogar al sobrino. Pero quizá tenga que hacerle pasar por el aro un par de veces, para sonsacarle la poca o mucha información que posea.

—Ya. —Peel tosió discretamente y tomó de nuevo su pluma—. Estoy seguro que ello no le perjudicará.

De Vendenheim esbozó una media sonrisa.

—Es posible, pero no le hará ninguna gracia —le advirtió—. No obstante, debemos un favor a Kem por su trabajo en el caso del tráfico de armas.

—No le dé más vueltas. —Peel sacó una hoja de papel de su cajón y empezó a escribir una nota—. Si tiene problemas con Litting, entréguele esta nota —dijo—. Si tengo que elegir entre enemistarme con un noble al que apenas conozco y con uno de los mejores agentes que hemos tenido, quizá resulte un poco violento, pero ya sé a quién elegiré.

De Vendenheim tomó la nota, agradecido.

—Espero que no se arrepienta de esto, señor —dijo.

—Sí. —Peel esbozó una leve sonrisa—. Yo también.

Cuando De Vendenheim se disponía a salir del despacho, Peel añadió:

—Un momento, Max. ¿Qué piensa hacer con respecto a sir Harold? Preferiría no tener como enemigo a un afamado abogado.

De Vendenheim asintió con la cabeza.

—Procuraré dejarlo al margen del asunto —le aseguró.

Peel suspiró.

—Haga lo que pueda —añadió—. Pero, Max....

De Vendenheim, que tenía la mano apoyada en el pomo de la puerta, se volvió.

—¿Señor?

Peel parecía pensativo.

—Haga lo que haga..., procure que se haga justicia.

—Creo, señora, que ha ganado unos kilos —observó Nellie el sábado por la mañana—. Este traje de montar le queda un poco estrecho.

Antonia se volvió hacia el espejo e introdujo el pulgar en la cinturilla de la falda.

—Tienes razón, me queda un poco justo —respondió—. No obstante, ¿crees que puedo ponérmelo?

—Desde luego, y aún podría engordar otros cinco kilos —respondió Nellie, dirigiéndose al gabinete en busca de las botas de su señora—. ¿Adónde desea ir el duque a caballo esta mañana?

—Lo ignoro —confesó Antonia, siguiendo a su doncella—. Sólo dijo que quería que me reuniera con él a las diez, y que era una sorpresa.

—Terry me dijo que ayer instalaron una nueva escalera en la otra casa —dijo Nellie—. Puede que ésa sea la sorpresa.

Antonia se rió.

—Estuve a punto de caerme por la escalera antigua —dijo, calzándose las botas.

—Procure no alejarse del amo, señora —le recomendó Nellie, agitando el índice—. No se pasee sola por esa vieja y destartalada casona, ¿me oye? La próxima vez el amo quizá no pueda sacarla del atolladero.

—Suena muy romántico, Nellie —dijo Antonia—. Creo que estás cambiando de opinión sobre el nuevo duque.

—Sigo pensando lo mismo —replicó Nellie, eliminando una pelusilla del traje de montar de Antonia—. Pero mientras se porte bien con usted, lo que haga no me concierne.

Antonia soltó otra carcajada y dio una vuelta completa delante del espejo. Era un gesto pueril, propio de una jovencita, pero de un tiempo a esta parte se sentía como una jovencita. Cuando el momentáneo mareo remitió, observó su rostro en el espejo, prestando especial atención a las arruguitas que empezaban a aparecer en las esquinas de los ojos. Se pasó las manos sobre el corpiño, alisando el tejido sobre sus pechos y sus costillas.

Sí, todavía tenía un aspecto atractivo, pensó. Y había ganado en efecto unos kilos. La chaqueta le quedaba más ajustada, y sus mejillas habían empezado a recuperar el color. Asimismo, dormía mejor, aunque seguía sin tomarse el soporífero. Cuando el doctor Osborne la regañaba, ella cambiaba de tema. No quería seguir viviendo sedada y aturdida. Era ella quien debía tomar la decisión, y ya la había tomado.

Se sentía muy complacida de que Gabriel la hubiera invitado a salir a caballo con él. Gozaba con la simple expectativa del paseo. Hacía mucho tiempo que algo la ilusionaba. Pero no era más que un paseo a caballo, se dijo, mirándose a los ojos en el espejo. *Tan sólo un paseo a caballo.* Con Gabriel, un hombre que no era para ella. Él mismo lo había dicho, y Antonia sabía que tenía razón. Nadie en su sano juicio desearía cargar con ella, no de esa forma. Y pese a la amabilidad con que él la trataba, pese al placer que le procuraban sus caricias, Gabriel intentaba mantenerse —intentaba mantener buena parte de sí— a distancia. Ella no le conocía, y debía aceptar que quizá nunca llegara a conocerlo.

Dirigió un rápido vistazo al reloj sobre la repisa de la chimenea.

—¡Qué tarde es! —dijo, acercándose al estante que contenía sus sombreros—. Nellie, ¿qué sombrero crees que...?

La doncella estaba sentada, medio desmayada, en una silla junto a la puerta del gabinete. Antonia corrió hacia ella.

—¡Nellie! —exclamó, arrodillándose—. ¿Qué te ocurre? ¡Ay, Señor, estás pálida como un fantasma!

Nellie se pasó la mano por la frente, que estaba perlada de sudor.

—Levántese, señora, y aléjese de mí —le ordenó—. Creo que he pillado algo.

Pero Antonia se acercó a la campanilla y tiró de ella con fuerza. Luego llenó un vaso con agua y se lo dio a su doncella.

—¿Tienes fiebre, Nellie? —preguntó, inquieta—. ¿Te duele la garganta?

La criada asintió a regañadientes.

—Sí, desde esta mañana —respondió—. Debí decírselo antes. Pensé... pensé que no era nada importante.

Una de las camareras entró y al mirar a Nellie exclamó:

—¡Ay, ha pillado esas anginas tan contagiosas! Me dan ganas de retorcerle el pescuezo a ese limpiabotas por traerlas aquí.

Nellie tenía peor aspecto con cada minuto que pasaba. Antonia se sentía culpable de no haberse percatado antes.

—¿Cuántas personas se han contagiado? —preguntó.

—En las cocinas Rose y Linnie —respondió la chica—. Tres mozos de cuadra y el chico que limpia los establos. Jane cayó enferma esta mañana. Creo que debería ir a acostarse, señora Waters. Pediré a la señora Musbury que le prepare una cataplasma de mostaza. Espero que hayan mandado recado al doctor Osborne, porque Jane parece estar muy mal.

Antonia señaló la puerta.

—Anda, ve a acostarte —dijo a Nellie—. Te lo ordeno. Y no vuelvas bajo ningún concepto hasta que te hayas restablecido.

—¿Saldrá a caballo? —preguntó Nellie.

Antonia dudó unos momentos, y luego asintió.

—Sí, si es lo que deseas. Pero en cuanto regrese subiré a ver cómo estás.

Pese a las protestas de la doncella, Antonia encomendó a la joven criada que acompañara a Nellie a acostarse. Luego tomó el primer sombrero de montar que vio y bajó apresuradamente la escalera.

Capítulo 12

Gabriel se agachó detrás de la lápida y permaneció tan silencioso como pudo. El ardiente sol batía sobre sus hombros; no se movía una hoja. Oyó el zumbido de una abeja a su espalda. Y a Cyril correr a través de la hierba, jadeando. Gabriel cerró los ojos y trató de encogerse.

—¡Te he encontrado! ¡Te he encontrado! —gritó Cyril, a pocos metros de él.

Se produjo una breve trifulca sobre la hierba.

—¡Has hecho trampa, Cyril! —La voz de Jeremy temblaba de ira—. Tenías que contar hasta cien.

—¡Lo hice! —contestó Cyril—. Conté hasta cien.

—¿Cyril? ¡Lord Litting! —retumbó una voz masculina a través del camposanto.

—¡Maldita sea! —murmuró Jeremy.

Gabriel asomó la cabeza y vio a un hombre con las vestiduras de un cura echar a andar a través de la hierba. Jeremy lo miró con aire desafiante y extendió un brazo.

—Hay otro allí —dijo, señalando—. No estamos sólo nosotros.

El cura se volvió con cara de pocos amigos. Gabriel salió de su escondite, cabizbajo, para reunirse con los otros.

—Creo que los tres saben que éste no es un lugar para jugar —dijo el cura—. Lord Litting, usted es el mayor. Debería dar ejemplo a estos chicos.

—Lo sentimos, señor —dijo Cyril por fin, con gesto contrito—. No volverá a ocurrir.

—Confío en que así sea —respondió el sacerdote. Luego se volvió hacia Gabriel y sonrió—. Usted debe de ser Gabriel Ventnor. Bienvenido al pueblo. ¿Le veremos en la iglesia de St. Alban's el domingo?

Jeremy esbozó una mueca de desdén.

—No puede venir con nosotros —se apresuró a decir—. Mi madre dice que es judío y no cree en Dios.

—No digas tonterías, Jeremy —le reprendió Cyril.

El cura apoyó con afecto una mano en el hombro de Gabriel.

—Dios acoge a todo el mundo en su casa, lord Litting. Espero que el joven Gabriel lo tenga siempre presente.

Gareth esperaba impaciente al pie de la escalera. Sujetaba la cabeza de su caballo, mientras Stratton, uno de los criados jubilados de Selsdon, sostenía las riendas del pequeño pero hermoso rucio que era el preferido de Antonia. Gareth se preguntó vagamente si el viejo y arrugado sirviente se acordaba de él. Él no recordaba al mozo de cuadra, pero eso no significaba nada.

—Hace un día espléndido para dar un paseo a caballo —observó con tono afable.

Statton escupió sobre la grava.

—Sí, pero el tiempo está cambiando —contestó con voz áspera—. A la hora de la cena lloverá.

Gareth observó el cielo.

—Es posible —dijo, volviéndose hacia el viejo mozo de cuadra—. Le agradezco que haya venido del pueblo para echarnos una mano, Statton. Esta enfermedad es muy contagiosa. Procure no pillarla.

El anciano sacó un cordón de cuero de debajo de su raído chaleco de cuero.

—Rábanos y clavos —dijo con una sonrisa desdentada—. Protegen contra las enfermedades.

—Espero que le protejan —dijo Gareth, aunque lo dudaba. El anciano era taciturno, pero Gareth siguió charlando con él, pues no tenía nada mejor que hacer para calmar su impaciencia. El rucio también parecía impacientarse, moviéndose nervioso y pateando el suelo—. Es un excelente caballo el que monta la duquesa —comentó—. ¿Se crió aquí, en Selsdon?

El anciano soltó una amarga carcajada.

—No, excelencia —respondió Statton en el preciso momento en

que Kemble bajaba la escalera portando una cesta—. El viejo duque decía que costaba demasiado.

—¿De veras? —respondió Gareth—. Yo creía que resultaba más rentable.

Statton se encogió de hombros y volvió a escupir.

—No quería hacerse cargo de la manutención de las yeguas —dijo con tono neutro—. El heno que necesitan en invierno cuesta mucho dinero, y decía que no merecía la pena.

¡Que no merecía la pena! Ésa debía de ser también la lógica de Warneham para dejar que Knollwood se echara a perder.

Kemble se detuvo para admirar el caballo rucio.

—Qué animal más hermoso —observó, volviéndose hacia Gareth—. Bien, me voy al pueblo para recoger al doctor Osborne y hacer unas compras. ¿Quiere algo?

—No, gracias. —Gareth siguió acariciando el morro del rucio, pero el animal no dejaba de mover impaciente sus cuartos traseros—. ¿Por qué va a ver a Osborne?

—Jane y la señora Waters han sucumbido a esas condenadas anginas.

—Vaya por Dios, esto es una plaga —dijo Gareth.

Kemble se encogió de hombros y se fue. Gareth se volvió hacia Statton y preguntó:

—¿Dónde adquirieron este magnífico ejemplar?

El anciano achicó los ojos.

—El duque se lo compró a lord Mitchley en el año veintiuno, antes de que se pelearan, pero lo adquirió para la duquesa. No la actual. La anterior.

Gareth torció el gesto.

—Ya, la que se cayó del caballo.

Statton sacudió la cabeza.

—No —dijo—. La señora que se fue a dormir y no se despertó.

—Ya, lo siento —respondió Gareth—. Confieso que las confundo.

Al oír eso Statton rompió a reír, como si Gareth hubiera dicho algo muy cómico, pero éste seguía pensando en Warneham.

A raíz de los muchos días que había pasado revisando las cuentas de la finca con Watson, Gareth empezaba a comprender que su difunto primo había sido un canalla, avaro y mezquino. Su enemistad con lord

Mitchley había estado provocada por un motivo sin importancia —la reparación de una cerca—, pero había adquirido unas proporciones absurdas. Gareth había ordenado a Cavendish y a Watson que resolvieran el problema.

En ese momento, Antonia interrumpió sus reflexiones bajando apresuradamente la escalera al tiempo que se disculpaba con Gareth y el mozo de cuadra, explicando que la señora Waters se había puesto enferma.

—De modo que la obligamos a subir a acostarse —concluyó, mientras Statton la ayudaba a montar—. El señor Kemble ha ido en busca del doctor Osborne.

—Sí, eso me dijo —comentó Gareth—. Espero que la señora Watson se recupere pronto.

—Yo también —dijo Antonia, haciendo girar hábilmente al rucio—. ¡Adiós, Statton! —dijo, despidiéndose de él con la mano—. ¡Gracias por haber venido a ayudarnos!

Antonia miró a Gabriel, y pese a su preocupación por Nellie, sintió una profunda admiración femenina. Al igual que la expectativa de dar un paseo a caballo con él, era una sensación grata después de la «sequía» emocional que había pasado. Gabriel se había vestido hoy para dar un paseo por el campo, con un ajustado pantalón de montar color tostado y unas botas hasta la rodilla con borlas, las cuales se ajustaban perfectamente a sus pantorrillas y parecían hechas a medida. Lucía cu chaqueta favorita, marrón oscuro, un elegante chaleco de color crema y una camisa blanca inmaculada. De hecho, ofrecía un aspecto más elegante que de costumbre, aunque Antonia no sabía a qué se debía exactamente. Suponía que el señor Kemble había tenido algo que ver en ello.

Se disculpó de nuevo por el retraso.

—Me temo que Nellie te ha chafado la sorpresa —dijo mientras rodeaban el camino empedrado—. Me ha hablado de la nueva escalera que has mandado instalar en Knollwood.

Gabriel se rió, haciendo que aparecieran unas deliciosas arruguitas en las esquinas de sus ojos.

—No, eso no es una sorpresa —dijo—. Gira y sube por el sendero situado detrás de los establos.

Ella obedeció, pero al ascender por la pequeña cuesta, no vio nada de particular excepto la entrada al viejo camino de herradura.

Gabriel le indicó que se dirigiera hacia él.

—Ésta es la sorpresa que te tenía preparada —dijo—. Watson ha mandado que lo desbrozaran. Ahora podrás utilizar el atajo a Knollwood cuando lo desees.

Antonia se sintió más animada.

—¿Quieres que lo tomemos ahora?

—Sí, me propongo ofrecerte una extensa visita de la propiedad —respondió él—. Por lo que recuerdo de mi infancia, era un sendero muy pintoresco, con una cascada y un pequeño capricho arquitectónico junto al lago.

El paseo a través del bosque era muy apacible; Antonia no cesaba de volverse de un lado a otro sobre su silla para admirar todo lo que les rodeaba. El sendero discurría por encima del pequeño lago de la finca, que se extendía desde los pastos hasta el bosque, donde el manantial del estanque, una pequeña cascada, se precipitaba sobre un afloramiento rocoso y discurría debajo de un puente de piedra.

Cuando se volvieron y emprendieron el ascenso hacia Knollwood, Antonia divisó el capricho arquitectónico, una obra de piedra y mortero como el puente. Estaba construido de forma primitiva y no era elegante, pero poseía una cualidad mágica que hacía que encajara a la perfección en el bosque.

Gabriel alzó la mano y lo señaló.

—Un día Cyril y yo robamos una pipa y una petaca al cochero de Selsdon —dijo—. Subimos allí para fumarla.

Antonia se rió. Gabriel tenía ahora un aire tan serio, que le costaba imaginarlo cometiendo ese tipo de travesuras. Pero si las historias que le había contado su esposo eran ciertas, estaba claro que de niño Gabriel había sido muy travieso. A Antonia le pareció una anécdota simpática.

—¿Antonia? —Gabriel acercó su montura a la suya—. ¿Te sientes bien?

—Sí. —Ella le miró sonriendo—. Es que me choca que ahora parezcas tan serio. ¿Qué os pasó a ti y a Cyril? ¿Os descubrieron y os propinaron una paliza?

—No, nuestro castigo fue rápido y nos lo impusimos nosotros

mismos —respondió él—. Nos pusimos malísimos, pero te ahorraré los detalles. Basta con decir que pasé tanto rato asomado sobre esa balaustrada de piedra como para comprender que no deseaba volver a fumar en mi vida.

—¿Podemos subir a pie hasta allí? —preguntó ella de pronto—. ¿O nos esperan en Knollwood?

Gabriel negó con la cabeza.

—No tenemos que ir allí si no quieres —contestó, desmontando.

Ató su caballo a un arbolito que había escapado a la hoz de Watson, y se volvió para ayudarla a desmontar. Antonia sintió sus manos, sólidas y fuertes, alrededor de su cintura y la alzó de la silla con toda facilidad. Pero el sendero era estrecho y él estaba muy próximo a ella cuando la levantó de la silla. Las chaquetas de ambos se rozaban. Ella sintió el calor de sus ojos y le sostuvo la mirada. Por fin, Gabriel la depositó en el suelo. Antonia procuró reprimir su decepción.

—Ataré tu caballo. —¿Eran imaginaciones suyas, o la voz de él sonaba más ronca?—. Allí, debajo de las hojas, hay unos escalones de piedra. No…, espera, te daré el brazo.

Los escalones que daban acceso al capricho arquitectónico estaban resbaladizos debido a la humedad y las hojas. Ella apartó las hojas con el pie de los dos primeros escalones, y luego Gabriel se colocó delante suyo, sonriendo, y le tomó la mano. Era una mano grande y fuerte, y durante un instante Antonia deseó que no la soltara nunca. Cuando estaba con él se sentía segura, pero al mismo tiempo, curiosamente, controlaba la situación. Puede que Gabriel fuera su ángel guardián. Antonia meditó sobre ello con una sonrisa pintada en los labios. No, era demasiado atrevido para ser un ángel, y demasiado atractivo.

—Siempre hace humedad en esta pequeña hondonada —dijo él, con un tono de nuevo natural—. Todo está cubierto de musgo, y hay unos pintorescos hongos venenosos. Cyril decía que las hadas venían aquí por las noches.

—Quizá sigan haciéndolo —murmuró ella, mirando a su alrededor.

Al alcanzar la cima de la escalera, entró en el capricho arquitectónico, que estaba abierto por un lado, y por el otro rodeado por una balaustrada de piedra. Al fondo había un amplio banco construido dentro del refugio. Gabriel se quitó los guantes de montar, y ella hizo lo propio. Ambos los utilizaron para eliminar las hojas secas de encima. Después de haberlo limpiado, se sentaron. Ella sentía el calor y la fuerza que emanaba él, aunque sólo se rozaban sus brazos.

No era suficiente. Ella deseaba más, le deseaba a él en todos los aspectos. Pero no era lo que quería él. Por lo demás, se mostraba demasiado reservado, demasiado encerrado en sí mismo. En su interior había una oscuridad que la alarmaba. Antonia reprimió un suspiro, apartó esos pensamientos de su mente y admiró la vista del lago que se extendía a sus pies.

—Es un lugar precioso —dijo por fin—. Estamos en lo alto de la colina, que es muy escarpada. Es asombroso que construyeran este refugio aquí arriba.

—Nadie lo utiliza —respondió Gabriel con tono quedo—. Nadie lo ha hecho nunca, salvo, que yo sepa, Cyril y yo.

—Hay otro capricho arquitectónico —comentó Antonia—. En realidad, es un pabellón. Un elegante e imponente edificio construido de piedra de Pórtland y mármol. Alguien me contó que solían organizar picnics allí.

Gabriel no respondió. Antonia intuyó que había cambiado de talante y se volvió para mirarlo. Tenía la mandíbula crispada, pero su semblante no mostraba expresión alguna.

—Sí —dijo él por fin—. Está en ese camino junto al huerto, aproximadamente a un kilómetro. Hay un parque de ciervos, unos jardines maravillosos y un lago… inmenso.

—Sí, a menudo me acerco paseando hasta allí —respondió ella, apoyando suavemente la mano sobre la suya. Al principio, el calor de la mano de él y sus fuertes y musculosos dedos que apretaban los suyos la reconfortaron, pero luego se sintió un poco desconcertada.

—¿He dicho alguna inconveniencia, Gabriel?

Él negó con la cabeza, pero tenía los ojos fijos en el horizonte.

—Fue allí, en el parque de ciervos, donde murió Cyril —dijo—. Me choca que nadie me haya preguntado por ello. Esperaba, casi deseaba, que lo hicieran, para zanjar la cuestión de una vez por todas.

Antonia no sabía qué decir.

—Sí, oí decir que… allí había ocurrido un accidente.

Él volvió la cabeza, mirándola casi con gesto acusador.

—No es cierto —replicó—. Oíste decir que yo le había matado. Y supongo que es verdad. Pero aquí nadie ha utilizado nunca la palabra «accidente».

Antonia bajó la vista.

—Tienes razón —confesó—. Pero la única persona que hablaba alguna vez de ello era... mi difunto esposo.

—Ya, imagino que hablaba continuamente de ello —dijo Gareth con gesto adusto—. Supongo que se convirtió en el eje de su existencia.

—Era un hombre hosco y amargado —murmuró ella, jugueteando con sus guantes—. Pero en su defensa, sólo puedo decir que sé lo que significa perder un hijo, Gabriel. El dolor hace que enloquezcas.

—El dolor, sí —replicó él—. Pero ¿trataste de culpar a alguien de lo ocurrido?

—No tuve que hacerlo, Gabriel —respondió ella con voz apagada—. Sabía quién era la culpable. Yo misma. Yo y mi mal carácter.

Él meneó la cabeza.

—No creo que ésa fuera la causa de su muerte.

Ella se volvió un poco sobre el banco de piedra y tomó las manos de él entre las suyas.

—Pero es así, Gabriel —dijo—. Yo causé la muerte de mi hija, como si yo misma la hubiera matado. Lo provoqué una y otra vez hasta que... ocurrió lo peor.

Para su sorpresa, él la sujetó por las muñecas y la obligó a girar las manos hacia arriba.

—Antonia, creo que esto es lo peor que puede sucederle a una persona —dijo con voz ronca—. Quiero saber..., quiero saber por qué te hiciste esto, Antonia. A tu maravilloso cuerpo. Esto también es una tragedia. El dolor que soportas es una tragedia.

Antonia no encontraba las palabras. Contempló las cicatrices, unas cicatrices que siempre procuraba no mirar; unas marcas finas, blancas, como unos gusanitos plateados que surcaban sus venas y tendones.

Gabriel soltó una palabrota en voz baja.

—Dios, Antonia, no te traje aquí para esto —murmuró—. Quería que fuera un paseo agradable. Y lo he estropeado, preguntándote cosas que no pretendía preguntarte. Pero desde que vi estas cicatrices, me he sentido…, no sé, dolido por ti. Herido. No comprendo por qué lo hiciste.

—¿Por qué lo hice? —repitió ella—. ¿A quién le importa ya?

—A mí —respondió él con voz apagada—. Necesito comprender…, estas cicatrices, tu vida…, ¿cómo es posible que te odiaras tanto como para hacerte eso? ¿Qué ocurrió? Temo por ti, Antonia. Y por mí.

—Fue mi marido, Eric —murmuró ella, retirando las manos de las suyas y rodeándose el cuerpo con los brazos—. Él fue el motivo. Yo… estaba furiosa con él.

—Antonia —dijo él en voz baja—, no te autolesionaste porque estuvieras furiosa. Eres demasiado sensata para hacer semejante barbaridad.

Durante un instante, Antonia se quedó inmóvil. Hacía muchos años que nadie le había dicho que fuera sensata. Por unos momentos no pudo articular palabra debido al sentimiento de gratitud que la embargó.

—No, no lo hice —respondió por fin—. Él nos había dejado, a Beatrice y a mí, en su casa de campo, a pocos kilómetros de Londres. Yo creía que nos habíamos casado para estar juntos. Que era auténtico amor. No sabía, nadie me había dicho, que Eric tenía una amante en la ciudad.

Gabriel cerró los ojos.

—Antonia.

—Hacía mucho tiempo que tenía a esa amante —siguió ella—. Tenían dos hijos, Gabriel. Yo jamás sospeché…, pensé que nuestro matrimonio era perfecto. Él me había cortejado y conquistado, y decía que me amaba locamente. Pero resultó que era mentira, y fui una estúpida al creerlo. Nos peleábamos a menudo debido a ello, y al cabo de un tiempo Eric decidió trasladarnos al campo. A partir de entonces, Beatrice y yo le veíamos sólo una vez al mes. Yo me quedé de nuevo embarazada, un gesto desesperado, tal vez, pero no contribuyó a solucionar las cosas. Nuestras disputas eran cada vez más agrias. Yo le odiaba por humillarme, y le odiaba por ignorar a su hija.

—Pobre niña —murmuró Gabriel.

Antonia sacudió la cabeza, con los labios apretados.

—Al echar la vista atrás, Gabriel, creo que a Beatrice no le afectaba ni lo comprendía —musitó—. Creo que el problema eran mis celos, mi orgullo herido. No pretendí hacerlo, pero el caso es que la utilicé. Y eso me costó todo.

—¿Qué sucedió, Antonia? —preguntó él—. ¿Qué le ocurrió a Beatrice?

Ella se esforzó en mirarlo a los ojos.

—Un día, Eric quiso partir para Londres a última hora de la tarde —dijo—. Estaba impaciente por marcharse, supongo que para ir a reunirse con ella. Estaba nublado y lloviznaba. Se oía tronar a lo lejos. Ordenó que le prepararan el faetón, aunque no era el vehículo adecuado debido al mal tiempo. Empezamos a discutir, como de costumbre, por el hecho de que se fuera, de que partiera tan tarde. Le acusé de abandonarnos por ella.

—Y seguramente era verdad —dijo Gabriel en voz baja.

—Eric dijo que yo tenía un carácter insoportable —murmuró Antonia—. Le acusé de no hacer caso a Beatrice, de no pasar nunca un rato con ella. No sé por qué lo dije; la niña le veía tan poco que apenas le conocía. Pero él me miró y de pronto estalló. «De acuerdo», dijo, «monta a la niña en el maldito coche y la llevaré conmigo a Londres. A ver si así dejas de atosigarme».

—Cielo santo —murmuró Gabriel.

—Yo estaba horrorizada, como es natural, y no me molesté en ocultarlo —continuó ella—. Pero Eric estaba rabioso. «¡No!», dijo. «¿No quieres que la niña pase más tiempo con su padre? ¡Pues la llevaré conmigo!» A continuación la tomó en brazos, sin darme tiempo a ponerle el abrigo y el sombrero, y partió con ella a toda velocidad.

—Dios santo, la niña debía de estar aterrorizada.

—No, a Beatrice le pareció muy divertido —respondió Antonia—. Jamás olvidaré la mirada que me dirigió Eric cuando fustigó a los caballos. Era una mirada de... triunfo. Beatrice estaba con él, no conmigo. Y la niña estaba contenta, gritaba de alegría, hasta que doblaron la esquina al pie del camino de acceso. Más tarde dijeron... que el arcén estaba resbaladizo debido a la lluvia. Yo lo vi todo. Y supe... ¡Dios mío, lo supe en el acto!

—Debió de ser muy rápido, Antonia —dijo Gabriel con voz ronca—. Seguro que la niña no sufrió.

Pero Antonia estaba como atontada.

—Los criados transportaron sus cadáveres de regreso en un carro —murmuró—. Había empezado a llover de forma torrencial. Alguien... trató de apartarme de allí, pero yo me negué. Todo estaba lleno de sangre, de barro y de agua. Sobre ellos y en el suelo. Entonces bajé la vista y me di cuenta de que era mi sangre, la sangre del hijo que iba a nacer que brotaba de mi cuerpo. Comprendí que mi mal carácter había matado a Beatrice, e iba a matar al niño que esperaba.

—¿No se pudo... salvar?

Por la mejilla de Antonia rodó un grueso lagrimón, abrasando su piel.

—Le puse el nombre de Simon —murmuró—. Era un niño perfecto, muy hermoso. Lo bautizaron de inmediato. Sabían que no se salvaría. Vivió dos días. Luego...

—Lo lamento profundamente, Antonia —murmuró él.

Ella volvió las muñecas y las miró a través de sus lágrimas.

—Ni siquiera recuerdo esto —dijo—. Fue la primera de muchas cosas que no recuerdo, Gabriel. No te miento. Pero Nellie..., me encontró. En la rosaleda. Yo sostenía un cuchillo de mondar en la mano. Mi padre acudió y me llevó a un lugar..., a una casa de campo, donde pudiera descansar, según dijo. Y me dejó allí.

—Dios mío. ¿Cuánto tiempo estuviste allí?

Antonia se encogió de hombros.

—Meses —respondió—. Cuando salí, mi padre me llevó a Greenfields, su finca, y al cabo de unas semanas me dijo que había concertado mi matrimonio con el duque de Warneham. Que el duque estaba dispuesto a casarse conmigo, y que yo era muy afortunada. No tuve fuerzas para oponerme. Todo me era indiferente.

Gabriel le rodeó los hombros con el brazo y la estrechó contra sí. Ella dejó que su calor y su reconfortante olor la envolvieran, y cerró los ojos.

—Yo tenía que saberlo, Antonia —dijo él con tono quedo—. Lamento haberte obligado a revivirlo.

—Lo revivo todos los días —respondió ella—. Pero quizás algo menos. No, no es verdad. De forma menos obsesiva. Tal como dijiste en cierta ocasión, Gabriel, lloraré a mis hijos el resto de mi vida, pero con el tiempo quizá no a cada momento.

—Confío por tu bien que así sea, Antonia —dijo él.

Permanecieron largo rato en silencio; Antonia sentía la mirada de Gabriel sobre ella. Para comprobar su reacción. Preguntándose tal vez si había hecho mal en obligarla a revivir el pasado. Pero casi había sido un alivio para ella contárselo todo. Estaba cansada, profundamente cansada, de no hablar. De no sentir. Era como si se hubiera desconectado de todo y ahora renaciera de nuevo al dolor, sí, pero quizá también a algunas alegrías que podía ofrecerle la vida. El calor del sol. El sonido de las fuentes en el jardín. El pequeño placer de decidir qué atuendo ponerse cada día.

Y luego estaba el placer físico que Gabriel le había procurado, lo cual no sólo constituía un renacer sino una sanación. El consuelo de su voz y sus caricias, y la seguridad que le proporcionaba su fuerza y sus anchos hombros, unas cosas que no deberían importarle pero que, curiosamente, eran importantes para ella. Comprendió que había vuelto a enamorarse, perdidamente. Empezaba a despertarse, volvía a la vida, y no podía dejar de desearlo. Ni siquiera sabía si quería dejar de desearlo.

—¿No te has enamorado nunca, Gabriel? —preguntó con dulzura.

Él la sorprendió respondiendo sin vacilar.

—Sí, una vez —contestó—. Apasionadamente, o eso creí. Pero no terminó bien.

Ella se rió, pero era una risa amarga.

—Los amores apasionados nunca terminan bien —dijo—. Creo que es preferible enamorarse lentamente.

Él se reclinó contra el banco y apoyó las botas en el borde de la balaustrada de piedra.

—¿Es eso lo que te ocurrió con Eric? —preguntó, cruzando un pie sobre el otro—. ¿Fue amor a primera vista?

Ella dudó unos instantes.

—Es muy embarazoso. ¿Debo responder?

—Me gustaría que lo hicieras —dijo él bajito.

Antonia respiró profundamente.

—Él estudiaba en Cambridge con James, mi hermano —dijo—. Yo le conocía de toda la vida, y hacía mucho tiempo que estaba enamorada de él. Cuando me puse de largo, él empezó a cortejarme. Era como un cuento de hadas. Luego me propuso matrimonio, y yo, que era una niña, estaba convencida de que viviríamos felices para siempre.

—Lamento que no fuera así, Antonia.

—No lo lamentes —respondió ella—. Lloro a mis hijos, no a mi esposo.

Oyeron un ruido entre las ramas frente al capricho arquitectónico, y dos ardillas descendieron apresuradamente por el tronco del árbol. Durante un buen rato ella las observó mientras saltaban y se perseguían mutuamente, sin dejar de preguntarse si Gabriel se reía para sus adentros de sus juveniles fantasías.

En vista de que él no decía nada, ella se volvió.

—¿Y tú, Gabriel? Das la impresión de ser un hombre al que le han destrozado el corazón.

Él se había colocado el sombrero sobre la frente, como si estuviera dormitando, pero no era así. Ella le conocía ya demasiado para dejarse engañar. Por fin, respondió:

—Supongo que yo también deseaba vivir un cuento de hadas —dijo—. Pero de otro tipo. Me enamoré de la hermana de Rothewell.

—Ya —dijo ella secamente—. ¿Tu socia en el negocio?

Él se echó el sombrero hacia atrás.

—Veo que has prestado atención —dijo.

Antonia se sonrojó y desvió la mirada.

—¿Cómo se llama?

—Xanthia Neville —respondió él—. O Zee, como solemos llamarla. Ahora es la marquesa de Nash.

La voz de Gabriel denotaba una melancolía y un afecto inconfundibles.

—Zee —repitió ella—. Suena tan... liviano. Tan bonito y despreocupado. ¿Es así ella?

—¿Bonita? —preguntó Gabriel—. Sí, es muy guapa... en un estilo poco frecuente. Pero ¿despreocupada? No, Xanthia es una mujer práctica.

—Has dicho que se ha casado —dijo ella—. ¿Fue eso lo que puso fin a vuestra relación?

Él se pasó la mano sobre su marcada mandíbula, cubierta por una incipiente barba.

—No, pusimos fin a nuestra relación hace mucho tiempo —respondió con gesto pensativo—. A Zee no le interesaba casarse, al menos conmigo.

—¿Tú se lo pediste?

—Se sobreentendía —contestó él, un poco irritado—. Nosotros..., habían pasado cosas entre los dos. Su hermano daba por sentado que nos casaríamos. Sí, le propuse matrimonio en varias ocasiones, humillándome.

—Lo siento —dijo ella—. ¿Estuviste enamorado de ella mucho tiempo?

A Antonia le chocó que dudara en responder.

—De un tiempo a esta parte he pensado mucho en ello —confesó él—. Trataba de descifrar cuándo y cómo comenzó.

—¿No lo sabes?

—No con exactitud —confesó él—. Verás, su hermano mayor me contrató para que trabajara para ellos en la compañía naviera, como chico de los recados. En aquel entonces era una pequeña empresa, sólo tenían tres o cuatro barcos. Fue allí donde conocí a Zee. Teníamos más o menos la misma edad, y yo... envidiaba su vida.

—¿A qué te refieres?

—Deseaba lo que ella tenía —respondió él—. Deseaba la seguridad de una familia. En esa época Zee tenía dos hermanos mayores, Luke, para quien yo trabajaba, y Rothewell, que dirigía las plantaciones de azúcar. Ambos la querían mucho y se afanaban en protegerla. Yo... deseaba eso. Y cuando me hice mayor y me sentí atraído por ella, pensé..., creo que en el fondo supuse que si nos casábamos formaría parte de su familia. Sería... el cuarto Neville. No podrían darme nunca la espalda.

—Pobre Gabriel —murmuró ella—. ¿Temías que lo hicieran?

—Yo era su empleado —respondió él con gesto serio—. ¿Qué sabía lo que podían hacer? Había comprobado que no podía fiarme de nadie. Era un huérfano al que habían acogido por caridad, sin un céntimo y casi cubierto de harapos. Luke murió al cabo de pocos años, de modo que quedamos Xanthia, Rothewell y yo. Temía perderlos, Antonia.

—Entiendo —dijo ella—. Comprendo que lo temieras.

De improviso, Gabriel soltó una carcajada y apoyó los dedos en su sien.

—Cielo santo, me parece increíble que tengamos esta conversación —dijo—. Te he hecho una simple pregunta..., y ahora te estoy contando la patética historia de mi vida.

—La pregunta que me hiciste no era simple —respondió Antonia con calma—. Y me gustaría... oír la patética historia de tu vida. De hecho, hace días que hemos estado dando vueltas alrededor de ella.

Él la miró extrañado.

—No sé a qué te refieres.

Ella meneó la cabeza.

—No me mientas, Gabriel —dijo—. Siempre me doy cuenta cuando un hombre me miente. Es una habilidad que aprendí muy a mi pesar.

Él no dijo nada, sino que se limitó a crispar la mandíbula, un gesto que a ella le resultaba familiar.

—Procuras guardar las distancias conmigo —prosiguió Antonia—. En realidad, lo haces con todo el mundo. Creo... que ocurrió algo que te hizo sufrir mucho, Gabriel.

Él desvió la vista.

—Durante un tiempo tuve una vida de perros —dijo.

Antonia ladeó la cabeza.

—Te he observado con tu amigo Rothewell. Con él haces lo mismo..., guardas las distancias. Lo cual hace que me pregunte si confías en alguna persona, Gabriel.

Él relajó la mandíbula unos instantes, mientras meditaba en lo que ella acababa de decirle.

—Confío en mí mismo —contestó por fin—. Y, en cierto modo, en Rothewell y en Xanthia.

Inexplicablemente, Antonia deseaba que dijera que confiaba en ella. Pero no era así. ¿Por qué iba a confiar en ella? No era una persona estable y lúcida. Y nunca había sido —ni siquiera cuando estaba bien y en su sano juicio— el tipo de mujer práctica y eficiente que era Xanthia Neville. Antonia se sentía muy inferior comparada con ella. Ahora creía comprender el significado de las tres palabras que Gareth había pronunciado: «Sólo esta vez». Ya había entregado su corazón a otra mujer.

—¿Cómo era tu vida en Knollwood, Gabriel? —le preguntó, afanándose en cambiar de tema—. ¿Sufriste mucho? ¿Se portaba Cyril como un déspota contigo?

Él la miró en silencio, asombrado.

—¿Cyril? —preguntó por fin—. ¿Un déspota? Qué pregunta tan extraña. Era un niño, no mucho más joven que yo. Era demasiado inocente para que nadie lo considerara un déspota.

Antonia se sintió de nuevo confundida.

—¿No le envidiabas? ¿No te sentías inferior a él?

Gabriel negó con la cabeza.

—Cyril me caía muy bien —dijo—. Era el único compañero de juegos que tenía.

—¿Jugabais juntos a menudo? —preguntó Antonia, sorprendida.

Gareth esbozó una media sonrisa.

—Más de lo que sus padres deseaban —respondió—. Nunca quisieron que fuéramos compañeros de juegos. Pero Cyril también se sentía solo. Era... un niño, como yo. A veces travieso. Incluso un poco mezquino, como todos los niños.

—Pero tú eras mayor que él, ¿no?

—Le pasaba unos meses.

Antonia reflexionó en ello unos momentos. Esto era muy distinto de la impresión que le había dado su difunto esposo.

—¿Y no serviste en la Royal Navy?

La incredulidad de Gabriel iba en aumento.

—¿A qué te refieres, Antonia?

Ella tragó saliva.

—Cuando... Cyril murió, ¿Warneham no te enroló en la marina? Eso fue lo que me dijo. Que te había llevado a Portsmouth, porque no soportaba verte. Que te convertiste en guardiamarina.

—No —contestó Gabriel con calma—. No, Antonia. Warneham me llevó a Portsmouth y me entregó a la leva. Hay una gran diferencia entre ambas cosas.

Ella le miró horrorizada.

—¿La leva? Cielo santo. ¿Cuántos años tenías?

—Doce —respondió él—. Recién cumplidos. Ni la Royal Navy cae tan bajo como para emplear a un niño de doce años. Ni siquiera pueden contratar a un hombre adulto si carece de experiencia en el mar.

—¿De modo que nunca tuviste la oportunidad de llegar a ser un oficial de la marina...?

De pronto en el rostro de Gabriel se pintó una expresión de furia.

—Maldita sea, Antonia, escúchame —dijo, articulando cada palabra pausadamente—. No sé qué absurdas historias te contó Warneham sobre mi desaparición, pero la verdad es ésta: arrojó a mi abuela de Knollwood, me separó de ella, me llevó a Portsmouth y dejó muy claro a la leva que nadie, absolutamente nadie, vendría en mi busca. No me enroló en un barco para que recibiera la formación de oficial. Les dijo que se deshicieran de mí, y les sobornó con cincuenta libras para sellar el acuerdo. Me deseaba muerto, pero no tenía las agallas para matarme él mismo.

Antonia se llevó los dedos a los labios. De repente sintió ganas de llorar.

—¡Pero... eso es monstruoso!

—Antonia, un chico de buena familia no ingresa como guardiamarina en la Royal Navy así como así —dijo él—. La familia debe solicitar que sea admitido. Hay que tener influencias. Y si no las tienes, si ninguna persona importante te avala, no lo consigues nunca. Si Warneham se convenció de que yo había acabado como oficial de la marina, fue para aplacar su conciencia.

—Empiezo a preguntarme qué creía en realidad —dijo ella—. ¿Qué fue de ti puesto que no podías ingresar en la marina?

—La leva me canjeó por un barril de oporto.

—¿Te *canjearon*?

—Sí, me entregaron al capitán de un buque mercante de renegados que había zarpado de Marsella. Eran poco menos que piratas, aparte de unos traidores.

—¡Dios mío! —exclamó Antonia consternada—. ¿Crees que Warneham sabía que podía ocurrir eso?

Gareth estaba convencido de que lo sabía, pero no dijo nada. Apoyó el tacón de una bota contra la balaustrada de piedra y se mordió la lengua.

—¿Qué hiciste? —preguntó Antonia—. ¿Tenías miedo?

—Al principio, sólo del agua —respondió él—. El mero hecho de caminar por cubierta hacía que se me revolvieran las tripas. En cuanto a esa gente... No, sólo anhelaba volver a reunirme con mi abuela. Era demasiado ingenuo para tener miedo. Le dije al capitán del barco una y otra vez quién era yo, quién había sido mi padre, y que sin duda se trataba de un malentendido. Al capitán le parecía muy cómico. Mis insistentes súplicas divirtieron a la tripulación durante toda la travesía hasta Gernsey.

—¿Cómo... lograste sobrevivir?

—Hice lo que pude para sobrevivir —contestó él con gesto serio—. Cuando rodeamos la punta de Bretaña, había aprendido a mantener la boca cerrada y a hacer lo que me ordenaban. Tenía doce años, y estaba aterrorizado.

—¿Te tenían cautivo?

—¿En medio del océano? —Él la miró extrañado—. Me obligaban a trabajar, Antonia. Eran unos traidores. Unos corsarios argelinos. Piratas sicilianos. La escoria de Europa, principalmente, y muchos viajaban bajo una patente de corso falsa del gobierno británico. Eran capaces de matar sin vacilar a su propio hermano, y yo era su esclavo. Un grumete. ¿Tienes idea de lo que eso significa?

Ella meneó la cabeza.

—¿Tenías que... hacer los trabajos que te mandaban?

Y algo más, quería decirle él.

Pero si él había recibido una buena educación, Antonia había llevado una vida muy protegida. No podía hacerse una idea de la vida que había llevado él a bordo del *Saint-Nazaire*, y no quería que lo supiera. Antonia había sufrido su propia tragedia. Y él no soportaba la humillación de contarle la suya. No soportaba el hecho de revivir la angustiosa sensación de impotencia que había experimentado.

Antonia había perdido un poco el color que había recobrado recientemente.

—¿Adónde te llevaron, Gabriel?

—Norteamérica acababa de declarar la guerra a Inglaterra —le explicó él con tono grave—. Todos temían que se convirtiera en un baño de sangre, y los corsarios surcaban el Caribe como tiburones al acecho.

Había abundantes oportunidades de hacer negocio para cualquiera que tuviera las agallas necesarias.

—¿Cuánto tiempo estuviste con esos… piratas? —preguntó ella con voz entrecortada—. ¿Cómo conseguiste escapar?

—Navegué con ellos durante más de un año —respondió él—. Cada vez que tocábamos puerto pensaba en huir, pero la mayoría eran lugares extraños y me inspiraban temor, aparte de que no entendía el idioma. No tenía dinero. Al menos a bordo del *Saint-Nazaire* tenía comida y un techo, si cabe llamarlo así. —Gareth se dio cuenta de que había bajado la voz hasta que era apenas un murmullo, y se apresuró a aclararse la garganta—. Cuando estás bajo el poder de otros…, te sientes confuso y no sabes quién es exactamente tu enemigo. Todos los que te rodean tienen un aspecto rudo y peligroso. Y a veces… eliges al canalla que ya conoces. ¿Crees que tiene sentido?

—Nada de esto tiene sentido para mí —murmuró Antonia—. Nada de ello. Tenías doce años. No comprendo cómo lograste sobrevivir.

—Al fin me decidí —dijo él—. Llegamos a Bridgetown un espléndido y soleado día, y vi la bandera del Reino Unido ondeando bajo la brisa y comprendí que era mi única oportunidad. Seguramente la única que tendría. En aquel entonces mis captores ya no me vigilaban tan de cerca. Sabían tan bien como yo que tenía escasas opciones. De modo que huí a la primera oportunidad que se presentó. Por desgracia, alguien dio la voz de alarma.

—¿Te persiguieron? —preguntó ella—. ¿Podían hacerlo en suelo británico?

Gareth soltó una amarga carcajada.

—Les importaba un comino que estuviéramos en suelo británico —respondió—. Por supuesto que me persiguieron, y me agarraron por el cuello de la camisa en dos ocasiones. Luego tuve la fortuna de toparme con Luke Neville, que salía de una taberna en un callejón, y eso puso fin a mi peripecia. Luke me creyó cuando le conté mi historia. Me salvó. Sé que suena melodramático, pero salvó mi miserable pellejo.

—¿Y empezaste a trabajar para él? —preguntó ella—. Tenías doce años, y tenías que trabajar para ganarte el sustento. ¿Te fue bien?

—Ya había cumplido los trece —dijo él.

—Ah, en tal caso era aceptable —murmuró ella.

Él se esforzó en sonreír.

—Antonia, me alegré de tener un empleo, de trabajar de sol a sol, si era necesario. Todo lo que aprendí me lo enseñó Luke Neville. Además, mi abuelo me había inculcado de pequeño la idea de que algún día debía aprender una profesión. No quería que me considerara un aristócrata. Opinaba que el hecho de inculcar a un niño la noción de que podría vivir como un caballero debilitaba el carácter, y ahora comprendo que tenía razón. Él se había arruinado por prestar grandes sumas de dinero a unos supuestos caballeros, los cuales prefirieron huir del país en lugar de hacer lo honorable. Eran unos sinvergüenzas que no tenían nada de honorable.

—Cielos —murmuró Antonia—, no te muerdes la lengua.

Él la miró con gesto comprensivo.

—Te pido disculpas si te ha sonado algo duro —dijo—. Me temo, Antonia, que la serena tranquilidad de tenerte cerca me induce a hablar con más franqueza de la debida. Estoy seguro de que a ti te educaron de modo muy distinto.

Antonia se mostraba algo incómoda, a la vez que pensativa. Gareth no dijo nada más. Era ella quien debía sacar las oportunas conclusiones, pero por lo que él había oído hasta el momento, tenía la impresión de que tanto su padre como su hermano eran unas personas consentidas y autocomplacientes.

Gareth alzó la vista y la dirigió hacia el este. Se habían formado unas nubes azul grisáceas, aunque todavía no presagiaban lluvia. Pero todo indicaba que Statton no se había equivocado en sus predicciones. Retiró el pie de la balaustrada y recogió sus guantes de montar.

—Creo que es mejor que nos dirijamos hacia Knollwood, si te apetece ir —dijo—. Es posible que dentro de un rato se ponga a llover.

Ella apoyó una mano menuda y cálida sobre su rodilla.

—No es necesario que vayamos —respondió—. A menos que quieras mi opinión sobre las obras. Sé cuánto te disgusta ese lugar.

Él observó su mano.

—Antonia, yo... —Gareth se detuvo y midió sus palabras antes de continuar—: Quiero que todo sea perfecto para ti. Quiero...

Pero no pudo seguir, pues en realidad no sabía lo que quería. La deseaba a ella, sí. Y en cierta medida, Antonia le deseaba a él. Pero ambos habían pasado mucho. Habían sufrido viejos dolores y desaires. El desdeñoso comentario que él había hecho sobre los aristócratas, por ejemplo, demostraba a las claras sus prejuicios. Sin duda la antigua y linajuda familia de Antonia tendría también no pocos prejuicios. No acogerían de buen grado al nieto de un prestamista judío en su dinastía de sangre azul —y menos si averiguaban cómo había sido el resto de su vida—, por más que Antonia lo deseara.

Por lo demás, ¿era Antonia capaz de tomar en estos momentos unas decisiones acertadas? Había pasado toda su vida adulta, desde los diecisiete años, en un matrimonio desgraciado o el equivalente moral de un manicomio. No le habían concedido la menor independencia, ni la oportunidad de tomar sus propias decisiones. Si era libre de vivir su propia vida —si conseguía acallar los terribles rumores sobre su difunto esposo—, y disponía de los medios necesarios y de la seguridad en sí misma para viajar, para alternar en sociedad, para hacer lo que le apeteciera donde y como quisiera, ¿por qué iba a seguir deseándolo a él? Aparte de para mantener relaciones, claro está. Aunque él no sirviera para otras cosas, siempre quedaba el sexo.

De repente, Gareth se levantó y le ofreció la mano.

—Van a instalar las tuberías de agua desde el nuevo depósito del manantial hasta la cocina —dijo—. Quizá puedan llevarlas hasta el piso de arriba. Deberíamos ir a echar un vistazo, ¿no crees?

Ella había asumido una expresión distante. Apoyó la mano en la suya.

—Sí, te lo agradezco —respondió de forma mecánica—. Vayamos, desde luego.

Capítulo 13

Los pieles rojas estaban sentados con las piernas cruzadas dentro del capricho arquitectónico, afilando sus flechas y esperando el ataque por parte de los norteamericanos. Pluma Larga practicó unas muescas en la ramita del árbol, la dobló y la miró con satisfacción.

—Ha quedado perfecta —dijo—. Pásame el bramante, Cyril.

Cyril alzó la vista, irritado, del cuchillo con que estaba tallando unas ramas.

—Tienes que decir Oso Gruñón —recordó a Gabriel—, o no vale.

—Dame el bramante —repitió Gabriel, un poco enojado—. Voy a encordar mi arco.

Cyril se inclinó hacia delante sosteniendo el bramante, pero de pronto torció el gesto.

—Espera —dijo, levantándose—, tengo que hacer pis.

—Yo también —dijo Gabriel, siguiéndole hasta el borde del capricho arquitectónico—. Pero el señor Needles dice que debemos decir «orinar» en lugar de «hacer pis».

—¡Bah, eso es para niños! —protestó Cyril con desdén, desabrochándose el pantalón—. Yo voy a hacer pis.

—Oye, apuntemos hacia ese árbol —propuso Gabriel.

Ambos le arrojaron una buena rociada.

—He ganado yo —dijo Cyril, sacudiéndose el miembro.

—¡No es verdad! —protestó Gabriel—. En todo caso, estamos empatados.

—Un momento —dijo Cyril, mirando la bragueta de Gabriel—. Vuelve a sacártelo.

Gabriel le miró perplejo.

—¿Qué es lo que debo sacar?

—Tu pene, idiota —respondió Cyril, sacándose el suyo del pantalón—. Te enseñaré el mío.

—Bueno —contestó Gabriel y obedeció a regañadientes.

Cyril se agachó para observarlo.

—Tiene el mismo aspecto que el mío —dijo, arrugando el ceño—. Quizá sea más largo.

—Claro que tiene el mismo aspecto que el tuyo —dijo Gabriel—. Qué idiota eres, Cyril. Todos los penes son iguales.

—No es verdad. —Cyril se enderezó y se metió de nuevo el suyo dentro del pantalón—. Oí a las criadas hablando. Maisie dice que si eres judío, te lo tienen que cortar.

—Pero ¡qué dices! —exclamó Gabriel—. ¡Eso es horrible, Cyril!

Cyril sonrió con gesto pícaro y le propinó una colleja.

—A ti no te lo han cortado, probablemente porque eres mestizo —dijo con tono socarrón—. Oye, quizá deberíamos cambiar tu nombre de piel roja de Pluma Larga a Polla Larga.

Coggins recibió a Gareth en el escalón superior de la entrada de Selsdon en cuanto éste regresó de Knollwood. Los nubarrones parecían haberse espesado, tanto en el horizonte como sobre la casa, pues el semblante del mayordomo mostraba cierta preocupación y tenía las manos enlazadas, como resistiendo el deseo de estrujárselas.

Picado por la curiosidad, Gareth entregó las riendas a Statton, que había vuelto para hacerse cargo de los caballos. Luego ayudó a Antonia a desmontar.

—El correo ha llegado temprano —dijo el mayordomo mientras subían la escalera.

Gareth miró a Antonia.

—Espero que no sean malas noticias.

El mayordomo hizo un ademán ambiguo.

—Creo que no —respondió—. Pero el señor Kemble ha recibido muchas cartas de Londres. Abrió una apresuradamente y dijo que tenía que ir enseguida a West Widding.

—¿A West Widding?

—Sí, excelencia —respondió Coggins, un poco irritado—. Y me temo... que se llevó su calesa, señor.

—Bueno, no es la primera vez que la utiliza —dijo Gareth—. Además, yo le dije que fuera. Le envié a hacer una gestión, y supongo que no tenía otro medio de trasladarse allí.

Coggins parecía aliviado.

—No con facilidad, señor —respondió—. Está a ocho kilómetros de distancia.

En ese momento el doctor Osborne bajó la escalera.

—Ah, por fin nos encontramos, excelencia —dijo al ver a la duquesa—. Me alegro de que haya llegado antes de que me marchara.

Antonia se apresuró hacia él.

—Cielos, ¿ha permanecido todo este rato aquí, doctor? —preguntó inquieta.

—No, tuve que volver al pueblo a por más medicinas —respondió el doctor—. Regresé hace un momento.

—¿Cómo está Nellie, doctor Osborne? —preguntó Antonia, preocupada—. ¿Cómo está mi pobre doncella?

Osborne miró a la duquesa sonriendo.

—Descansa plácidamente —contestó para tranquilizarla—. Le he dado a ella y a Jane un remedio para la tos y para que duerman profundamente. Dentro de unos días, estarán mejor.

—Gracias, Osborne —dijo Gareth, avanzando hacia él—. ¿Cómo están los pacientes en los establos?

El doctor se volvió y le miró como si acabara de reparar en su presencia.

—Buenas tardes, excelencia —respondió—. Están mucho mejor, gracias a Dios. Ahora confiemos en que los demás se restablezcan también.

Después de cambiar unas frases de cortesía, Antonia se disculpó y subió a ver a su doncella. Osborne, que estaba junto a Gareth, la observó subir la escalera.

—Es una criatura encantadora, ¿verdad? —comentó.

—Sí —respondió Gareth con tono quedo—. Realmente encantadora.

El bonito pueblo de West Widding, situado entre el río y el bosque, era una pequeña joya, excepto por el gigantesco y grotesco asilo para pobres de ladrillo que se alzaba a orillas del río. La parroquia ostentaba una hostería, dos tabernas, un juzgado de paz y una pequeña iglesia medieval cuyo campanario se había derrumbado durante el reinado del lord protector y no lo habían reconstruido. Pero era el tercero de esos elementos lo que interesaba a George Kemble.

Pasó con la calesa frente a la iglesia desprovista de un campanario, giró a la izquierda ante la segunda taberna y, al final de un estrecho camino, encontró lo que andaba buscando. La vivienda de John Laudrey era una espaciosa casa de ladrillo, espantosamente moderna, rodeada de unos jardines tan nuevos que parecía como si hubieran sido podados en exceso y se hubieran encogido. Una criada vestida con un uniforme gris de sarga abrió la puerta y le miró de pies a cabeza, tomando nota de su atuendo. Al parecer, Kemble pasó el examen y la criada le condujo a una sala de estar situada al fondo de la casa.

Cuando apareció Laudrey, Kemble tuvo de inmediato la impresión de que era un hombre pagado de sí y medianamente inteligente, lo cual constituye siempre una peligrosa combinación. Era un individuo corpulento, con el pelo encrespado, cuyos hombros parecía como si fueran a reventar las costuras de su levita. El juez abrió la carta que De Vendenheim le había enviado de Londres. Mientras la leía, sus mejillas se tiñeron lentamente de un intenso color carmesí, hasta que pareció un furúnculo a punto de reventar.

—¡Vaya! —dijo—. Siempre es útil que el Ministerio del Interior se meta en nuestros asuntos después de que los hemos resuelto.

Kemble sonrió y se sentó sin que el otro le invitara a hacerlo.

—Sospecho que el señor Peel considera que un asesinato es un asunto que incumbe al Ministerio del Interior —respondió secamente—. En especial cuando se trata de un asesinato que lleva meses sin resolverse.

—Ah, de modo que ahora se trata de un asesinato. —Laudrey devolvió la carta bruscamente a Kemble y se sentó—. Nadie quería oír hablar de eso el año pasado, cuando ocurrió.

—Bueno, está claro que fue una muerte sospechosa. —Kemble enlazó las manos y las apoyó en una rodilla—. El nuevo duque me ha pedido que llegue al fondo de la cuestión. Confía en que otro par de ojos ayuden a esclarecer el caso. —No era una petición, por lo que Kemble prosiguió—: Tengo entendido que el policía local le avisó para que acudiera a la finca la mañana de la muerte de Warneham. Usted examinó el cadáver, halló signos de envenenamiento por nitrato de potasio y entrevistó al doctor, quien aventuró la opinión de que el duque se había excedido con su medicación para el asma. ¿Estoy en lo cierto?

—Si ya sabe todo eso, ¿por qué se ha molestado en venir a verme? —preguntó el juez de paz.

—Bien, gracias —dijo Kemble—. Warneham…, el nuevo duque, me ha dicho que usted y el doctor no estaban de acuerdo en si se trataba de un caso de asesinato o de una sobredosis. Hubo una investigación policial y prevaleció la opinión del doctor, ¿es así?

—Sí.

Kemble reflexionó unos momentos.

—¿Me permite que le pregunte, Laudrey, si entrevistó usted a los dos invitados que se alojaron esa noche en Selsdon, sir Harold Hardell y lord Litting?

—Lo intenté —respondió Laudrey—. Pero habían partido al amanecer sin saber que el duque había muerto, o eso dijeron. Más tarde, dado que era una muerte sospechosa, fui a Londres para entrevistarme con esos caballeros, pero lo único que saqué en limpio fue que esa noche habían fumado mucho en la sala de billar.

—Sí, eso tengo entendido —murmuró Kemble—. Permítame que le pregunte si hubo algo más que le indujo a sospechar que la muerte del duque no fue accidental.

Laudrey se rebulló en su silla, como si se sintiera incómodo.

—Tuve la impresión de que los caballeros londinenses ocultaban algo —dijo con calma—. Las clases altas hacen lo que sea con tal de evitar verse afectadas por el menor atisbo de escándalo, aunque signifique que una muerte nunca llegue a esclarecerse.

—¡Muy cierto! —dijo Kemble—. Y piensa usted en la duquesa, ¿no? Descuide, los rumores no han dejado de circular por Lower Addington.

—Todo el mundo sabe que se casó contra su voluntad —apuntó el juez de paz—. Y aunque en Londres quizá no sea del dominio público, no era preciso ser médico para ver que la señora no estaba en su sano juicio.

Kemble pensó que el hecho de ver al marido postrado en el suelo de la alcoba, muerto, bastaba para trastornar a cualquier mujer, pero no dijo nada. En lugar de ello, se inclinó hacia delante en su silla.

—¿Sabe lo que me llama poderosamente la atención, señor Laudrey? —preguntó—. El hecho de que en el espacio de diez años se han producido al menos tres muertes prematuras en esa casa. Y eso sin contar a la primera duquesa. A propósito, ¿qué la mató?

—Dicen que el sufrimiento, o la pérdida del niño —respondió Laudrey con tono apesadumbrado—. Pero el médico que practicó la autopsia dijo que la causa era una infección del apéndice, que había reventado y había envenenado a la pobre mujer.

—Ah —dijo Kemble—. Bien, eso no tiene vuelta de hoja.

Laudrey reconoció a regañadientes que así era.

—Y la segunda duquesa —murmuró Kemble—. ¡Otra tragedia! ¿Recuerda lo que le ocurrió?

El juez de paz le miró con cierto desdén.

—Supongo que ya lo sabe. La joven sufrió una pequeña caída cuando cazaba.

—¿Una pequeña caída? —Kemble no había oído a nadie describirlo en términos tan benevolentes—. ¿Sabemos cómo sucedió?

—La señora Osborne explicó que el caballo de la duquesa vaciló antes de saltar una valla —respondió—. La pobre mujer estaba muy afectada, pues montaba a la cabeza del grupo de cazadores. Temía haber inducido a la joven a acompañarlos cuando no estaba preparada para hacerlo.

—Sí, me han dicho que la segunda duquesa era bastante intrépida —comentó Kemble—. ¿No era una buena amazona?

—Se había criado en la ciudad, según tengo entendido —contestó Laudrey—. Participar en una cacería en el campo es algo muy distinto.

—En efecto —dijo Kemble—. Fue una tragedia que perdiera al niño.

—Eso nunca lo tuve muy claro —dijo Laudrey—. Pero a fin de cuentas, no soy médico. De hecho, no tuve nada que ver con el caso, puesto que fue declarada una muerte natural.

De pronto Kemble sintió que se le erizaba el vello de la nuca.

—Disculpe, ¿cómo dice?

Laudrey extendió las manos con las palmas hacia arriba.

—Según tengo entendido, la joven no perdió el niño hasta al cabo de unos días —le explicó—. La duquesa estaba en cama, para recuperarse de sus contusiones, cuando se produjo la tragedia. Más tarde, contrajo una fiebre, algo relacionado con un tema puramente femenino, y eso fue lo que la mató.

La diferencia era sutil pero interesante.

—Una historia fascinante, señor Laudrey —dijo Kemble—. ¿Quién practicó la autopsia? ¿Osborne?

—No, no —respondió Laudrey—. Aún no había regresado de Oxford. Probablemente lo hizo el doctor Frith, que vivía aquí en Widding, pero ha muerto.

—¿Era un médico competente?

Laudrey asintió.

—Muy competente.

Kemble miró a Laudrey con cierta timidez.

—¿Y Osborne? ¿Es competente?

Laudrey dudó unos instantes.

—Osborne también es un buen médico —respondió—. Pero quizá más proclive a emitir una opinión personal que a atenerse a la ciencia.

Kemble le miró con renovada admiración.

—¿Se refiere a que Osborne tiende más a descubrir lo que la familia desea que descubra?

—Yo no he dicho eso —respondió Laudrey—. Pero es evidente que se afanaba en satisfacer los deseos y caprichos de Warneham. Jamás he visto tal cúmulo de polvos, pastillas y ungüentos.

Kemble, que también había visto el botiquín lleno a rebosar de medicamentos, estaba de acuerdo con él.

—¿Cómo era la segunda duquesa?

Laudrey meneó la cabeza.

—Se movía en un círculo social muy superior al mío —respondió—. Nunca oí a nadie hablar mal de ella. Era muy joven, y muy apreciada por las señoras del pueblo.

—¿A cuáles se refiere en concreto?

Laudrey reflexionó unos instantes antes de contestar.

—Bueno, la esposa del párroco.

—¿La señora Hamm?

Laudrey negó con la cabeza.

—Creo que esto ocurrió durante la época del párroco anterior —dijo—. No recuerdo su nombre. Y la señora Osborne. Y lady Ingham. Su marido acababa de adquirir North End Farm, y ella es..., si me permite decirlo...

—Sí, ¿una arribista? —apostilló Kemble con cierto pesar—. Ya me había percatado.

Laudrey pareció relajarse en su butaca.

—Dígame, señor Laudrey —dijo Kemble—, tiene usted aspecto de ser un hombre sensato. ¿Cómo era la tercera esposa del duque?

Laudrey asumió una expresión de tristeza.

—Una joven callada, y muy nerviosa. Me dio la impresión de que no se veía capaz de cumplir con los deberes de una duquesa.

—Vaya por Dios —observó Kemble—. Otro caso trágico.

—Lo fue —respondió Laudrey con gesto pensativo—. Era la hija mayor de lord Orleston, cuya propiedad está situada al sur de aquí. Sus hijas menores ya estaban casadas, pero lady Helen no era una belleza, y decían que prefería las obras benéficas de la iglesia y la jardinería al matrimonio.

—Entonces, ¿por qué se casó?

—Warneham le propuso matrimonio, supongo que porque a él le convenía —dijo Laudrey, encogiéndose de hombros—. Y al igual que el duque, lord Orleston no tenía un hijo varón, de modo que todo lo que poseía iría a parar a manos de un sobrino. Supongo que quería que su hija tuviera su propio hogar cuando él muriera. Por cierto, ha muerto, al igual que su pobre hija.

—Tengo entendido que la joven se aficionó demasiado a su tónico de láudano.

Laudrey entrecerró los ojos.

—En mi opinión, hoy en día los médicos son demasiado propensos a recetar láudano —respondió—. Y a las demás sustancias que contienen esos tónicos.

—¿A qué se refiere? —preguntó Kemble—. ¿Qué era exactamente lo que tomaba la duquesa?

Laudrey se encogió de hombros.

—No lo recuerdo —confesó—. La acostumbrada mezcolanza de opiáceos, hierbas y sedantes, que, en mi opinión, se asemeja a las pócimas que venden los gitanos en sus carretas. Pero prácticamente todo boticario dispensa láudano. Ni que fuera ginebra.

—Cielos —dijo Kemble—. ¿Cree que la duquesa era adicta al láudano?

Laudrey meneó la cabeza.

—¿Quién sabe? —respondió—. Un centenar de bebés mueren cada mes en la parroquia de Middlesex por ingerir un exceso de jarabe negro,* por más que nadie quiera reconocerlo. Alivia tus males, o los de otra persona, con unas gotas de un opiáceo.

Kemble le miró con curiosidad.

—¿Qué insinúa, señor Laudrey? ¿Que el doctor Osborne recetaba demasiados tónicos?

—No más que cualquier otro médico —respondió el juez de paz—. Como es natural, hicimos inventario de su botiquín. Comprobamos que faltaba un frasco de tintura de opio, pero su madre recordó que un día, cuando regaba las violetas, había golpeado sin querer un frasco que estaba sobre la repisa de la ventana y éste había caído al suelo y se había hecho añicos. No se había molestado en averiguar qué era. Con franqueza, cada vez que tengo que examinar el botiquín y los archivos de un médico me topo con este tipo de problemas. Dejan esas sustancias al alcance de cualquiera en sus clínicas, y no llevan sus archivos al día.

Kemble trató de volver al tema de la difunta duquesa.

—¿Es posible que esta joven padeciera melancolía?

Laudrey asintió con tristeza.

—Más tarde todo el mundo dijo que se mostraba muy abatida por no haber tenido un hijo, a pesar de que los duques llevaban casados muchos años. El duque se sentía muy decepcionado. Estoy seguro de que ella lo sabía. Francamente, la última vez que la vi la duquesa tenía un aspecto enfermizo.

* Un jarabe oscuro compuesto por opio, vinagre, especias y azúcar. *(N. de la T.)*

—¿Enfermizo, en qué sentido? —preguntó Kemble.

El juez parecía sentirse incómodo.

—No sabría definirlo —confesó—. A decir verdad, me pregunté si comía lo suficiente. Pero no me pareció que tuviera tendencias suicidas. Era una joven muy religiosa. Pero ¿de qué habría servido que emprendiera una investigación del caso?

—Entiendo —murmuró Kemble—. No convenía incomodar al duque después de que su esposa estéril había tenido el oportuno detalle de morirse.

Laudrey le fulminó con la mirada.

—¡Un momento, señor! —replicó—. Trato de cumplir con mi deber en la medida de lo posible. Pensé que convenía investigar la muerte de la duquesa, y así se lo dije al duque.

—¿De veras?

—¡Por supuesto! —Laudrey entrecerró los ojos—. Pero el duque dijo que no quería suscitar habladurías, y me amenazó con hacer que me destituyeran si insistía en ello. Tuve la impresión de que puesto que la joven ya no le era útil, deseaba verla enterrada, literal y figurativamente. Su actitud me pareció escalofriante.

Kemble empezaba a estar de acuerdo con él.

—Y ésa es la razón por la que no me he molestado demasiado en investigar la muerte del duque —prosiguió Laudrey—. Puede que lo matara la duquesa. Pero me pregunto si no recibió el castigo que merecía.

Kemble sonrió levemente y se levantó.

—Es posible, señor Laudrey —dijo con gesto pensativo—. Quizá lo mereciera.

Laudrey se levantó también de su butaca.

—Ahora ya lo sabe, señor. Le he contado todo cuanto sé.

Kemble hizo una breve reverencia.

—Gracias, señor Laudrey —dijo—. El nuevo duque agradece profundamente su amable ayuda.

Esa noche, los pronósticos que el señor Statton había hecho sobre el tiempo se cumplieron con el estallido de un relámpago y el lejano retumbar de truenos en el cielo. Incapaz de conciliar el sueño, Gareth siguió acostado, escuchando el sonido de la lluvia, un sistemático agua-cero en lugar de una cortina tras otra de agua combinado con un fuerte viento. Santo cielo, pensó, no necesitaban más lluvia ahora que se aproximaba la época de la cosecha.

Profundamente inquieto, aunque no sabía muy bien por qué, se levantó de la cama, se puso la bata y encendió la lámpara junto a su butaca de lectura. Tomó una de las revistas agrícolas de Watson y la hojeó. Empezaba a comprender parte de su contenido; la mecánica de cultivar la tierra.

Aunque no había deseado regresar a Selsdon —y aún no se había atrevido a afrontar muchos de sus demonios—, empezaba a compren-der la importancia de este lugar. Se había propuesto permanecer aquí tan sólo un breve tiempo, pero ahora no estaba seguro. La finca nece-sitaba su supervisión, y él empezaba a ufanarse de su habilidad para comprender los problemas que presentaba y tomar las decisiones que exigía. Empezaba a sentirse orgulloso de Selsdon. Quizá no fuera un trabajo tan tangible como enviar barcos y mercancías alrededor del mundo, pero había comprobado que el hecho de regentar una impor-tante propiedad no era muy distinto de dirigir una empresa naviera.

El señor Watson parecía sorprendido ante la facilidad con que él había asimilado la contabilidad de la finca. Warneham se había limita-do a invertir el dinero suficiente para que la tierra siguiera rindiendo frutos y él percibiera las rentas. Las mejoras a largo plazo, como las reparaciones en Knollwood, habían sido postergadas durante décadas, excepto la adquisición de la trilladora, en la que Watson había insisti-do. Gareth estaba deseoso de comprobar lo que podían conseguir cuando se plantearan la finca como el próspero negocio que podía ser.

Pese a su renovado entusiasmo, la revista agrícola de Watson no acababa de interesarle. Tenía la mente en otro sitio. Estaba aún en el sendero que conducía a Knollwood, en el pequeño capricho arquitec-tónico junto al estanque. Al conversar hoy con Antonia, a Gareth le había alarmado la furia que aún llevaba en su interior. El profundo rencor contra Warneham. Un hombre egoísta y vengativo le había arrebatado una parte de su juventud, y probablemente había acortado la vida de su abuela. Un cobarde que había mentido a parientes y ami-gos sobre la verdad de lo que había hecho.

Incluso ahora, cuando cerraba los ojos, el sonido de la lluvia hacía que evocara su vida a bordo del barco. Aún le parecía oler la porquería, el hedor a sudor y a cuerpos sin lavar de hombres de mirada lasciva. Recordó lo que significaba tener hambre, y comer, agradecido, una comida rancia y llena de gusanos que no era apta para el consumo humano. Recordaba unas tormentas tan violentas que hacían que un hombre rezara para morir sin dolor. Recordó haber llorado como el niño que era por lo mucho que echaba de menos a su abuela y su antigua vida en Londres. Una vida entre personas en las que confiaba y a las que comprendía. De haber vivido su abuelo, seguramente se habría convertido en un próspero comerciante o en un orfebre. Quizás incluso en un prestamista. Todas ellas, incluso la última, unas profesiones honrosas a sus ojos.

Como propiciado por sus propios pensamientos, se oyó de nuevo el retumbar de truenos sobre la casa, esta vez muy cerca. Sin poder evitarlo, Gareth se acercó a la ventana y contempló el lienzo de muralla. Para cerciorarse. No tuvo que esperar a que estallara el próximo relámpago. Esta vez dirigió la vista hacia un punto específico. Esta vez sabía qué y a quién buscaba. A Dios gracias, el baluarte estaba desierto.

Pero eso no significaba necesariamente que Antonia no se sintiera atemorizada. Él ignoraba sus costumbres. Quizás en esos momentos, mientras él se hallaba frente a la ventana, con las manos apoyadas en el frío cristal, ella se paseaba por la casa, atrapada en ese estado de duermevela, llorando la pérdida de sus hijos. Y esta noche no podría apoyarse en la señora Waters, quien sin duda estaba en la cama con el cuello envuelto en paños calientes para aliviarle la tos, sedada tras haber ingerido el nefasto láudano que solía recetar el doctor Osborne.

Gareth se alejó de la ventana y empezó a pasearse por la habitación, una mano apoyada en la cadera. Tenía que resistir el deseo de ir a ver cómo estaba Antonia. No le correspondía a él ocuparse de ella. La relación entre ambos se había hecho demasiado íntima. Entre ellos se había establecido una amistad —no, era mucho más que eso—, una relación entre dos almas dolientes. Quizás era demasiado fácil para Antonia apoyarse en él, depender de él, cuando lo que debía hacer era enderezar su vida en otra dirección, lejos de él. Lejos de Selsdon y de todos los rumores y recuerdos. A veces se preguntaba si Knollwood estaba lo bastante alejada de la mansión principal.

De pronto estalló otro trueno, esta vez con la suficiente potencia para hacer que las ventanas temblaran. Como la vez anterior, Gareth salió de su habitación y se apresuró por el pasillo hasta que comprendió lo que se proponía. Pero cuando alcanzó la esquina que le conduciría a los apartamentos ducales, fue incapaz de retroceder sobre sus pasos. Siguió avanzando sin prestar atención a la voz de la prudencia, como había hecho desde el principio. Antonia estaba sola, y si estaba despierta, estaría aterrorizada. Gareth atravesó la sala de estar, que estaba sumida en la oscuridad. Se dirigió sigilosamente hacia la puerta de la alcoba. Pero de repente se detuvo, indeciso. ¿Debía llamar a la puerta para dar tiempo a Antonia a ponerse la bata? ¿O debía entrar sin más, confiando en que estuviera profundamente dormida? A fin de cuentas, ambos se habían visto desnudos en otras ocasiones.

Abrió la puerta y vio al fondo de la habitación una vela encendida. Antonia estaba frente a la ventana, cuyas cortinas estaban descorridas, con los brazos cruzados y oprimidos contra su pecho. Tenía los hombros encorvados, como si deseara encerrarse dentro sí misma, y estaba descalza. Su larga y espesa cabellera le caía en ondas hasta la cintura, confiriéndole el aspecto de un fantasma en la penumbra, un maravilloso producto de la imaginación de él.

Él musitó su nombre y ella se volvió de inmediato. Tenía el rostro crispado en una máscara de dolor, pero al verlo, su mirada se suavizó y fijó sus límpidos ojos en los de él.

—Gabriel —murmuró, arrojándose en sus brazos—. Gabriel. Mi ángel.

Él la estrechó con fuerza contra su pecho al tiempo que respiraba profundamente para calmarse. De pronto se preguntó quién consolaba a quién. Antonia parecía tan menuda y encajaba a la perfección contra su pecho. Era tan reconfortante y tan… inocente. Gareth sintió que su preocupación por ella hubiera sido eclipsada por su necesidad de poseerla, una necesidad más profunda que sensual y más insidiosa que el deseo carnal. Pero quizá necesitaba simplemente que ella le necesitara a él. Quizá cuando ella dejara de necesitarle, cuando se sintiera de nuevo fuerte y restablecida, podría utilizarlo para lo que necesitara y luego abandonarlo, como habían hecho tantas otras mujeres con anterioridad.

Debió apartarla de sí cuando pasó el momento; debió murmurarle algo inocuo y tranquilizador al oído. Pero en vez de ello, sepultó el rostro en su cabello.

—Antonia —murmuró—. Estaba preocupado por ti, Antonia. La tormenta...

Ella tembló un poco entre sus brazos.

—Gabriel, me siento como una estúpida —respondió—. ¿Por qué me comporto de esta forma? Sólo está lloviendo, y estamos en Inglaterra. Temo no lograr superarlo nunca. Tan sólo deseo volver a la normalidad.

—Yo creo que eres normal, Antonia —murmuró él—, Además, ¿qué otra cosa podrías hacer? ¿Sentir menos? ¿Amar menos? ¿Preferirías vivir sólo a medias?

Ella meneó la cabeza, agitando su caballera contra la bata de él.

—No —respondió con voz trémula—. No quisiera eso. Jamás había pensado en ello.

—Creo, Antonia, que cuando amas a alguien, lo haces intensamente y sin medida —dijo él con tono quedo—. Pero incluso el cariño más profundo no puede evitar que perdamos lo que amamos. Y luego debemos seguir adelante. Y esto es lo que haces. Seguir adelante. Te estás esforzando en superarlo. No seas tan dura contigo misma, querida, pues el mundo ya es bastante duro.

Ella alzó la visa y le miró con una sonrisa trémula.

—Gracias —dijo—. Eres un hombre muy sensato. No sé qué habría hecho sin ti estas últimas semanas.

Gareth le recogió un mechón de pelo detrás de la oreja y sintió una intensa emoción, el profundo deseo de protegerla. Acababa de resbalar un centímetro más por ese pozo insondable de amor no correspondido. Se estaba enamorando. Era una acertada descripción de eso tan nefasto que le estaba ocurriendo. Antonia necesitaba un amigo, no un amante. No le convenía volver a hacerse unas ilusiones que podían hundirla justo cuando empezaba a recuperarse de sus desgracias.

Pero él siguió acariciándole el pelo.

—¿No has dormido?

Ella negó con la cabeza.

—No podía conciliar el sueño; en realidad, temía dormirme cuando oí los truenos. Esta noche no puedo depender de que la pobre Nellie venga a sacarme de la fuente u obligarme a bajar del tejado.

Él la condujo de la mano hacia la cama, cuyas ropas y almohadas estaban desordenadas.

—Acuéstate —dijo, quitándose la bata—, me tumbaré junto a ti hasta que la tormenta haya remitido.

Ella le miró indecisa.

—Te ruego que no hagas nada de lo que puedas arrepentirte más tarde —dijo—. Sé lo que sientes por mí, Gareth. Sientes el deber...

—Chitón —dijo él, estrechándola contra sí—. No digas nada, ¿no es lo que me repites siempre? No digas nada. No pienses.

—Pero no nos limitaremos a permanecer acostados —dijo ella bajito, como si le leyera el pensamiento—. Yo te pediré más. Y tú me lo darás.

Gareth sabía que ella tenía razón, pero no tenía la fuerza de voluntad para salir de la habitación, la habitación que olía a gardenias y a tentación. A ella.

—¿Quieres que te haga el amor, Antonia? —preguntó con voz ronca—. ¿Te ayudará a olvidar?

Ella se tocó la esquina de la boca con la lengua.

—Sí —se apresuró a responder—. Tienes el don de hacer que olvide.

—Cielo santo, Antonia —murmuró él—, también tengo el don de estropearlo todo.

Pero la besó, larga y profundamente, sosteniendo su rostro delicadamente entre sus manos mientras su lengua exploraba los dulces resquicios de su boca. En respuesta, Antonia gimió, enlazando su sedosa lengua con la suya y alzándose de puntillas.

Gareth sepultó los dedos en su cabellera, acariciándole las sienes. Se dijo que sólo quería consolarla, pero en el fondo sabía que era mentira. Sintió que la respiración de Antonia se aceleraba al tiempo que el calor y la sangre se acumulaban en su entrepierna. Envalentonada, Antonia introdujo la lengua dentro de su boca, y él se estremeció como un semental impaciente por montar a una yegua. Esto era un error. Era otro paso en una dirección que no les convenía a ninguno de los dos.

Pero Antonia oprimió su cuerpo cálido y esbelto contra el suyo, y Gareth se rindió. Mañana resolverían esta desastrosa situación. U otro día. Hoy, esta noche, le haría el amor.

La abrazó con fuerza sin dejar de besarla. Antonia deslizó las manos por su espalda mientras su lengua jugueteaba con la de él, provocándole otro escalofrío de deseo. La deseaba con desesperación. Y ella lo deseaba a él, por el placer y el consuelo que le procuraba, desde luego. Sólo por eso.

Él apoyó las manos en la cintura de ella y la alzó, oprimiéndola contra su miembro tenso y erecto. Quería que supiera lo que sentía, el efecto que ella le producía. Quizá confiaba en hacerla desistir. Pero no dio resultado.

Antonia apartó los labios de los suyos y le rogó:

—Llévame a la cama, por favor.

Él la tumbó sobre el colchón, se tendió a su lado y la estrechó contra sí, de forma que ella yacía con la espalda contra el pecho de él. Después de abrazarla con firmeza, la besó en la parte posterior de la cabeza.

—¿Lo ves? —dijo—. La tormenta ya no puede hacerte daño.

Ella se movió contra él, restregando el trasero deliciosamente contra su verga. Gareth trató de no pensar en ello, de limitarse a escuchar el sonido de su respiración. Trató de recordar el propósito que le había conducido aquí. Pero era demasiado tarde. El hecho de yacer junto a ella le confundía. No era lo bastante fuerte para impedir que su mano se deslizara hacia arriba para acariciarle sus cálidos y voluptuosos pechos. Sintió que Antonia emitía un sonido de placer, una pequeña vibración gutural.

Ella se llevó las manos al escote y se soltó el lazo de su camisón.

—Gabriel —murmuró con voz somnolienta y seductora—, te deseo.

Él le oprimió un pecho casi en un gesto de posesividad.

—Antonia —respondió con voz ronca—, me digo continuamente que esto debe cesar, por tu bien.

—Y por el tuyo —contestó ella—. Pero... ¿debe cesar esta noche?

Él sabía que debía responder de forma afirmativa, pero tenía su rígida verga oprimida contra el exquisito trasero de ella. Antonia se movió de nuevo insistentemente contra él.

—Eres muy bueno, Gabriel. Consigues hacer que olvide.

Fuera, la lluvia seguía batiendo con fuerza. Dentro de la habitación en penumbra, Gareth tenía la sensación de que eran las dos únicas personas en la Tierra. Estaban envueltos en un ambiente de intimidad y calor imposible de negar. De hecho, en ese momento comprendió que esta noche había venido aquí precisamente con ese propósito.

Pero no queriendo pensar sólo en sus innobles motivos, Gareth deslizó una mano por la pierna de ella y le levantó el camisón con el pulgar mientras sus dedos acariciaban la suave piel de su muslo. Al alcanzar su cadera, le levantó el camisón aún más, dejando al descubierto sus hermosas nalgas. Casi perezosamente, le rodeó la cintura y le pasó la mano sobre el vientre, sintiéndola estremecerse de placer. La besó en la parte interior del cuello y se lo mordisqueó ligeramente mientras sus dedos la acariciaban más abajo, en la suave maraña de rizos entre sus piernas. La acarició suavemente hasta que ella gimió un poco y movió una pierna para abrirse a sus caricias.

—Ah —murmuró Antonia cuando los dedos de él penetraron más profundamente.

Él la besó ligeramente en el cuello, desde la parte posterior de la mandíbula hasta la elegante curva de su hombro, apartándole al mismo tiempo el camisón. Sintió que ella se humedecía al contacto de su mano, y deseó hacer que se volviera para penetrarla sin más preámbulos, pero no debía ser así. No era lo que ella necesitaba. Localizó su clítoris y lo acarició suavemente con la yema del dedo.

—¿Gabriel? —dijo ella con voz entrecortada.

—Chitón —repitió él, besándola detrás del lóbulo de la oreja—. No debemos decir nada, ¿recuerdas?

Sintió que ella tragaba saliva. Sintió que su cuerpo se apretaba contra él en una postura de rendición total. Le levantó la pierna y la estrechó contra sí.

—Imagina —murmuró él—, que esto sólo te concierne a ti y a este maravilloso lugar entre tus piernas.

—¿Sí? —murmuró ella.

—Y que no debes decir nada —repitió él—. Quiero que pienses sólo en tu cuerpo. En tu satisfacción.

—Pero deseo sentirte dentro de mí —protestó ella—. Por favor... deja que sienta...

Incapaz de resistirse, Gareth se levantó la camisa de dormir, dejando al descubierto su erección. El contacto de las nalgas de ella contra su ardiente miembro era un suplicio. Le alzó la pierna y se deslizó con toda facilidad sobre la piel húmeda entre sus piernas.

—Mantén la pierna así —murmuró—, durante un momento.

Gareth introdujo la punta de su verga en el húmedo y ardiente pasaje íntimo de ella. Estaba más que preparada. La penetró más profundamente, poco a poco, para que ella tuviera tiempo a acostumbrarse a esta nueva sensación.

—¿Gabriel? —murmuró ella de nuevo.

Incapaz de reprimirse, él la penetró aún más profundamente.

—Cielo santo —dijo con voz entrecortada—. ¿Estás bien?

Ella asintió con la cabeza.

—Sí.

—Apriétate contra mí —dijo él. Cuando ella obedeció, él la penetró con más fuerza, introduciendo su miembro hasta el fondo, oprimiendo su cuerpo contra el suyo. Antonia gimió. Gareth le acarició de nuevo el clítoris, y ella se estremeció de deseo—. Así —dijo él—. Deja que te penetre hasta el fondo —murmuró—. Abre las piernas y déjame acariciarte.

Antonia se estremeció de pies a cabeza entre sus brazos, Gareth trató de no moverse, dejando que el peso de su verga y la intensidad de sus caricias incrementaran la pasión de ella, hasta que empezó a jadear y a temblar casi de forma incontrolable. Cuando alcanzó el orgasmo, fue potente y profundo hasta la médula. Satisfecho de su autocontrol, él dejó de acariciarla y la sintió estremecerse hasta que hubo agotado todo su placer y permaneció quieta entre sus brazos.

Al cabo de unos momentos Antonia regresó a la realidad, experimentando una sensación lánguida y saciada.

—Oh, Gareth —murmuró—. Ha sido... increíble.

Él le rozó la mandíbula con los labios.

—Tú eres increíble —murmuró, besándola ligeramente en el cuello.

Ella empezó a mover las caderas tentativamente contra las suyas,

—Gabriel... ¿has alcanzado tú...?

—Eso no importa —murmuró él, retirándose de dentro de ella.

La volvió de espaldas con suavidad y se incorporó sobre las rodillas, quitándose la camisa de dormir y mostrando su musculoso torso y sus fibrosos brazos. Arrojó la camisa al suelo mientras fijaba la vista en la cintura de ella, y más abajo.

—Quítatelo —dijo, tomando el bajo del camisón de ella, que tenía arremangado hasta la cintura. Ella se alzó un poco para que él pudiera quitárselo.

Antonia no estaba muy segura de lo que acababa de ocurrir, pero sí de que había gozado. Sólo entonces se dio cuenta de que fuera seguía lloviendo a mares, y que aún se oía el retumbar de truenos a los lejos.

Gabriel contempló con avidez su cuerpo a la tenue luz de las velas. Impaciente, Antonia lo atrajo hacia sí, obligándole a tumbarse sobre ella.

—Ahora tú —murmuró.

—Ten paciencia, querida.

De rodillas, Gareth le tomó la cabeza y la besó profundamente, envolviéndola con su calor y su olor singular. Su cuerpo fuerte y musculoso parecía cobijarla. En respuesta, Antonia introdujo la lengua en su boca, enlazándola con la suya, experimentando una gran satisfacción cuando le sintió estremecerse.

—Um, así —dijo ella cuando él se retiró de nuevo—. Haz eso..., no sólo con tu lengua, sino con..., ya sabes...

Él sonrió ante su insistencia.

—No es necesario que nos apresuremos, Antonia —murmuró—. La noche es larga y la tormenta no ha cesado.

Agachó la cabeza y le lamió un pecho, succionando su aureola de color marrón rosáceo y acariciando su rígido y sensible pezón con la punta de la lengua.

Antonia se movió impaciente debajo de él, y bajó la mano para hundir los dedos en la espesa y rubia mata de pelo de Gabriel, pero él alzó la cabeza, con los ojos relucientes, y se llevó la mano de ella a la boca. Le besó la palma casi con gesto reverente, y luego la cicatriz que tenía en la muñeca. Turbada, trató de apartar la mano para ocultar la cicatriz, pero él la sujetó con fuerza.

—Eres muy bella —murmuró, sosteniendo su mirada mientras depositaba unos delicados besos en su mano—. Cada centímetro de ti, cada cicatriz, cada peca.

—Yo... no tengo pecas —murmuró ella, casi hipnotizada por la intensidad que emanaba de los ojos de él.

Contuvo el aliento cuando deslizó la lengua sobre la palma de su mano. Luego, sin dejar de observarla, le succionó el dedo índice son suavidad. Ella sintió una crispación en la boca del estómago, y luego esa cálida sensación de deseo que la inundaba hasta la médula.

Impaciente, levantó una pierna al tiempo que trataba de atraerlo hacia sí, pero él movió la mano y la apoyó con firmeza en las suaves ropas de la cama. Oprimió la boca sobre su otro pecho, lamiéndolo, mordisqueándolo, haciendo que el deseo de ella se intensificara, tirando de él como si fuera una fina y tensa hebra de seda. Ella empezó a respirar trabajosamente, y Gareth bajó la cabeza, depositando unos besos entre sus pechos, su vientre, y más abajo.

Cuando se colocó entre sus piernas, le separó los muslos con las palmas de las manos. Luego introdujo una rodilla, para separárselos del todo.

—Antonia, quiero que te deleites con esto —dijo con voz ronca, mirándola—. ¿Me dejarás que lo consiga?

Sin apenas comprender a qué accedía, ella asintió con la cabeza. Observándola con los ojos entrecerrados, Gabriel le acarició ligeramente la cara interior de sus muslos con sus elegantes manos hasta que ella se abrió por completo. Mostrándose sin inhibiciones. Entonces apoyó la cabeza en la almohada, incapaz de sostener su mirada. Aparte de las leves caricias que él le había procurado esa tarde en Knollwood, Antonia ignoraba que existiera semejante decadencia; que un ser humano pudiera provocar en otro esa sensación de placer y deseo.

Gabriel la tocó ligeramente con la lengua, haciendo que todo su cuerpo se estremeciera y las mejillas le ardieran. Luego la acarició con más intensidad, y ella emitió un grito de puro placer y estuvo a punto de caerse de la cama.

—¿Gabriel? —gimió, con voz débil y entrecortada.

Él alzó la vista pero no la soltó, sino que le sostuvo las caderas contra el mullido lecho, inmovilizándola. Sus ojos, ávidos y abrasadores, se recrearon de nuevo admirando su cuerpo, mientras la mantenía cautiva.

Ella hizo un ademán ambiguo.

—Por favor, Gabriel... sólo....

—¿Qué, amor? —murmuró él—. ¿Quieres que... me detenga? ¿Es lo que deseas?

Antonia tragó saliva.

—No —contestó con voz ronca—. No te detengas, Gabriel. No pares.

Con una sonrisa de satisfacción, él bajó la cabeza e introdujo a lengua profundamente en sus partes íntimas, haciéndola gemir. Luego la acarició con un dedo, metiéndoselo dentro. Ella volvió a gemir, un sonido quedo pero desesperado. Los hábiles dedos de Gabriel, junto con su lengua, le producían un placer indecible, atormentándola, haciendo que ansiara más...

Él introdujo otro dedo en su vulva mientras empezaba a lamerle el clítoris con movimientos lentos y delicados de su lengua, haciendo que ella se echara a temblar sobre el precipicio. Antonia jamás había experimentado un placer tan intenso. Durante unos prolongados y exquisitos momentos, Gabriel le hizo el amor con la lengua y las manos. Ella hundió los dedos en las mantas como aferrándose a ellas para no despeñarse. Luego arqueó el cuerpo, enloquecida de deseo, suplicándole que la condujera al orgasmo.

—Gabriel. Gabriel. Gabriel —repetía en la oscuridad.

Él la acarició más profundamente, con más insistencia, deteniéndose en ese punto dulce y perfecto de su feminidad. Una y otra vez, su destreza la condujo a unas cimas de placer hasta que alcanzó el éxtasis, haciendo que su cuerpo se agitara en unos espasmos de placer, gimiendo en silencio mientras se ahogaba en la intensa sensación que la invadía.

Cuando regresó al presente vio a Gabriel arrodillado entre sus piernas. La miraba con una ferocidad que ella jamás había visto. Una mirada posesiva. Reclamándola. Antonia deseaba ser suya, al menos durante este maravilloso y exquisito momento. Ya no oía la tormenta. Sólo existía el aquí y el ahora, y la perfecta intimidad que se había creado entre ellos. Extendió la mano y murmuró el nombre de Gabriel.

Él sostenía en la mano su miembro erecto. Retiró la piel de la punta y, apoyando un musculoso brazo en la almohada junto a su cabeza, se inclinó sobre ella, separándole de nuevo las piernas.

—Quiero estar dentro de ti, Antonia —dijo con voz ronca.

Ella extendió la mano y tomó su pene. Él cerró los ojos y emitió un sonido entre un silbido y un gemido. Su ardiente miembro parecía cubierto de cálido terciopelo. Ella sintió su fuerza, el poder de su cuerpo viril que emanaba de cada poro de su ser. Guió su miembro con delicadeza hacia ella, alzando las caderas e implorándole que la tomara. Cuando intuyó que él vacilaba, le acarició suavemente, hasta que una perla de líquido cayó en su mano. Él cerró los ojos y se estremeció, al tiempo que los músculos de sus brazos y su cuello se tensaban, firmes y nervudos.

Ella presintió que él estaba a punto. A punto de llevar a cabo un gesto noble y absurdo.

—Gabriel —murmuró, acariciándole de nuevo—. Ven a mí. Penétrame. No me niegues el placer de darte placer.

Gareth oyó sus palabras, y las escasas dudas que tenía se disiparon en el acto. Antonia volvió a acariciarle el pene, provocándole un tormento exquisito. Él cerró los ojos, confiando en que no volviera a hacer el ridículo.

—No te detengas —murmuró ella cuando sus cuerpos se unieron—. No pienses.

Él no habría podido hacerlo. Era imposible impedir lo inevitable. Penetró en el cálido pasaje femenino, y fue como si ambos se fundieran en ese abrazo. Era como si una fuerza le atrajera hacia lo más profundo de ella, convirtiéndose en parte de ella, impulsado por una fuerza trascendental que no podía controlar. La penetró hasta el fondo y gritó, un sonido potente y carnal.

Antonia se abrió por completo para él mientras apoyaba las manos en sus nalgas, subiéndolas luego hacia su cintura, acariciándole. Murmurándole al oído. Esto era algo más que mero placer. Más que mero sexo. Él perdió la noción del tiempo y el presente, ahogándose en ella. Ahogándose en Antonia. Se sentía tocado en un lugar tan profundo y vulnerable, que le asombraba que ella fuera capaz de alcanzarlo.

Cuando abrió los ojos, la vio, casi le pareció ver su alma. Unos ojos que antes le parecían sobrenaturales ahora eran increíblemente claros, y la profunda emoción que traslucían resultaba a un tiempo sorprendente y gratificante. Gareth se movió dentro de ella, deleitándose con su femenina suavidad y su deseo acuciante y abrasador de complacerle. Siempre le había parecido que era a la inversa.

De pronto le invadió un frenesí que le condujo a unas cimas vertiginosas. Trató de reprimirse; trató de prolongar el momento de gozo terrenal, pero era imposible. Alcanzó el clímax en un potente e inesperado torrente de sensaciones. Trató de retirarse de ella, pero tardó un instante en reaccionar, y entonces ya era demasiado tarde. Derramó las últimas gotas de su semilla sobre la suave piel marfileña del muslo de Antonia mientras su cuerpo se estremecía y convulsionaba.

Respirando trabajosamente, inclinó la cabeza y esperó a que el torrente de sensaciones cesara. Había sido maravilloso. Magnífico y precioso, salvo por un pequeño error. Apoyó la frente en la de ella.

—Antonia —murmuró, incorporándose sobre los codos—. Lo intenté, amor, intenté tener cuidado.

—No te inquietes, Gabriel —murmuró ella, apartándole el pelo de su frente elegante y despejada—. Todo irá bien.

—Eso espero —respondió él con tono preocupado.

Alargó la mano a través de la cama para rescatar su camisa de dormir, tras lo cual limpió las huellas delatoras. Después de arrojar la prenda al suelo, se tumbó de costado y se incorporó sobre un codo. Observó el rostro de Antonia, preguntándose en qué estaba pensando. Probablemente en lo mismo que pensaba él, que había cometido otro grave error con el cuerpo de ella, poniendo en peligro la libertad que tanto le había costado alcanzar.

En caso de que por desgracia la hubiera dejado encinta, Antonia no tendría más remedio que cargar con él. Tendría que contraer otro matrimonio que no había elegido. Otro muro de ladrillo, limitando su vida y sus decisiones. Cielo santo.

Él se esforzó en sonreír y tomó un mechón de su sedoso cabello para juguetear despreocupadamente con él. Pero no había nada de despreocupado en lo que acaban de hacer. Para él había sido uno de esos momentos que transforman tu existencia. Un momento de exquisita pasión y profunda inquietud. Deseaba a Antonia con locura. Empezaba a pensar que siempre la había deseado. Sabía sin la menor duda que estaba enamorado. Pero prefería renunciar a ella en unas circunstancias tan desfavorables.

—¿Gabriel? —Ella le acarició el rostro con sus manos menudas y tibias—. Por favor, no te preocupes.

Él sonrió.

—No estoy preocupado.

—Y no me mientas —añadió ella—. A veces estoy aún como ida, lo sé. Pero no volveré a cometer el mismo error.

Él sintió que su mirada se suavizaba e inclinó la cabeza para besarla suavemente en la mejilla.

—Tienes razón —murmuró, besándola en la oreja—. Estaba preocupado.

Ella se aproximó más y apoyó la cabeza debajo de su mentón.

—Eres tan grande —murmuró contra su torso—. Haces que me sienta... segura, Gabriel. Si ocurriera un accidente, si tus temores se cumplieran, ¿acaso sería tan... terrible?

Él hacía que se sintiera segura. ¿Era eso lo que ella sentía? Gabriel soltó una amarga carcajada.

—¿Terrible para ti, amor, o para mí?

—Para mí no sería terrible —musitó ella con voz apagada.

Él la agarró con brusquedad.

—Escucha, Antonia —dijo—. Yo no te convengo. Debes permanecer con los de tu clase, es el consejo que me dio siempre mi abuelo. Y tenía razón.

—¿Y tú... no perteneces a mi clase?

—Sabes bien que no, Antonia —respondió él—. Te educaron para ser algo que yo no fui nunca. Tienes un patrimonio que yo jamás tuve.

Ella escrutó despacio su rostro.

—Eso no es cierto, Gabriel.

Él se devanó los sesos en busca de unas palabras que la convencieran.

—Antonia —dijo con calma—. Durante tres años viví entre estas personas en Selsdon. Pero nunca fui una de ellas. Y si olvidaba durante un instante que no lo era, siempre había alguien, Warneham, su esposa o incluso los criados, que se encargaba de recordármelo con firmeza y claridad. ¿De modo que crees realmente..., imaginas que...?

No terminó la frase, sino que sacudió lentamente la cabeza.

Ella apoyó una mano en su pecho.

—Creo realmente..., ¿qué?

Él sonrió con tristeza y le acarició la mejilla.

—¿Crees realmente, Antonia, que tu familia y tus amigos se mostrarían de acuerdo contigo? —murmuró—. ¿Crees que me considerarían digno de ti? ¿Que no me considerarían inferior a ti?

—Pero ahora eres un duque —replicó ella—. La sociedad perdona casi todo a un duque.

—De puertas para fuera, quizá —contestó él, suavizando el tono de su voz—. Pero ¿de qué sirve eso? ¿Quieres que la sociedad me acepte a regañadientes debido a un giro caprichoso del destino? La mayoría de esas personas ni siquiera me habría saludado de haberse topado conmigo.

Antonia le miró apenada, y con una expresión casi como leyera sus pensamientos.

—Te sientes muy dolido, Gabriel —murmuró—. Y eso me parte el corazón.

Él se tumbó boca arriba y se cubrió los ojos con un brazo.

—Pero el dolor puede ser una emoción útil, Antonia —dijo—. El dolor puede motivarte. Inducirte a convertirte en la persona que deseas ser.

—¿Fue eso lo que te ocurrió? —preguntó ella.

—Supongo que sí —respondió él—. Yo quería controlar mi vida. Mi destino. No quería volver a estar jamás a merced de otras personas.

Ella se acurrucó contra él, y él la abrazó y retiró el brazo con que se cubría los ojos.

—Creo que los truenos han cesado —dijo—. Quizá la lluvia remita también.

—Puedes irte si lo deseas, Gabriel —dijo ella, bajito—. No me pasará nada. Como has dicho, lo peor ya ha pasado.

—Es posible —murmuró él.

Pero no tenía la fuerza de voluntad de levantarse de la cama y abandonarla. Ella le acarició el vello del torso, oprimiendo su cuerpo cálido y menudo contra el suyo. Era maravilloso. Casi sin darse cuenta, él alargo la mano y tiró de las desordenadas mantas para cubrirlos a los dos hasta la barbilla.

Antonia se acurrucó más contra él.

—¿Cómo te diste cuenta de que te habías enamorado, Gabriel? —le preguntó—. ¿Qué sentiste?

Sus preguntas le sobresaltaron.

—¿Cómo dices? —preguntó él, ladeando la cabeza para mirarla.

Antonia se encogió de hombros.

—¿Sentiste que el corazón te daba un vuelco? ¿Que no podías dormir ni comer?

Xanthia. Ella se refería a Xanthia.

—No sucedió de ese modo —respondió él—. Sentí simplemente que debíamos estar juntos. Que estábamos predestinados a estar juntos.

—Eso no suena a amor —murmuró Antonia.

—Yo la amaba —dijo él, un poco a la defensiva—. Quizá no tuviera la sensación de estar perdida y locamente enamorado. Poco a poco me di cuenta de que era lo mejor para nosotros.

—¿Mejor para los dos? —inquirió Antonia—. ¿No te sentías inferior a ella? A fin de cuentas, su hermano era un noble.

Gareth abrió la boca para responder, pero volvió a cerrarla. Tras reflexionar sobre la pregunta, dijo por fin:

—Rothewell no es como otros nobles. Los tres se criaron sin nada, y en unas condiciones lamentables. También eran huérfanos, y su familia, que no quería saber nada de ellos, les envió a Barbados. Supongo que teníamos eso en común. En cierto modo, crecimos juntos, aferrándonos al naufragio de nuestras vidas, y tratando de hacernos fuertes.

—Entiendo —murmuró ella; su voz vibraba un poco contra el pecho de él—. ¿Y se produjo un momento decisivo para ti? ¿Un instante en que te diste cuenta de que querías casarte con ella?

Durante unos momentos, él no respondió.

—Ocurrió durante una tormenta —confesó por fin—. No como ésta, sino un huracán. Estábamos atrapados, solos, en las oficinas de nuestra compañía naviera cerca del embarcadero, y creímos…, creímos que íbamos a morir. Yo me había preparado para esa muerte en muchas ocasiones, como exige la vida en el mar, pero Zee estaba aterrorizada. La tormenta derribó árboles y rompió ventanas. Arrojó pequeños esquifes contra las rocas como si fueran algas. Una esquina de nuestro tejado se desprendió. Y, al final, nos ocultamos detrás de unos muebles y…

—¿Qué? —preguntó ella, animándole a seguir—. Continúa.

Él meneó la cabeza con tristeza.

—No puedo —respondió—. He hablado demasiado.

—Entiendo —dijo Antonia en voz baja—. El honor de esa mujer y todo eso. Da lo mismo. Conociéndote, Gabriel, no me resulta difícil imaginar lo que sucedió.

—Digamos que hice lo único que sabía hacer —confesó él—. Y, francamente, pensé que significaba algo. Pero cuando se hizo de día y la tormenta cesó, Zee volvió a ser la chica fuerte y competente que era. No me necesitaba. Nunca me había necesitado.

Antonia le tomó la mano y la apoyó en su corazón.

—Gabriel, lo que hemos hecho esta noche ha significado algo —murmuró—. No sé exactamente qué, pero cuando deje de llover y amanezca, seguiré necesitando... —De repente se detuvo y respiró hondo para calmarse—. Siempre te estaré agradecida —concluyó.

Él la abrazó y oprimió los labios sobre su coronilla.

—No quiero tu gratitud, Antonia —dijo—. Sólo tu felicidad.

—Lo sé —murmuró ella con voz somnolienta—. Lo sé, Gabriel.

Abrazados, se sumieron en un agitado sueño, mientras la lluvia caía por los bajantes pluviales y el día empezaba a clarear, cada cual soñando con lo que pudo haber sido.

Capítulo 14

*L*a zona portuaria de Portsmouth estaba envuelta en la oscuridad; el aire nocturno estaba saturado del olor a salitre y a algas. El elegante carruaje enfiló por un estrecho camino adoquinado y se detuvo con una sacudida. Gabriel oyó el inquietante sonido de la marea alta golpeando el malecón del muelle, y sintió un escalofrío que le recorrió la espalda.

Se habían detenido frente a una taberna. Su linterna de hierro oscilaba del gancho del que colgaba, arrojando una turbia luz sobre el callejón. Cuatro individuos de aspecto atrabiliario aguardaban en las sombras. El más corpulento se alejó del muro sobre el que tenía apoyada una bota y se acercó al carruaje con paso lánguido.

—¿Es usted Warneham? —preguntó a través de la ventanilla.

—Sí —respondió el duque, sacando su talego y entregando al individuo un billete.

El hombre guardó el dinero dentro de su chaqueta.

—¿Dónde está?

El duque alzó una mano enguantada y señaló el asiento frente a él.

—Ahí —respondió entre dientes—. Llévatelo. Y asegúrate de que no vuelva a pisar Inglaterra, ¿entendido?

El individuo soltó una risotada grave y ronca y abrió la portezuela. Entonces Gabriel se dio cuenta de lo que sucedía.

—¡No! —gritó—. ¡Espere, señor, quiero irme con mi abuela! Deje que me vaya. ¡Deje que regrese!

—De modo que quieres ir con tu abuelita, ¿eh?

El hombre hizo ademán de agarrar a Gabriel por el cuello de la chaqueta.

—¡No, espere! —Gabriel se agarró al marco de la puerta mientras *el hombre trataba de sacarlo del vehículo—. ¡Déjeme! ¡Excelencia! ¡No puede dejar que me lleven con ellos!*

—¿Ah, no?

Warneham levantó la bota y golpeó con el tacón el borde de la puerta, aplastando los nudillos de Gabriel. El niño emitió un alarido de dolor y se soltó. El hombre lo agarró por la cintura y se lo colocó sobre la cadera, como si acarreara un saco de patatas.

Warneham asomó la cabeza por la puerta y les observó alejarse.

—Tienes miedo del agua, ¿eh? —gritó—. ¡Pues a partir de ahora tendrás sobrados motivos para vivir aterrorizado, repugnante mocoso hebreo!

Al tercer día después de haber enfermado, Nellie estaba impaciente por reemprender sus quehaceres y utilizaba cualquier pretexto para bajar a la habitación de su ama. Había olvidado dejar preparadas las horquillas del pelo. Tenía que recoger unas prendas para la colada del lunes. Antonia no hacía caso de esas excusas, y en cuanto la pillaba en su habitación la obligaba a subir a acostarse de nuevo.

La última vez que logró escaparse, Nellie consiguió hacerse con una bolsa llena de medias que tenía que arreglar y sus agujas de zurcir. Pero cuando regresó a sus dominios, se encontró a George Kemble esperándola en el estrecho pasillo frente a su alcoba, con un elegante hombro apoyado lánguidamente contra el marco de la puerta.

—Buenos días, señora Waters. Veo que ya está muy restablecida.

—No según mi señora —contestó la doncella, irritada—. ¿Qué quiere, señor Kemble? Aquí están las habitaciones del servicio, por si no lo sabía.

—¿Ah, sí? —preguntó Kemble con tono afable—. ¡Qué interesante! Quizá consiga atisbar sus bonitos tobillos, señora Waters, calzada con esos atractivos zapatones marrones que suele lucir.

El señor Kemble no logró esquivar la bolsa de las medias. La señora Waters le alcanzó en la oreja, sonriendo satisfecha al oír el sonoro chasquido que hizo la dentadura de su víctima.

—¡Por el amor de Dios, mujer! —El señor Kemble se alejó de ella—. ¡Era una broma! ¡Una broma!

La señora Waters le miró enojada.

—Últimamente mi sentido del humor ha mermado mucho —replicó—. Buenos días tengan usted y su impertinente lengua, señor. Estoy enferma y debo guardar cama, por si no se había enterado.

—Pues espero que no se le ocurra golpearme con esa bolsa cuando esté recuperada —dijo Kemble restregándose el lóbulo de la oreja a fin de recuperar el oído—. Pensé que nos llevábamos bien, señora Waters. Necesito su ayuda...

—Conozco a los de su clase, señor Kemble —dijo la mujer con tono de advertencia—. Si ha venido aquí para husmear y causar problemas...

—¡Precisamente! —le interrumpió Kemble—. Supuse que estaría aburrida de guardar cama y dispuesta a escuchar una interesante intriga.

—¿Una intriga?

La señora Waters retrocedió un paso, achicando los ojos.

Kemble extrajo del bolsillo sólo el cuello de su petaca de plata.

—Una intriga, y unas gotas de mi remedio especial para curar enfermedades —dijo, agitando la petaca—. Pero, por favor, buena mujer, no aquí en el pasillo.

Tras mirar con gesto culpable a un lado y a otro del pasillo, la señora Waters abrió la puerta de su habitación y le invitó a pasar.

Puesto que en la habitación había sólo una taza de té y una silla, Kemble tuvo que conformarse con sentarse en el borde de la cama de la señora Waters y beber unos tragos de su petaca. Aunque la habitación tenía el techo abuhardillado, estaba bien amueblada con una pequeña cama de columnas, unas cortinas de cretona y una alfombra de Axminster gastada pero muy bonita. La buena mujer se sentó frente a una mesita de caoba, en un sillón orejero viejo y confortable. De improviso le acometió un ataque de tos, por lo que se apresuró a tomar su taza y beber un largo y tonificante trago del líquido que contenía.

—Bien, ¿a qué clase de intriga se refiere, señor? —preguntó la señora Waters cuando su tos se hubo calmado y el brandy hubo suavizado su talante.

Kemble sonrió con serenidad.

—Bueno, primero debo pedirle su opinión sobre una cuestión algo delicada —respondió—. Me refiero a uno de los temas, posiblemente el único, del que no sé nada.

—Ah. —La señora Waters le miró extrañada—. ¿A qué tema se refiere?

Kemble tragó saliva.

—A cuestiones femeninas —contestó por fin.

—¿Cuestiones femeninas? —La mujer le miró con creciente suspicacia—. ¿Qué clase de cuestiones femeninas? Supongo que no estamos hablando de cintas.

—Me temo que no —respondió el señor Kemble—. Me refiero a... funciones femeninas.

La señora Waters le miró con gesto de desaprobación.

—Señor Kemble, no creo que...

Kemble depositó la petaca en la mesita con brusquedad.

—Señora, ¿tiene usted idea de lo desagradable que me resulta esto? —preguntó secamente—. Trato de ayudar a su señora. Si no tuviera que informarme de estas cosas, ¿cree que se lo preguntaría?

La señora Waters reflexionó antes de responder.

—No, supongo que no.

—Muy bien —dijo Kemble, irritado—. Ahora quiero que me diga qué sucede cuando una mujer concibe un niño. ¿Cuáles son los síntomas? ¿Qué notaría?

La señora Waters se sonrojó un poco.

—Bueno, engordaría unos kilos.

—¿Siempre? —preguntó él—. ¿Desde el primer momento? ¿Y si se sintiera indispuesta?

—Ya le entiendo —respondió la señora Waters—. Algunas sienten náuseas. Pero por lo general no durante los primeros días.

—Pero ¿ocurre a veces?

—¡Desde luego! —contestó la mujer—. Mi hermana Anne, cuando tuvo a su primer hijo, no se separó del orinal durante los tres primeros meses, y a partir de entonces fue la viva imagen de la salud. Algunas pobres mujeres se sienten indispuestas todo el tiempo, aunque es raro.

—¿Y en esos casos, la mujer podría perder algo de peso al principio?

—Es posible —contestó la señora Waters.

—¿Y qué otros síntomas tendría? —preguntó Kemble—. Su... menstruación cesaría, ¿no?

La doncella se sonrojó y asintió con la cabeza.

—Sí, ése es el primer síntoma.

—Pero ¿el cese de la menstruación podría estar causado por otra cosa?

—Debido a la edad —respondió la señora Waters—. A una enfermedad. Debido a un sobresalto o una profunda conmoción, sobre todo si la situación se prolonga.

—¿Melancolía?

La señora Waters arrugó el ceño.

—Supongo que es posible —dijo—. Sobre todo si se pierde mucho peso.

—¡Otro excelente punto! —dijo Kemble—. Algunas mujeres están obsesionadas con su peso, ¿verdad? No me refiero a que se esfuerzan en tener una buena figura, sino a algo más obsesivo.

—He oído hablar de mujeres que se matan de hambre —respondió la señora Waters—. Pero nunca lo he comprendido, ni he conocido a nadie que tuviera ese problema.

Kemble tamborileó con el dedo sobre la mesa, pensativo.

—En cualquier caso —dijo por fin—, ¿es posible que una fuerte pérdida de peso hiciera que cesara la menstruación?

—Por supuesto —contestó la criada—. Es la forma que tiene la naturaleza de evitar que una mujer se quede encinta si está demasiado delgada o enferma para tener un hijo. La naturaleza es muy sabia.

Kemble destapó la petaca y bebió un pequeño trago, absorto en sus reflexiones.

—¿Qué fue lo primero? —murmuró—. ¿La gallina o el huevo?

—¿Cómo dice?

Kemble echó de nuevo un chorrito de brandy en la taza de la señora Waters.

—Si una mujer padeciera náuseas y se le retirara la menstruación, ¿cómo sabría si el motivo era un embarazo?

La doncella parecía haber perdido toda su timidez.

—Si estuviera casada y gozara de buena salud, lo lógico sería que estuviera preñada —respondió—. En caso contrario, tardaría un tiempo en averiguarlo. Unos tres meses, y sólo si el médico le palpara el vientre para comprobarlo. Un bebé no se desarrolla hasta bastante más tarde.

Kemble guardó de nuevo la petaca en su bolsillo.

—Gracias —dijo—. Se lo agradezco mucho. Me ha prestado una ayuda impagable.

La señora Waters le miró sorprendida y volvió a toser en su pañuelo.

—¿De veras? —preguntó por fin—. Ha sido sencillo.

Kemble se encaminó hacia la puerta, pero de pronto se le ocurrió algo y se detuvo.

—Señora Waters, permítame que le pregunte si sabe quién era la doncella de la anterior duquesa en Selsdon.

La mujer puso cara de reflexionar.

—He oído a Musbury mencionarla a veces —respondió, tras lo cual meneó la cabeza—. Lo siento, no estoy en mi mejor momento. No recuerdo el nombre.

—La señora Musbury —dijo Kemble con gesto pensativo—. ¿Cree que conocía bien a esa mujer?

—Creo que sí —respondió la señora Waters—. Creo que la chica era de esta comarca, al igual que la difunta duquesa.

—¡Excelente! —Kemble se frotó las manos—. Gracias, señora Waters. Ha estado usted, como siempre, brillante.

Gareth encontró a Antonia en el saloncito poco antes del mediodía. No la había visto desde que había abandonado su lecho al amanecer. Estaba sentada ante el escritorio de madera noble, escribiendo una carta, con la cabeza inclinada mientras el sol arrancaba unos reflejos dorados a su cabello. Tenía la mandíbula crispada, concentrada en su tarea. Ni siquiera le había oído entrar.

Él dudó unos momentos. Ella era muy bella, sí, pero ya no era su belleza lo que le atraía. Recordó lo que había sentido anoche al estrecharla en sus brazos. Lo reacio que se había sentido a abandonarla. La intimidad casi etérea que habían compartido. Y ahora, cuando había creído que la realidad de la situación de Antonia se impondría y le reafirmaría en su determinación, comprobaba que empezaba a flaquear.

Estaba perdido, pensó, observando la menuda y hábil mano de Antonia escribiendo la nota. Estaba locamente enamorado de ella. Era inútil tratar de fingir lo contrario. Lo único que debía hacer era tomar una decisión al respecto. ¿Haría lo correcto? ¿O se comportaría de forma egoísta?

Pero ¿qué era lo correcto? Hoy no estaba seguro. Las preguntas que ella le había hecho anoche sobre Zee le habían obligado a analizar sus sentimientos y afrontar cierta realidad. Lo que sentía ahora era muy distinto de todo cuanto había sentido antes, y mucho más complejo. No sentía la irritación y frustración que había percibido con Zee. Sólo sentía la profunda y absoluta certeza de que necesitaba a esta mujer. Una mujer al parecer delicada y frágil que, según empezaba a comprender él, no era ninguna de esas cosas.

Sosteniendo su sombrero bajo el brazo, se acercó.

—¿En qué piensas? —preguntó en voz baja.

Antonia sofocó una pequeña exclamación de sorpresa.

—¡Cielos! —dijo, llevándose la mano al corazón—. Gabriel. Estaba absorta en mis pensamientos.

Él esbozó una leve sonrisa y miró sobre su hombro.

—¿Escribes a uno de tus frustrados pretendientes en Londres? —preguntó.

Antonia levantó la cabeza y sonrió.

—Es muy curioso, pero todos esos bribones parecen haberse esfumado —dijo—. Me pregunto si se debe al hecho de que el nuevo duque ha instalado aquí su residencia.

—No entiendo por qué les intimida mi presencia —confesó, tomando una de sus manos en las suyas.

Pero quizá fuera cierto, pensó. Quizás esos hombres temían someterse al escrutinio de alguien que pensaba ante todo en el bienestar de Antonia.

Ella bajó la vista y la fijó en sus dedos entrelazados.

—Escribo a mi padre, Gabriel —dijo con calma—. Para informarle de... que iré. Haré lo que me pide e iré a la ciudad para celebrar el nacimiento de su nuevo hijo. Le acompañaré a hacer algunas visitas, para comprobar cómo me recibe la gente. Sé que murmuran a mi espalda, pero espero que las habladurías se disipen. Aparte de eso, no le prometo nada.

Gareth sintió que el alma se le caía a los pies. De repente no supo qué decir.

—De modo que has cambiado de parecer —dijo por fin—. ¿Cuándo te marchas?

Antonia alzó la cabeza, suavizando el gesto cuando le miró a los ojos.

—Creo que debo partir de inmediato, si Nellie se siente lo bastante fuerte para acompañarme —respondió—. Me he convertido en un problema para ti, Gabriel. Por favor, no lo niegues. Además, necesito renovar mi vestuario. Mi luto ha terminado.

—Entiendo —dijo él en voz baja.

—Te estoy muy agradecida, Gabriel —dijo ella con dulzura—. Me has dado fuerzas y aliento. Has hecho que sienta…, que soy capaz de controlar mi destino. De controlar a mi padre. Y quizá pueda volver a tener una vida. Quizá no tenga que encerrarme en el campo, o en Bath, como una viuda decrépita cuyas piernas ya apenas la sostienen.

Él seguía sosteniendo el sombrero bajo el brazo, procurando no aplastarlo.

—No, eres una viuda con unas piernas muy ágiles y bien torneadas —dijo él, esforzándose en sonreír—. Creo que te resultarán muy útiles cuando bailes el vals en Londres y destroces corazones.

Ella le observó perpleja; luego la expresión de su rostro se suavizó, como si hubiera sido forzada.

—¿Querías decirme algo? —preguntó con tono jovial, cambiando de tema—. ¿Me necesitan en otra parte de la casa?

Sí, quería responder él. *Te necesito en mi cama. En mi corazón. En mi casa, en todas partes.*

El hecho de que ella partiera tan de repente le había pillado por sorpresa. Y aunque en teoría parecía una decisión acertada, la realidad de su marcha era algo muy distinto. Inexplicablemente, deseaba rogarle que se quedara. Desdecirse de sus palabras cargadas de sabiduría y caballerosidad e implorarle que se apiadara de él.

Pero ¿a quién beneficiaría eso? A él, sólo a él. Lo que Antonia necesitaba era justamente regresar a la sociedad. Tenía todo el derecho de llevar la vida que deseaba, de no conformarse con la que tenía ahora. Y si, por algún milagro, Kemble y él conseguían esclarecer las dudas que rodeaban la muerte de Warneham, con ello contribuiría a allanarle el camino a su nueva vida.

Pero ella seguía mirándole, esperando una respuesta a su pregunta.

—No, simplemente se me ocurrió entrar —mintió él—. No ocurre nada de particular. Buscaba... algo.

—¿Portando tu sombrero bajo el brazo? —Ella se levantó de un salto y le besó ligeramente en la mejilla—. Vamos, Gabriel, pensé que íbamos a ser sinceros el uno con el otro.

—Sí, dijimos que lo seríamos —contestó él con una media sonrisa—. En realidad, iba a preguntarte si querías dar un paseo conmigo.

—Me encantaría —respondió ella—. Dame un momento para cambiarme los zapatos.

—Antonia. —Él la sujetó ligeramente del brazo—. No es preciso que te vayas.

Ella ladeó la cabeza y le observó.

—Quizá desee hacerlo. ¿Adónde pensabas ir?

Él bajó la vista. Se sentía de nuevo como si tuviera doce años.

—Al pabellón del parque de ciervos —dijo—. Pero... no me apetece ir solo.

—Te acompañaré encantada. Me encanta el pabellón. —Ella le apretó la mano con gesto tranquilizador y se encaminó hacia la puerta—. Nos reuniremos en el vestíbulo.

Al cabo de unos minutos, Gabriel la vio bajar apresuradamente la escalera. Lucía un vestido amplio y algo anticuado de muselina estampado con espigas de un bonito color verde, y un chal verde y amarillo sobre los hombros.

—Decidí ponerme algo colorido y cómodo —dijo, con ojos chispeantes—. Fue lo primero que encontré sin ayuda de Nellie. ¿Qué llevas en esa cesta?

Gareth sonrió y levantó el brazo.

—Unos fiambres, según me han dicho. La señora Musbury dice que me salto el almuerzo con demasiada frecuencia.

Antonia se rió.

—¡Un picnic! —dijo—. ¡Magnífico!

Salieron a través del invernadero al jardín posterior; ella caminaba con la mano apoyada ligeramente en el brazo de él. El aire presagiaba la llegada del otoño, y si uno miraba de cerca, podía ver unos toques rojos y dorados en el frondoso follaje del huerto que lindaba con los jardines de Selsdon. El huerto daba a un extenso bosque, y más abajo se hallaba el parque de ciervos.

El camino que conducía al parque de ciervos era fácil de localizar y, al igual que el sendero de acceso a Knollwood, estaba en buenas condiciones.

—De niño solía venir a menudo aquí —dijo él—. El pabellón era el lugar de juegos favorito de Cyril. Fingíamos que era nuestro castillo y organizábamos batallas de mentirijillas para defenderlo. O a veces lo utilizábamos como una especie de anfiteatro y representábamos una obra de Shakespeare, aunque no *Romeo y Julieta*. Una de las más sangrientas.

Ella le miró sonriendo.

—Yo descubrí este pequeño sendero sola —dijo—. Warneham nunca me habló de él. De lo cual me alegro, pues me ofrecía la oportunidad de ocultarme de vez en cuando.

Caminaron un rato en silencio, ella con la mano apoyada ligeramente en el brazo de él. El sendero se estrechaba a medida que descendía, y el follaje se hacía más denso. Era un paraje hermoso y evocador. Siguieron avanzando rodeados por el bosque, cuyos elevados árboles ocultaban el cielo. Gareth alzó la vista y pensó en la pequeña Beatrice. De vez en cuando Antonia contemplaba también las frondosas copas de los árboles, pero apenas despegaba los labios.

—¿Piensas en Beatrice? —preguntó él por fin—. La menciono porque... yo sí pienso en ella.

Ella le miró sonriendo con dulzura.

—Siempre —respondió en voz baja—. Siempre está en mi mente y en mi corazón, Gareth. Pero creo que quizá..., no sé..., todavía siento profundamente su pérdida. Aún me siento culpable de su muerte. El dolor siempre está presente, pero he empezado a confiar en que quizás un día logre comprender. Algún día tendré que aceptar que nada de lo que haga o diga, ni mis ruegos ni mi penitencia, podrán devolverme a mis hijitos. ¿Cómo lo llamarías? ¿Resignación?

—Sabiduría —respondió él—. Lo llamaría sabiduría, Antonia. Y rendirse a la voluntad de Dios.

—Sí, quizá sea eso —murmuró ella, apretándole un poco el brazo—. Quizás haya comenzado a entregar a Dios lo que siempre fue suyo.

—Sí, pero eso de sentirte culpable, Antonia —continuó él—, confío en que lo analices detenidamente cuando inicies un nuevo capítulo en tu vida. No puedes considerarte responsable de... los actos de un cretino caprichoso y narcisista.

—¡Caramba! —murmuró Antonia con admiración—. Nunca había oído a nadie describir a Eric con tanto acierto.

Gareth la miró sonriendo. Siguieron caminando unos minutos en silencio, hasta que Antonia dijo por fin:

—Cuéntame más cosas sobre el duelo —dijo—. Me refiero al duelo de los judíos.

Gareth no sabía muy bien cómo explicárselo. Sus impresiones eran las de un niño.

—Bueno, después del funeral, la familia regresa a casa para meditar sobre la vida del difunto y rezar por él —dijo—. Esto dura siete días, que constituye un período de intenso dolor.

—¿Siete días?

—Sí, y durante esos días, uno no sale de casa —prosiguió él—. Los amigos pueden ir a visitar a los familiares del difunto, para rezar y hablar de él, pero eso es todo. Sus allegados sólo pueden comer alimentos sencillos. No pueden permitirse ningún lujo, como darse un baño o siquiera calzarse unos zapatos. Cubrimos los espejos y retiramos los cojines de las sillas. No podemos trabajar, ni siquiera pensar en el trabajo, y encendemos una vela especial para recordar al difunto. Es un tiempo para empezar a aliviar nuestro dolor, y santificar la memoria de la persona que hemos perdido.

Al bajar la vista Gareth comprobó que Antonia le observaba sorprendida. Se dio cuenta que durante su relato había pasado de «ellos» a «nosotros». Era un rasgo característico de su vida. La crónica confusión de no saber adónde pertenecía.

—Casi me parece un lujo —comentó Antonia bajito y emocionada—. El hecho de sentirte arropada en tu dolor... No alcanzo a imaginarlo.

—De niño, la idea de observar el *shiva* me parecía muy aburrida —le confesó Gareth—. Pero ahora, creo que es muy sabia. Sí, es una especie de lujo. En una casa donde la familia observa el *shiva*, no es correcto tratar de animar a las personas para que olviden su dolor, o distraerlas para que no piensen en su pérdida.

—Estás muy informado, Gabriel, para alguien que no profesaba esa fe.

Al comenzar a descender por la colina que conducía al pabellón y al pequeño lago, Gareth empezó a sentir una inexplicable tensión.

—Todas las personas que conocía eran judías, Antonia —respondió él con calma—. De niño, no conocía otras costumbres. Y sin embargo me impidieron ser un judío. Yo sabía que mi madre había obrado de buena fe, pero...

—Estoy convencida de ello, Gabriel.

Antonia se detuvo de repente y se volvió hacia él.

—Ella ignoraba que moriría tan joven. No sabía que tu padre no volvería nunca a casa. Comprendo muy bien a una madre que no puede prever ni preparar a su hijo para afrontar las tragedias de la vida. No debes culparla por ello.

Gareth asintió con la cabeza y siguieron caminando, pero a un paso más lento. A él no le apetecía alcanzar el pie de la colina. Y no le apetecía continuar con esta conversación. En parte seguía sintiendo una ira irracional contra su madre. Pensaba que con su decisión le había dejado suspendido en el vacío, suspendido entre dos mundos, sin pertenecer a ninguno de ellos.

Apartó de un puntapié una nuez podrida que había en el camino y experimentó cierta satisfacción al oír que se partía contra un árbol.

—Sé que todo lo que hizo mi madre lo hizo por amor, Antonia. Amor por mí, y por mi padre. Pero para un niño de corta edad, pocas cosas son más importantes que integrarse en el mundo que le rodea, y pocas cosas le reconfortan más. Y francamente, creo que la fe de mis abuelos era una influencia muy positiva. Creo que me habría hecho mucho bien.

—¿Compartías sus creencias?

El tono de Antonia no denotaba ningún juicio de valor, sino mera curiosidad.

—Algunos días, no sé qué creo. —Él se detuvo para apartar una zarza del camino y evitar que Antonia tropezara con ella—. Para mí, no se trata siquiera de fe, sino de una comunidad que te apoya y arropa formada por gente honesta y bondadosa.

Ella sorteó la zarza y se volvió hacia él.

—Quizá lo entiendo mejor de lo que imaginas, Gabriel.

Él alzó la vista y divisó el pabellón entre los árboles. Más allá estaba el lago. Siguió avanzando, apretando el paso. Ya que había llegado hasta aquí, deseaba acabar cuanto antes con la tensión que le atenazaba.

El pabellón era circular y estaba abierto por todos los costados. Ocho columnas jónicas de piedra blanca sostenían la cúpula, y tres escalones de mármol blanco rodeaban su base. Antaño estaba amueblado con sillas y divanes, pero ahora sólo contenía un tosco banco de madera y un montón de hojas secas.

Antonia intuyó que Gabriel vacilaba antes de alcanzar el extremo del sendero. Pero cuando apareció ante ellos el pabellón, siguió avanzando como un soldado hacia el campo de batalla. No daba la impresión de un hombre que había venido a gozar del aire puro y admirar el paisaje.

—Es muy hermoso —dijo ella cuando se detuvieron para contemplar la vista—. Hermoso, pero siempre me ha parecido un poco ostentoso.

Gabriel no respondió. Al cabo de un momento, siguió adelante y subieron juntos los escalones. Gabriel depositó en el suelo la cesta que le había preparado la señora Musbury y se dirigió hacia el otro lado del círculo. Antonia retiró la mano de su brazo y se limitó a observarlo durante unos momentos. Caminaba con paso decidido y una rigidez que le chocó. Al parecer había dejado su sombrero en Selsdon, y la brisa que soplaba del lago agitaba un poco su hermoso cabello dorado.

Entonces se acercó al borde del pabellón y apoyó una mano en la columna más cercana. La otra la apoyó en su cadera, apartando la parte delantera de su levita y mostrando su esbelta cintura. Contempló al otro lado del agua el lugar donde antes había un cobertizo para botes, pero ahora sólo había un montón de madera podrida, que se deslizaba lentamente hacia el lago arrastrando consigo el destartalado techado.

Ella sabía que pensaba en la muerte de su primo Cyril. Era aquí donde el hijo y heredero de Warneham había muerto durante un picnic familiar, al menos ésa era la historia que Nellie había oído contar a los sirvientes. Su marido nunca había hablado de ello, salvo para decir que Gabriel lo había hecho aposta, por celos y por rencor. Conociéndolo como le conocía, ella sabía que eso no era ni remotamente posible. Pese a su talante frío y formal, Gabriel era un hombre de buen corazón, quizá demasiado bondadoso.

Desde su llegada a Selsdon, Gabriel había sido muy bueno con ella, cuando no tenía motivo alguno para molestarse y muchos en su lugar se habrían mostrado incluso rencorosos. Lo había aceptado casi sin ponerlo en duda cuando ella le había asegurado que era inocente con respecto a la muerte de Warneham. Había venido a Selsdon con el corazón destrozado por la reciente boda de su amante, para ocupar una posición que ella estaba ahora segura que no deseaba, pero sin embargo le había abierto un poco su corazón. Quizá no pudiera amarla como ella hubiera deseado cuando daba rienda suelta a sus pueriles fantasías, pero se preocupaba por ella. Y sí, la deseaba, por más que fuera un deseo que ella creía que era fruto de la ternura y de la preocupación que le inspiraba.

Lo menos que podía hacer era pagarle con la misma moneda. Echó a andar lentamente a través de las hojas secas que tapizaban el suelo de mármol. No sabía muy bien qué decir. Estaba claro que Gabriel había venido aquí por una razón, y ella confiaba en que lo resolviera a su manera y a su debido tiempo.

Él debió de oírla acercarse, pues se volvió, con una mano apoyada todavía en la columna, y extendió el brazo como para invitarla a que se aproximara a él. Antonia sonrió y se acercó a él. Gabriel le rodeó la cintura con el brazo, apoyando su mano cálida y fuerte en su cadera.

—Es un lago precioso —murmuró ella—. Parece casi de cristal. En él se reflejan las nubes, y las ramas de los árboles que crecen en la orilla.

Él no dijo nada, y ella continuó:

—Cuando vine a Selsdon por primera vez, solía venir aquí sola. Constituía casi una huida para mí. Imaginaba que entraba en el agua, esta agua tan hermosa y pura, como el cristal…, y que desaparecía en ella. Que me fundía con ella, de una forma elemental, y dejaba atrás todas mis cuitas.

La mano de él, que estaba apoyada ligeramente en su cadera, la aferró con fuerza.

—No debes decir esas cosas —dijo, su voz tensa de emoción—. Es como si desearas morir, Antonia. No vuelvas a pensar en eso.

Ella meneó la cabeza.

—No, no fue así, Gabriel —le aseguró—. Jamás pensé en la muerte. Lo consideraba tan sólo…, no sé, supongo que como una huida. Perdóname. No sé por qué te lo he contado.

—Si tenías esas fantasías, es que no pensabas con claridad, Antonia —insistió él.

—Supongo que tienes razón.

Él se volvió y la taladró con la mirada.

—Prométeme que si vuelves a hacerlo, me lo contarás enseguida.

—¿Contártelo?

—Sí —respondió él con firmeza. Luego añadió con tono vacilante—: O... a otra persona. A Nellie. A tu hermano. Prométemelo, Antonia.

De repente parecía enojado.

—Te lo prometo —dijo ella—. Lo siento. No pretendía asustarte.

Él volvió a encerrarse en sí mismo. Ella lo notó en la forma en que sus ojos asumían una expresión distante, como perdida. Sin saber qué hacer, Antonia se acercó al banco y le quitó las hojas que lo cubrían. Pero no se sentó. En lugar de ello, se volvió instintivamente y apoyó la mano en la espalda de él.

Él se volvió de inmediato y la miró, como si de golpe regresara al presente.

—Gabriel —dijo ella con calma—. ¿Deseas hablarme de ello? ¿De la muerte de Cyril?

Él negó con la cabeza.

Durante un instante, Antonia no se atrevió a insistir. Sabía cómo se sentía uno cuando otras personas, sin duda bienintencionadas, le asediaban a preguntas.

—Creo que deberías hacerlo —dijo por fin, procurando que su voz sonara firme—. A fin de cuentas, me has traído aquí por una razón, ¿no es así? Supongo que no ha sido tan sólo para admirar el paisaje.

Durante unos tensos momentos, Gabriel no dijo nada.

—¿Estás decidida a marcharte, Antonia? —preguntó con voz un poco ronca.

Ella dudó unos instantes.

—Sólo deseo hacer lo mejor para los dos —respondió—. No quiero ser una carga para ti. Tengo una familia. Tengo... gente que me quiere, a su manera. ¿Qué quieres que diga, Gabriel? Dímelo, y lo diré.

Él alzó la vista y contempló el cielo sobre el lago, entrecerrando los ojos para que el sol no le deslumbrara.

—Quiero que digas que siempre nos estimaremos —contestó—. Que seremos... amigos. Siempre, Antonia. Unos amigos capaces de compartir cosas. De desear que todo le vaya bien al otro. Que se recuerden con afecto.

Ella apoyó la mano en la mejilla de él.

—No me cuesta nada acceder a esta petición, Gabriel —murmuró.

Él volvió a fijar la vista en el agua. Habían vuelto a distanciarse, angustiados por sus respectivos recuerdos.

—Cyril se ahogó —dijo él por fin con voz apagada—. Se ahogó allí. —Alzó la mano, que no le temblaba, y señaló el centro del lago—. Yo..., le golpeé. No quería hacerlo, pero lo hice. Y él... murió.

—Entiendo —murmuró Antonia—. ¿Ibais en un bote? ¿O nadabais?

Gabriel no apartaba la vista del lago, que parecía tenerlo hipnotizado.

—No sé nadar —dijo con voz entrecortada—. Nunca aprendí a hacerlo.

—¿No sabes nadar?

—No —respondió él—. El agua... me aterroriza. He aprendido a afrontarlo. A ocultarlo.

Antonia no podía comprenderlo. ¿*A Gabriel le asustaba el agua*? Había vivido más de un año en alta mar y había llegado a dirigir un vasto imperio naviero. Había pasado su vida en los muelles de las Antillas. ¿Cómo era posible que el agua le infundiera terror?

Antonia le tomó del brazo y lo condujo hacia el viejo banco.

—Quiero que te sientes —dijo—. Quiero hacerte una pregunta.

Él se pasó la mano por su pelo rubio y ondulado, pero al fin se sentó.

—No quise hacerlo. —Su voz sonaba aún apagada—. Se lo dije a ellos. Fue un accidente..., una especie de accidente, supongo.

—No me pareces una persona que golpearía a alguien de esa forma deliberadamente —dijo Antonia para consolarlo.

Él se volvió hacia ella y la miró a los ojos.

—No, quería golpear a Jeremy —dijo—. Quería..., creo que en ese momento quería matarlo.

Antonia arrugó el ceño.

—¿Jeremy?

—Lord Litting —respondió él—. El sobrino de la duquesa.

—Ya —dijo Antonia. Había visto a Litting en dos o tres ocasiones, la última el día antes de que muriera su esposo, cuando Litting había venido a Selsdon para pasar la velada con ellos—. Lo conozco vagamente —dijo—. Y comprendo que uno sienta a veces ganas de golpearle.

—Entonces no era más que un niño, Antonia —dijo Gabriel con tono cansino—. Era una buena pieza, desde luego, y un poco matón, como suelen ser los chicos de complexión corpulenta, pero no era malo. Sólo arrogante y estúpido.

Antonia se preguntó si era verdad.

—Muy bien —murmuró—. ¿Y los tres estabais jugando?

—Navegábamos por el lago en un bote —dijo Gabriel, señalando de nuevo el agua—. Allí, en el centro.

—¿Navegabais en un bote cuando tú no sabías nadar? —preguntó Antonia secamente—. Qué imprudencia.

Él se pasó una mano por la cara.

—Yo no quería ir —murmuró—. Te lo aseguro. Pero todos habían ido a remar al lago. Toda la familia de la duquesa estaba aquí. A mí ni siquiera me habían invitado, pero en el último momento, Cyril rogó a su madre que me invitara a ir, y ella cedió. No había otros niños de la edad de Cyril aparte de Jeremy, aunque éste le pasaba unos años.

—De modo que tú tenías doce años —dijo Antonia—. ¿Y Cyril cuántos tenía? ¿Once?

—Casi doce —respondió Gabriel con tono inexpresivo—. Y Jeremy tenía… catorce, creo. Quería salir a navegar en un bote, pero todos los hombres estaban cansados. De modo que Jeremy decidió que fuéramos Cyril y yo. Yo me negué, pero él se burló de mí diciendo que tenía miedo del agua, lo cual era cierto.

—Los niños pueden ser muy crueles a veces —dijo Antonia en voz baja.

Gabriel crispó la mandíbula hasta que le produjo un tic.

—Debí mantenerme en mis trece —dijo—. Estaba acostumbrado a enfrentarme a Jeremy, sobre todo cuando se metía con Cyril. Yo era casi tan alto y fuerte como él. Pero algunos de los hombres, por ejemplo los hermanos de la duquesa, empezaron a reírse de mí por tenerle miedo al agua.

—Y los adultos pueden ser aún más crueles —añadió ella.

Gabriel mostraba una expresión sombría.

—Entonces uno de ellos propuso arrojarme al lago —continuó—. Dijo que era el mejor sistema de aprender a nadar. Luego otro bromeó diciendo que los judíos eran unos brujos que flotaban en el agua. Bien pensado, no creo que quisiera que yo le oyera, pero... empecé a temer que me arrojaran al agua. Lo cual era una perspectiva mucho más temible que navegar por el lago con Jeremy. De modo que subí al bote.

—¡En qué estarían pensando esos hombres! —murmuró Antonia.

Gabriel se encogió de hombros.

—Jeremy quería que fuéramos hasta el centro del lago. —Parecía muy cansado, sus palabras sonaban huecas y carentes de emoción—. Él y yo estábamos sentados en cada extremo del bote, porque Cyril era más pequeño que nosotros. Su madre había insistido en que se sentara en medio. Pero cuando llegamos al centro del lago, Jeremy se levantó y empezó a agitar la embarcación de un lado a otro con las piernas separadas, riéndose. Quería aterrorizarme, y lo consiguió. El agua entraba por los costados. Yo estaba muerto de miedo. Al igual que Cyril, que se puso a gritar.

—Dios santo —dijo Antonia—. Qué temeridad.

Gabriel meneó la cabeza lentamente.

—Yo sólo quería que Jeremy parara —musitó—. Sólo quería que parara. De modo que me levanté y... traté de golpearle. Traté de golpear a Jeremy con el remo. Te juro que quería golpearlo a él. Pero Cyril..., no sé..., se levantó y el remo le alcanzó en la sien. Entonces el bote... volcó. Recuerdo que me caí al agua, pero logré agarrarme a la embarcación. No me di cuenta de que Cyril se había hundido en el agua.

Antonia se estremeció.

—Supongo que estaría inconsciente cuando cayó al agua.

—Dijeron que yo le había dejado inconsciente del golpe —confesó Gabriel—. Supongo que fue así. Yo traté de golpear a Jeremy para que dejara de agitar el bote e impedir que volcara. Jeremy logró alcanzar la orilla a nado. Yo no dejaba de gritar. Dos lacayos se acercaron nadando, y los hermanos de la duquesa trajeron el otro bote. Pero.... Era demasiado tarde. Cyril flotaba en el agua boca abajo.

—Y Jeremy se dirigió a nado hacia la orilla —dijo Antonia—. Sabiendo que tú no sabías nadar, y que Cyril se había hundido en el agua.

—No lo sé —respondió Gareth—. No sé lo que pensó Jeremy. Puede que estuviera tan asustado como nosotros. Más tarde se mostró muy afectado por lo ocurrido. Y no negó lo que había hecho. Pero lo único que comprendía la duquesa era que yo había golpeado a Cyril en la cabeza. Se convenció de que lo había hecho adrede; de que había aprovechado la ocasión para golpearle. Supongo... que le resultaba más fácil que culpar a su sobrino.

Antonia entrelazó sus dedos con los de él y le apretó la mano con fuerza.

—Santo Dios —murmuró—. Eras un niño.

—No para ella —murmuró él—. Ni para Warneham. Para ellos, yo era la encarnación del mal. La duquesa rompió a llorar y dijo que lo había hecho para arrebatar a Cyril lo que le pertenecía por derecho propio. Que le tenía celos, y que lo había hecho aposta, y que debían de haberse imaginado que «un judío era capaz de cualquier cosa por dinero». En esos momentos, no comprendí a qué se refería. Cielo santo, tenía doce años. Ahora comprendo que ya entonces la duquesa temía que yo heredara. Pero ¿cómo se me iba a ocurrir semejante cosa, Antonia? Yo no era nadie. Estaba allí por caridad. Hasta que Cavendish se presentó hace unas semanas en mi oficina, no tenía la menor idea de que eso pudiera suceder.

—Pero ellos sí lo sabían —murmuró Antonia—. Seguro que lo sabían.

—A mí no me importaba —dijo él con tristeza—. Cyril había muerto, y yo le quería. Me había aceptado como amigo, sin tener en cuenta los prejuicios que le rodeaban. A Cyril no le importaba que yo fuera un judío, un piel roja o un pirata de la costa berebere. Sólo quería tener un compañero de juegos. Era un chico de buen corazón, y yo lo maté. Fue un accidente, pero murió porque yo le golpeé, y he tenido que vivir con esto cada día de mi vida. No necesitaba que Warneham me castigara por ello. Yo no ambicionaba esto —añadió, extendiendo las manos como para abarcar todo lo que les rodeaba—, el patrimonio que le correspondía a mi amigo por nacimiento.

Antonia sintió ganas de romper a llorar. No sólo por Gabriel, que había sufrido una injusticia, sino también por Cyril. Y curiosamente, por la antigua duquesa, que había perdido un hijo y quizás había enloquecido de dolor. Antonia se compadecía de ella.

—Lo siento mucho —murmuró—. Imagino lo que eso debió de representar para ti a los doce años. Y encima lo perdiste todo. Tu abuela. Tu casa. Y luego Warneham te llevó a Portsmouth. Al *agua*.

Gabriel guardó silencio unos momentos.

—Se presentó a la mañana siguiente al amanecer —murmuró—, me agarró del cuello de la chaqueta y me obligó a montarme en el coche. Juró que me aplicaría un castigo terrorífico. Y cumplió su palabra.

Antonia se llevó una mano a la frente, imaginando el terror del niño. ¿Qué había dicho Gabriel sobre Portsmouth? «El mero hecho de caminar por cubierta hacía que se me revolvieran las tripas.» Era tan ingenuo que no temía a las personas, sólo al agua. Pero Antonia estaba convencida de que las personas también debían de infundirle miedo. Era un niño entre lobos.

Fue como si Gabriel le leyera el pensamiento. Se inclinó hacia delante, con las piernas separadas, y apoyó los codos en las rodillas.

—¿Sabes lo que representa para un niño la vida a bordo de ese tipo de barcos, Antonia? —preguntó, sepultando la cabeza entre las manos—. ¿Tienes idea de… las degradaciones a que es sometido?

—No —respondió ella con voz casi inaudible—. Pero tengo la sensación de que debe de ser una vida demasiado espantosa para que pueda hacerme una idea.

—Es una vida que para una persona de buena familia como tú resulta inconcebible. —Gabriel parecía incapaz de mirarla a los ojos—. Te despoja de tu humanidad. Te reduce a algo peor que un objeto. Te contamina.

—Tú también te criaste en una buena familia —respondió ella—. Y no estás contaminado. Eres un hombre decente, Gabriel.

—Sé más sobre el mundo de lo que quisiera, Antonia —murmuró él. Tenía los dedos oprimidos contra las sienes, como si la cabeza le doliera—. Creo que Luke y Kieran, lord Rothewell, lo comprendieron sin que tuviéramos que hablar de ello —prosiguió—. Imaginaban la vida que yo había llevado a bordo del *Saint-Nazaire*, y, francamente, no estoy seguro que de niños gozaran de una vida mucho mejor.

—¿Te azotaban?

—Con saña —respondió él con tono quedo—. Pero no como a otros marineros. No querían dejarme marcado. Yo valía más si presentaba un aspecto… apetecible, ¿comprendes, Antonia?

—No... estoy segura. —Ella apoyó una mano en su rodilla para consolarlo. Gabriel se estremeció como si le hubiera golpeado. Antonia apartó apresuradamente la mano—. ¿Iban a venderte? —preguntó, imaginando los peores horrores que cabía imaginar—. ¿O a canjearte como a un esclavo africano?

Él negó con la cabeza.

—No. No era eso.

Antonia estaba irritada consigo misma por su incapacidad de comprender algo que afectaba a Gabriel tan profundamente.

—Deseo comprenderlo —musitó—. Deseo saber lo que pasaste. Forma parte de ti, Gabriel, para bien o para mal.

—Sí, forma parte de mí. —Él alzó la cabeza de entre las manos, pero durante unos momentos miró el lago, no a ella—. Antonia, un barco pasa semanas en alta mar, a veces meses —continuó al fin—. Por regla general, no hay mujeres a bordo. De modo que se entiende tácitamente que los oficiales y la tripulación... pueden utilizar a los marineros más jóvenes e indefensos, como por ejemplo los grumetes, para... satisfacer sus apetitos sexuales.

Antonia se sintió un poco mareada.

—¿Sus apetitos sexuales? —repitió—. No alcanzo a...

Él se volvió por fin hacia ella. Su rostro era una máscara de agonía, sus hermosas facciones crispadas en un gesto de dolor.

—¿No entiendes lo que digo, Antonia? ¿O has oído lo suficiente para sentirte asqueada?

Ella sacudió la cabeza. Estaba mareada, como si el mundo girase a su alrededor.

La expresión de él se endureció.

—Les sodomizan, Antonia. —La voz de Gabriel parecía provenir de muy lejos—. Los marineros utilizan a los chicos jóvenes para eso. Para violarlos. Sodomizarlos..., y a veces cosas peores.

Antonia notó que las manos le temblaban.

—Dios mío —musitó—. ¿Cómo... pueden hacer eso?

Gabriel no entendió su pregunta.

—¿Cómo? —preguntó—. Te azotan y humillan hasta despojarte de tu voluntad y te conviertes en un ser pervertido. Un ser débil, atemorizado, que pueden utilizar para satisfacer sus deseos. Y al cabo de un tiempo…, dejas que hagan contigo lo que quieran sin resistirte. Aprendes a procurarles placer, y aprendes todo tipo de habilidades. Porque no tienes más remedio. Es la única forma de sobrevivir.

—¡Dios santo!

Antonia sintió de pronto que le acometían las náuseas, un regusto a bilis que le abrasaba la garganta como vinagre hirviendo. Tapándose la boca con una mano, se levantó apresuradamente del banco y corrió hacia el borde del pabellón. *Violar a un niño.* El dolor que él debió de sentir era inconcebible. Sujetándose a una de las columnas, se inclinó hacia delante y vomitó. Y cuando sus náuseas remitieron, experimentó un intenso dolor. Durante un instante, cerró los ojos.

Cuando se incorporó, Gabriel la sostuvo por el codo con su mano cálida y fuerte.

—Jesús, lo siento mucho —murmuró angustiado—. Antonia, no debí…

—No… estoy bien. —Ella apartó el rostro y se pasó la mano por la boca—. Creo que soy yo quien debe disculparse. Por favor, perdóname. Jamás imaginé…

Por fin se volvió hacia él. Gabriel mostraba un semblante carente de toda emoción. De improviso, bajó los escalones y se dirigió hacia el río que alimentaba el lago. Se arrodilló y al cabo de unos momentos regresó con su elegante pañuelo de lino blanco empapado en agua fresca.

Ella lo aceptó agradecida.

—Lo siento mucho —repitió, enjugándose la cara—. Jamás pensé…, jamás sospeché… Cielo santo, no eras más que un niño, Gabriel.

Él se volvió y soltó una palabrota.

—Deberían de azotarme con un látigo —dijo, alejándose de ella y dirigiéndose hacia una columna—. No tenía necesidad de contarte cómo…

—Por supuesto que sí —le interrumpió ella, siguiéndolo y sujetándole del brazo—. Yo te lo pregunté, Gabriel.

Él se volvió hacia ella; su rostro mostraba una expresión enfurecida.

—Pero yo debería saber lo que puedes y no puedes oír —dijo, con voz trémula de emoción—. Eres una aristócrata que te has criado en un ambiente refinado, Antonia. Yo, no. He visto y hecho cosas que… no tengo derecho a revelarte.

Ella apoyó la mano en su brazo.

—No me trates como a una niña, Gabriel.

—Pero en este aspecto, Antonia, eres una niña —replicó él entre dientes—. Tienes una visión infantil del mundo, como debe ser. Eres una dama, y las damas deben ser protegidas contra el mal y la perversión. Pero a mí se me ocurrió contártelo..., porque..., maldita sea, ni siquiera sé por qué. Supongo que quería inspirarte asco.

Antonia trató de reprimir su indignación. Esto no tenía nada que ver con ella, y lo sabía.

—Gabriel, no soy una niña —repitió—. Te ruego que no me trates con condescendencia o te arrogues el derecho a decidir lo que debo y no debo saber.

—Es lo que hace un hombre —contestó él con aspereza, volviendo la cara—. Es su deber.

—Pues nos hacéis un triste favor —le espetó ella, rodeando la columna hasta obligarlo a mirarla a la cara—. Si mi padre no me hubiera protegido de toda la inmundicia del mundo, puede que así me hubiera dado cuenta cuando me topé con ella.

—No digas bobadas —murmuró Gabriel.

—De haber sabido lo que era la iniquidad, quizás habría comprendido que mi primer marido era un embustero y un farsante —continuó ella—. Quizá no habría sido tan ingenua de suponer que los hombres casados no tenían amantes. Quizás habría sabido que algunos padres utilizan a sus hijas como moneda de cambio para resolver sus problemas con sus esposas, y que a veces una niña puede morir de forma prematura y por motivos innobles.

—No sigas, Antonia —dijo él—. No te hagas esto. Son cosas muy distintas.

—¡Son exactamente lo mismo! —insistió ella—. Forman parte del motivo por el que las mujeres nos convertimos en unos seres ignorantes y vulnerables. Yo no estaba preparada para afrontar el lado oscuro de la vida, Gabriel. Eso fue lo que me hirió. Por eso me derrumbé.

—De modo que ahora que sabes que el hombre con el que te has acostado tan alegremente era un prostituto —le espetó él—, ¿te sientes mejor, Antonia? Contesta.

Ella sintió que se ponía rígida de furia.

—No —contestó, temblando de pies a cabeza—. Pero al menos esta vez sé a lo que me expongo. Al menos será una lucha justa y equitativa.

Él la miró con indecible tristeza y soltó de nuevo una palabrota por lo bajo. Acto seguido dio media vuelta y abandonó el pabellón.

Antonia tomó la cesta y le siguió.

—Espera, Gabriel.

Pero él no se detuvo. Siguió caminando, a un paso que indicaba a las claras sus intenciones. No quería estar con ella. Y ella no quería humillarse corriendo tras él.

Antonia se sentó en los escalones de mármol blanco y soltó la cesta. Sus manos, no, todo su cuerpo, por dentro y por fuera, temblaba. Jamás en su vida había sentido tal indignación, una indignación que apenas podía reprimir. Indignación por lo que le habían hecho a él. Rabia contra toda la humanidad por permitir que existiera tanta maldad. Pero a través del intenso torrente de emociones que la embargó comprendió una cosa. Estaba viva; viva para sentir dolor y furia. Viva para sentir injusticia. Tenía la sensación de haber vivido en un erial emocional —un terreno baldío carente de sentimientos, salvo el dolor y la desesperanza—, y ahora el dolor había penetrado de nuevo en su cuerpo, como si hubiera permanecido durante años congelado e insensible.

Gabriel. Pobre Gabriel. Con un nudo en la garganta y lágrimas en los ojos, le observó subir por la colina y penetrar en el bosque. Pero él no se volvió.

Capítulo 15

Gabriel avanzó por la cubierta en la oscuridad, tentándola con una mano para no tropezar con un obstáculo, sosteniendo con la otra una bandeja de peltre. Sintió por enésima vez que se le revolvían las tripas. Tragó saliva, esforzándose por no vomitar. Las dependencias del capitán se hallaban a pocos pasos. Localizó la puerta y entró.

El capitán Larchmont estaba sentado ante la mesa de los mapas, acariciándose el bigote con gesto pensativo, con las piernas separadas y calzado con unas botas. Al oír entrar a alguien alzó la vista.

—Espero que sea mi té, mocoso —gruñó.

—S...sí, señor —murmuró Gabriel—, c... con galletas.

—Entonces déjala —le ordenó el capitán—. Allí no. Aquí, estúpido.

Gabriel se acercó asustado a la mesa de los mapas, depositó la bandeja apresuradamente y retrocedió.

Larchmont le miró sonriendo.

—Eres un chico muy guapo —murmuró—. Acércate.

Gabriel se acercó un poco.

—¡Te he dicho que te acerques, maldita sea!

Larchmont descargó un puñetazo en la mesa con su gigantesco puño haciendo que saltara la cucharilla.

Gabriel obedeció. Larchmont tiró de él y lo colocó entre sus piernas, rodeándole la cintura con un brazo.

—Tienes la piel pálida y bonita como la de una niña —dijo, enroscando un mechón rubio de Gabriel alrededor de su dedo mugriento y encallecido—. Dime, chico, ¿te tratan los marineros con demasiada rudeza?

Gabriel cerró los ojos y sintió que una lágrima le rodaba por la mejilla. Larchmont se rió.

—Quizá debería reservarte para mí —murmuró, acariciando la mejilla de Gabriel con el dorso de sus dedos—. ¿Qué te parece? Tendrías una verdadera cama. Más comida. No tendrías que soportar que esos rudos y apestosos marineros te siguieran dando por el culo a cada momento. No estaría mal, ¿eh?

—S... sí, señor.

Larchmont prorrumpió en carcajadas.

—¡A ver si muestras un poco más de entusiasmo, chico!

—S...sí, señor —respondió Gabriel, alzando la voz.

Larchmont se puso de pie y empezó a desabrocharse el calzón. Cuando Gabriel retrocedió, el capitán lo agarró del pelo y le obligó a apoyar la cara en la mesa de los mapas.

—Bájate el pantalón, chico —gruñó, oprimiendo la boca contra la oreja de Gabriel e inmovilizándolo sobre la mesa.

A las tres y veinte en punto, la última de las criadas de la cocina se levantó de la mesa de trabajo de la señora Musbury y recogió las tazas y los platillos sucios. El té había terminado, y había llegado el momento de iniciar los preparativos para la cena. La señora Musbury quitó el mantel —era muy escrupulosa para esas cosas, como había observado Kemble—, y empezó a disponer sus libros de cuentas para la tarde.

El ama de llaves era una mujer menuda y pálida, pero su discreto talante, según había comprobado Kemble, ocultaba una voluntad de hierro. Le miró sobre sus gafas con montura metálica y preguntó:

—¿Puedo ayudarle en algo, señor Kemble?

Kemble sonrió.

—Sí, señora —respondió—. Me preguntaba si tendría la amabilidad de...

—¿De responder a otra pregunta? —La señora Musbury arrugó el ceño con gesto de desaprobación—. Tiene usted muchas preguntas.

Kemble trató de asumir una expresión contrita, pero no lo consiguió.

—No puedo negar que soy curioso por naturaleza —confesó.

—Es algo más que eso, creo yo —murmuró el ama de llaves—.

Pero adelante, señor Kemble, guarde sus secretos. Estoy segura de que el nuevo duque sabe lo que hace. ¿En qué puedo ayudarle?

Kemble acercó una silla.

—¿Me permite que me siente?

—Por supuesto —respondió la mujer, dejando sus gafas a un lado.

Kemble cruzó las piernas y le dirigió otra de sus sonrisas.

—Me preguntaba, señora Musbury, qué fue de la doncella que trabajó aquí antes que la señora Waters.

El ama de llaves le miró sorprendida.

—¿La señorita Pilson? —respondió—. Vino aquí para servir a la duquesa, la tercera duquesa, y después de la trágica muerte de ésta, se fue a trabajar para una de las hermanas de la duquesa, según creo. Llevaba muchos años al servicio de la familia.

—Durante el tiempo que la señorita Pilson estuvo aquí, ¿se llevaba usted bien con ella?

—¡Desde luego! —contestó el ama de llaves—. Era una persona muy amable y diligente.

Kemble reflexionó antes de formular la siguiente pregunta.

—¿Puedo preguntarle, señora, si la señorita Pilson le confió alguna vez algo de carácter personal? Sobre la duquesa.

La señora Musbury le miró un poco ofendida.

—No sé qué trata de insinuar.

—Nada en absoluto, se lo aseguro —respondió Kemble, con un ademán como para despejar cualquier duda—. Pero, francamente, supongo que la señorita Pilson debía de sentirse preocupada por su señora, teniendo en cuenta, y disculpe que haya escuchado los cotilleos, que su señora se sentía tan manifiestamente desdichada.

La señora Musbury guardó silencio unos momentos.

—Usted no ha venido aquí en calidad de ayuda de cámara o de secretario, ¿verdad, señor Kemble?

Kemble sonrió de nuevo.

—Digamos que su excelencia desea poner en orden unos asuntos —respondió—. ¿Y quién mejor para poner orden en algo que un ayuda de cámara? ¿O un buen secretario?

El ama de llaves meditó sobre ese argumento.

—Comprenda que llevo relativamente poco tiempo en Selsdon —dijo con calma—. Me ocupo de la intendencia de la casa y dirijo a las sirvientas femeninas en las que recaen esos menesteres. La doncella de la señora no está bajo mis órdenes. Entré a servir aquí en la época de la señorita Pilson, y puede decirse que nos hicimos amigas. Sí, estaba muy preocupada por su señora. La duquesa no era una mujer feliz.

—¿Estaba enferma?

—Estaba sometida a una gran tensión —contestó la señora Musbury—. Además, era una señora muy tímida que no se sentía cómoda con personas a las que no conocía bien.

—¿Y las personas que conocía? —inquirió Kemble—. ¿Tenía amistades?

—Pocas —respondió el ama de llaves—. Como esposa del duque, no había muchas personas en la vecindad de su rango social. Pero a la duquesa le complacía la compañía de los lugareños.

Kemble sonrió.

—Imagino que lady Ingham venía aquí con frecuencia.

La señora Musbury esbozó una leve sonrisa.

—En efecto —respondió—. Mary Osborne, la madre del doctor, venía a menudo con ella. Sentían gran estima por la duquesa. Y por la época en que yo llegué aquí, los Hamm vinieron a St. Alban's. La duquesa y la señora Hamm tenían aproximadamente la misma edad, pero la señora Hamm siempre venía con su marido. Al difunto duque le complacía mucho la compañía de éstos.

Ya lo supongo, pensó Kemble.

—¿Era un hombre religioso? —preguntó con cara seria.

—No mucho —respondió la señora Musbury. Pero no abundó en el tema.

—¿Es verdad que la difunda duquesa consumía una gran cantidad de tónico? Concretamente, un tónico que contenía láudano.

El ama de llaves volvió a sonreír levemente.

—Tengo entendido que lo tomaba para conciliar el sueño —respondió—. Creo que el doctor en West Widding se lo recetó al principio, y cuando el doctor Osborne dejó la universidad y se instaló aquí, continuó recetándoselo.

—¿Le preocupaba a la señorita Pilson la cantidad de tónico que consumía su señora?

—Un poco, sí.

—Me pregunto, señora Musbury, si la señorita Pilson le confió alguna vez que la duquesa tenía problemas…, unos problemas propios de las mujeres.

La señora Musbury guardó silencio durante un buen rato.

—Hace usted unas preguntas muy extrañas, señor Kemble —murmuró—. Cuando la duquesa empezó a perder peso, pues la pobre estaba muy desganada, la señorita Pilson me dijo que… tenía ciertos problemas femeninos.

—¿Es posible que estuviera encinta? —preguntó Kemble sin rodeos.

—Habría sido natural suponerlo, teniendo en cuenta sus síntomas —respondió el ama de llaves—. Pero la señorita Pilson estaba segura de que no lo estaba.

—¿Sabe si la duquesa comentó estos problemas con el doctor Osborne?

La mujer esbozó de nuevo una leve y vacilante sonrisa.

—Lo dudo —contestó la señora Musbury—. Es posible que los comentara con sus amigas.

Kemble tamborileó con un dedo sobre la mesa de trabajo.

—Entiendo —murmuró. De repente, se levantó—. Le agradezco mucho su ayuda, señora Musbury.

El ama de llaves lo acompañó hasta la puerta.

—¿Me permite que le pregunte, señor Kemble, si ha terminado con sus preguntas?

Kemble, que tenía la mano apoyada en el pomo de la puerta, se detuvo unos instantes antes de responder.

—Creo que casi —murmuró—. Sí, casi he terminado.

Gareth estaba en su estudio, lamentándose de todo lo que le había dicho a Antonia, mientras firmaba distraídamente la enorme pila de cartas que el señor Kemble había dejado para él, cuando el propio Kemble entró en la habitación. Casi se alegró de verlo. Estaba cansado de estar solo en esa deprimente estancia sin más compañía que su persona, lleno de remordimientos por lo ocurrido en el pabellón.

—Buenas tardes —dijo, alzando brevemente la cabeza para mirarlo—. Parece que hoy ha estado muy atareado.

—Sí, gracias —respondió Kemble distraído.

Se dirigió a las ventanas que daban a los jardines del ala norte, los cuales estaban en penumbra, y observó las sombras vespertinas con las manos enlazadas a la espalda. Su habitual talante mordaz parecía haberse disipado, y estaba absorto en sus reflexiones.

Gareth, que se sentía muy cansado, dejó su pluma y apartó las cartas. No preguntó a Kemble por qué había entrado; no le importaba. Simplemente se alegraba de que su presencia le distrajera. Sin embargo, no dejaba de mirar alrededor de la sombría habitación, pensando en Antonia. Según le había informado Coggins, ella detestaba las habitaciones del ala norte en Selsdon.

Antonia. Cielo santo. Gareth se levantó de la mesa disgustado consigo mismo. ¿Cómo se le había ocurrido confesarle esos horrores? Dudaba de que esta noche lograra conciliar el sueño después de haberlos evocado con todo lujo de detalles. Suponía que Antonia tampoco pegaría ojo. Era la última persona con la que debía compartir este tipo de confidencias. Ella conocía muy poco del mundo, y lo poco que sabía la había hecho sufrir. No estaba seguro de por qué se lo había contado.

Había sólo una razón por la que una persona haría semejante cosa. Lo había hecho para comprobar la reacción de Antonia. Y ya lo había comprobado. Se había sentido asqueada. Físicamente asqueada. Gareth apartó su silla de la mesa con un violento empujón. Jamás había confesado esas vilezas a nadie, y había elegido a la persona en su vida que era más frágil. Una mujer que conocía tan poco sobre el lado oscuro de la naturaleza humana, que ni siquiera había comprendido el significado de lo que él le decía.

Bien, si lo que él quería era una respuesta, ya la tenía. Antonia nunca olvidaría lo que él había sido tiempo atrás. No podía existir un futuro para ellos. Cada vez que hicieran el amor, ella le miraría y recordaría cómo había adquirido sus habilidades en esa materia. Él había entregado su cuerpo a cambio de un techo y seguridad. A cambio de la oportunidad de sobrevivir. Durante más de un año, se había prostituido. El hecho de que no hubiera elegido ese camino no alteraba lo que había hecho o lo que le habían hecho a él. Siempre llevaría esa mancha. E incluso Antonia, por ingenua que fuera, debía de saberlo.

De improviso Kemble se volvió de la ventana.

—¿Qué es lo que motiva a un hombre, Lloyd? —preguntó, arrugando el ceño.

—¿Perdón?

—Me refiero a la naturaleza esencial del hombre —dijo Kemble, paseándose lentamente frente a las ventanas cubiertas con cortinas de terciopelo—. Estoy meditando en ello. Y creo que, básicamente, todos los hombres están motivados por dos cosas. Dinero o sexo, o ambas cosas. El dinero, claro está, equivale a poder. Y uno obtiene sexo a través del poder.

Gareth no tenía muy claro de qué estaba hablando.

—Siempre existe la venganza —comentó; hoy no cesaba de pensar en el difunto duque—. Los hombres son capaces de todo con tal de vengarse.

Kemble se detuvo, frunciendo el ceño.

—Es curioso, pero siempre he pensado que la venganza era más bien una motivación femenina —dijo con tono pensativo—. Los hombres también se vengan, desde luego. Pero por lo general lo hacen para conservar el poder; mientras que una mujer busca vengarse por odio.

Gareth meneó la cabeza.

—Está usted de un talante muy filosófico, amigo —dijo—. No soy capaz de unos pensamientos tan profundos y...

En ese momento la puerta volvió a abrirse y apareció Coggins. Parecía un poco confundido.

—Disculpe, excelencia —dijo—. Pero ha llegado una visita. Se trata de lord Litting, un sobrino del difunto duque.

—¿Litting? —Gareth se levantó—. ¿Qué diablos quiere?

—¿Lo conoce? —preguntó el mayordomo.

Gareth apoyó una cadera en la mesa.

—Sí, pero sólo de cuando éramos niños —respondió—. No comprendo que quiere de mí.

Coggins emitió una discreta tosecita.

—¿Le hago pasar, excelencia?

—Desde luego —respondió Gareth, indicando la puerta—. Hazlo pasar y veamos qué quiere.

¡Litting! Precisamente ese día, maldita fuera. Cuando la puerta se cerró, Kemble se acercó a Gareth.

—Es posible que yo haya propiciado sin pretenderlo la visita de Litting —dijo con calma—. ¿Puedo quedarme?

Gareth puso los ojos en blanco.

—No diga más —respondió—. Prefiero ignorar los detalles de lo que se lleva entre manos. Y sí, puede quedarse.

Al cabo de unos momentos, Coggins regresó. Litting entró como un torbellino, sin haberse quitado el guardapolvo y muy agitado. Con su incipiente calvicie y su voluminosa barriga debajo de su costoso chaleco, guardaba escaso parecido con el niño que Gareth había conocido años atrás.

En cuanto la puerta se cerró, Litting arrojó una carta en la mesa de Gareth, la cual se deslizó sobre la superficie y aterrizó en las rodillas de éste.

—Me gustaría saber a qué viene esto, Ventnor —dijo, quitándose los guantes de conducir—. ¿Cómo te atreves a arrojarme encima a tus sabuesos?

Gareth tomó la carta y la leyó por encima. Comprobó asombrado que estaba firmada por el ministro del Interior. Perplejo, carraspeó para aclararse la garganta.

—Te aseguro, Jeremy, que no conozco al señor Robert Peel. De hecho, estoy tan alejado de esas elevadas esferas, que ni siquiera conozco a nadie que conozca a Peel.

—En realidad, excelencia, conoce a una persona que lo conoce. —Kemble se inclinó airosamente sobre la mesa y le arrebató la carta de las manos. Después de echarle una ojeada, miró a Litting sonriendo con afectación—. Permita que me presente, milord. Soy Kemble, el secretario personal del duque. Creo que quizá yo sea la causa indirecta de que le hayan enviado esta carta.

—¡No me la enviaron! —bramó Litting—. Fue entregada en mano en mi casa por un siniestro individuo del Ministerio del Interior. El cual ha vuelto a presentarse en cinco ocasiones.

Kemble sonrió con gesto despreocupado.

—¡Debe de encontrarlo fascinante!

—No me ha encontrado —le espetó Litting—. Hasta el momento me he negado a verlo, y seguiré negándome.

De pronto se abrió la puerta de nuevo. Gareth se sorprendió al ver entrar a Antonia. Se había cambiado, sustituyendo el vestido verde por un elegante traje de color gris marengo acompañado por un chal negro de encaje que realzaba su rubia cabellera.

—¡Lord Litting! —dijo, avanzando hacia él con las manos extendidas y sonriendo con gesto jovial—. ¡Qué agradable sorpresa!

Litting no pudo por menos de tomar sus manos y dejar que le besara en la mejilla.

—Excelencia —respondió él, turbado—. Es un placer, como siempre. No sabía que seguía residiendo aquí.

—Sí, me trasladaré a la casa reservada a la viuda del duque en cuanto haya sido renovada —se apresuró a responder ella—. A menos que decida quedarme en Londres. Su excelencia ha tenido la amabilidad de concederme el tiempo necesario para analizar mis opciones.

Gareth se preguntó si el tono jovial de Antonia les parecía a los otros tan falso como a él. Le sorprendía un poco verla en esta parte de de la casa, que Coggins le había asegurado que detestaba. Pero aquí estaba, con las manos enlazadas ante ella, desempeñando el papel de gentil anfitriona.

—Disculpen que me presente de improviso —dijo—. Coggins me informó de que lord Litting había venido y se me ocurrió entrar a saludarlo.

Gareth le indicó que se sentara.

—Estamos encantados de que hayas venido a reunirte con nosotros, Antonia —dijo—. Pero tengo la impresión de que ésta no es una visita social.

—Por supuesto que no —contestó Litting, el cual repitió su queja a Antonia, que se había sentado en el borde de la butaca junto a la mesa de Gareth.

—Vaya por Dios —dijo Antonia, arrugando el ceño.

—Lo cierto es que no comprendo cuál es el problema, milord —terció Kemble con tono solícito—. Si el Ministerio del Interior tiene unas preguntas que hacerle sobre la prematura muerte de su tío, no debe temer responderlas. Confío en que ninguno de nosotros tenga nada que ocultar.

Después de dirigir a Kemble una mirada de desdén, Litting miró a Antonia y a Gareth.

—Conque ninguno tenemos nada que ocultar, ¿eh? —dijo con tono socarrón—. En cualquier caso, quiero que pongas fin a esto, Ventnor, ¿entendido? Al margen de quién sea el jefe de estos sabuesos, quítamelos de encima, o quizá te enteres de algo que preferirías ignorar.

—Sé que mi primo ha muerto —respondió Gareth con calma—. Y me gustaría conocer el motivo.

Litting le miró sin dar crédito.

—¿Te *gustaría* saberlo? —repitió—. Esto es increíble, Ventnor. Nadie se ha beneficiado más de la muerte de mi tío que vosotros dos —dijo, señalando a Antonia—, por más que lamento decirlo.

—Disculpe —dijo Antonia secamente—, pero no veo en qué me he beneficiado yo.

Gareth, que seguía de pie, rodeó su mesa y se aproximó a lord Litting.

—No creo que lo lamentes, Jeremy —dijo con tono quedo y amenazador—. De modo que si vuelves a decirlo, o pones en duda el buen nombre de esta dama de palabra u obra, o haces la menor insinuación, nos enfrentarnos en un duelo a pistola.

Litting retrocedió, sin dejar de mirarlo con desprecio.

—No creo que deba molestarme —dijo—. Ni siquiera te considero un caballero, Ventnor.

Kemble se interpuso entre los dos.

—Caballeros, por favor —dijo—. Por si no se había enterado, lord Litting, Ventnor es ahora Warneham. Estoy seguro de que le agradecería que tenga la cortesía de utilizar su título. Y si me lo permite, excelencia, no creo que a Litting le guste que le llame Jeremy.

Litting retrocedió de nuevo, pasmado. Kemble extendió la mano.

—¿Por qué no me da su gabán, milord, y se sienta? —preguntó con calma—. Creo que aquí estamos todos del mismo lado.

Litting se quitó el guardapolvo y metió los guantes en el bolsillo sin apartar la vista de los otros.

—Nadie va a endosarme este asesinato —dijo con tono hosco—. He tenido que soportar a ese arrogante juez de paz que me ha seguido hasta la ciudad. No estoy dispuesto a consentirlo, ¿está claro? No tenía el menor deseo de ver muerto a Warneham. Ni siquiera éramos parientes consanguíneos —añadió con un respingo de desdén.

Como acto de contrición, Gareth se sentó en la silla frente a Antonia, en lugar de ocupar una posición más distante y autoritaria detrás de su mesa. Kemble se acercó al pequeño aparador entre las ventanas y descorchó una botella de jerez.

—Nadie sospecha de usted, Litting —dijo, sirviendo el jerez—. Al menos que yo sepa. Creo que a todos nos sentaría bien una copa.

Cuando regresó con una bandeja con cuatro copas, todos se apresuraron a tomar una. Gareth siguió observando a Antonia. Parecía conservar la compostura, pero no dejaba de dirigirle miradas inquisitivas cuando creía que nadie se fijaba. De pronto, a Gareth se le ocurrió que estaba preocupada por él.

—Bien —dijo Kemble con tono jovial—, ¿por qué no nos cuenta lo que sabe, Litting?

—De eso se trata, maldita sea —gruñó—. No sé nada en absoluto.

—Debe de haber venido aquí por algún motivo —insistió Kemble—. Según creo recordar, no tenía costumbre de venir a visitar a su... tío político, si podemos llamarlo así.

Litting encorvó sus estrechos hombros en un gesto de desánimo.

—Puede llamarlo como quiera —respondió. Luego dirigió una breve mirada a Antonia—. Disculpe, excelencia, no pretendo ofenderla, pero me disgusta verme envuelto en esto a causa de Warneham.

Kemble tamborileó con un dedo sobre su copa de jerez.

—¿Vino a Selsdon la tarde de la muerte de Warneham? ¿Por qué? ¿Le mandó llamar el duque?

Litting se rebulló en su butaca, incómodo.

—Sí, aunque eso no le incumbe —respondió por fin—. Y también mandó llamar a sir Harold Hardell. ¿Ha interrogado alguien a Hardell? ¿Ha aporreado alguien su puerta de día y de noche? Me gustaría saberlo.

—¿Por qué? —preguntó Kemble sin rodeos—. ¿Tenía Hardell motivos para desear ver muerto a Warneham?

Litting meneó la cabeza con una mezcla de cansancio y desdén.

—Cielos, por supuesto que no —respondió—. Vino aquí porque el duque se lo pidió, al igual que a mí. Dijo que necesitaba consejo, y sir Harold no pudo negarse. Por cierto, ¿quién es usted?

—¿Consejo? —se apresuró a preguntar Kemble—. ¿Consejo legal?

Litting miró a Antonia y a Gareth de nuevo. Se humedeció los labios, un gesto nervioso que Gareth recordaba de su infancia.

—Sí, consejo legal.

Gareth sintió de pronto que se le erizaba el vello en la nuca.

—¿Qué tipo de consejo legal? —preguntó—. Maldita sea, Litting, si eso pudo tener algo que ver con su muerte, estás obligado a revelarlo.

Lord Litting parecía a punto de estallar de indignación.

—De modo que estás empeñado en saberlo —respondió de nuevo con tono de desdén—. Y crees que eso te ayudará, ¿eh? Debería decírtelo sin más contemplaciones.

De repente, Antonia se levantó de su silla.

—Hable de una vez, Litting —dijo con firmeza—. Esto me disgusta profundamente.

—Me temo que lo que diga le disgustará aún más, señora —respondió Litting—. Muy bien. El duque nos dijo que deseaba presentar una causa de nulidad.

—¿Cómo? —preguntó Gareth—. ¿Qué diablos es una causa de nulidad?

Kemble le miró con gesto irritado.

—Vaya por Dios —murmuró—. Parece que el duque deseaba anular su matrimonio con la duquesa.

Antonia sofocó una exclamación de asombro.

—¿Anularlo? ¿Nuestro matrimonio? ¿Por qué? ¿Cómo?

Litting les miró con cierta satisfacción.

—Ahora ya lo sabes —dijo—. ¿Estás contento? Warneham dijo que ansiaba deshacerse de ella, que tenía motivos para hacerlo, y que deseaba que sir Harold le aconsejara sobre la forma más fácil de librarse del compromiso. Pero Warneham apareció muerto antes de que pudiera llevar a cabo lo que se proponía. ¿De veras desean que le cuente eso al perro de presa del señor Peel? Por mi parte, al margen de lo que le ocurrió a Warneham, prefiero que no se sigan aireando los trapos sucios de la familia en las rotativas de Fleet Street.

—¡Qué historia tan interesante! —murmuró Kemble, acariciándose la barbilla con gesto pensativo—. ¿Y usted, lord Litting?

—¿Qué quiere saber sobre mí?

Litting miró a Kemble con arrogancia.

—¿Qué hacía aquí? Usted no es abogado, ¿o sí?

—Yo..., pues no..., ¡claro que no! —contestó—. Qué pregunta tan
absurda.

—Entonces, ¿qué hacía aquí? —preguntó Kemble de nuevo—.
¿Qué quería Warneham de usted? No eran amigos íntimos, que yo
sepa.

—Yo... Eso no le incumbe —replicó por fin Litting—. Me pidió
que viniera. Y vine. ¡Fue lo único que hice, maldita sea...! Disculpe el
exabrupto, señora.

Pero Antonia se había puesto pálida y parecía muy nerviosa. Tenía
las manos aferradas a los brazos de su butaca, como si se dispusiera a
levantarse de un salto.

—¡Esto es... horrible! —dijo en voz baja—. ¿Cómo es posible que
fuera capaz de semejante cosa? Me habría destruido. No lo comprendo.

Kemble extendió el brazo y apoyó una mano sobre la de ella.

—Excelencia, el duque sólo habría podido obtener una anulación
en circunstancias muy concretas.

Ella se volvió y le miró con gesto inexpresivo.

—Sí —musitó—. Sí, habría tenido que afirmar que no habíamos
consumado el matrimonio, lo cual estoy segura de que jamás habría
hecho, por orgullo. Quizá pensaba alegar que yo estaba loca de remate,
y que él no lo sabía. Pero sabía que yo... había padecido una crisis
mental. Mi padre le informó de ello antes de la boda. Y no estoy loca.
No lo estoy.

Gareth se levantó y se acercó de inmediato a su butaca. Era un mal
asunto. Algunos podrían pensar que era motivo suficiente para que
Antonia deseara matar a Warneham. Gareth se colocó detrás de la butaca de Antonia y apoyó una mano en su hombro con gesto protector.
Casi instintivamente, ella alzó la suya para asirla. Litting tenía razón,
maldita sea. Sería una imprudencia dejar que la prensa se enterara de
esto. No sólo empañaría el futuro de Antonia; lo destruiría. Gareth
empezaba a temer que antes de que el caso se resolviera, el hecho de

que él interviniera en el mismo más que beneficiar a Antonia la perjudicaría.

—¿Les explicó Warneham por qué quería hacer eso, lord Litting? —inquirió Kemble—. ¿Acaso deseaba… contraer matrimonio con otra persona?

—No, no —contestó Litting, irritado—. No era eso.

Kemble bebió un largo y lento trago de su jerez, que paladeó con no menos languidez.

—Warneham ansiaba desesperadamente tener un heredero —dijo con aire distraído—. ¿Se proponía buscar otra esposa? ¿Asistir quizás a los eventos de la temporada social?

—¿De qué le habría servido? —terció Antonia, levantándose de su butaca—. Él no podía…, no era…, ¡el problema no era yo!

Gareth tomó su mano.

—Por favor, Antonia, siéntate —dijo—. Descuida, llegaremos al fondo del asunto. Nadie lo sabrá, te lo juro.

—Más vale que confíes en que así sea, Ventnor, por el bien de ella. —Litting apuró su jerez de un trago—. Los viejos rumores aún no se han disipado. Antonia no necesita que surjan más habladurías.

Kemble depositó su copa en la mesa con brusquedad.

—Disculpe, lord Litting, pero Warneham debió de decirles algo más —insistió—. Si es necesario, iré a Londres para hablar con sir Harold, aunque preferiría no hacerlo.

Litting se rebulló en su asiento, turbado.

—Dijo simplemente que quizá su matrimonio con la duquesa no fuera legalmente válido, y que…

—Si el matrimonio no era válido, ¿por qué quería anularlo? —le interrumpió Kemble—. ¿Era necesario ese trámite?

Litting alzó las manos con gesto inquisitivo.

—Lo único que puedo decirles es que Warneham dijo que deseaba minimizar, en la medida de lo posible, el perjuicio que pudiera sufrir la duquesa —respondió—. Creo que le preocupaba enfurecer a su padre. Dijo que lord Swinburne tenía muchos amigos en el Parlamento, y que prefería presentar con discreción una causa de nulidad y comprar el silencio de Swinburne.

—¿Comprar su silencio? —se apresuró a preguntar Kemble.

—Es una forma de expresarlo —respondió Litting con un ademán ambiguo—. Iba a depositar cincuenta mil libras a nombre de la duquesa a través de su padre, y cederle su casa en Bruton Street a cambio de que Swinburne no impugnara la causa.

—No obstante, iba a destruirme para siempre. —A Antonia le temblaban las manos. Miró a cada uno de los presentes con gesto interrogante y visiblemente agitada—. Iba a decir que yo estaba loca. ¿No es así? ¿No es así?

Gareth apoyó la mano en su brazo.

—Tranquilízate, Antonia —murmuró—. Nadie puede lastimarte ahora.

Kemble encogió sus elegantes hombros.

—Quizá no averigüemos nunca lo que su esposo pensaba decir, excelencia —dijo con calma—. De haber comparecido usted ante el tribunal, dudo que él hubiera podido alegar que estaba loca.

—Él no me lo habría permitido —murmuró ella—. Me habría encerrado, como había hecho mi padre. Él..., habría presentado testigos. Para que dijeran cosas horrendas.

Kemble la observó con cara pensativa.

—No estoy seguro de lo que pensaba hacer —respondió—. Quizás iba a alegar que el matrimonio no se había consumado.

—¿Y luego qué? —preguntó Gareth con tono sarcástico—. ¿Habría vuelto a casarse?

—Sí, ¿con qué fin? —preguntó Antonia, indignada—. ¿Acaso pensó que otra mujer podría...? ¡Qué más da! Esto es humillante. Profundamente humillante.

Litting se levantó bruscamente.

—Y no es de mi incumbencia —declaró—. Les he contado lo poco que sé. Ahora les recomiendo que aconsejen a sus amigos en Whitehall que me quiten de encima a sus sabuesos, porque si vuelen a presentarse en mi casa, les contaré lo que les he contado a ustedes. Y el asunto adquirirá unos tintes muy perjudiciales para la duquesa.

Kemble entregó a Litting su guardapolvo con evidente desgana.

—Es tarde para conducir de regreso a Londres —observó Gareth, detestando lo que iba a decir a continuación—. ¿Quieres quedarte a pasar la noche?

Lord Litting contestó con desdén:

—Dada la suerte que he tenido, prefiero no pasar otra noche bajo este techo. Pero gracias. Tengo una hermana que vive cerca de Croydon y me alojaré en su casa.

Kemble sostuvo la puerta abierta.

—Permítame que le acompañe —dijo con tono afable.

Al cabo de un instante, ambos salieron.

Gareth había confiado en que Antonia se arrojaría en sus brazos, pero no lo hizo. Se paseaba nerviosa por la habitación, sujetando con manos crispadas su delicado chal de encaje. Gareth se acercó a ella y la obligó a soltar los extremos del mismo. Ella bajó la vista mientras él desenganchaba el delicado tejido de sus dedos, observando sus manos casi como si fueran las de otra persona.

Entonces la miró preocupado. Confiaba en que la visita de lord Litting no hubiera afectado seriamente a Antonia, quien de un tiempo a esta parte parecía controlar mejor sus emociones.

—No dejaré que esto te lastime, Antonia —dijo con calma—. Te lo juro. En caso necesario, le cerraré a Litting la boca, pero no creo que tenga motivos para irse de la lengua. Yo te protegeré.

Pero Antonia pensaba en otra cosa.

—Ay, Gabriel —dijo, dejándose caer de nuevo en su butaca—. ¡No tenía ni idea de que Warneham pensara anular nuestro matrimonio! Por favor, di que me crees.

—Por supuesto que te creo, Antonia —respondió él.

Ella alzó la vista y le miró preocupada.

—Muchos no me creerán —dijo—. Algunos dirán que tenía motivos para asesinarlo.

Gareth meneó la cabeza.

—Te creo, Antonia —dijo con calma—. Y creo en ti. Nada de lo que digan los demás puede hacerme dudar de ti, y menos Litting. No ha dicho sino medias verdades. Aún no conocemos toda la historia, pero conseguiré averiguarla. Te lo juro.

Antonia se llevó la mano a la frente; su expresión denotaba un indescriptible cansancio y una sensación de derrota.

—Me parece increíble que esté sucediendo esto —dijo—. Me siento como una estúpida por haber venido aquí. Por haber pensado, siquiera un momento, que yo podría... —empezó a decir, aunque se detuvo y meneó la cabeza.

Gabriel se arrodilló y la miró a los ojos.

—¿Qué pensaste que podías hacer, Antonia?

Ella desvió la vista, incapaz de sostener su mirada.

—No sabía que el señor Kemble estaba contigo —respondió—. No quería que tuvieras que enfrentarte a Litting solo. Temía que hubiera venido con el fin de causarte algún quebradero de cabeza. Pensé que, por una vez, quizá pudiera echarte yo una mano, en lugar de a la inversa. Fue una tontería.

Él tomó sus manos en las suyas y se las apretó afectuosamente.

—Gracias, Antonia, por preocuparte por mí.

Pero ella seguía sin mirarlo.

—Lamento que Litting se presentara aquí, Gabriel, para alterar tu tranquilidad.

Gabriel sonrió levemente.

—Creo que ambos sabemos que mi tranquilidad ya se ha ido al traste —respondió él con calma—. Y que el único culpable de ello soy yo. En cuanto a este asunto con Litting, estoy seguro de que sabes que también es culpa mía. Pedí a Kemble que me ayudara a descubrir la verdad, para tratar de despejar cualquier duda con respecto a la muerte de Warneham. Pero al parecer no he hecho más que incrementarlas.

Por fin ella lo miró a los ojos.

—¡Ay, Gabriel! —murmuró.

Pero no pudo completar la frase que iba a pronunciar. Se oyó el *clic* de la cerradura de la puerta y Kemble entró de nuevo en la habitación.

—Bueno —dijo con tono afable—, ha sido una charla muy amena, ¿no?

Gareth emitió un gruñido de contrariedad.

—Creo que deberíamos tomarnos otra copa de jerez para calmarnos —dijo, atravesando la habitación para acercarse a la licorera.

Antonia se volvió de inmediato hacia el señor Kemble.

—Nada de esto tiene ningún sentido —dijo—. Primero los cotillas de costumbre dicen que yo envenené a Warneham porque no era feliz en mi matrimonio. Y ahora Litting sugiere que lo maté para impedir que anulara nuestro matrimonio. ¿Es mucho pedir que todos se pongan de acuerdo en una escabrosa historia o la otra?

Por una vez, Kemble también parecía sentirse confundido.

—No lo comprendo —dijo, sentándose airosamente en una butaca mientras Gareth rellenaba las copas de jerez—. ¿Por qué no contó Litting la verdad sobre los planes de Warneham cuando el juez de paz le interrogó? ¿Por qué se molestó en protegerla a usted, excelencia, de la imputación de asesinato?

—Apenas conozco a Litting —respondió ella.

Gareth observó a Kemble con atención. Casi podía observar los mecanismos de su mente funcionando a pleno rendimiento.

—Creo que la respuesta es que no la protegía a usted —dijo Kemble con gesto pensativo—. Protegía a otra persona, u otra cosa.

—Eso no tiene sentido —terció Gareth, sentándose de nuevo en su butaca—. ¿Por qué vino Litting aquí? ¿Y por qué temía Warneham enfurecer a lord Swinburne?

—Mi padre puede ser muy vengativo —dijo Antonia.

—No lo dudo, querida —dijo Gareth—. Pero ¿qué tenía Warneham que perder? No solía frecuentar la sociedad. No participaba en los eventos londinenses, ni le interesaba en absoluto. Incluso había alquilado su casa en la ciudad durante al menos cinco años. Supongo que podía haber vivido el resto de su vida sin volver a ver a Swinburne.

Antonia no parecía convencida.

—Mi padre tiene mucha influencia en la Cámara.

Gareth meneó la cabeza.

—¿Qué podían hacer los lores para complicarle la vida?

Kemble bebió un trago de jerez.

—La Cámara de los Lores es la única institución que puede conceder a un lord un divorcio —dijo con aire pensativo.

—Pero él quería anular nuestro matrimonio —dijo Antonia—. Y sus otras esposas habían muerto.

Gareth se inclinó hacia delante y dijo:

—Quizá temía que su causa de nulidad no prosperara y tuviera que recurrir al divorcio.

Kemble reflexionó sobre ello.

—No, es imposible —dijo, casi como si hablara consigo mismo—.

El trámite habría llevado muchos años. Primero habría tenido que apelar a los tribunales eclesiásticos para solicitar una separación, luego presentar la causa de divorcio ante la Cámara. ¿Y qué motivos habría alegado? Habría necesitado que dos testigos confirmaran el adulterio o...

—¿Adulterio? —exclamó Antonia, saltando casi de su silla.

Kemble le indicó que volviera a sentarse.

—Hablo en términos teóricos, excelencia —dijo para apaciguarla—. No, un divorcio habría sido imposible.

—Quizá temía que necesitaría el apoyo de la Cámara para otra maquinación suya —sugirió Gareth.

De improviso, Kemble giró su silla para colocarse frente a Antonia.

—Excelencia, antes insinuó que su matrimonio no se había consumado —dijo—. Debo preguntarle por qué.

—¿Perdón? —respondió Antonia, sonrojándose.

—Maldita sea, Kemble —dijo Gareth.

Kemble lo miró alzando las manos en un elocuente ademán.

—Excelencia, yo trabajo para usted —dijo—. ¿Desea que las sospechas que recaen sobre la duquesa se disipen o no?

Gareth se limitó a mirarlo enojado.

—No me importa responder a su pregunta, señor Kemble —dijo Antonia con calma—. De todos modos, estoy segura de que los sirvientes murmuraban sobre ello.

Kemble dirigió a Gareth una sonrisa triunfal y se volvió hacia Antonia.

—Gracias, excelencia —dijo con tono magnánimo—. ¿El celibato fue idea suya, o su esposo era impotente?

—Era impotente.

—Eso supuse —dijo Kemble—. ¿La culpaba a usted?

Antonia negó con la cabeza.

—Yo misma me culpaba —respondió—. Él se sentía frustrado consigo mismo.

Kemble observó a Antonia de arriba abajo con ojo clínico.

—Es imposible que usted le decepcionara en ningún aspecto —dijo, como si comentara los méritos de un mueble—. Si no podía complacerlo, su marido no podía esperar que otra esposa lograra hacerle resucitar de entre los muertos, por decirlo así.

—¡Cielo santo! —protestó Gareth—. Antonia, puedes marcharte si quieres, puesto que el señor Kemble parece empeñado en romper todas las reglas de cortesía.

—No, gracias, me quedaré —respondió ella, que observaba a Kemble casi como hipnotizada.

Kemble parecía absorto en sus pensamientos.

—De modo que ahora cabe preguntarse cómo pensaba su esposo remediar esta situación —murmuró como para sí—. ¿Qué quería exactamente Warneham? ¿Y qué confluencia de acontecimientos podía satisfacer sus deseos?

—Quería un varón que llevara su sangre para desposeerme de mis derechos —dijo Gareth—. Y, con franqueza, yo me habría alegrado de que lo hubiera obtenido.

—Sí, no se me ocurre otra motivación —convino Kemble.

—Quizá pensaba legitimar a nuestro viejo amigo Metcaff —sugirió Gareth con aspereza.

Kemble le miró asombrado.

—¡Es usted brillante, excelencia!

—¿Ah, sí? ¿Por qué? ¿Pudo haber llevado a cabo Warneham ese propósito?

—No, la idea es ridícula, pero... —Kemble se interrumpió al tiempo que se volvía hacia Antonia—. ¿Existe alguna posibilidad, por remota que sea, de que alguien hubiera asesinado a Warneham para beneficiarla a usted?

Antonia abrió sus azules ojos como platos.

—Cielos, no.

Gareth la miró con expresión interrogante.

—Esa doncella tuya tiene un genio de los mil diablos —dijo—. Y por poco me mata a mí.

Antonia le miró con recelo.

—Eso es absurdo, Gabriel. Nellie es incapaz de matar a una mosca.

—Yo creo que Nellie sería capaz de matar a cualquiera que ella creyera que podía hacerle daño a usted —afirmó Kemble—. Pero no veo cómo pudo enterarse de los planes de Warneham de disolver el matrimonio. Y aunque se hubiera enterado, quizá pensara que era una buena cosa.

—Tienes razón —reconoció Gareth.

Kemble apuró su jerez y apartó la copa.

—Bueno, creo que esto es cuanto podemos hacer hoy —dijo—. Creo que mañana lloverá a cántaros, a juzgar por mi sinusitis, pero pasado mañana, excelencia, deberíamos partir para Londres si las carreteras se han secado. Me gustaría oír lo que tiene que decir el abogado.

—Sí, quizá deberíamos ir —respondió Gareth con tono cansino—. Déjeme que medite sobre ello.

Los tres se levantaron. Antonia se llevó una mano a la sien.

—Si me disculpas, Gabriel, esta noche no cenaré contigo —dijo secamente—. Me duele la cabeza. Como ha dicho el señor Kemble, probablemente se deba a que va a llover. Pediré que me suban una bandeja a mi cuarto.

Gareth se inclinó ante ella.

—Desde luego —respondió—. Ha sido un día difícil para todos.

Acto seguido, Antonia salió de la habitación, llevándose el poco calor y confort que había aportado. Gareth se sentía abatido y frustrado. Como si su arrebato de ira esta tarde en el pabellón no hubiera bastado para agravar la situación, el hecho de que se inmiscuyera en la muerte de Warneham podía hundir a Antonia. Y no estaba seguro de que ella le perdonaría por ello.

Capítulo 16

Gabriel yacía inmóvil, escuchando el bamboleo del Saint-Nazaire *y el crujido de los cabos que lo sujetaban. En el barco reinaba un silencio total salvo por las ratas que correteaban en la bodega. Los otros coyes colgaban vacíos de sus ganchos, encogidos, como nidos sin vida, pues sus ocupantes habían volado hacía tiempo a tierra, en busca de vino y diversión.*

De pronto se oyeron pasos en cubierta, unos pesados y decididos, otros ligeros y vacilantes. Parecía como si alguien fuera transportado a rastras. Risas roncas y estridentes. La cuaderna que cubría la puerta en el techo se descorrió, y Gabriel se quedó helado de terror. Apareció una luz trémula, seguida por un lío de piernas que tropezaban unas con otras. Más risas. Gabriel asomó la cabeza por un bao para ver mejor. Creavy y Ruiz. El chico empezó a temblar de miedo. Entonces lo vio. No, esta noche no vendrían a por él. Habían arrastrado hasta aquí abajo entre los dos a una mujer, con los brazos atados a la espalda, su vestido azul desgarrado desde la sisa hasta la cintura.

Ruiz retiró la mano con que le tapaba la boca y la mujer gritó. Creavy le propinó un bofetón, haciendo que sangrara por la boca y el cabello le cayera sobre la cara.

—Me gustan las rameras que se resisten un poco —dijo Creavy, jugueteando con un mechón de la mujer con sus dedos inmundos y deformes. Gabriel vio el terror reflejado en los ojos de ella.

—¡Por el amor de Dios! ¡Decídete de una vez!

—Ruiz parecía estar impaciente.

Creavy desgarró el resto del vestido de la mujer hasta dejarle los pechos al descubierto, unas esferas menudas y blancas que se agitaban a

la luz de la linterna. Ruiz la sujetó con fuerza mientras Creavy se desa-
brochaba el pantalón y le arremangaba la falda. Gabriel se tapó la ca-
beza con la manta mientras la mujer gritaba. Luego sus gritos dieron
paso a unos gemidos, y los gemidos a un llanto lento y desconsolado.
Debería hacer algo, pensó Gabriel. Lo que fuera. Ofrecerse él mis-
mo a los marineros. Pero no lo hizo —estaba demasiado asustado—, y
el llanto de la mujer continuó hasta bien entrada la noche. Gabriel no
movió un músculo debajo de la manta, asqueado por los sonidos del
sufrimiento de la mujer. Asqueado por su propia y patética cobardía.

Esa noche Gareth cenó solo en el comedor pequeño, sintiéndose perdido y más desolado de lo que estaba dispuesto a reconocer. Temía que
siempre se sentiría así a partir de ahora. Apartó su plato y paseó la mirada por la habitación vacía. Casi sin darse cuenta, había cometido la
imprudencia de empezar a depender de Antonia.

Antonia era una persona con quien podía comentar sus preguntas
y sus ideas sobre Selsdon. Y a medida que pasaba más tiempo con ella,
había empezado a atisbar algunos rasgos de la joven vivaz y risueña
que había sido, y de la mujer amable y juiciosa en la que debía haberse
convertido. No era demasiado tarde para ella.

Cuando entró un lacayo para retirarle el plato, le indicó que no
deseaba que le sirviera el segundo. Había perdido el apetito, o en todo
caso las ganas de comer.

Después de cenar tomó su copa y su botella de oporto y se dirigió
no a su estudio, como solía hacer, sino al saloncito de color crema y
dorado donde había visto por primera vez a Antonia. Donde, esta mañana, ella le había comentado sus planes de hacer precisamente lo que
él le había recomendado: abandonar Selsdon. En esta habitación, siempre le parecía percibir el perfume de ella, un leve olor a gardenias y a
otra cosa, a algo limpio y un poco dulzón.

Sosteniendo su copa de oporto con ambas manos, entre las piernas,
Gareth se reclinó en la amplia poltrona de cuero situada frente a las
puertaventanas y contempló a través de ellas los jardines y, más allá, la
hilera de edificios de la finca, que estaban en penumbra. Los días se
hacían más cortos y, a estas horas, sólo acertaba a divisar las siluetas de

los mismos. El extremo más cercano del granero. Los establos. La cochera. Unos edificios ordenados, bien cuidados, de pizarra, piedra y madera, dispuestos en una hilera; todos tan pulcros y ordenados como habría deseado que fueran sus emociones.

Ella iba a marcharse, según le había informado, en cuanto su doncella estuviera lo bastante restablecida para viajar. Eso podía ser mañana, o pasado mañana. No había dicho que su ausencia sería permanente. Pero Gareth tenía el extraño presentimiento de que lo sería. Cuando Antonia llegara a Londres, si el poder y la influencia de su padre conseguían que se integrara de nuevo en la sociedad, siquiera a un modesto nivel, ¿qué motivos tendría para regresar? Si se había encariñado con él —si había albergado alguna ilusoria y romántica idea—, lo que él le había revelado esta tarde sin duda había dado al traste con ella.

Mientras daba vueltas a esos pensamientos, Gareth apuró su vino. Quizás en el fondo eso era precisamente lo que él se había propuesto hacer. Quizás una parte de él deseaba que Antonia se fuera; una parte que temía el tipo de intimidad que ella necesitaba. Se sirvió una segunda copa de oporto y se instaló más cómodamente en la poltrona. No estaba seguro de cuándo divisó el resplandor en el horizonte. No fue algo repentino, sino como si poco a poco cayera en la cuenta de que algo iba mal.

Al alzar la vista vio un resplandor cálido y rosado que iluminaba el techo de la cochera, más allá de los jardines. Gareth pestañeó y se incorporó bruscamente en la poltrona. ¿Ya había amanecido? No. Era una luz demasiado aislada. Demasiado vívida.

—¡Fuego! —gritó, levantándose de la poltrona. La copa de oporto cayó al suelo—. ¡Fuego! —gritó de nuevo, acercándose a la campanilla y tirando de ella con insistencia. Echó a correr por el pasillo hacia el vestíbulo. Siempre había un lacayo que dormía en un catre en el despacho de Coggins. Gareth aporreó la puerta—. ¡Fuego! —repitió—. ¡Por el amor de Dios, levántate!

La puerta se abrió al instante. Uno de los jóvenes lacayos apareció en mangas de camisa, con ojos somnolientos.

—¿Sí, excelencia?

—¿Cuantas personas duermen sobre la cochera? —preguntó Gareth con rudeza.

—Creo que seis —respondió el lacayo, que se había despabilado por completo—. ¿Qué ha ocurrido?

—Se ha producido un fuego —respondió Gareth.

—¡Jesús!

—En la cochera, según creo —le dijo—. Despierta a todos los sirvientes que no estén enfermos. Quiero que se reúnan en los establos dentro de cinco minutos, ¡con unos cubos!

—Sí, excelencia.

—El lacayo se puso la chaqueta con manos temblorosas.

Gareth echó a andar por el pasillo cuando de pronto se le ocurrió algo. Se volvió y gritó al lacayo, que había empezado a subir la escalera de caracol.

—Y envía a alguien al pueblo —añadió—. Quiero que Osborne acuda de inmediato.

Una vez fuera, Gareth corrió hacia la pérgola y miró a su alrededor. Desde ese ángulo, vio que el resplandor se había extendido más allá del tejado de la cochera. A su espalda empezaron a cerrarse puertas de un portazo, y el caos no tardó en estallar. Gareth echó a correr, y oyó unos pasos que le seguían.

—Es grave —oyó decir a Kemble a su espalda—. Lo he visto desde la biblioteca. ¿Duermen algunos criados sobre la cochera?

—Los empleados de los establos —gritó Gareth—. ¡Vamos! ¡Pasaremos por el despacho de Watson para ganar tiempo!

A Dios gracias, Watson aún no había cerrado su despacho antes de irse a dormir. Gareth entró apresuradamente y vio que las ventanas traseras estaban iluminadas por un siniestro resplandor. Sorteó las mesas y las sillas y salió por la puerta posterior, que daba al patio de servicio. Algunas puertas de los carruajes se habían abierto violentamente, y las llamas se extendían sobre los adoquines y reptaban hacia las puertas de la cochera.

Kemble se acercó a Gareth.

—El fuego trepa por las paredes, dentro y fuera. —Corrió hacia las ventanas situadas al otro lado—. ¡Fuego! ¡Salid enseguida! ¡Fuego!

Las llamas lamían las puertas de madera. Al cabo de unos segundos, dos ventanas comenzaron a arder.

—Tenemos que llegar arriba —dijo Gareth, rodeando el patio en busca de la escalera—. Localice la escalera. Algunos de los chicos están enfermos, y probablemente atiborrados de láudano.

La escalera. La escalera. ¿Dónde estaba la maldita escalera?

—¡Fuego! ¡Fuego! —gritó Kemble, deteniéndose para asomar la cabeza por la siguiente puerta—. ¡Aquí! —gritó a Gareth.

Se apresuraron a abrir la puerta, pero el fuego había comenzado a ascender. El calor en el patio era insoportable.

—¡Un momento! ¡Necesitamos agua! —Gareth corrió hacia el abrevadero junto al pozo y se echó un cubo de agua por encima. Luego llenó otro cubo y atravesó el patio para arrojarlo sobre Kemble—. Quítese el corbatín —le ordenó—. Tenemos que cubrirnos la boca con él.

Después de taparse la boca con el corbatín, abrieron la segunda puerta. La pared a mano derecha estaba ya en llamas. Detrás de ellos, los criados salían al patio. La señora Musbury les ordenó que se pusieran en fila junto al pozo. En ese momento, sobre ellos, se produjo una explosión que reventó una ventana. Una lluvia de cristales cayó sobre los adoquines. Gareth entró apresuradamente, seguido por Kemble.

—¡Su coche de viaje! —gritó Kemble a través de la espesa humareda—. ¡Podemos sacarlo tirando de él por la lanza!

—¡No, vamos arriba! ¡Subamos! —Las palabras de Gareth quedaban sofocadas por el corbatín con que se cubría la boca—. ¡Allí! —gritó, señalando la escalera.

Subieron la escalera apresuradamente. Kemble se detuvo en el primer rellano.

—No —dijo Gareth, señalando hacia arriba—. Allí está el almacén.

Al llegar arriba, comprobaron que sólo había una puerta. Gareth la abrió rápidamente. La habitación estaba llena de arreos y otros materiales.

—¡Allí! —gritó Kemble, señalando a través del humo.

Gareth vio que las llamas lamían la parte superior de la ventana. Apoyó el hombro contra la puerta interior y al abrirla y entrar vio una salita de estar que contenía una tosca mesa de madera y dos alacenas. Dedujo que sería la próxima puerta.

—¡Fuego! ¡Levantaos! ¡Fuego! —gritó.

Al entrar vio tres camas, y a Terrence, cubierto con su camisón, de pie junto a la ventana, aterrorizado.

—¡Sal de aquí, Terry! —Los gritos de Gareth quedaban sofocados por el corbatín—. ¡Sal de ahí, por el amor de Dios!

Terrence se volvió y echó a correr hacia Kemble. Los otros dos hombres se despertaron al instante.

—¿Quién más duerme aquí? —preguntó Gareth.

Un segundo mozo de cuadra empezó a calzarse los zapatos apresuradamente.

—Los chicos que limpian los establos —respondió—. Por aquí.

—¿Hay una segunda escalera? —gritó Kemble desde el cuarto de los arneses—. La necesitaréis para bajar.

—Allí no hay ninguna escalera —contestó Talford, el cochero, mientras se ponía el calzón—. Sólo unas ventanas.

Kemble cerró la puerta.

—¡Jesús, María y José! —exclamó Terrence—. Vamos a morir.

—¡No diga tonterías! —le espetó Kemble, regresando—. ¡Apresúrense! ¡Saldremos por una ventana!

Les empujó hacia delante, alejándolos de la densa humareda, como un ánsar conduciendo a sus ansarinos. El intenso calor era insoportable.

Gareth se apresuró a despertar a los chicos de los establos.

—¿Qué ha ocurrido? —gritó a Kemble—. ¿Ha prendido fuego la escalera?

—Me temo que sí —respondió éste—. Tendrá que salir por una ventana.

—¿Qué ventana está más baja? —preguntó Gareth al cochero que estaba detrás de Kemble.

—Por allí —respondió Talford—. Es un poco más baja por el lado del lavadero.

Rodearon el patio de los talleres de la finca. La gente empezaba a toser. Gareth no tenía ni idea de dónde se hallaba el lavadero, pero entró en una habitación llena de muebles viejos. Se acercó a la ventana situada a la izquierda y la abrió.

—¡Necesitamos una escalera de mano! —gritó a los que estaban abajo—. ¡Acercad una escalera por el lado del lavadero! ¡Apresuraos!

Coggins miró hacia arriba.

—¡Enseguida, excelencia!

Gareth cerró la ventana para cortar la corriente de aire.

—¿Es grave? —preguntó a Kemble.

—Es piedra, pero con entramado de madera seca —respondió con gesto serio—. La escalera es pasto de las llamas y su carruaje ha prendido fuego.

—Musbury ha ordenado a los criados que se coloquen en una hilera con cubos de agua por ese lado —dijo Gareth—. Subamos esa ventana posterior para comprobar si es lo suficientemente baja.

La ventana estaba atascada debido a que hacía mucho tiempo que no la utilizaban. Por fin, entre ambos consiguieron subirla. Los mozos de cuadra y demás empleados de los establos empezaron a entrar detrás de ellos.

—La escalera se está derrumbando —gritó Talford a través del humo—. O salimos por esta ventana o nos achicharraremos.

El chico más joven rompió a llorar. Uno de los mozos respiraba con dificultad. Kemble sacó la cabeza por la ventana, para comprobar la situación en el exterior. Gareth apoyó una mano en el hombro del joven.

—En caso necesario, podemos saltar por ella —dijo—. Lo peor que puede pasarte es que te partas una pierna.

Por desgracia, eso no consoló al chico, cuyos sollozos se intensificaron.

Kemble volvió a meter la cabeza en la habitación y dijo:

—Por ese lado todo está negro. Pero calculo que la ventana no está a más de cinco metros del suelo.

En ese momento oyeron un estruendo abajo. Gareth se asomó por la ventana y vio un trémulo halo de luz que se desplazaba sobre la hierba, y a uno de los lacayos arrastrando una escalera.

—¡Colócala allí! —ordenó Coggins, sosteniendo la linterna en alto—. ¡Ya la tenemos, excelencia! Baje por ella enseguida.

Gareth metió de nuevo la cabeza en la habitación.

—Tú —dijo al chico más joven—. Baja tú primero.

El chico echó un vistazo a través de la ventana.

—N... no puedo, excelencia —dijo entre sollozos—. T... tengo miedo.

Gareth agarró a uno de los mozos de cuadra.

—Baja tú primero —dijo, guiñándole el ojo—. Así podrás coger a los otros cuando salten.

El mozo sacó una pierna por la ventana mientras los otros colocaban la escalera contra el muro.

—¡Ya está! —gritó Coggins—. ¡Ya puedes bajar!

El mozo de cuadra obedeció sin pérdida de tiempo.

—¡El siguiente! —gritó Coggins—. ¡Baje, excelencia!

Kemble empujó a otro mozo de cuadra hacia la ventana.

—¡La juventud antes que la belleza! —dijo—. Supongo que yo seré el último.

El mozo de cuadra bajó con cautela mientras los hombres que estaban abajo le indicaban lo que debía hacer.

—¡Apoya la mano en la repisa! ¡Mueve el pie! ¡Hacia la izquierda! Tranquilo.

En ese momento, las llamas irrumpieron a través de la puerta más alejada.

—¡El fuego ha alcanzado el cuarto de los arneses! —gritó Kemble—. Y probablemente algunos disolventes.

Gareth agarró a Talford, el cochero.

—¿Qué contiene ese cuarto? ¿Lo sabes?

El cochero torció el gesto.

—Trementina, excelencia. Aceite de linaza. Y unos viejos botes de pintura, supongo.

—¡Maldita sea! —dijo y agarró a otro mozo de cuadra.

—Ahora baja tú. Apresúrate.

El mozo de cuadra era más ágil de lo que parecía, y bajó en un abrir y cerrar de ojos. Gareth agarró de nuevo al chico más joven.

—Ahora te toca a ti —dijo con firmeza—. Si te caes, alguien te cogerá.

—P... pero está muy oscuro —protestó el chico—. ¡No me verán!

—Entonces espera un minuto hasta que el maldito techo empiece a arder —dijo Kemble en voz baja—. Eso lo iluminará todo y podrán verte.

—Calle, Kemble —dijo Gareth, empujando al chico hacia la ventana.

El chico tardó una eternidad en bajar.

—Ahora usted, Kemble —le ordenó Gareth.

—Tengo miedo a las alturas —respondió éste, agitando un brazo—. ¿Señor Talford? La escalera le espera.

En ese momento se produjo una explosión en la habitación más alejada. Gareth se volvió y vio una pequeña bola de fuego rodar debajo de la vieja mesa de la salita de estar. Se oyó ruido de vidrio al hacerse añicos y un grito en el patio.

—Otra ventana que ha estallado —dijo Kemble con tono sombrío—. Ahora tenemos un cruce de corrientes de aire. Disponemos de poco tiempo.

Talford casi había llegado abajo. Gareth agarró al siguiente mozo de cuadras, un joven fornido con la nariz enrojecida y ojos legañosos que se había mantenido rezagado.

—Vamos —dijo—. Baja.

El chico retrocedió, acobardado.

—Baje usted, excelencia, yo bajaré el último.

—Ni hablar —contestó Gareth—. Baja ahora mismo. Es una orden.

El chico obedeció, pero parecía estar a punto de vomitar. Gareth le observó bajar con gran agilidad. De modo que no era la escalera lo que le infundía temor.

—Ahora le toca a usted —ordenó a Kemble—. Y no me venga con cuentos.

—Baje usted primero —respondió Kemble mientras Gareth se apartaba de la ventana.

A pocos metros de donde se hallaban, el catre de Talford prendió fuego, junto con la alfombra que había debajo.

—Baje ahora mismo —dijo Gareth—, o le juro que le arrojaré por la ventana y se partirá esa nariz tan perfecta que tiene, y quizás una pierna.

Kemble le miró de arriba abajo.

—Sí, es capaz de hacerlo —murmuró—. De acuerdo, Lloyd, váyase a hacer puñetas.

Acto seguido Kemble sacó una pierna por la ventana, seguida del resto del cuerpo. Descendió por los peldaños de la escalera con tal elegancia que parecía como si lo hiciera cada noche de la semana. Y quizá lo hacía, pensó Gareth.

—¡Excelencia, por favor! —la voz de Coggins era estridente—. ¡Tiene que bajar enseguida!

Gareth ya tenía una pierna fuera. En el preciso momento en que apoyó el segundo pie en un peldaño de la escalera, asido todavía a la repisa de la ventana, estalló un trueno que reverberó entre los muros de Selsdon e hizo que la cochera temblara.

Por favor, Señor, rogó Gareth mientras bajaba por la escalera, *haz que llueva.*

—¡Excelencia! —Gareth se volvió y vio a Coggins con las manos unidas junto al pecho, como si rezara—. ¡Bendito sea Dios!

Los lacayos retiraron la escalera. Gareth observó a la multitud.

—¿Están todos? —preguntó—. ¿No falta nadie? —añadió, quitándose el húmedo corbatín de la boca.

Talford se acercó justo cuando a Gareth le cayó una gota de lluvia en la frente.

—No falta ninguno de mis hombres, excelencia —respondió—. Que Dios les bendiga a los dos.

—Muy bien —dijo Gareth—. Los que estéis enfermos, apresuraos a guareceros de la lluvia. Id a la cocina y preparad té. El resto dirigíos al patio y uníos a la brigada de los cubos de agua.

Todos se alejaron apresuradamente de los edificios, pero había empezado a llover a cántaros. Los pequeños fuegos que aún ardían no tardaron en convertirse en vapor y humo. En el patio, la señora Musbury seguía impartiendo órdenes a voz en cuello como un sargento mayor, arrastrando el empapado bajo de su camisón sobre los adoquines. Alguien había tenido el acierto de sacar a pastar a los caballos. Watson se hallaba a un lado del patio, observando con gesto sombrío los daños.

—¡Gabriel! —Gareth vio asombrado la menuda figura de Antonia salir de entre la multitud, con gesto aterrorizado. Se cubría con una gruesa capa de lana, pero debajo de ella asomaba una bata de franela y unas bonitas zapatillas de color rosa—. ¡Gracias a Dios! —exclamó, corriendo hacia él—. ¡Gabriel!

Gareth la tomó por los hombros, experimentando una indecible alegría.

—¿Qué haces aquí, Antonia?

—¡No podía dar contigo, Gabriel! —En esto estalló otro trueno y ella se sobresaltó, agarrándose a él con fuerza—. ¡Me dijeron que habías ido a la cochera! Temía lo peor.

La lluvia arreciaba. Gareth sonrió.

—Como puedes ver, Antonia, estoy sano y salvo —dijo—. Por favor, querida, entra en casa. Se aproxima la tormenta.

Pero ella seguía aferrándole por los brazos, sus azules ojos muy abiertos, sus pestañas cubiertas por unas gotitas de lluvia.

—¡Qué me importa la tormenta! —exclamó—. Sólo me importas tú. Oh, Gabriel, ya sé que no quieres que lo diga, pero eres muy importante para mí.

Hablaba de forma atropellada, sin duda debido al pánico que había hecho presa en ella, pero Gareth sintió renovadas esperanzas. Sólo confiaba en que los demás no les oyeran.

—Querida —dijo bajando la voz—. No me hagas esto.

—No —contestó ella con firmeza—. No puedo evitarlo. No te enfades conmigo, por favor. Estaba muerta de miedo. Cuando no pude dar contigo, pensé… Pensé que mi vida se había acabado de nuevo. Te necesito, Gabriel. Aunque tú no sientas lo mismo, te ruego que digas…

Él la interrumpió, sujetándola por los hombros con fuerza para no abrazarla, como deseaba hacer desesperadamente.

—No podemos hablar de esto aquí, Antonia.

—¿Cuándo, Gabriel? —murmuró ella—. Debo verte. Esta noche.

Él miró preocupado a la multitud que les rodeaba.

—Muy bien —contestó—. Pero te suplico que entres en casa, querida. Esto es lo que quiero que hagas ahora, que te pongas a salvo. Hazlo por mí, Antonia.

En ese momento, Nellie Waters se abrió camino a través de la multitud.

—¡Esto es una locura, lady Antonia! —murmuró—. ¡Por el amor de Dios, entre en casa antes de que pille una pulmonía!

Gareth obligó a Antonia a volverse.

—Sospecho que si te niegas, la señora Waters se quedará aquí fuera contigo y su estado se agravará —dijo con calma.

Con evidente reticencia, Antonia asintió con la cabeza y se alejó. Durante un instante, Gareth dudó, deseando ir tras ella, pero alguien evitó que cometiera esa torpeza emitiendo un sonoro carraspeo a su espalda.

—El señor Watson le necesita, excelencia —dijo uno de los lacayos.

—Sí, por supuesto. —Gareth atravesó el patio apresuradamente. La brigada de los cubos de agua empezaba a dispersarse. El fuego no tardaría en extinguirse por completo—. Los daños son graves, ¿verdad? —preguntó, acercándose a Watson.

El administrador de la finca asintió.

—Pero todo el mundo ha salido indemne, gracias a usted y al señor Kemble —dijo—. Y la lluvia arrecia. Creo que lo peor ha pasado, o casi.

—¿Casi? —Gareth le miró, desconcertado—. ¿A qué se refiere?

El administrador lo miró con gesto preocupado.

—Hay algo que debe ver —dijo, echando a andar a través del patio hacia el cobertizo donde se había iniciado el fuego.

La puerta de doble hoja aún estaba abierta, su interior calcinado.

—¿Qué había aquí? —preguntó Gareth a Watson mientras observaban los daños—. ¿Una carreta?

Watson señaló hacia el oscuro interior del cobertizo, donde todavía había humo.

—La nueva trilladora —respondió con gesto serio.

Gareth soltó una palabrota en voz baja.

—¿Destructores de máquinas?

Watson se encogió de hombros.

—Eso pensé al principio —respondió, cerrando una de las hojas de la puerta—. Hasta que vi esto.

El interior de la puerta estaba ennegrecido, pero en la parte delantera, gran parte de la pintura blanca seguía intacta, al igual que las letras de color rojo escritas sobre ella. Gareth sintió como si le hubieran asestado un puñetazo en la boca del estómago. Como si los chicos de Shoreditch le hubieran apaleado hasta dejarlo postrado en el suelo, boqueando y tratando de recobrar el resuello.

Arderás en el infierno, judío.

Durante un momento que se le antojó una eternidad, Gareth no pudo sino contemplar esa frase, mientras la lluvia se deslizaba por su rostro. Watson parecía consternado.

—Lo lamento, excelencia —dijo por fin—. Pensé..., que debía verlo.

Gareth sintió a su espalda los ojos de los criados que observaban la escena.

—Déjala abierta —dijo con tono áspero—. Déjala abierta para que todos puedan verlo.

—Es una infamia, excelencia —dijo Watson con firmeza—. Una infamia sin paliativos, y lo siento. La gente ya no piensa esas cosas. Se lo aseguro. Inglaterra ha comenzado a cambiar.

—Pero está claro que alguien no lo ha hecho —murmuró Gareth. Watson le sorprendió apoyando una mano en su hombro.

—Mañana la derribaré, excelencia —dijo en voz baja—, y terminaré de quemarla.

De pronto apareció alguien junto a Gareth con un paraguas negro.

—Madre de Dios —murmuró el doctor Osborne, mirando la puerta—. Alguien merece ser ahorcado por esto.

Gareth se volvió y se pasó una mano cubierta de mugre por el pelo, que estaba chorreando.

—Gracias por haber venido, Osborne —dijo—. Vamos, entremos en casa y...

Otro trueno le impidió terminar la frase. Parecía como si el cielo hubiese estallado. Empezó a diluviar. Gareth tomó al doctor del brazo.

—Entremos en el despacho de Watson —gritó a través del estruendo.

Luego agarró a la señora Musbury y se la llevó de allí.

—¡Todos los demás que se dirijan a las cocinas! —gritó—. ¡Apresuraos!

Los criados rodearon el despacho y se dirigieron hacia la puerta inferior de la cocina. Osborne y Watson siguieron a Gareth y a la señora Musbury hacia el despacho. Kemble cerraba la comitiva. Coggins había desaparecido. Todos entraron en el preciso momento en que otro trueno retumbó en el cielo.

—¡Nunca me había alegrado tanto de que estallara una tormenta! —comentó el ama de llaves, sacudiéndose las gotas de lluvia—. ¡Excelencia, señor Kemble, han sido ustedes muy valientes!

—¿Algún miembro del personal ha resultado herido? —preguntó Gareth, mirando a la señora Musbury y a Watson—. ¿Ha sufrido alguien quemaduras?

—Creo que Edwards, el segundo lacayo, se ha roto un dedo —respondió la señora Musbury—. Un accidente ocurrido cuando pasaba los cubos de agua.

—Bien, Edwards será su primer paciente —ordenó Gareth al doctor—. Luego quiero que atienda a todos los que estén aún enfermos de anginas. Tengo la impresión de que a pesar del humo y de la lluvia, todos salieron esta noche para echar una mano.

—Sí, eso me temo —respondió Osborne, comprobando el contenido de su maletín.

—Entonces haga el favor de atender a la señora Musbury —continuó Gareth—. Tiene los bronquios delicados, y la duquesa me ha reñido por haber dejado que permaneciera bajo la lluvia.

El ama de llaves le miró ofendida, hasta que Gareth le guiñó el ojo. A continuación dejó que Osborne se la llevara.

Watson se sentó a su mesa. Gareth se dejó caer en una silla cercana, agotado y cubierto de mugre. En la habitación se hizo un tenso silencio. Gareth observó que Kemble tenía una mancha de hollín en el cuello de la levita, por lo general inmaculada, y que se había chamuscado un mechón de pelo. Pobre diablo. No había sospechado que podía ocurrirle esto.

—Destructores de máquinas, ¿eh? —dijo Kemble con tono escéptico—. Pero en este caso, unos destructores de máquinas antisemitas. Me pregunto cuántos se pasean por el sur de Inglaterra armados con pintura roja y yesca.

—¿Tiene alguna teoría? —preguntó Gareth en voz baja.

—Una teoría, sí —respondió Kemble, apoyado contra el archivador de Watson con gesto sombrío—. Pero sólo eso.

Watson se reclinó con gesto cansado en su silla, con las manos metidas en los bolsillos.

—Todo indica que quienquiera que haya hecho esto no pudo resistir un último y malicioso toque —dijo—. Es posible que fueran unos destructores de máquinas. Pero no lo creo. Aún no hemos utilizado la maldita máquina. Y no hemos dejado a nadie sin trabajo, ni pensamos hacerlo. Todos los empleados lo saben.

—Les diré lo que me gustaría hacer —dijo Kemble, alejándose del archivador y apoyando las manos en la mesa de Watson—. Me gustaría disponer de diez minutos a solas con ese último mozo de cuadra al que usted obligó a salir por la ventana de la cochera.

Gareth le miró sorprendido.

—¿El chico que no paraba de moquear? ¿Por qué?

Kemble arrugó el ceño con gesto pensativo.

—Ese chico parecía... culpable —respondió—. Sí, estaba enfermo, pero era algo más que eso. De no haberle ordenado que saliera por la ventana, no sé adonde se proponía ir. Y luego, cuando usted ordenó que todos los sirvientes que estaban enfermos se dirigieran a las cocinas, él no fue. Se unió a la brigada de cubos de agua de la señora Musbury.

—Maldita sea —dijo Gareth—. ¿Eso hizo?

Watson empujó su silla hacia atrás.

—Creo que se refiere a Howell —comentó—. Un chico corpulento de unos quince años, ¿no? Ha pasado los dos últimos días en cama con fiebre. No sé qué pudo haber hecho para sentirse culpable.

Kemble meneó la cabeza lentamente.

—Quizá no se trate de lo que ha hecho —respondió—. Si no de lo que ha oído o visto.

Esta vez Gareth se pasó sus dos sucias manos por el pelo.

—¡Joder, otro misterio! —exclamó—. Kemble, hable mañana con ese chico. Averigüe lo que sabe.

—Muy bien, excelencia —respondió Kemble al tiempo que su gesto grave daba paso a una expresión socarrona—. A fin de cuentas, me he quemado el pelo y mi levita favorita se ha echado a perder. Alguien tiene que pagar por ello.

Gareth cruzó los brazos y le observó detenidamente.

—¿Quiere hacer el favor de compartir con nosotros su teoría? —preguntó—. ¿Quién cree que pagará por esto?

Kemble ladeó la cabeza.

—No estoy seguro —confesó—. Pero si fuera aficionado a apostar, diría que nuestro viejo amigo el señor Metcaff.

Capítulo 17

Gabriel apretó la espalda contra el húmedo muro de piedra del callejón, sintiendo que el corazón le latía aceleradamente. No oyó nada, salvo el bullicio de un concurrido puerto. El sonido de barriles rodando sobre madera. El crujir de grúas. El habitual vocerío del muelle, buena parte en lenguas extranjeras. Pero había conseguido zafarse de ellos. Era libre. Entonces emitió un profundo y trémulo suspiro y dobló la esquina hacia la libertad.

De inmediato oyó las voces.

—¡Allí está ese pequeño cabrón! ¡Ve a por él Ruiz!

Gabriel echó a correr a toda velocidad. Unos pies le seguían a la carrera, golpeteando los adoquines a su espalda, mientras él avanzaba por las laberínticas calles de Bridgetown. Sentía como si sus pulmones fueran a estallar. Vio un oscuro callejón a pocos metros, pero cuando se disponía a enfilarlo, se abrió la puerta de una taberna. Un hombre delgado y moreno salió y le alzó en volandas como si no pesara nada.

—¡Vaya! ¿Qué tenemos aquí? —comentó riendo—. ¿Un ratero?

—P... por favor, señor —dijo Gabriel, temblando—. No deje que me atrapen. Por favor.

Los tres marineros se acercaron a la puerta, jadeando.

—Gracias, señor —dijo Creavy—. El chico nos dio esquinazo en el muelle.

El hombre no soltó a Gabriel.

—¿Cómo se llama vuestro barco?

Creavy dudó unos instantes.

—El Saint-Nazaire. ¿Por qué?

—No todos los capitanes son respetables —dijo el hombre moreno—. ¿Por qué os interesa tanto este chico?

—*Tiene un contrato de trabajo con nosotros, señor* —respondió Creavy, casi a la defensiva—. *Tenemos el derecho de capturarlo.*

El hombre moreno dio un respingo.

—*Conque sí, ¿eh? ¡No parece que sea lo bastante mayor para afeitarse!* —Miró de nuevo a Gabriel—. *De hecho, se parece mucho a un primo mío de Shropshire que hace tiempo que perdí de vista. Creo que me lo llevaré a casa.*

Creavy achicó los ojos con expresión malévola, y avanzó un paso.

El hombre moreno sacó de pronto una navaja, un cuchillo largo y de aspecto letal, que llevaba sujeta al muslo.

—*Ni se te ocurra* —dijo en voz baja y con calma—. *En la taberna hay una docena de hombres. La mitad son amigos, y la otra mitad empleados míos.*

—*Pero... este chico nos pertenece por derecho...* —declaró Creavy con voz ronca.

—*Muy bien* —respondió el hombre moreno—. *Id a pedir a Larchmont que os dé los papeles del contrato de trabajo del chico... Sí, lo sé todo sobre el* Saint-Nazaire, *y traedlos a las oficinas de Neville Shipping, que están junto al embarcadero. Les echaré una ojeada, y si me convencen, os entregaré al chico. Es justo ¿no?*

Cuando los hombres se alejaron, Gabriel soltó otro trémulo suspiro.

—*¿Cree que regresarán, señor?*

El hombre moreno le dio una palmadita en el hombro.

—*A esos tipos no volveremos a verlos jamás, chico. Te llevaré a un lugar seguro.*

Mientras el fuego chisporroteaba y se extinguía lentamente, Gareth regresó a la casa a través de las cocinas para asegurarse de que no faltaba nadie. La señora Musbury se había puesto uno de sus vestidos de sarga gris y servía café a los extenuados sirvientes que se habían congregado en su salita de estar. Nellie Waters trajinaba con una bayeta, recogiendo los charcos de agua y ordenando los montones de chaquetas y botas empapadas. Entonces encontró al doctor Osborne en la habitación anexa a la cocina, entablillando el dedo roto.

El médico alzó la vista y le miró.

—Creo que hemos escapado sin sufrir graves daños —dijo—. ¿Tiene idea de quién pudo hacerlo?

Gareth negó con la cabeza.

—Aún no —respondió con tono sombrío—. Pero lo averiguaré, y que Dios asista a quienquiera que lo haya hecho.

El lacayo, sentado ante la pequeña mesa de trabajo, estaba algo pálido. Gareth le apoyó la mano en el hombro.

—¿Estás bien, Edwards?

—Sí, excelencia —respondió el sirviente—. Ha sido una rotura limpia. Apenas me duele.

Él le sonrió con gesto cansino.

—Le agradezco sus esfuerzos esta noche —dijo—. Vuelva a casa y acuéstese, Osborne, si no tiene que atender ninguna lesión grave. Le agradezco que acudiera tan rápidamente.

Tras esto, subió apresuradamente a su habitación, se desnudó hasta la cintura y se lavó buena parte del humo y de la mugre que tenía adheridos. Trató de olvidarse del fuego, pero no podía olvidar la expresión demudada, casi desesperada, que había visto esta noche en los ojos de Antonia. Sí, había tenido miedo de que le hubiera ocurrido algo malo a él, hasta el punto de que había dejado de lado el terror que le infundían las tormentas para ir en su busca. Mientras se secaba la cara con una toalla, se miró a los ojos en el espejo. El hombre que le miraba parecía... diferente. Su rostro, cubierto por la barba de un día, parecía más enjuto, sus ojos más duros. Estas semanas en Selsdon le habían cambiado, pero no como él había previsto.

Entonces se preguntó si su padre tendría ese aspecto a esta edad. Suponía que sí. El comandante Charles Ventnor tenía treinta y seis años cuando partió para la Península, un soldado curtido por haber participado en numerosas batallas. Gareth recordaba a su padre como un hombre alto y rubio, de anchas espaldas. Con una risa grave y sonora. Con unos ojos que se iluminaban de gozo cuando miraba a su esposa. Eso es todo. Eran los recuerdos de un niño, los únicos que le acompañarían el resto de su vida.

Le sorprendió lo mucho que añoraba a su padre. Pero quizás era comprensible en estas circunstancias. Si aún estuviera vivo, le habría preguntado qué sentía un hombre serio y formal cuando se enamoraba perdidamente a su edad. ¿Se le pasaría? ¿O le haría sufrir? ¿O se acrecentaría y se convertiría en un sentimiento hermoso y duradero, como la devoción que se habían profesado sus padres? Ni el tiempo ni la distancia habían mermado su amor. La religión y la conciencia de clase no lo habían alterado en lo más mínimo.

De repente, Gareth comprendió qué consejo le habría dado su padre. Que se arriesgara. Que lo arriesgara todo por Antonia: dolor, esperanza, felicidad. Pero la situación de Antonia era muy distinta. Nunca le habían permitido tomar sus propias decisiones. Nunca le habían dado opciones. Y mientras las sospechas sobre la muerte de su marido gravitaran sobre ella, tenía pocas opciones.

Pero Warneham y el padre de Gareth pertenecían al pasado. Antonia era quizá su futuro, aunque no estaba seguro en qué sentido. Lo que ella le había dicho esta noche había hecho que renaciera en él una esperanza que tal vez fuera vana. Y en estos momentos ardía en deseos de verla. De abrazarla. Así que arrojó la toalla y entró en su vestidor para cambiarse de ropa.

Cuando llegó a la sala de estar de Antonia, ella abrió la puerta de inmediato, vestida sólo con su camisón.

—¡Gabriel! —exclamó, arrojándose en sus brazos—. ¡Cuánto me alegro de verte! ¿No estás herido? ¿Todo el mundo está a salvo?

Él oprimió los labios sobre la cálida piel de su cuello.

—Todo el mundo está bien, amor —dijo—. Hemos tenido suerte.

—No fue una cuestión de suerte, sino que fuiste muy valiente —respondió ella—. Tú y el señor Kemble. Todo el mundo hablaba de ello. Si no hubierais arriesgado vuestras vidas… ¡Dios santo!

—¿Qué, amor?

—¡Podrías haber muerto, Gabriel! —murmuró ella con voz entrecortada—. No sé si besarte o darte de bofetadas.

Él sepultó los dedos en la espesa cabellera de Antonia, que llevaba suelta.

—Prefiero un beso —murmuró—. Una bofetada no es tan excitante.

Antonia se apoyó en él, y alzó el rostro para mirarlo. Él oprimió los labios contra los suyos, al principio con suavidad, hasta que de pronto fue como si estallara una chispa entre ellos, prendiéndoles fuego. Al igual que la noche en el baluarte, era un deseo feroz e incontenible. Una intensa sensación de alivio al comprobar que estaban vivos y juntos pese a la tragedia que el mundo les había arrojado encima. Gareth la besó con pasión, perdiendo toda noción del tiempo y la realidad.

Antonia sintió los brazos de Gabriel, cálidos y musculosos, estrechándola con fuerza. Se entregó a las sensaciones que la invadían: el placer de sus caricias, el deseo de sentir su cuerpo desnudo. Experimentó el dulce y acostumbrado anhelo que le recorría el cuerpo hasta la médula. La boca de él se movió sobre su rostro, besándola en la sien, en las cejas. Pero no era lo que ella deseaba. Al intuirlo, Gabriel oprimió de nuevo su boca contra la suya, besándola con una intensidad que hizo que a ella le temblaran las piernas.

Sus caricias se hicieron insistentes. Imperiosas. Era lo que ella ansiaba. Oprimió su cuerpo contra el suyo, ofreciéndose por amor y desesperación. Él la acarició por todo el cuerpo, abrasándole la piel. Apoyó una mano debajo de sus nalgas, estrechándola contra su miembro erecto.

Antonia sabía que había llegado el momento de conducirlo hacia la alcoba, pero le tentaba la deliciosa perversión de hacerlo en la sala de estar.

—Tómame —murmuró contra su boca—. Ahora, Gabriel, por favor.

Sintió que él la hacía retroceder. Sintió el borde de su secreter de palisandro contra la parte posterior de sus piernas. La alzó, sin apartar la boca de la suya. Las plumas cayeron de la mesa, aterrizando en la alfombra. Pero ellos no hicieron caso. Él le acarició los pechos, sopesándolos y restregándole los pezones hasta producirle dolor. Ella arqueó la espalda, hasta que estuvo a punto de caerse de la mesa, ansiando más.

Antonia se llevó las manos al cuello y soltó el lazo de su camisón. Gabriel apartó el suave tejido de franela de sus hombros y mordisqueó su piel desnuda. Inexplicablemente, ella sintió un temblor que le recorrió el cuerpo. Buscó los labios de él, y Gareth tomó su boca con renovada desesperación, explorando cada rincón de la misma con movimientos ávidos y profundos de su lengua. Cuando él le alzó el bajo de su camisón, Antonia sintió como si la realidad empezara a difuminarse.

Separando las piernas, se sumergió en la sensación de sus caricias, y cuando él volvió a besarla, ella deslizó la mano alrededor de su cintura. Le sacó el faldón de la camisa y pasó las palmas de las manos sobre los duros músculos de su espalda.

—Gabriel —murmuró—. Qué hermoso eres.

Le sintió estremecerse de placer al tiempo que su calor y su seductor olor la envolvían. Un olor a jabón y a cítricos. A madera con un toque a cuerpo varonil. Él respiraba trabajosamente, y sus manos no dejaban de acariciarla con insistencia y voracidad.

Antonia se deslizó un poco más hacia el borde de la mesa y empezó a desabrocharle los botones del pantalón. La satinada cabeza de su rígido pene se separó de los tensos músculos de su vientre.

—Dios, Antonia —dijo él con voz ronca—, tengo que poseerte.

—Entonces tómame —murmuró ella, apartando con frenesí el tejido de su pantalón—. Aquí y ahora. No pienses. No digas nada.

—¿Por qué me dejo persuadir siempre por esas palabras? —murmuró él.

Arremangándole el camisón, se acercó más a ella y la besó en el cuello, mordisqueándoselo sin demasiada delicadeza. Luego introdujo rápidamente la mano entre sus piernas y le tocó sus partes íntimas, húmedas de deseo.

Gimió e insertó un dedo entre los repliques cutáneos.

—Más —dijo ella con voz entrecortada, acariciándole su cálido y rígido miembro—. Ahora. Por favor.

En respuesta, él la colocó sobre el borde mismo de la mesa. Antonia percibió su agitada respiración. Él se oprimió contra ella y la penetró sin más preámbulo.

—¡Ah! —exclamó ella—. ¡Sí!

Él se retiró y volvió a penetrarla, haciendo que la mesa chocara contra la pared. A Antonia no le importó. Inclinó la cabeza hacia atrás, casi espoleada por el temor de que les descubrieran, por el casi desesperado deseo que sentían ambos. Gabriel la penetró una y otra vez, sosteniéndola en el borde de la mesa, en el borde del precipicio. Incapaz de reprimirse, ella se apretó instintivamente contra él, impelida por una necesidad física cada vez más imperiosa.

—Antonia —murmuró él con voz entrecortada, acariciándole un pecho—. Antonia, no puedo resistir...

Ella sólo pensaba en la fuerza que la impulsaba hacia delante, en la desesperada necesidad de aliviar su tormento mientras se apretaba contra el miembro de él, duro y ardiente, que se movía dentro de ella. Las manos y la boca de Gabriel denotaban también su desesperación. El imperioso deseo se intensificó. Ella sintió que la penetraba una y otra vez. Gritó de placer, y Gabriel inclinó la cabeza hacia atrás, su espalda tensa como un arco. El ritmo les enloquecía, conduciéndola a ella hacia ese dulce y maravilloso precipicio, hasta que por fin alcanzó el clímax. Un millar de sensaciones la invadieron. Gabriel se retiró casi del todo, y luego volvió a penetrarla una última vez. Tenía la cabeza inclinada hacia atrás, los tendones de su cuello a punto de estallar, emitiendo en silencio un grito de placer mientras la inundaba con su cálido semen.

Permanecieron abrazados unos momentos, él con la cabeza apoyada en el hombro de ella, su frente perlada de sudor.

—Cielo santo, Antonia —murmuró, como si de pronto le acometieran los remordimientos de conciencia—. No puedo creer que te haya hecho esto. Aquí. Sobre una mesa.

Ella le besó ligeramente en la curva de su oreja. No le importaba. Ni siquiera era consciente del riesgo que habían corrido. Todo pensamiento lógico había sido eclipsado por el intenso deseo de que él le hiciera el amor. El deseo que estallaba siempre entre ellos, eterno y abrasador.

—Te amo. Sé…, sé que no quieres que lo diga. Que ni siquiera lo piense. Pero ya lo he dicho.

Gabriel alzó la cabeza y se miraron a los ojos. Él apoyó la mano en la mejilla de ella y la miró con tristeza.

—Quizá te sientas seducida por la forma en que te hago el amor, Antonia.

—Basta, Gabriel. —Ella le tocó en la mejilla—. No soy como… las otras mujeres con las que te has acostado. No se trata del placer físico.

—¿Ah, no? —preguntó él, arqueando una ceja.

Ella sintió que se sonrojaba.

—Bueno, sí —rectificó—. Pero es mucho más que eso.

Él sonrió levemente. Sin decir nada, se apartó de ella y la depositó en el suelo, alisándole el camisón. Se metió apresuradamente el faldón de la camisa dentro del pantalón.

—Yo te estimo, Antonia —dijo por fin sin mirarla—. Te estimo mucho. Es justo que lo sepas.

—¿De veras? —preguntó ella con un tono sorprendentemente sereno.

Él se volvió y se dirigió hacia la ventana. La ventana junto a la que ella se había situado la fatídica noche en que había negado haber hecho el amor con él. Pero no podía negar que le deseaba, y ella lo sabía.

—Sí, te estimo —repitió él, observando la lluvia—. ¿Te amo? Sí, Antonia. Desesperadamente. Creo que ya lo sabes.

¿*La amaba?* Sí, sin duda. Gabriel no era el tipo de hombre que decía lo que no sentía. Sintiendo que su corazón rebosaba de esperanza, Antonia se acercó a él y apoyó ambas manos en sus brazos.

—No puedo saberlo a menos que me lo digas —respondió—. No puedo adivinarlo. Temo incluso confiar en ello.

Él sacudió la cabeza, con los ojos fijos en un punto a lo lejos.

—Antonia, no debemos precipitarnos —le advirtió—. Has sufrido mucho. Apenas has tenido oportunidad de elegir lo que quieres.

—Te quiero a ti, Gabriel —respondió ella con tono quedo—. Te elijo a ti.

Él dudó unos instantes, pero Antonia sintió que su determinación empezaba a flaquear. Aguardó sin decir nada. Comprendía sus temores. Con su historial, unirse a ella constituía una grave responsabilidad. Por lo demás, Gabriel estaba convencido de que el hecho de que tuviera parientes judíos disgustaría a su padre, y probablemente tenía razón. Pero a ella ya no le importaba lo que pensara su padre. Y tenía que convencer de ello a Gabriel.

En ese momento, se abrió una puerta y volvió a cerrarse. Alguien había entrado en la alcoba contigua.

—Debe de ser Nellie —murmuró Antonia—. Ha vuelto.

Gabriel la besó ligeramente en la nariz.

—Sin duda para cerciorarse de que estás bien, bendita sea —dijo él—. Anda, ve. Vete a dormir, querida, y no dudes de que te amo. Locamente.

Tras esto salió de la habitación. Antonia se quedó junto al pequeño secreter de palisandro. Nellie la llamó desde la alcoba. Con una vaga sensación de decepción, ella se volvió y entró en la alcoba para acostarse.

A la mañana siguiente Gareth se levantó al amanecer para inspeccionar con el señor Watson los daños causados por el incendio. El administrador de la finca había tenido el acierto de llamar a los carpinteros y los albañiles que estaban trabajando en Knollwood, ordenándoles que empezaran a reparar de inmediato la cochera. Tres cubículos, su contenido, y todas las habitaciones sobre la cochera habían sido pasto de las llamas, de modo que emprendieron de inmediato los trabajos de demolición. A las nueve de la mañana, habían derribado la puerta dañada y, tal como le había prometido Watson, la habían arrojado al montón de escombros para prenderle fuego.

Por fortuna, en ese momento apareció el señor Kemble, para recordar a Gareth que la puerta constituía una prueba y no debían quemarla hasta descubrir al responsable de lo ocurrido. Luego envió a Talford a West Widding en la calesa, uno de los objetos que había sobrevivido al fuego, en busca del juez de paz. Gareth comprendió que la situación estaba en buenas manos y regresó a la casa, sin dejar de pensar en Antonia.

Encontró a Coggins en su largo y estrecho despacho junto al vestíbulo, ocupado como de costumbre en examinar el correo y asignar los quehaceres de la jornada a los lacayos. Gareth aguardó en el pasillo mientras el mayordomo daba las oportunas órdenes al último criado.

Él había adoptado la costumbre de pasarse cada mañana por el estrecho despacho de Coggins para preguntar por Antonia y revisar las tareas programadas para la jornada. Recordaba la primera vez que lo había hecho, hacía unas semanas.

Anoche, después de dejar a Antonia, se dio cuenta de que no habían hablado de la disputa que habían tenido junto al lago. Quizá no lo hicieran nunca. Quizá ni siquiera fuera una disputa. Gareth suponía que lo que había pretendido era que ella le absolviera de sus pecados. Pero no era lo mismo que le absolviera a que lo comprendiera. ¿Podría Antonia comprenderlo algún día? ¿Quién habría sido capaz de comprenderlo?

Lo que ella le había dicho anoche le había llenado de felicidad. Pero tal como él le había advertido, no quería que ella desperdiciara sus oportunidades de elegir, habida cuenta de que la vida le había ofrecido muy pocas. Había sido sincero, pero empezaba a creer que Antonia sabía bien lo que hacía. Se estaba convirtiendo en la bella y elegante mujer que estaba destinada a ser.

Había llegado el momento de que mantuvieran una larga y seria conversación. Lo único que él deseaba era que se supiera la verdad sobre la muerte de Warneham. Si Antonia le elegía, quería que fuera porque realmente no podía vivir sin él. Gareth no habría podido vivir en paz si albergaba la menor sospecha de que él era lo único a lo que podía aspirar Antonia dadas las circunstancias. Y necesitaba que ella comprendiera y aceptara no sólo lo que él era, sino lo que había sido años atrás. Lo cual era mucho pedir.

Coggins estaba tachando las últimas tareas previstas para la jornada con los lacayos. Cuando terminaron, entró en el despacho. El mayordomo se levantó de inmediato, aunque parecía algo cansado y nervioso. Su pelo entrecano se vía más escaso, y su rostro grave y alargado más solemne que de costumbre.

—Buenos días —lo saludó—. ¿Ha bajado ya la duquesa?

—No, excelencia —respondió Coggins, dejando su libro de cuentas—. No la he visto.

—Muy bien. —Gareth trató de relajarse—. Cuando tengas un momento, quiero que te encargues de algo.

—Desde luego, excelencia —contestó el mayordomo—. ¿En qué puedo servirle?

Gareth apoyó un hombro contra el marco de la puerta.

—Talford y los mozos de cuadra necesitan reponer sus cosas —explicó—. Ropa, botas, navajas de afeitar, biblias y demás. Todo lo que tenían se ha quemado. Haz lo que puedas. En caso necesario, ve a Londres a adquirir lo que precisen.

—Muy bien, señor —dijo Coggins—. Creo que en Plymouth encontraré lo que necesitan. ¿Desea que haga alguna otra cosa?

Gareth cruzó los brazos y reflexionó antes de responder.

—El señor Kemble tiene una teoría sobre el incendio —dijo al cabo de unos momentos—. Cree que el señor Metcaff puede haber regresado a la comarca. ¿Sabes algo al respecto?

Coggins le miró alarmado.

—En absoluto, excelencia —respondió—. Esto es muy preocupante. Haré unas averiguaciones entre los sirvientes.

Gareth asintió lentamente.

—Sí, hazlo —le dijo—. Si alguien ha visto o sabe algo de Metcaff, deseo que informes a Kemble de inmediato.

Coggins asintió con la cabeza. Gareth le dio las gracias y se volvió para marcharse, pero en el último momento, el mayordomo dijo:

—Excelencia, ¿me permite que le diga algo con toda franqueza?

Gareth se volvió hacia él.

—Por supuesto, Coggins —respondió—. Habla sin temor.

Coggins enlazó las manos a la espalda.

—Se trata del... incendio, excelencia —dijo. El mayordomo no era un hombre propenso a mostrar sus emociones, pero hoy parecía profundamente consternado—. No se trata del propio incendio, sino... de la inscripción que encontraron.

Gareth asintió lentamente con la cabeza.

—Ya, adelante.

Coggins le miró con aire cariacontecido.

—Sé que hablo en nombre de todo el personal, señor, al decirle que a nadie nos importa, señor, que sea usted... judío.

Gareth sonrió.

—Gracias, Coggins. Celebro saberlo.

—Nadie aquí habría sido capaz de escribir esas palabras, excelencia —prosiguió Coggins con gesto solemne—. Los sirvientes trabajan muy a gusto para usted, y se alegran que haya decidido realizar unas mejoras en la finca. El señor Watson dice que es usted un genio. Tenga por seguro que Metcaff era el único agitador aquí, y todos creíamos, como es natural, que se había marchado. De modo que... esto es todo, señor. Era lo que el personal de servicio quería que le dijera en nombre de todos. Todos lamentamos profundamente lo ocurrido.

Gareth apoyó una mano en el hombro del mayordomo.

—Ya lo supuse, Coggins, cuando anoche vi que salían todos en sus camisones y batas con cubos de agua para extinguir el fuego —dijo—. Pero gracias por decírmelo.

Se volvió de nuevo para marcharse, pero en el último momento cambió de parecer.

—Otra cosa, Coggins.

—¿Sí, excelencia?

—Para que lo sepas, fui confirmado en el mismo lugar que la mayoría de los habitantes de Selsdon —dijo—. Concretamente, en St. Alban's. Lo recuerdo con todo detalle. Tenía once años.

Coggins parecía sorprendido.

Gareth se detuvo unos instantes.

—Mi madre era judía —dijo—. Sus padres fueron obligados a abandonar sus hogares en Bohemia cuando eran jóvenes y huyeron a Inglaterra para labrarse un porvenir. Yo les quería mucho y me sentía orgulloso de su fe. Pero para bien o para mal, soy igual que el resto de la gente que vive aquí. Y cuando las cosas se calmen, quizás os dé una sorpresa el día menos pensado presentándome en la iglesia un domingo.

Coggins parecía algo turbado.

—Todos nos alegraremos de verlo allí, excelencia.

De pronto se oyó el ruido de un carruaje en el camino adoquinado. Coggins se acercó a la estrecha ventana, que daba a la entrada de la mansión.

—Creo que es su amigo, el barón Rothewell, excelencia. ¿Le esperaba?

—Dios, no. —Gareth se acercó a la ventana y miró por encima del hombro de Coggins. En efecto, era Rothewell, que acababa de apearse de su negro y reluciente faetón de pescante alto—. Pobre diablo —murmuró—. Debe de estar realmente desesperado.

Coggins alzó la cabeza.

—¿Desesperado, señor?

Gareth esbozó una leve sonrisa.

—Su hermana se ha casado hace poco —dijo—. Y ahora lord Rothewell no sabe qué hacer para entretenerse. No tiene con quien discutir durante la cena. ¿Qué otro motivo tendría para regresar aquí?

Al cabo de unos minutos, Rothewell fue conducido al estudio de Gareth. Kemble ya estaba allí, sentado ante el pequeño escritorio, redactando un documento. No pareció sorprenderse al verlo.

Después de llamar para pedir que les trajeran café, Gareth se sentó en una de las amplias butacas que flanqueaban el hogar.

—Al parecer habéis sufrido un percance. —Rothewell estiró sus largas piernas embutidas en unas botas y se arrellanó en su butaca—.

En la parte trasera de tu cochera hay unos orificios cubiertos de hollín en lugar de ventanas.

Kemble dejó su pipa con brusquedad.

—Precisamente escribía unas notas sobre ese pequeño desastre para nuestro juez de paz —replicó con aspereza—. Todo indica que un lacayo rebelde decidió vengarse.

Gareth se volvió en su butaca.

—¿Estamos seguros de ello?

—Está prácticamente demostrado —respondió Kemble sorbiéndose la nariz—. Ese joven mozo de cuadra que está resfriado oyó ruido en el cuarto de los arreos hace dos días. Se levantó de la cama el tiempo suficiente para asomar la cabeza por la puerta. Vio a Metcaff revolviendo en los armarios, supongo que en busca de trementina.

—¡Cielo santo! —exclamó Gareth—. Y el chico no hizo nada.

Kemble se reclinó airosamente en su butaca.

—El chico no hizo nada —repitió, alzando las manos—. Ahora bien, en su defensa, por endeble que sea, cabe decir que estaba enfermo, y que había ingerido una buena dosis del infame remedio contra la tos de Osborne. ¿Imagina lo que contenía?

Gareth emitió un gruñido de contrariedad.

—Quizá deberíamos ir en busca de ese cabrón —terció Rothewell con un tono excesivamente jovial—. Me refiero al lacayo.

—Se nota que está usted profundamente aburrido —observó Kemble, haciendo uno de sus habituales ademanes para despachar el asunto—. No se moleste. Metcaff ha sido visto en West Widding. Supongo que el señor Laudrey le habrá arrestado... —Kemble sacó su reloj de bolsillo de oro macizo—. Más o menos a la hora de comer.

—¿Y luego qué ocurrirá? —inquirió Gareth.

—Será juzgado y ahorcado sin dilación..., a menos que usted desee intervenir —respondió Kemble con tono mordaz—. ¿Desea solicitar que lo destierren a Australia? A fin de cuentas, ese hombre es pariente suyo consanguíneo.

Rothewell parecía confundido.

—¿O sea, que Metcaff es el hijo ilegítimo? ¿Cómo es que estaba involucrado en el asesinato y todo este lío?

—¿Se refiere a la muerte de Warneham? —preguntó Kemble, arqueando sus negras cejas con gesto dramático—. Empiezo a creer que el tema es bastante más complicado de lo que suponía, y, francamente, no acierto a adivinar el móvil.

—¿Cómo dice? —preguntó Rothewell.

—Estoy seguro de que Metcaff no asesinó a nadie —contestó Kemble con tono irritado—. Es inocente de eso.

En ese momento, uno de los lacayos apareció con el café. Gareth se apresuró a servirlo.

—¿Qué te trae de regreso aquí, Rothewell? —preguntó, pasándole una taza—. Nuestros pequeños contratiempos no pueden compararse con los emocionantes eventos de Londres.

—En realidad —contestó Rothewell—, he venido a instancias del vizconde De Vendenheim y sus amigos en el Ministerio del Interior.

—¿De veras? —Kemble se levantó apresuradamente del escritorio y empezó a pasearse por la habitación—. ¿Por qué no lo dijo? ¡Esto debe de ser delicioso!

Rothewell miró a Kemble con recelo.

—De Vendenheim quería que les transmitiera cierta información que no deseaba poner por escrito —dijo—. Aunque no tiene ningún sentido para mí.

Kemble fijó en él sus perspicaces ojos.

—¿Le ha ocurrido algo a Max? ¿Por qué no ha venido él mismo?

Rothewell parecía sentirse un tanto incómodo.

—Tengo entendido que sus mellizos han enfermado de varicela —contestó el barón—. Además, yo conduzco más deprisa.

—Debe de haber ocurrido algo muy interesante —comentó Gareth.

—Bueno, en parte se trata de lo que *no* ha ocurrido —respondió Rothewell—. Me dijo que te informara de que lord Litting le rehuye, y que no ha conseguido cazarlo. Dijo que tú entenderías a qué se refería.

Gareth se sintió un tanto decepcionado.

—Ah, eso —dijo—. Sí, Litting se presentó aquí furibundo. Nos acusó de echarle encima a nuestros sabuesos. Me temo que no logramos sonsacarle nada importante.

—Da lo mismo —dijo el barón—. De Vendenheim fue a ver al abogado, un tal sir Harold no sé cuántos.

—¿Ah, sí? —Kemble se sentó, estupefacto—. ¿Y consiguió hacerle hablar?

—Según tengo entendido, lo soltó todo. —Rothewell se detuvo para beber un sorbo de café—. Al parecer, De Vendenheim invocó el nombre de Peel, y el otro se puso a hablar como una cotorra.

—¿Y bien? —preguntó Kemble, impaciente—. Suéltelo de una vez. ¿Qué dijo?

Rothewell asumió un gesto pensativo.

—Procuraré contárselo lo mejor que pueda —respondió—. Es una historia asombrosa, pero De Vendenheim no me permitió tomar notas.

—Procure contarla con precisión —dijo Kemble bruscamente—. No omita nada.

El barón le miró ofendido, pero se contuvo.

—Ese tal sir Harold dijo que el duque de Warneham le pidió que viniera aquí para hablar sobre una situación legal delicada —dijo Rothewell—. Deduzco que toda la historia estaba trufada de «es posible» y «quizás», pero el caso es que Warneham insinuó que en su juventud había contraído matrimonio en Gretna Green, antes de heredar el ducado, y quería que el abogado le explicara las implicaciones de dicho matrimonio.

—¿Lo *insinuó*? —preguntó Gareth—. ¿Y por qué había decidido confesarlo ahora?

Rothewell encogió sus anchos hombros.

—Dijo que estaba bebido, y que había sido una calaverada de juventud —explicó el barón—. El abogado tuvo la impresión de que mentía sobre ese aspecto. El caso es que Warneham quería saber qué castigo le impondrían si lo confesaba públicamente.

—¿Por qué iban a imponerle un castigo? —inquirió Gareth—. Fugarse para contraer matrimonio en Gretna Green es un escándalo, pero no es ilegal.

—No un castigo por haberse fugado para contraer matrimonio —terció Kemble, sentándose en el borde de su silla—. Sino al castigo por bigamia, ¿verdad, Rothewell? Ese hombre se casó con otras cuatro mujeres que sepamos. Eso podría significar cuatro matrimonios bígamos, dependiendo de cuánto tiempo hubiera vivido la mujer con la que se casó en Gretna Green. ¿Y estaba dispuesto a confesar eso?

El barón asintió con la cabeza.

—Al parecer, pensaba hacerlo —respondió Rothewell—. Según el abogado, Warneham le dijo que primero deseaba anular su matrimonio con la actual duquesa para no enfurecer al padre de ésta.

Kemble se levantó de un salto y comenzó a pasearse de nuevo por la habitación.

—De modo que Warneham reconoció que su matrimonio con la primera duquesa era bígamo —dijo, frotándose la barbilla con una mano—. Por no mencionar a las otras tres.

—Y estaba dispuesto a convertir al pobre Cyril en hijo ilegítimo al revelar la historia —observó Gareth enojado—. Por eso quería la bendición de Litting. Y por eso Litting no nos contó toda la verdad; imagino que estaba indignado con Warneham.

—Pero ¿qué le importaba a Warneham lo que pensara Litting? —preguntó Rothewell—. La historia es de por sí escandalosa y estrafalaria.

Kemble se detuvo frente al hogar, que estaba apagado, con las manos enlazadas a la espalda y mostrando en sus ojos una emoción tan intensa como inescrutable.

—La opinión de lord Litting le importaba tanto o más que la de lord Swinburne —dijo—. Porque si Warneham era acusado de cuatro casos de bigamia, el escándalo habría aterrizado en la Cámara de los Lores como el fétido y repugnante montón de estiércol que es.

—Y eso habría causado un profundo bochorno a la familia de Litting.

Gareth movió los hombros, como si de repente su levita le quedara demasiado ajustada. Había algo que no alcanzaba a descifrar.

De repente Kemble dejó de pasearse por la habitación y se llevó la mano al cuello.

—¡Santo cielo! —exclamó.

—¿Qué le ocurre? —preguntó Rothewell con aspereza.

—¡Creo que tengo anginas! —dijo respirando con dificultad—. ¡Es preciso que alguien vaya en busca del doctor Osborne!

Quince minutos más tarde, Kemble se dejó caer, medio desmayado, en el diván de cuero rojo de Gareth, declarando que estaba demasiado enfermo para subir siquiera la escalera. Pidieron que le prepararan una pomada balsámica de eucalipto, y así fue como Nellie Waters se enteró de la situación y vino a resolverla personalmente, diciendo que como ya había tenido anginas, no podía volver a contraerlas. Se sentó junto al diván, le quitó a Kemble el corbatín y empezó a aplicarle la pomada balsámica sobre el cuello con una energía que parecía que estuviera frotando el cuello de un sudoroso caballo de carreras, arrancando toda suerte de quejas y gemidos a su paciente.

Gareth observaba la escena a través de un velo de sospecha cuando apareció Antonia con una manta. Ahora empezaba a comprender lo que Kemble se llevaba entre manos.

—¡Vaya, señor Kemble! —exclamó Antonia, dirigiéndose de inmediato hacia el diván—. Qué mala noticia. Pensé que habíamos acabado con esta pesadilla.

Nellie tomó la manta de sus manos e indicó a su señora que se retirara al otro lado de la habitación.

—Apártense todos —dijo con tono autoritario—. Esto es muy desagradable.

Gareth estaba convencido de ello, pero no estaba seguro de que fuera contagioso. No obstante, al cabo de unos momentos, Coggins entró con el doctor. Osborne saludó a todos los presentes con aire jovial. Nellie Waters le cedió su asiento, y si al médico le chocó tener que atender a un paciente en presencia de un nutrido grupo de personas, no dijo nada al respecto.

—Supuse que habíamos superado estas anginas —observó Osborne con tono compasivo mientras exploraba el interior de la boca de Kemble con un palito—. Así, vuélvase un poco hacia la luz.

—*Unggghh* —dijo Kemble.

Osborne se volvió hacia Gareth.

—¿Dice que le sobrevino de repente?

Lord Rothewell alzó las manos.

—Estaba bien, y de improviso…

—*Unggkk* —le interrumpió Kemble.

Osborne retiró el palito de su boca.

—Bien pensado, anoche, cuando permanecí bajo la lluvia, me sentí algo indispuesto —dijo Kemble.

Osborne no parecía muy convencido.

—No se aprecia ningún absceso en el tejido peritonsilar, como cabría esperar —dijo—. Y sus membranas mucosas tienen buen aspecto. Quizás inhaló demasiado humo anoche.

Kemble se apresuró a asentir con la cabeza.

—Sí, sí, creo que tiene razón —dijo—. Esto me tranquiliza mucho. —Se incorporó y apoyó una mano en la manga de la chaqueta del médico—. Discúlpeme, doctor. Me preocupo en exceso por mi salud, al igual que hacía el pobre Warneham. Podría decirse que casi de forma obsesiva, ¿no es así?

Osborne carraspeó para aclararse la garganta de forma un tanto pomposa.

—Es cierto que el difunto duque no estaba bien —dijo—. Tenía varios problemas de salud.

—Y usted tiene una extraordinaria habilidad para acertar con el diagnóstico, ¿verdad, doctor Osborne? —continuó Kemble—. Es una suerte que acudiera enseguida para verme y, de paso, tranquilizarme. A fin de cuentas, logró diagnosticar el asma agudo de Warneham a los tres días de que el duque hubiera empezado a toser —añadió mirando a la señora Waters.

La señora Waters asintió con la cabeza.

Osborne empezaba a mostrarse incómodo.

—El asma puede ser muy peligroso si no recibe el oportuno tratamiento.

Kemble sonrió.

—Cuando a uno le sobreviene un ataque agudo, respira con dificultad, como si le faltara el aliento, ¿no? —preguntó afanosamente—. Pero, a Dios gracias, usted pudo diagnosticar el problema del duque mucho antes de que aparecieran esos síntomas, y pocos días antes de que su excelencia contrajera matrimonio. Sin embargo, la pobre señora Musbury se pasa casi tres meses al año tosiendo, pero usted no le ha recetado nunca nitrato de potasio. ¿Por qué, doctor Osborne?

Osborne se enderezó, asumiendo una postura rígida.

—Me ofende lo que insinúa, señor Kemble. —El doctor cerró su maletín y se levantó—. Me preocupo por cada uno de mis pacientes, al margen de sus circunstancias o clase social.

—¡Jamás supuse lo contrario! —exclamó Kemble, indicándole que volviera a sentarse—. Estoy seguro de que el nitrato de potasio no sería adecuado para la señora Musbury. Es una droga que puede ser muy peligrosa y debilitante. De hecho, un lego como yo podría referirse a ella por un nombre muy distinto. Creo que su nombre común es nitro.

—Kemble —terció Gareth con tono de advertencia—, espero que sepa adónde quiere ir a parar con esto.

Pero los dos hombres estaban pendientes el uno del otro.

—Ése es un nombre incorrecto —replicó Osborne, sulfurándose—. Es una droga legítima si se utiliza de forma adecuada.

—Sí, y usted la utilizaba de forma adecuada para sus propósitos, ¿no es así? —preguntó Kemble con dulzura—. Como anafrodisíaco, confiando en que Warneham no engendrara nunca un heredero, un heredero que ocupara el lugar de usted en sus afectos.

Antonia y la señora Waters, que se hallaban situadas al fondo de la habitación, emitieron una exclamación de asombro. Rothewell soltó una palabrota en voz baja con tono de admiración. Intrigado, Gareth se acercó y dijo:

—Pero en realidad el nitro carece de eficacia, ¿no?

Kemble se encogió de hombros.

—Está claro que Osborne creyó que merecía la pena probarlo.

Osborne parecía consternado.

—¡No sé lo que pretenden insinuar! —dijo secamente—. Jamás deseé ningún mal a Warneham. ¡Éramos amigos! ¡Cenábamos juntos! ¡Jugábamos al ajedrez! Jamás habría hecho nada, absolutamente nada, que pudiera perjudicarle.

—Yo creo que eran ustedes más que amigos —afirmó Kemble con calma—. Creo que usted era su hijo.

Al oír esto, Osborne se puso pálido. De pronto Gareth lo comprendió todo. Los pensamientos que no cesaban de darle vuelta en la cabeza. Ciertos rasgos que le resultaban familiares. El sol vespertino penetraba por la ventana, confiriendo al cabello oscuro de Osborne un cálido tono castaño. Por primera vez, le observó con atención, tomando nota de su elegante perfil y su costosa levita. Su marcada mandíbula y la forma en que sostenía la cabeza erguida. Era como si el tiempo le hiciera retroceder casi veinte años. Sí, no había más que mirarlo para darse cuenta.

Inopinadamente, Osborne emitió un entrecortado sollozo. Se sentó de nuevo en la silla y se cubrió la cara con las manos.

—¡Dios mío! —exclamó—. ¡Santo Dios!

Antonia se llevó las yemas de los dedos a la boca y se sentó lentamente en una butaca. La señora Waters se acercó y apoyó una mano en el hombro de su ama con gesto protector.

Gareth se acercó a Osborne.

—¿Desea saber lo que pienso, doctor? —preguntó con calma—. Creo que quería que Warneham dependiera de usted. Creo que alentó sus ideas obsesivas sobre su salud y alimentó su temor a morir sin dejar un heredero legítimo.

—Así es —dijo Kemble, cambiando con Gareth una mirada cargada de significado—. De hecho, creemos que vino al pueblo desde Londres con la intención de chantajear a Warneham o de conquistar su estima, aún no he descifrado cuál de las dos cosas.

Por fin, Osborne alzó la vista.

—¡No! —La palabra brotó como un sollozo desgarrador—. ¡Es una vil mentira! ¡Yo era un niño! Sólo quería ver a mi padre. Averiguar... quién era. Qué aspecto tenía. ¿Es eso tan terrible?

—No —respondió Kemble, mirando alrededor de la habitación a los presentes, quienes observaban la escena hipnotizados, como si estuvieran clavados en el sitio—. Supongo que cualquiera de nosotros habría hecho lo mismo. Y es verdad que usted no era más que un niño. Pero su madre, que por cierto cuando la conocí se hacía llamar señora De la Croix, era una mujer de gran..., experiencia, por decirlo así.

—Era una mujer que había tenido una vida difícil —le espetó Osborne—. Ustedes no imaginan hasta qué punto esto puede afectar a una persona. A veces estábamos casi en la más absoluta miseria. Y sí, se llamaba De la Croix. Cuando llegamos aquí cambió de nombre.

Gareth cruzó los brazos.

—Ya, pero Warneham les reconoció al instante —dijo—. Está claro que reconoció a la señora De la Croix, su primer amor. Su primera esposa. Su madre era una mujer muy bella, Osborne. Imagino que no le costó mucho convencer a Warneham para que se fugara y se casara con ella.

Antonia habló por fin.

—No lo entiendo —dijo con voz ronca—. ¿Gabriel? ¿Señor Kemble? ¿Afirman que mi esposo ya estaba casado con Mary Osborne?

Gareth la miró compadeciéndose de ella.

—En efecto, el duque se había casado con ella en su juventud —respondió—. En Gretna Green. Sin el consentimiento de su padre.

—Y estoy seguro de que la señora Osborne conservaba los documentos que lo probaban —terció Kemble—. Era muy astuta. Debía serlo para sobrevivir en el mundo en el que se movía, el mundo de las cortesanas. Créame, lo sé.

El doctor seguía sin despegar los labios.

—¿Qué sucedió, doctor Osborne? —preguntó Kemble con delicadeza—. Vino a ver a Warneham la mañana en que murió, ¿verdad? Le trajo unas cosas, entre ellas su medicación. Pero cometió un error.

—Sí —contestó el doctor con voz ronca—. Sí, maldita sea. Cometí un error.

—Cuéntenos lo que ocurrió —dijo Kemble—. Sé que debe de pesarle en la conciencia. Si fue un accidente, estoy seguro de que nadie le juzgará por ello. Ya no tiene que guardar ningún secreto, Osborne. Los conocemos todos.

En la habitación se hizo un largo y tenso silencio. Luego, el doctor emitió un profundo y entrecortado suspiro.

—Traje la medicación equivocada —murmuró—. Lo comprendí en cuanto me llamó para que acudiera a su habitación esa mañana. Pero nadie se dio cuenta.

—No, la medicación que yo vi era nitrato de potasio, no cabe duda —dijo Kemble—. No era simplemente la medicación equivocada.

Osborne meneó la cabeza. Parecía profundamente cansado.

—Siempre adquiría la medicación de un boticario de confianza en Wapping —reconoció—. Pero..., pero luego la rebajaba con cloruro sódico.

—¿Con *sal*? —preguntó Gareth—. ¿Con sal de mesa corriente?

—Sí —murmuró el doctor—. Así duraba más, y Warneham podía tomar una dosis mayor. Eso era importante para él.

—¿Por qué? —preguntó Gareth.

Osborne se encogió de hombros levemente.

—Es algo que yo hacía a menudo —confesó—. Warneham tomaba muchos medicamentos, la mayoría inofensivos. Le reconfortaban, y cuantos más mejor. Verá, estaba convencido de que no tardaría en morir de algo, y quería que yo tratara sus enfermedades de forma agresiva.

—No cabe duda de que era un tratamiento agresivo —murmuró Kemble.

—Nunca dejé que lo tomara puro —dijo Osborne—. Sólo quería que ingiriera...

—¿La cantidad suficiente para provocarle impotencia? —sugirió Kemble—. No debía requerir una dosis muy elevada. Teniendo en cuenta su edad y sus absurdas ideas, lo más probable es que fuera impotente.

Osborne bajó la vista y meneó lentamente la cabeza.

—Yo no quería... No quería que tuviera otro hijo —dijo con tono implorante—. Mientras viviera Cyril, mi madre sabía que Warneham no se ocuparía de mí. Pero en cuanto éste murió, mi madre hizo las maletas y nos vinimos. Sabía que si Warneham me conocía, si me veía y comprobaba lo espabilado y lo guapo que era, cuando menos nos haríamos amigos. A fin de cuentas, no tenía a nadie más.

Todo empezaba a aclararse. A Gareth le maravillaba la perspicacia de Kemble. Pero si Osborne era hijo de Warneham, ¿por qué no había ocupado el lugar que él había tenido que ocupar a regañadientes?

Pero Kemble seguía hablando.

—Yo creo que Warneham hizo mucho más que entablar amistad con usted —sugirió—. Costeó sus estudios, sin reparar en gastos, pues le envió al mejor colegio. Les introdujo a usted y a su madre en su círculo social, probablemente para aplacarla a ella.

—Y deduzco que compró la casa en la que usted y su madre vivían, a través de un intermediario —añadió Gareth. De repente recordó algo que Statton, el viejo mozo de cuadra, había dicho—. Y la disparatada historia que ella se inventó sobre que usted salvó la vida de la yegua preferida del duque fue una mentira destinada a explicar la generosidad de su excelencia. Warneham no tenía yeguas, ni para criar ni para montar.

—¡Fue una estupidez por parte de mi madre! —dijo Osborne, más enojado que dolido—. Le rogué que no volviera a contar esa historia, y no lo hizo, pero lady Ingham se dedicó a difundirla...

—Ya, y supongo que Warneham quería mantener en secreto los lazos que le ligaban a usted —dijo Gareth—. No quería que nadie averiguase su calaverada de juventud.

—¿Por qué? —preguntó Antonia de pronto—. Si la señora Osborne era su esposa, ¿por qué quería mantenerlo en secreto?

—¡Ahí reside el nudo de la cuestión! —respondió Kemble—. Ella se casó con él, pero no era su esposa, ¿verdad, doctor?

Osborne negó con la cabeza.

—No —murmuró—. Mi madre ya estaba casada. Con un hombre llamado Jean de la Croix.

—¿Quién diablos era ése? —inquirió Gareth.

Osborne se encogió de hombros.

—Un francés indeseable con el que mi madre se casó en París —contestó—. Un hombre que la abandonaba durante meses para recorrer el Continente, jugando a las cartas y a los dados. Un mujeriego. En cierta ocasión se ausentó durante más de un año, de modo que mi madre regresó a Londres para vivir su propia vida. Y al cabo de unos meses, decidió...

—Decidió que su marido debía morir —apostilló Kemble—. Era muy arriesgado, desde luego. Pero un joven y apuesto noble inglés se había enamorado de ella perdidamente, y ella estaba embarazada de su hijo. Sin embargo, De la Croix no tuvo el oportuno detalle de morirse, ¿verdad?

—No. —Osborne bajó la cabeza—. Se enteró de la boda antes de que mi madre y Warneham regresaran de Escocia. Abandonó a la mujer con la que estaba amancebado para volver a Londres y reírse, y exigir dinero a cambio de su silencio. A Warneham no le hizo ninguna gracia, y puesto que había ocultado a su padre su matrimonio, decidió abandonar a mi madre.

—¿Cuándo murió De la Croix? —preguntó Gareth.

Osborne se encogió de hombros debajo de su costosa levita.

—No lo recuerdo —respondió—. Yo tenía seis o siete años. Lo mataron de una puñalada debido a unas cartas marcadas en un antro cerca del Barrio Latino.

Kemble seguía pensativo. Jugaba con Osborne como un gato con un ratón, pero el doctor estaba demasiado alterado para percatarse, o quizá se sentía demasiado culpable para importarle.

—Volviendo a la mañana antes de la muerte de Warneham —prosiguió Kemble—, usted le trajo su medicación habitual. Pero tenía prisa. Estaba eufórico por algo que había sucedido. Y cometió un terrible error.

—Sí. —La respuesta del doctor era poco más que un gemido—. Mi padre me envió una nota diciéndome que fuera a Selsdon y le llevara los documentos y la Biblia de mi madre.

—¿Los documentos que ella había conservado y que acreditaban su matrimonio en Gretna Green?

Osborne asintió con la cabeza.

—Dijo que iba a venir una persona de Londres para echarles un vistazo. Un abogado amigo suyo. Cuando leí la nota el corazón me dio un vuelco. Pensé... que quería reconocerme como hijo suyo.

—Sospecho que pensó otras cosas, aparte de eso —observó Gareth—. Si Warneham hubiera querido reconocerlo, Osborne, podría haberlo hecho en cualquier momento, por ejemplo después de la muerte de la primera duquesa.

—Él me quería. —El doctor alzó los ojos, enrojecidos y llorosos, y sacudió la cabeza—. A usted le odiaba, y a mí me quería. Sabía que yo no ambicionaba el título. Sólo quería que la gente supiera que era hijo suyo. Mi madre sí ambicionaba el ducado. Con el tiempo, llegó a convertirse en una obsesión para ella.

—Ya —dijo Kemble secamente—. No lo dudo. De modo que reunió los documentos. ¿Y luego qué hizo?

—Recordé que debía llevarle su medicación para el asma —respondió Osborne—. De modo que entré apresuradamente en mi clínica y guardé el frasco marrón en mi bolsillo. Pero no me di cuenta de que había tomado el frasco equivocado. El frasco que contenía el nitrato de potasio sin rebajar, sin la sal.

—¡Dios mío! —exclamó Antonia, su voz poco más que un murmullo.

—¿Dónde están ahora los papeles de su madre? —inquirió Gareth—. Nos gustaría verlos.

Osborne meneó la cabeza y les miró con aire contrito.

—Lo ignoro. No volví a ver a Warneham. —Miró a Gareth con gesto cansino—. Estaba seguro de que usted los había hallado el día en que se presentó en mi despacho. Estaba muy preocupado. Y para ser sincero, me alegro de que todo haya terminado.

—Le aseguro que no ha terminado —dijo Gareth, volviéndose hacia Rothewell—. ¿Es posible que sir Harold Hardell tenga esos documentos?

Rothewell negó con la cabeza.

—Tuve la impresión de que ni siquiera los había visto.

—Bien, ya aparecerán —dijo Kemble—. Warneham jamás los destruiría, y en estos momentos, eso no es lo que nos preocupa más.

—Si están aquí, daré con ellos. —Gareth se pasó la mano por el pelo—. Pensar que durante todo el tiempo... Bien, ¿qué debemos hacer?

—Nosotros no debemos hacer nada —respondió Kemble—. El doctor Osborne se sentará a ese escritorio y redactará su confesión para disipar toda duda que empañe el nombre de la duquesa. ¡Y haga dos copias, por favor!

Osborne le miró horrorizado.

—No hablará en serio. ¿Pretende que... lo cuente todo?

Kemble se encogió de hombros.

—Puede contar lo que quiera —replicó—. Salvo lo de confundir la medicación de Warneham. Es preciso que confiese ese error. Y a cambio de su colaboración, el duque tratará de que no le impliquen en los otros asesinatos.

—¿Los otros asesinatos? —Antonia se levantó tambaleándose—. Santo cielo, ¿qué otros asesinatos?

Gareth se acercó a ella y la sostuvo por el codo.

—Me temo que el señor Kemble se dispone a explicárnoslo, querida —dijo con calma.

—¡Cielo santo! —murmuró la señora Waters—. ¿Qué más ha descubierto?

Kemble le dirigió una sonrisa de complicidad.

—Como creo que sabe la señora Waters, hace tiempo que estoy convencido de que las dos últimas duquesas murieron asesinadas —dijo—. Y que las únicas probables culpables fueron la señora Osborne y lady Ingham, la cual, según he podido comprobar, es una chismosa incorregible que a veces hace que uno desee que se produzca una muerte prematura. Pero eso no es lo mismo que un asesinato.

Osborne evitó mirar a Kemble.

—¿Qué opina al respecto, doctor? —preguntó Gareth, volviéndose hacia Osborne—. ¿Sabe algo que le induzca a pensar que su madre cometió esos asesinatos?

Osborne alzó los ojos, que tenía un poco vidriosos, y se humedeció los labios, nervioso.

—Mi madre... no estaba bien —respondió por fin—. Estaba obsesionada, como he dicho, con la posibilidad de conseguir el ducado.

—¿Ah, sí? —preguntó Gareth con aspereza—. ¿Y qué hizo al respecto?

—Nada, que yo sepa —murmuró el doctor—. En un par de ocasiones trató de convencer a Warneham para que hiciera pública su partida de matrimonio con ella. Mi madre quería pagar a alguien para que destruyera el registro de su primer matrimonio, que se había celebrado en Francia, después de todo, y De la Croix había muerto. De esa forma, según dijo, Warneham tendría un heredero, el heredero que ansiaba desesperadamente que ocupara el lugar que usted ocupa ahora. Pero yo la disuadí de semejante disparate. Jamás habría dado resultado. —Osborne miró con amargura a Gareth y a Kemble—. Siempre hay alguien que averigua la verdad.

Kemble pasó por alto su mirada.

—Pero dado que Warneham no estaba dispuesto a soportar el escándalo, no importaba —dijo con tono pensativo—. Hasta que comprendió que era impotente, y que era imposible que engendrara un heredero. Disculpe, duquesa, imagino lo afectada que debe sentirse por esta conversación.

—No —respondió Antonia—. No puede imaginarlo. Hace que me sienta..., libre.

Osborne miró a Antonia consternado. De repente Gareth recordó la expresión que había visto en los ojos del doctor la primera noche que habían cenado todos juntos. Había advertido a Antonia en repetidas ocasiones que debía tomar su medicación. Ése no había sido el único detalle que le había llamado la atención, sino que había habido otros, pequeños pero significativos. Osborne había intentado, de la única forma que sabía, que Antonia desarrollara una dependencia de él. Pero, a Dios gracias, en ese punto ella se había mantenido en sus trece.

Gareth se volvió hacia Kemble.

—No lo comprendo —dijo—. ¿Cómo cometió la señora Osborne esos asesinatos?

—Bien, la segunda duquesa era una mujer frívola y voluntariosa —respondió Kemble con calma—. Como la mayoría de jóvenes, no tenía el menor sentido de su propia mortalidad. Creo que la señora Osborne la indujo a saltar un obstáculo a caballo sabiendo que no tenía la destreza para hacerlo, y comoquiera que eso no le provocó un aborto, sospecho que la señora Osborne le administró un abortivo, una sustancia tan potente que la mató. Las mujeres de vida alegre suelen tener unos conocimientos más que rudimentarios sobre estas cuestiones.

—Sí, es lógico. —Gareth se pasó la mano por su incipiente barba—. Y deduzco que maquinó algo semejante para deshacerse de la tercera duquesa.

Kemble asintió con la cabeza.

—En efecto, creo que la pobre chica confesó a su querida amiga la señora Osborne que tenía esperanzas de estar encinta —dijo con gesto pensativo—. Era poco probable, claro está. Creo que la chica estaba enferma, no encinta. Pero la señora Osborne no podía arriesgarse a que fuera cierto. De nuevo, le resultó muy sencillo sustituir un opiáceo puro por el soporífero que la duquesa solía tomar.

—Dios mío —dijo Antonia.

Gareth la miró con lástima.

—La pobre muchacha se fue a dormir y no volvió a despertarse —dijo con tono quedo—. Y usted no se atrevió a indagar demasiado en el asunto, doctor Osborne, por temor a lo que podía descubrir.

—¡No es cierto! —les juró Osborne—. No lo es. Si mi madre hizo algo, yo no lo sabía.

—Su madre llevaba con frecuencia a sus pacientes las medicinas que usted les recetaba, ¿no es así, doctor Osborne? —le preguntó Gareth—. En especial a las mujeres. Usted mismo me lo dijo.

Osborne emitió un sonido entre un sollozo y una carcajada.

Kemble alzó las manos con gesto elocuente.

—Era muy sencillo entregar un frasco de un opiáceo puro en lugar de la inofensiva tintura prescrita. Me pregunto, doctor, si nunca notó que le faltaba un frasco de medicina.

—No me acuerdo —contestó Osborne con tono áspero—. A veces los frascos se rompen. Es muy difícil llevar la cuenta.

—Ya, seguro que sí —observó Kemble con calma.

—¿Cuándo murió su madre, doctor Osborne? —preguntó Gareth.

—Hace más de dos años —respondió Osborne secamente.

—Sí, menos de dos meses después de que Antonia se casara con el duque —dijo Kemble—. ¿Le importaría decirnos la causa de su muerte?

Osborne miró a Kemble furibundo.

—Se cayó por la escalera —contestó—. Se rompió el cuello. Santo Dios, ¿pretende que se lo describa con todo detalle?

—¿Por qué? —preguntó Kemble en voz baja—. ¿Estaba usted presente?

Esta vez el doctor se lanzó al cuello de Kemble.

—¡Hijo de perra! —bramó Osborne—. ¡Maldito y entrometido cabrón!

Gareth se levantó de un salto de su silla y le sujetó por el cuello, obligándole a retroceder a rastras sobre la alfombra.

Para sorpresa de Gareth, Kemble les siguió, sin apartar la vista de la de Osborne. Sus ojos centelleaban de furia.

—¿Se enamoró de la duquesa, doctor Osborne? —le preguntó—. ¿Arrojó a su madre por la escalera porque sabía de lo que era capaz? ¿Temía que Antonia fuera su próxima víctima? ¡Conteste!

—¡Váyase al infierno! —replicó Osborne, forcejeando para liberarse de la mano de hierro con que le sujetaba Gareth—. ¡Suélteme, maldito! Ésta no es una pelea justa.

Desde el fondo de la habitación, Rothewell soltó una risita.

—Si no fuera usted un necio, Osborne, se habría dado cuenta de que Gareth intenta proteger su miserable pellejo.

De pronto, toda la ira y la agresividad que había mostrado Kemble se disiparon.

—No, de tal palo tal astilla —murmuró, sin dirigirse a nadie en particular—. Suéltelo, excelencia. Es tan impotente como su padre, y tan manipulador como su madre.

Gareth obedeció. Osborne se alisó la levita, fulminándoles con la mirada.

—¡Ustedes no saben nada! —dijo—. ¡No pueden imaginar lo que

he pasado! Les dije desde el principio que fue una sobredosis, ¿no? Les dije que habían estado fumando puros y que el humo debió de provocar a Warneham un ataque agudo. ¡Traté de proteger a Antonia! ¡Lo intenté!

Kemble hizo un ademán ambiguo.

—Demasiado poco, demasiado tarde, Osborne —dijo con gesto cansino—. Si la hubiera amado más de lo que se ama a sí mismo, se lo habría explicado todo en el acto. Ahora lo único que queremos de usted es que firme un documento declarando que confundió de modo accidental los medicamentos. Creo que nos oculta algo sobre el resto de la historia, pero no puedo probarlo, y si el duque está de acuerdo, me conformo con dejar que Dios se encargue de ello.

—Deseo lo que siempre he deseado —dijo Gareth con tono sombrío—. Quiero despejar toda sospecha del nombre de Antonia. Puede hacerlo de forma voluntaria, Osborne. O le arrancaré una confesión a puñetazos. La decisión es suya.

Osborne tomó su maletín de cuero.

—Me marcho a casa, maldita sea —dijo—. Redactaré la declaración y se la enviaré cuando la tenga lista.

Kemble chasqueó la lengua y se colocó ante la puerta.

—No dejaré que se aleje de mi vista ni para orinar, Osborne, hasta que haya escrito su confesión. No permitiré que se vaya a casa y se descerraje un tiro en la boca, dejando que una nube empañe el buen nombre de la duquesa.

Por lo visto, el doctor no había medido bien a su adversario. Se abalanzó sobre éste, y comoquiera que Gareth no tuvo tiempo de impedirlo, agarró a Kemble por el cuello. Gareth trató de obligarle a soltarlo, pero de repente cambiaron las tornas. En un abrir y cerrar de ojos, Osborne sintió que Kemble le retorcía el brazo hacia arriba y hacia atrás y se encontró tumbado de bruces sobre la alfombra de Axminster, con la rodilla de éste entre sus omóplatos y la nariz chorreando sangre.

—¡Joder, mi dedo! —gritó Osborne—. ¡Hijo de perra! ¡Me ha partido el dedo!

Gareth observó que tenía el índice de la mano izquierda torcido, en una posición anormal.

Rothewell miró sobre la mesita de té.

—Menuda jugada —dijo con admiración.

Kemble clavó la rodilla en la espalda de Osborne con más fuerza.

—Le quedan aún nueve, Osborne —murmuró secamente al oído del doctor—. ¿Qué prefiere? ¿Un pulgar? ¿O la declaración?

Gareth observó que Antonia parecía a punto de desmayarse. Miró a la señora Waters.

—Creo que las señoras deberían abandonar la habitación —propuso con delicadeza—. En realidad, nunca debieron estar presentes.

La señora Waters contemplaba la escena con evidente satisfacción. Estaba claro que no quería perderse el más mínimo detalle. Pero Antonia no apartaba la vista del hombre postrado sobre la alfombra, sangrando.

La señora Waters le apoyó la mano en el brazo.

—¿Señora?

Antonia reaccionó por fin.

—No, es justo que estuviéramos presentes —respondió, dirigiendo una mirada de desdén a Osborne—. Me alegro de haber estado aquí. Pero creo que ya he visto y oído suficiente.

Capítulo 18

*E*l lugar llamado Neville Shipping estaba lleno a rebosar de escritorios, mesas y archivadores. El clamor del puerto penetraba por las ventanas abiertas, la mayoría de las cuales estaban cubiertas por persianas blancas, y la gente entraba y salía tan deprisa, que la puerta principal nunca estaba cerrada. Pero era un lugar ordenado, y emanaba un olor familiar, a tinta y a papel en blanco, como en el despacho de su abuelo; era el olor, según decía siempre Zayde, de ganar dinero.

En una mesa junto a las ventanas, había una joven sentada en un elevado taburete, con la cabeza inclinada sobre su trabajo, la lengua asomando por una esquina de la boca, y sosteniendo una gastada pluma de ganso. Su larga cabellera oscura le caía hasta la cintura, y sus ojos mostraban una expresión seria.

Gabriel avanzó un paso. La joven dejó su pluma.

—Hola —dijo tímidamente—. ¿Eres el chico que Luke encontró en el muelle?

Gabriel asintió y miró la mesa de la chica.

—¿Qué haces?

—Copio contratos. —La joven sonrió—. Es muy aburrido, pero Luke dice que así perfecciono mi caligrafía. Me llamo Zee. ¿Y tú?

—¡Una excelente pregunta!

El hombre llamado Luke Neville había salido de su despacho.

—¿Cómo te llamas, chico? Tenemos que saber cómo debemos llamarte. ¿Iban a dejar que se quedara?

—Me… llamo Gabriel, señor. —El chico sintió una profunda sensación de alivio—. Pero ese nombre ya no me gusta.

Luke Neville sonrió de oreja a oreja.

—¿Sientes a tus perseguidores pisándote los talones? —preguntó—. ¿Tienes otro nombre que te guste más?

—Gareth —respondió el chico—. Sólo Gareth Lloyd, señor, si le parece bien.

El hombre se rió.

—Mucha gente viene a las islas para perderse —dijo—. De acuerdo, Gareth Lloyd. Dime, ¿cómo andas de aritmética? ¿Se te dan bien los números?

Gabriel se apresuró a asentir con la cabeza.

—Los números me gustan, señor —dijo—. Hago cálculos en la cabeza.

Luke Neville se inclinó, apoyó las manos en sus rodillas y miró a Gabriel a los ojos.

—Veamos, si en mi bodega hay cincuenta cajas de plátanos a un beneficio de una libra con doce chelines por caja, pero pierdo un cuarenta por ciento debido a que una parte de la mercancía se pudre antes de llegar a puerto, ¿qué beneficio obtendré? ¿Y cuánto habré perdido?

Gabriel respondió sin vacilar:

—Perderá treinta y dos libras debido al deterioro de las veinte cajas, señor. Y obtendrá un beneficio de cuarenta y ocho libras por las treinta cajas de plátanos comestibles.

—¡Caramba con el chico! —exclamó Luke Neville, arqueando las cejas—. Creo que encontraremos un trabajo para ti.

A última hora de esa tarde, Gareth se hallaba en el vestíbulo despidiéndose de George Kemble cuando Antonia entró a través del invernadero portando una cesta de rosas en el brazo. Se había puesto de nuevo su vestido de paseo verde y amarillo, y el cabello le caía sobre un hombro. El resultado era una combinación encantadora.

—¿Se marcha, señor Kemble? —preguntó, apresurándose hacia ellos—. Quédese al menos a cenar.

Kemble hizo una elegante reverencia.

—Me temo que debo atender unos asuntos urgentes en Londres, excelencia —respondió—. Pero soy, por supuesto, su humilde servidor.

Antonia le miró con ojos risueños.

—Usted puede ser muchas cosas, señor Kemble —dijo, ofreciéndole una de las rosas—, pero humilde no es una de ellas.

Kemble sonrió y partió el tallo.

—Éstas deben de ser las últimas rosas de la temporada —comentó, insertando la rosa en la cinta de su sombrero—. Bien, haga el favor de despedirse en mi nombre de la señora Waters. No he tenido oportunidad de hacerlo.

—He dejado a Nellie arriba vaciando todos mis tónicos en el orinal —confesó Antonia—. Cosa que hace con mucho gusto.

—¿Los tónicos que le había recetado Osborne? —Gabriel la tomó por el codo y la atrajo hacia sí con gesto protector—. Confieso que iba a pedirte que no los tomaras. Dios sabe qué pueden contener.

—En realidad, los tomaba rara vez —contestó Antonia—. Pero creo que la mayoría eran inofensivos.

—Es muy posible —convino Kemble—. Puede que en un principio las intenciones de Osborne no fueran tan benévolas, pero la tos de Warneham antes de la boda le sugirió una idea mejor que dejar simplemente que su madre cometiera un asesinato. Pero aún no estoy convencido de que el nitro causara a Warneham impotencia.

—Quizá fueran los remordimientos —sugirió Gareth con tono sombrío.

—Todo esto es trágico —dijo Antonia, casi con melancolía—. Creo que el doctor Osborne deseaba que la gente dependiéramos de él. Pero me he propuesto dejar de tomar medicamentos. A partir de ahora, cuando no pueda conciliar el sueño... —Se detuvo para mirar a Gareth casi con coquetería— Estoy segura de que encontraré algo con que distraerme.

—¡Ejem! —El señor Kemble se encasquetó su elegante sombrero de castor—. Bien, me voy.

Antonia apoyó la mano en la manga de su levita.

—Señor Kemble, ¿puedo pedirle una última cosa?

Él se apresuró a quitarse el sombrero.

—Por supuesto, excelencia.

Antonia midió bien sus palabras.

—¿Cree que el doctor Osborne está sinceramente arrepentido? —preguntó—. ¿Especialmente sobre las dos duquesas que murieron?

Me refiero a que confesó enseguida lo que sabía. Podría haber insistido en que era hijo legítimo del duque y habernos obligado a buscar los documentos de su madre. Quizás haber incluso forzado el tema del ducado, ¿no?

Kemble sonrió.

—¡Excelente pregunta! —respondió—. Pero encontramos la Biblia, excelencia.

—Sí, no había tenido oportunidad de decírtelo, querida —terció Gareth—. Estaba en un estante de mi biblioteca, bien a la vista, y dentro hallamos todos los papeles de la señora Osborne, incluyendo la partida de su matrimonio con Jean de la Croix. Osborne creyó que confesaba tan sólo lo que ya sabíamos, o lo que no habríamos tardado en descubrir.

Antonia sonrió levemente.

—Fue usted muy hábil al hacerle pensar eso, señor Kemble —dijo—. ¿Creen que el doctor Osborne era un asesino?

Kemble emitió un profundo suspiro con gesto pensativo.

—Creo que es una persona venal y manipuladora, como su madre —respondió—. Pero ¿capaz de matar a alguien aposta? No lo creo.

Gareth meneó la cabeza.

—No tiene agallas para hacerlo..., al menos eso espero.

Antonia arrugó un poco el ceño.

—¿Qué le ocurrirá?

—Lo ignoro —respondió Kemble—. Dudo de que haya hecho algo por lo que puedan juzgarlo, salvo quizá diagnosticar que Warneham padecía asma cuando no era cierto, pero ¿cómo vamos a probarlo ahora? No podemos desenterrar al pobre hombre. Y puede que Osborne fuera en parte cómplice de las maquinaciones de su madre. Pero las acciones de ésta son difíciles de probar al cabo de tantos años, por lo que es imposible probar las de él.

—Supongo que más vale así —dijo Antonia con tono quedo—. No deja de sorprenderme que mi esposo no sospechara nunca lo ocurrido. Creo que de haber amado a sus esposas, habría sospechado, ¿no les parece?

Kemble sacudió la cabeza.

—No alcanzo a comprender a ese hombre, querida.

—Ni yo —apostilló Gareth—. Pero todo ha terminado, Antonia. La pesadilla por fin ha concluido.

Los tres salieron al soleado exterior. A la izquierda, el sol brillaba a través de las nubes creando un foco perfecto de luz sobre el pueblo, y más allá de los edificios de la cochera y los establos se oía en el cálido ambiente el sonido de martillos y sierras. Gareth observó que el faetón de pescante alto de Rothewell esperaba en el camino adoquinado; los dos hermosos corceles negros agitaban la cabeza y pateaban el suelo, impacientes.

—Caramba —dijo con tono de admiración—. ¿Cómo lo ha conseguido?

—Bueno, era esto o la calesa de usted —respondió Kemble—. Y me niego a regresar a Londres en loor de gloria y triunfo conduciendo un vehículo tan corriente como una calesa. Además, Rothewell es un peligro para el populacho en ese vehículo.

—Pero ¿cómo volverá Rothewell a casa?

Kemble sonrió.

—Dentro de un par de días le enviaré mi birlocho.

Gareth se puso serio cuando Kemble se montó en el pescante y tomó las riendas de manos del mozo de cuadra.

—No sé cómo darle las gracias —dijo, alzando la vista—. Antonia y yo estamos en deuda con usted.

Kemble arqueó sus pronunciadas cejas negras que asomaban debajo de su elegante sombrero de castor.

—Vaya, ¿no se lo ha dicho Rothewell? —preguntó, agitando el látigo—. Voy a enviarle mi factura, bastante elevada, por cierto, a menos, claro está, que reciba una invitación.

—¿Una invitación? —preguntó Gareth—. ¿A qué?

—A qué va a ser, a la boda.

Tras estas palabras, Kemble se tocó el sombrero con el látigo y lo hizo restallar sobre las cabezas de los corceles de Rothewell. El faetón partió a paso ligero.

En esto se abrió la puerta detrás de ellos y apareció el barón. Tenía mala cara, y se escudó los ojos con una mano.

—¿Se ha ido? —preguntó Rothewell—. ¡Un momento! ¡Por todos los diablos! ¿El vehículo que conduce es mi faetón?

—Pues... sí —respondió Gareth.

Rothewell le miró sin dar crédito.

—¡Maldita sea, Gareth! ¿Has dejado que se lleve mi faetón? ¡Es nuevo! Y yo quería acercarme al pueblo. ¿Cómo voy a ir?

—Puedes ir andando —sugirió Gareth—, de ese modo no chocarás con los postes de la verja.

Antonia tomó a Gareth del brazo.

—Lo siento mucho, pero si quieres discutir con lord Rothewell, tendrás que esperar —dijo con dulzura—. Yo llegué primero, y quiero discutir algo contigo.

Rothewell soltó una exclamación de protesta, retrocedió y señaló la puerta con una reverencia.

—Después de usted, señora.

Antonia condujo a Gabriel de nuevo al invernadero, sintiendo una crispación en la boca del estómago, y cerró la puerta mientras lord Rothewell les observaba furibundo. Condujo a su presa hacia el centro del invernadero, hacia una pequeña fuente rodeada de palmeras ornamentales. Tenía la sensación de que la cabeza le daba vueltas debido a los increíbles acontecimientos del día, pero tenía la mente muy clara. Siempre la había tenido en lo referente a Gabriel. Desde el principio, en lo más profundo de su ser se había sentido atraída por él, por su fuerza, por su bondad esencial.

Tomó una de las manos de Gabriel en las suyas. Su cabello espeso y dorado era demasiado largo y le caía sobre la frente, ocultando sus ojos, unos ojos que mostraban cansancio y cierto nerviosismo.

—Qué ironía, ¿verdad? —dijo ella—. Justo cuando Osborne estaba a punto de alcanzar el huevo de oro, mató a la gallina.

Gabriel sonrió levemente.

—Quiero pensar que a la postre todos obtenemos lo que merecemos, Antonia.

Ella alzó el mentón.

—Pero tú no crees merecer todo esto —dijo con calma.

—¿Todo qué, querida?

Ella señaló con la cabeza el inmenso vestíbulo de Selsdon.

—La casa. Las tierras. El ducado. Temí que esta mañana dijeras a Osborne que podía quedarse con todo —dijo, sólo medio en broma.

—Confieso que durante un momento lo pensé, querida —respondió Gareth—. Pero luego comprendí que...

Antonia apoyó la mano ligeramente en la solapa de su levita.

—¿Qué, Gabriel?

Él sonrió con un gesto de pesar.

—Comprendí, Antonia, que todos pensarán que un hombre que ha pasado la vida trabajando en las oficinas de una compañía naviera en Wapping no es digno de... alguien como tú.

Ella ladeó un poco la cabeza y le miró con sus dulces ojos azules.

—¿Quién lo pensará? —preguntó por fin—. ¿Qué te importa la opinión de la gente, salvo la mía? Ten presente, Gabriel, que he dejado de vivir pendiente de lo que opinan los demás.

Gabriel bajó la vista y la fijó en las manos de ambos, que estaban enlazadas.

—Quizá te arrepientas de esa elección, Antonia —dijo con calma—. Sólo deseo tu felicidad.

—Y yo he decidido, Gabriel, que también deseo mi felicidad —murmuró ella—. La deseo con desesperación. He pasado mucho tiempo sintiéndome profundamente desgraciada. Pero no volveré a sentirme así, al menos procuraré no hacerlo. Cuando discutimos en el pabellón, te dije que me proponía luchar por lo que deseo.

Él bajó un instante los ojos, enmarcados por largas pestañas castaño oscuro.

—¿Te referías a eso?

—¿A qué crees que me refería? —preguntó ella—. Me propongo asir la felicidad, poca o mucha, que se me ofrezca.

—Mereces más que un poco de felicidad, Antonia —dijo él—. Ahora que tenemos la confesión de Osborne, tu vida cambiará, al menos en ese aspecto. No puedo restituirte los cuentos de hadas de tu padre o los hijos que perdiste, pero al menos tu nombre ha quedado limpio de toda sospecha.

—Ya no deseo cuentos de hadas, Gabriel —respondió ella—. Sólo deseo lo real, lo auténtico.

Él inclinó la cabeza y tomó sus manos en las suyas.

—Antonia, sé que en el pasado he hecho cosas que hacen que me sienta avergonzado de mí mismo, y sólo quiero...

—No, Gabriel —le interrumpió Antonia—. Te equivocas —murmuró mirándole con ojos llenos de dolor—. Fueron los demás quienes te hicieron esas cosas. ¡Lo cual es muy distinto! No me refiero sólo a... los horrores físicos que tuviste que soportar, sino a la forma en que te trataron aquí tus propios parientes y otras personas. La forma en que te abandonaron. La vergüenza que te han hecho sentir. Se me parte el corazón al pensarlo.

Él la miró con ojos que traslucían un viejo y profundo dolor.

—Todos tenemos que hacer elecciones, Antonia —dijo—. Y yo he hecho algunas de las cuales me arrepiento. Cosas que te repugnan y...

—Gabriel, un niño de trece años no hace ese tipo de elecciones —respondió ella alzando la voz—. Eligen entre quedarse a conjugar verbos en latín o ir a jugar fuera. Entre correr descalzo sobre la alta hierba o bailar bajo la lluvia sin sombrero, o hacer otras mil travesuras que sus padres les tienen prohibido. Pero no eligen entre ser azotados o dejar que..., ¡Dios santo! —exclamó y cerró los ojos.

—Ni siquiera puedes decirlo —murmuró él—. Te repugna.

Antonia hizo acopio de todo su valor y abrió los ojos, fijándolos en los suyos.

—Ni siquiera puedo decirlo —repitió con voz apagada—. Me repugna. Pero tú no lo elegiste. No soy tan frágil desde el punto de vista emocional, Gabriel, que no sepa ver la diferencia.

—No eres frágil —replicó él con vehemencia—. Eres fuerte, Antonia. Padeciste una crisis emocional, y por motivos fundados. Algún día te recobrarás del todo, si no lo has hecho ya.

Antonia empezaba a creer que él estaba en lo cierto.

—Hubo un tiempo, Gabriel, en que todo el mundo me consideraba un excelente partido —dijo—. Cuando era muy joven y muy ingenua y no conocía la crueldad del mundo. Ahora he empezado a recobrar mi fuerza y mi determinación. Sin embargo, algunos días me preocupa no poder ser una buena esposa. Los médicos dijeron que «no estaba bien», pero eso suena como si estuviera... enferma. No estoy enferma. Estoy rota en mil pedazos. Y esos días aciagos, a veces temo no volver a ser la persona que era, Gabriel.

Él esbozó una sonrisa cálida y tierna.

—Quizás, Antonia, el hombre adecuado te prefiera a ti, por rota que estés, a otra mujer entera y perfecta —dijo.

La expresión de Antonia se hizo aún más conmovedora.

—Ay, Gabriel —musitó—. Esto es muy hermoso, querido. Y sé, lamentablemente, que una vez hubo una mujer perfecta en tu vida. Una persona a la que conociste mucho antes que a mí. Me gustaría poder decir que lamento que las cosas no resultaran como tú querías. Pero yo…, no lo lamento. Soy codiciosa. No te devolvería a esa mujer. No, ni aunque pudiera hacerlo. Te amo demasiado para no ser egoísta.

Él la atrajo hacia sí y apoyó la mejilla en la suya.

—No fue como dices, Antonia —respondió—. No fue como esto. Lo que yo sentía por ella, por Zee, se basaba en la seguridad. Ambos habíamos tenido que esforzarnos para llegar a ser lo que éramos, a veces en circunstancias penosas. Yo sabía que ella no me juzgaría con severidad. Y temía perder a la única familia que tenía. Pero lo que siento por ti, Antonia…, no tengo palabras para describirlo. Es un amor que me deja sin aliento. Que me produce un temor reverencial.

Antonia se inclinó hacia delante y le rodeó el cuello con los brazos.

—Entonces pídeme que me case contigo, Gabriel —murmuró—. Pídemelo, y seré la mejor esposa que pueda ser. Pídemelo, y juntos nos haremos más fuertes mutuamente. Sé que lo conseguiremos. Por favor…, pídemelo.

Gareth miró sus ojos azules y profundos como un lago insondable.

—En cierta ocasión dijiste, querida, que deseabas tener una vida independiente —le recordó—. ¿Estás dispuesta a renunciar a ello para casarte conmigo?

—Pero ¿no lo comprendes, Gabriel? —musitó ella—. Tú me has dado mi independencia. Me has ayudado a romper esas terribles cadenas que me ligaban al pasado. Sé que la vida no es perfecta, que incluso tú, mi amor, no eres perfecto. Pero eres casi perfecto. Sí, estoy dispuesta a renunciar encantada a lo que sea.

—¿No deseas volver a Londres, siquiera para poner en orden tus ideas, o… para tratar de integrarte de nuevo en la sociedad? —preguntó él con voz entrecortada—. ¿Sabes lo que quieres? ¿Quieres permanecer junto a mí y exponerte a la desaprobación de tu padre?

Ella asintió en silencio.

Gareth emitió un profundo suspiro.

—En tal caso, Antonia —murmuró—, ¿quieres casarte conmigo? ¿Quieres unirte a mí para toda la eternidad? ¿Serás mi duquesa? No hay nada, nada que pueda hacerme más feliz.

Ella se alzó de puntillas y le besó ligeramente.

—Para toda la eternidad, Gabriel —respondió—. Y en el más allá.

El barón Rothewell se encasquetó el sombrero hasta los ojos para protegerse del sol y echó a andar hacia el pueblo. El sol le disgustaba. De hecho, desde que había abandonado Barbados lo había visto rara vez. Los hombres como él casi nunca estaba despiertos a estas horas intempestivas del día.

La caminata cuesta bajo no era larga, pero Rothewell permaneció sumido en su mal humor durante todo el trayecto. En cuanto llegara a Londres partiría a George Kemble sus dientes blanquísimos y perfectos. Puede que primero tuviera que pasársele la borrachera y dormir un rato. Pero lo conseguiría. En este momento, sin embargo, tenía que llevar a cabo una tarea más noble y elevada. Rothewell rara vez hacía algo que fuera noble y elevado, pero trató de convencerse de que no tenía más remedio.

Martin Osborne vivía en una bonita casa con entramado de madera que a alguien le había costado una fortuna, y disponía de un buen número de sirvientes. Uno de ellos le abrió la puerta, otro apareció para transmitirle las disculpas del doctor —no una sino dos veces—, y un tercero le trajo el té. Por fin, Osborne debió comprender que Rothewell no iba a marcharse y entró en la habitación. Parecía haberse partido el dedo, y tenía la nariz hinchada y de un color rojo vivo que, como sabía Rothewell por experiencia, asumiría un tono azulado, luego morado, y por último un feo color amarillo.

—¿Qué historia les ha contado a los sirvientes? —preguntó Rothewell sin rodeos—. ¿Qué chocó con una puerta?

Osborne se estremeció de indignación, pero luego se calmó.

—Que tropecé con un objeto, para que lo sepa —respondió—. Con una butaca en el estudio del duque.

—Está claro que debo saberlo —dijo Rothewell—, para que nuestros relatos coincidan.

—En tal caso siéntese, lord Rothewell —dijo el doctor secamente—. Y dígame qué puedo hacer por usted.

Rothewell se frotó la nariz con el dedo.

—Verá, Osborne —respondió—. He pensado en lo que ha ocurrido hoy, y no estoy seguro de que el juez de paz de West Widding no tenga ciertas sospechas cuando lea la confesión que usted ha firmado.

—Fue un accidente —le espetó el doctor.

—No obstante, Osborne, usted es médico —dijo el barón—. Y por injusto que parezca, los médicos no tienen accidentes. Y el caso es que en este pueblo ha habido tal cúmulo de accidentes, que es lógico que éste suscite numerosas preguntas. Unas preguntas duras, implacables. ¿Desea tener que responderlas?

—¿Y a usted qué le importa? —replicó Osborne—. Se trata de mi pellejo, no del suyo. Además, puesto que he redactado la maldita confesión, es inevitable.

—Me importa porque el nuevo duque ha pasado por un infierno en dos ocasiones —respondió el barón—. Y no permitiré que pase por otro. En Selsdon no necesitan más rumores e insinuaciones; han tenido los suficientes para atragantarse con ellos, gracias a usted y a su padre. En cuanto a evitarlo, sí, puede evitarlo. Debe abandonar el pueblo. No, debe abandonar Inglaterra, y preferiblemente Europa. Es preciso que ponga tierra y mar de por medio.

—Está loco —dijo el doctor.

—Es posible —respondió Rothewell—. Pero esto no viene al caso. No tiene nada que hacer en Lower Addington, Osborne. Nunca estuvo destinado a hacerse rico trabajando en este remoto pueblo, y no lo hará ahora. Pero, por ejemplo en Barbados, la clase dominante blanca es increíblemente rica, y los médicos no abundan y están muy solicitados. Estoy convencido que debe ir allí.

El doctor le miró con los ojos como platos.

—¡No pienso enterrarme en un lugar abandonado de la mano de Dios como las Antillas! —replicó Osborne, ofendido—. Hace calor. Hay insectos. Unos insectos enormes. Y unas enfermedades horrendas y contagiosas. No, exijo ver al duque.

—Por eso necesitan médicos —dijo lord Rothewell en buena lógica, encogiéndose de hombros—. Y el duque no puede estar implicado en algo que más tarde podría interpretarse como obstrucción a la justicia.

—¿Y usted, Rothewell? —preguntó el doctor con desdén—. ¿Se cree por encima de la justicia? Se comporta como si lo creyera.

Rothewell sonrió levemente.

—Digamos que creo que puedo salvaguardar mejor los intereses de la familia Ventnor que su incompetente juez de paz —murmuró, sacando un puñado de folios del bolsillo de su levita—. Y la ley inglesa, según comprobé hace tiempo, tiende a proteger más al criminal que a la víctima —concluyó entregando los folios al doctor.

—¿Qué es eso?

—Mi firma concediéndole un pasaje a bordo de la fragata *Belle Weather* de la naviera Neville —respondió—. Dentro de quince días zarpará de West India Docks con la marea nocturna. Usted zarpará en ella, doctor Osborne, o tendrá que responder ante mí, y le aseguro que tengo mucho menos que perder que mi amigo el duque.

—¡Esto es ridículo! —protestó el doctor.

—Por cierto —continuó Rothewell—, recuerde que tenemos la segunda copia de su confesión, por si se sintiera tentado a cometer alguna fechoría durante su estancia en Barbados. Tengo muchas influencias allí, y no vacilaré en hacer que le juzguen y condenen con el máximo rigor.

—Me cree culpable de asesinato —replicó Osborne, indignado.

—Le creo culpable como mínimo de negligencia, Osborne —contestó Rothewell—. Pero el duque y la duquesa han tenido que soportar suficientes escándalos. Ese hombre es como un hermano para mí, de modo que puede decirse que éste es mi regalo de bodas. Quiero quitarle de encima este problema.

—¿Su regalo de bodas? —preguntó Osborne con desdén—. ¿De modo que ha logrado convencerla?

—Supongo que a estas alturas ya debe de haberla convencido.

Rothewell le miró con expresión patética al tiempo que se levantaba de la butaca. O puede que ella le haya convencido a él. En cualquier caso, Osborne, ella jamás le habría aceptado a usted.

Osborne palideció de ira.

—¿Cree que no lo sé? Por mí puede quedarse con ella. Esa mujer es frágil como una porcelana de Sèvres, de modo que le deseo que sea muy feliz con ella. Nunca deseé que fuera mía. No debí compadecerme de ella. Fue un error.

—¿Lamenta no haber dejado que su madre le hiciera de nuevo el trabajo sucio? —Rothewell soltó una áspera carcajada—. Hay que tener unas pelotas muy pequeñas para esconderse detrás de las faldas de una mujer hasta cumplir casi cuarenta años.

Osborne empezó a levantarse de su butaca, pero Rothewell alzóuna bota y la apoyó con firmeza en el pecho del doctor.

—Ni una palabra más, doctor, pues acabará convenciéndome que no es tan estúpido como finge. Ahora quiero que me asegure, señor, que zarpará en la *Belle Weather* y que no volverá a pisar Inglaterra.

—¿Y si me niego? —preguntó el doctor con sorna—. ¿Me denunciará al juez de paz?

Rothewell se acercó a él. Quería que Osborne viera las pupilas de sus ojos y oliera la ira que exhalaba su piel.

—Escúcheme, señor, y preste atención —murmuró—. Para lo que yo le haré, el juez de paz es la última herramienta que necesito.

Retiró la bota del pecho de Osborne y comprobó que éste estaba temblando. Su misión aquí había concluido. Rothewell abrió la puerta y emprendió la larga caminata a través del pueblo y cuesta arriba.

Epílogo

La prensa del corazón publicó que el duque y la duquesa de Warneham se habían casado un espléndido día otoñal, durante una fiesta en la finca rural del celebérrimo marqués de Nash que había durado toda una semana. Hicieron hincapié en la suerte que había tenido la duquesa al asumir de nuevo su antigua posición, y el hecho de que el novio fuera nieto de Malachi Gottfried, un prestamista judío.

Lo que *no* dijeron fue que la novia lució un vestido azul cerúleo como sus ojos, y que el novio bailó con ella bajo las estrellas hasta la medianoche, y les importaba un comino lo que dijera la prensa del corazón. Durante el bufé, consistente en esturión al horno, langostinos frescos y un costoso champán, brindaron por el anciano Malachi —no una, sino media docena de veces—, principalmente los Neville, que habían sido los principales beneficiarios de su extraordinaria sabiduría.

Cuando el sol se puso, lord Nash ordenó que encendieran una fogata y dispusieran una mesa repleta de suntuosos postres. Su esposa Xanthia trató de prescindir de los búdines y los pasteles. En lugar de ello, se paseó entre los convidados, tratando de ocultar con su chal la incipiente redondez de su vientre, y evitar que su hermano coqueteara con la madrastra de la novia, una lozana joven de unos veinte años que sentía una marcada atracción por hombres con aspecto peligroso. Lord Swinburne parecía destinado a lucir unos bonitos cuernos en su matrimonio con una mujer que podía ser su nieta.

—He tratado de distraer a Kieran, pero no puedo controlarlo, Gareth —murmuró Xanthia al novio cuando la velada estaba a punto de concluir—. Le pediré que me dé el brazo y me acompañe a la casa. —Luego se volvió hacia Antonia y la besó en la mejilla—. Querida, me alegro que nos concedieras a Nash y a mí el honor de organizar el convite de tu boda. Espero que a partir de hoy me consideres una hermana, como Kieran y yo consideramos a Gareth nuestro hermano.

Antonia sonrió y le devolvió el beso. Había supuesto que lady Nash no le caería bien, pero era encantadora.

—Gabriel, ¿todo el mundo menos yo te llama Gareth? —preguntó a su flamante marido mientras se dirigían en la penumbra hacia la casa—. Me resulta muy chocante.

Él guardó silencio unos momentos, ciñéndola con fuerza por la cintura.

—Me cambié el nombre cuando llegué a Barbados —dijo—. En las Antillas es fácil reinventarte, convertirte en otra persona, una persona más fuerte de lo que eras.

Antonia deslizó el brazo debajo de la levita de él, sintiendo su calor, y le abrazó.

—Entiendo.

De mutuo acuerdo se detuvieron debajo de las copas de unos árboles y dejaron que los demás siguieran adelante en la penumbra. Antonia apoyó la cabeza en su hombro.

—Entonces, ¿quieres que te llame Gareth? —preguntó—. ¿Lo prefieres?

Él reflexionó unos momentos.

—No, creo que estoy dispuesto a volver a ser Gabriel —respondió por fin—. Creo, Antonia, que he recuperado esa parte de mí que había perdido. O quizá debería decir que había ocultado. Empiezo a pensar que contigo lograré unir las partes positivas de mis dos vidas. Empiezo a pensar que quizá, sólo quizá, pueda volver a ser el que era.

Antonia no sabía qué decir. Gabriel le había hecho un regalo inestimable: su fuerza y su sabiduría. No se le había ocurrido que ella pudiera ofrecerle algo a cambio.

Gabriel la miró y la abrazó.

—Bésame, Antonia —murmuró—. Bésame y haz que me sienta, por enésima vez hoy, el hombre más feliz del mundo.

Ella obedeció encantada, alzándose de puntillas y tomando su hermoso rostro en sus manos.

—Gabriel —musitó—. Gabriel, mi ángel.

www.titania.org

Visite nuestro sitio web y descubra cómo ganar
premios leyendo fabulosas historias.

Además, sin salir de su casa, podrá conocer
las últimas novedades de
Susan King, Jo Beverley o Mary Jo Putney,
entre otras excelentes escritoras.

Escoja, sin compromiso y con tranquilidad,
la historia que más le seduzca
leyendo el primer capítulo de cualquier libro
de Titania.

Vote por su libro preferido y envíe su opinión
para informar a otros lectores.

Y mucho más…